李鸣生，当代著名作家。1956 年生于四川简阳。1974 年入伍。1991 年毕业于解放军艺术学院文学系。中国报告文学学会副会长。中国作家协会报告文学委员会委员。中国文字著作权协会常务理事。

1981 年发表第一首诗歌。1982 年发表第一篇小说。1984 年发表第一部中篇报告文学。1990 年创作第一部电视剧剧本（中央电视台播出）。1991 年发表第一部长篇报告文学。主要作品有：《李鸣生文集》（十六卷），李鸣生“航天七部曲”（七卷），李鸣生“走出地球村”系列丛书（七卷），中篇小说、电视剧、电视专题片、电影纪录片多部，共约九百万字。

作品曾获三届鲁迅文学奖、三届国家“五个一工程”奖、三届中国报告文学奖，以及中国图书奖、中国改革开放三十年优秀报告文学奖、中国长篇广播金奖、北京市优秀文学作品奖、上海重大文艺工程精品图书奖、《当代》文学奖、首届《中华文学选刊》奖、冯牧文学奖、徐迟报告文学奖、全军文学作品特等奖、全军文学作品一等奖、中国人民解放军文艺奖等二十二项。

有作品入选《21 世纪中国文学大系》《21 世纪中国最佳纪实文学》《中国报告文学精品文库》《共和国作家文库》《新中国 60 年文学大系》《30 年文学典藏》《中国优秀报告文学读本》《中国报告文学精选》及大中专院校教材等数十种文本。

李鸣生微信公众号：lms6668

博客中国李鸣生专栏：limingsheng.blogchina.com

李鸣生新浪微博：@ 李鸣生

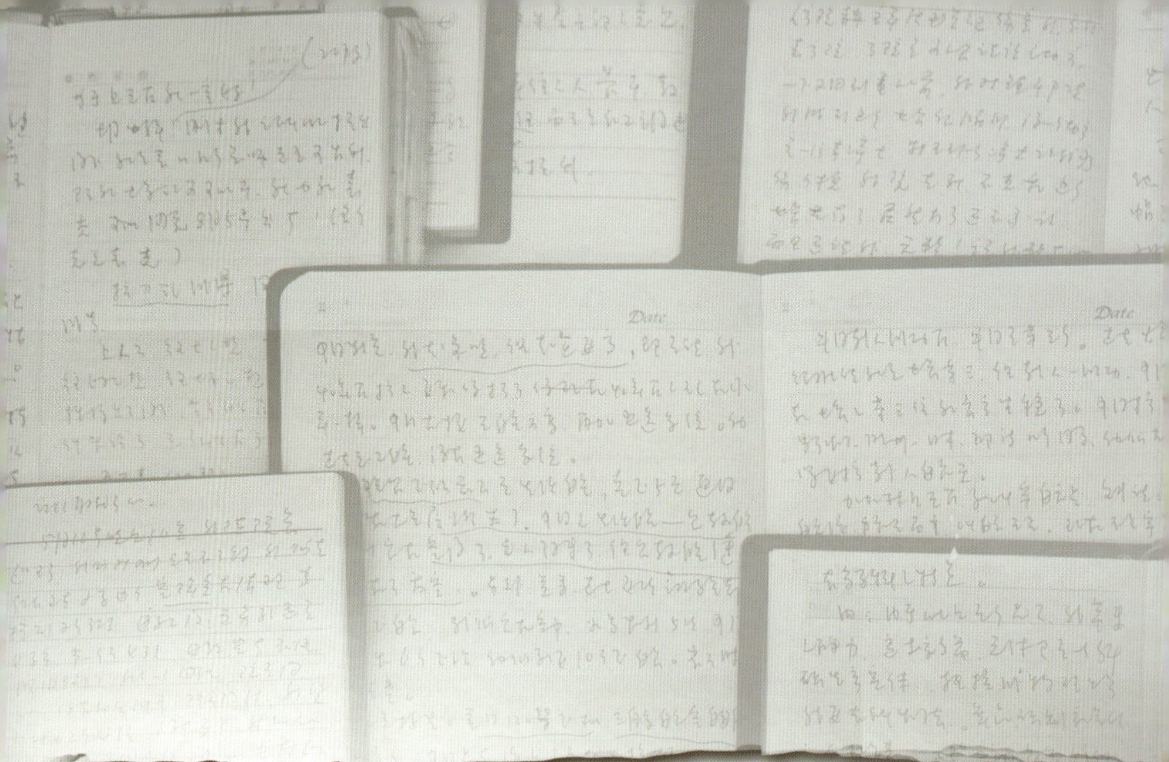

作　者　采　访　手　迹

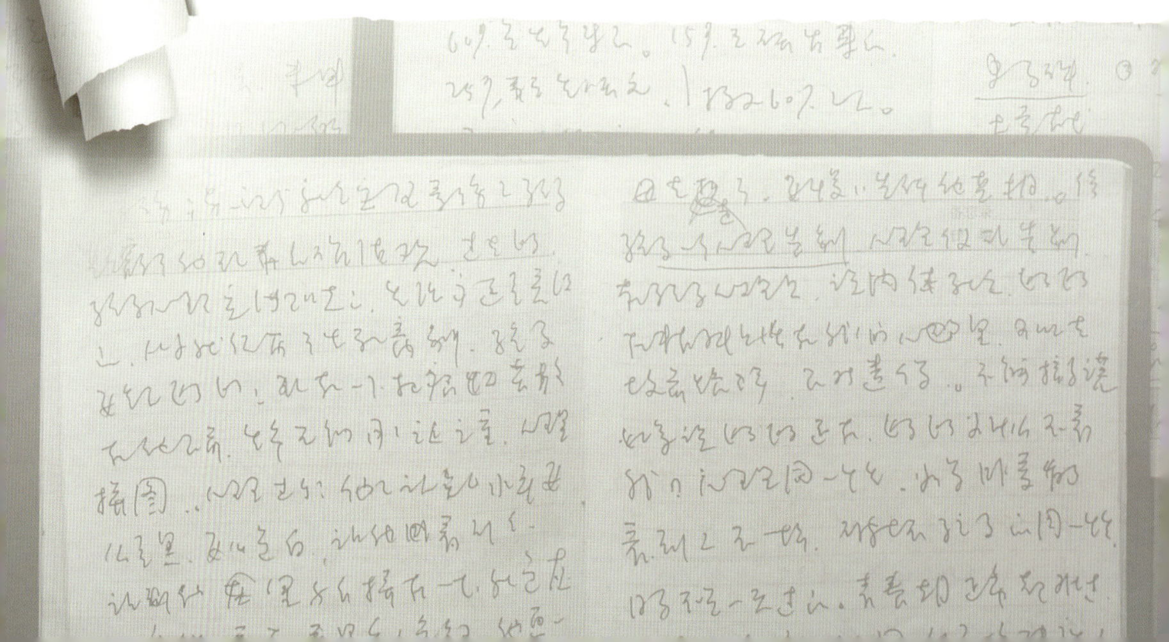

李鸣生文集

飞向太空港

天地出版社

图书在版编目（CIP）数据

飞向太空港/李鸣生著.—成都：天地出版社，2017.2
（李鸣生文集）
ISBN 978-7-5455-2152-8

Ⅰ.①飞… Ⅱ.①李… Ⅲ.①报告文学-中国-当代

Ⅳ.①I25

中国版本图书馆 CIP 数据核字（2016）第 179629 号

FEI XIANG TAIKONG GANG

飞向太空港 李鸣生 著

出品人 罗文琦

选题策划 张 京
选题组稿 谭清洁 漆秋香
责任编辑 谭清洁 漆秋香等（本书责任编辑：程 于）
装帧设计 冠腾文化
电脑制作 四川胜翔数码印务设计有限公司
责任印制 田东洋

出版发行 天地出版社
（成都市青羊区槐树街 2 号 邮政编码：610031）
网 址 http://www.tiandiph.com
http://www.天地出版社.com
电子邮箱 tiandicbs@vip.163.com

印 刷 四川经纬印务有限公司
版 次 2017 年 2 月第一版
印 次 2017 年 2 月第一次印刷
规 格 168mm×240mm 1/16
总印张 330（本书印张：20.25）
总字数 4700 千(本书字数：281 千)
总定价 698.00 元
书 号 ISBN 978-7-5455-2152-8

谨以此书，献给创造空间文明、寻找人类新家园的航天勇士们！

——题　记

序

有思想的非虚构：李鸣生报告文学论

丁晓原

尽管我们有《左传》《史记》这样久远的文学纪实的传统，但具有特指性的报告文学还只是一种只有百余年历史的后起文体。建构晚近三十年中国报告文学史的优秀作家有许多，其中特别重要的是一批穿越上世纪70年代末至新世纪的资深报告文学家，我们称之为跨世纪报告文学作家。但真正具有文体史意义的，或其创作参与了文体建设的报告文学作家，并不是很多。李鸣生是其中不可或缺的一位，他的写作对报告文学文体具有典型意义。这位写作了《飞向太空港》《澳星风险发射》《走出地球村》《中国“长征号”》《远征三万六》《千古一梦》《发射将军》“航天七部曲”的“太史令”，以其独特的创作，为我们书写了新中国航天的悲壮历史。它们既是航天的壮美诗史，也是国志，是文学。作家的地位是由作品的品位决定的，作家的个人史由其创作史建构。李鸣生以其高水准、大规模的航天作品，铸就了他在文坛作为中国航天首席报告文学家、中国航天文学领军者的地位，即使在世界航天文学的书写中也可作如是观。此外，《走出地球村》《中国863》和《震中在人心》三部作品分别获得第一届、第二届和第五届鲁迅文学奖。获得三届鲁迅文学奖的作家很少，尽管获奖不是评价作家创作的唯一尺度，但李鸣生的这些作品摄取独特，叙事宏阔，思考深广，语言表达颇具个性意味，是完全配得上鲁迅文学奖这一荣誉的。

我们对作家的创作进行价值评估，需要超越作品某种应时而生的新闻性，获得必要的时间间距和空间背景。时间是最有信度的批评家，空间也为批评提供了更多的参数。基于这样的认知，我们将李鸣生个人的报告文学创作史，推置于晚近三十多年中国报告文学史中加以观照考察，解析作家创作的特质，探索其何以并在多大程度上实现了对报告文学文体的有效诠释，这应该是很有意义的。

一

我以为，报告文学是一种个人化的社会写作。从作者主体角色的存在视之，这是一种典型的知识分子写作方式。对此，李鸣生也是认同的。他在鲁迅文学院第二十届中青年作家高级研讨班的研讨会上，就明确地告诉他的青年同道："我认为，真正的报告文学作家是典型的知识分子。"①

知识分子的范畴具有多种义项。这里所说的知识分子不是"知识"的知识分子或者是"专业"的知识分子，而是公共知识分子。这种知识分子的基本特点是介入社会；作为社会良知，基于独立思想而向社会发言。因此，报告文学的写字间是整个社会，它拒绝一厢情愿的私人写作。并且从根本上说，作家的思想品位决定着报告文学作品的品质，而有品位的思想需要作家秉持独立的人格。在李鸣生看来，"知识分子最大的特点就是他的人格的独立，这点，作为一名优秀的报告文学作家必须具备"。由此李鸣生给出"报告文学作家和新闻记者的区别"的关键之处在于，"新闻记者是要在现场报道，要在第一时间内把最有价值的信息传达出去（深度报道另当别论）；报告文学作家是要在这些新闻事件的基础上作出自己的独立思考，最终传递和表达的是你对这个世界的思考，而你的思考要与众不同。所以，在所有的社会问

① 李鸣生：《报告文学作家要人格独立》，中国作家网2013年7月2日。

题上，作为报告文学作家必须建立起自己独立的思想体系，进行与众不同的思考，最终发出与众不同的声音”。[①] 由此可见，思考、思想之于报告文学作家李鸣生所具有的特别意义。“一个民族光有空间的高度是不够的，还必须要有思想的高度。唯有拥有了思想的高度，其眼光、胸襟、境界才大不一样，甚至说话的气派、分量也大不相同；而天天看到、想到的，就不仅仅是秦砖汉瓦、巍峨长城，滔滔黄河、滚滚长江，还有五洲四海、辽阔世界，万里长空、茫茫宇宙！”（《**千古一梦·尾声**》）这是李鸣生长篇报告文学《千古一梦》中一段具有主题性意义的表述。根据这一表述，结合体现作者追寻思想自觉的创作实践，我们可以获得观照、读取李鸣生报告文学特质与价值的一个优选的视角。在我看来，李鸣生的报告文学体现为一种有思想的非虚构写作范式。

思想为美是报告文学写作美学中的一条重要原则，这是这一文体作为知识分子写作方式的一种内在规定。著有《西部在移民》的麦天枢曾经说过：“当思想的深度构成读者对报告文学的普遍要求的时候，思想性就表现为一种美；思想性通过文学手段来承载，思想性就变成了文学性。”[②] 优秀的报告文学是作家卓异思想的产物，同时它又如思想的“发生器”，能够激活读者的关联思考与叩问。《哥德巴赫猜想》在新的历史时期首次正面叙写讴歌科学工作者的业绩和科学精神，在拨乱反正之初具有显然的思想先锋意义。《人妖之间》直击现实严重的腐败，开创了新时期以批判为价值取向的“问题报告文学”的先河。作者感于世相而提出的“人们啊，要警惕”的告诫，危言醒世，启人深思！李鸣生初入文坛，就浸润着新时期报告文学的文学精神。在其后的写作中，他奉持“独立人格、独立立场、独立思想、独立写作”的原则。这一原则来自他长期写作实践的真切体悟，也视为他对报告文学理想写作的一种诉求。出版文集时，这一原则被赫然印在文集的

① 李鸣生：《报告文学作家要人格独立》，中国作家网 2013 年 7 月 2 日。

② 参见《太行夜话——报告文学五人谈》，《光明日报》1988 年 9 月 23 日。

封面上，这充分说明作者对这诸多“独立”的特别看重。

我以为，四个“独立”的核心在于“独立思想”。“独立思想”是我们解读李鸣生报告文学的“文眼”。李鸣生是一位对思想有着执着认知的作家。他以为：“一个作家的思想非常重要，无论你是写什么的。思想决定作品的高度，决定作品的品质，甚至说思想决定一切。而这种思想，必须属于自己。”① “思想”在李鸣生报告文学写作中是一种整体性的存在，它涉及选题与格局、价值取向和叙事设置、思想表达和语言策略，等等。特别与众不同的是，思想于报告文学家李鸣生而言，更可贵的是体现为思考的方法、思维的智慧。我们读李鸣生的作品，很容易获得一种直观的感觉，就是大题材、大视野、大构架、大叙事、大主题、大气场。同样是科技题材的报告文学，徐迟的《地质之光》《哥德巴赫猜想》《生命之树长绿》等可谓是精致的诗，而李鸣生的《飞向太空港》《千古一梦》等作品是一种史诗的创制，即便是《发射将军》这样的人物报告文学，也注意将个人史与国史的叙事有机融合，体现出别有意味的史性。我以为李鸣生写作中显示出的种种大观，从根本上说是来自作家的大思维。其中具有李鸣生原创性新思维的，是其关于“星际文明”“宇宙文明”的发明与阐释。这是李鸣生卓然有成、自立于文坛的思想前提。

二

航天书写于李鸣生而言是一种宿命，一种天作之合的情缘，是个体生命史的建构，也是作者贡献天地文明的事业！“十五年的发射场生活，使我比一般人更有条件看到天空，也更有机会随着火箭卫星的一次次升腾，对我们居住的这个星球以及顽强地活在这个星球上的同类

① 参见杨鸥：《李鸣生：中国航天史诗的书写者》，《人民日报·海外版》2010年8月6日。

进行立体的思索，从而改变了我跪着看待人生的姿势，获得了一个与众不同的审视世界的角度。”（《飞向太空港·后记〈天空让人想起使命〉》）这位结缘于航天伟业的作家，是以航天人的姿态入轨报告文学天地的。从李鸣生的话中，我们可以获知作者不仅具有得天独厚的熟稔题材的条件，而且更重要的是由此衍生出的心理优势和写作智慧。“发射场成了我的精神牧场”（《千古一梦》）。在对象主体化的领悟之中，李鸣生开启了辽阔宽广的思维空间。这种思维空间早在写作《飞向太空港》时就已形成了。《飞向太空港》叙写的是中国“长征三号”火箭发射美国“亚洲一号”卫星的故事。这样的题材在当时极易写成高度意识形态化的主题，但李鸣生显然并没有为思维定式所囿。有作品“题记”可证：“谨以此书，献给创造空间文明、寻找人类新家园的航天勇士们!”这里所说的“空间文明”为李鸣生首先提出，在作品后记《天空让人想起使命》中，作者对此有具体的阐释。这篇后记中，作者从容地挥洒着沛然的才情，演绎着飞天想象的迷人：在宇宙文明的时代，“也许，宇宙公民们还会从各自的星球走来，手牵着手，肩并着肩，欢聚一堂，嬉笑打闹，谈天说地。而地球人回忆的话题一定是：在很久很久以前，我们如何艰难、痛苦地挣扎在地球上”。这不只是凌虚的想象，更有对科学逻辑的预知。李鸣生认为：“从区域文明到地球文明，从地球文明到星际文明，从星际文明再到地球文明，应该是一个无法抗拒的自然规律。航天时代带来的宇宙意识，导致了人类认识的飞跃，从而把人类的思想与情感引升到一个辽远而广阔的大境界。”这一表述中所包含的卓异的宏大思维，表明了作者思维的开阔与大气。而正是这样的思维建构，促成了《飞向太空港》得以大起高开，使李鸣生此后能以高水准的创作在充满竞争的报告文学领域中步履稳健地登堂入室。

《飞向太空港》的主题不只是此类题材通常会有的爱国主义精神。它的主题是复调式的。作者将中外航天合作置于中国改革开放的大背景之中，《周游列国的中国专家们》等章节极其真实地反映了开放之初始，人们在观念、能力、文化以及适应国际规则等方面所面临的种种问题。从这一点而言，这部作品可以说是为中国的开放史留存了一段生动而珍贵的侧影。而更富创意的是作者基于空间文明的思想，将不同文明的交流设置为一个叙写重点，以开放、包容的姿态，使作品超越政治叙事，建构起一个更为宏大的文明叙事。作品共六章，其中第四章《火箭，另一个伟大的文明》、第五章《我们都是地球人》和第六章《跨越国界的飞行》都直接关联了不同文明交流的叙事。正如作品中作者在与美方技术专家交流时所说，中美火箭与卫星的合作，“不单单是一次空间技术的合作，也是两个民族、两种文化、两种感情的一次交流与沟通；不光是发射一颗卫星，也是中美两国科学家在一起共同创造空间文明。因为开发宇宙，造福人类，是全人类的共同使命”。这里给出的正是《飞向太空港》的核心价值。李鸣生在《中国“长征号”》中有一段关于“长征号”意义的表述凝练而到位：“‘长征号’其实就是中华民族的一种象征，它象征着力量，象征着智慧，象征着精神！‘长征号’从封闭走向开放、从靶场走向市场的历史，就是中华民族从传统走向现代、从国内走向世界的历史；‘长征号’与世界接轨的历史，就是中华民族与世界融合的历史。”我想，这一表述用于对《飞向太空港》多维主题的解读，也是非常合适的。

如果按照“主旋律”作品的写作制式，李鸣生的《澳星风险发射》自然无法进入“主旋律”的“轨道”；而若是按照“问题报告文学”的写作要求，则这一作品需要设置为“批判”的模式。《澳星风险发射》由作品题目就可知晓所写重心，但这里的“风险”并不是作为一种“问题”来作否定性报告的。航天是一种高风险的科技，因此，失败也是航天史的一种真实。作者将 1992 年 3 月 22 日“澳星”发射失败视作一种客观存在，以一种中性的叙事立场，在中国航天文学中第一次直面失败，并对此作全展式的报告，“本来，人们对那个春天的夜晚寄予了再大不过的希望。结果，那个春天的夜晚回报给人们的却是天大的懊丧和无尽的遗憾；中华民族的自尊心受到了空前的刺激，火箭子孙的感情遭到了莫名的戏弄”，“失败似一道无形的阴影，笼罩在发射场的上空；失败像一个看不见的幽灵，潜伏在人们的心底”。作品以真实而很有故事性的叙写，凸显了极具中国特色的失败心理和失败文化。但显然，李鸣生并不是因为“懊丧”与“遗恨”而言说失败，而是因为真正领悟了诗人惠特曼所说的“当失败不可避免时，失败也是伟大的”的深意。作者以为：“一个民族，如果不光会欢呼成功，而且还能正视失败、接受失败、超越失败，甚至达到一种欣赏失败的境界，那这个民族该是多么地伟大而不可战胜啊！”由此，作品既展示“澳星”发射失败后种种中国式的反应，也不吝笔墨实写了中国航天人艰辛负重、超越失败的壮美精神。这样颠覆常规的写作，在当代中国报告文学史上也是少数的典型个例。作品这种有意义的立异，正是建立在作者独立思想、独立写作的基础之上的。从这个角度而言，《澳星风险发射》是有思想非虚构的一个典型样本。

如果我们仅仅关注创作了航天及其他高科技题材作品的李鸣生的存在价值，是不够的，也是不完整的。我们还应当关注他的另一部作品——《震中在人心》，关注这部作品的写作怎样“避免概念化，避免传统的主流叙事”，又怎样将“传统的‘主流’叙事转化为作家个性化的作品叙事”[①]。李鸣生的这一表达实际上涉及了公共的“主流叙事”和作家个人的“作品叙事”这个重要的话题。真正的报告文学需要作家在面对重大的公共写作题材时，善于将新闻写作常设的“主流叙事”有效地转化为文学创作别异的“作品叙事”。这里的“作品叙事”，就是基于主体独特感受、独立价值判断、独立思想的具有个人色彩的非虚构的文学叙事。在这一点上，《震中在人心》尤显其意义。这部取材于汶川特大地震的作品，在第五届鲁迅文学奖终评中以名列第一胜出。有意思的是，在初评时因为作品思想的某种“异调”、主题的非主旋律而差一点遭淘汰出局。这是很值得我们思考的。我们需要反思何为地

① 《李鸣生在〈千古一梦〉研讨会上的发言》，中国作家网 2009 年 5 月 22 日。

震非虚构作品的终极价值。我以为钱刚的《唐山大地震》和李鸣生的《震中在人心》，在某种角度上对此作了例说。《唐山大地震》就是一部具有多功能的皇皇之作，它“是作者为今天和明天的人类学家、社会学家、地震学家、心理学家……为我们整个星球上的人们留下的一部关于大毁灭的真实记录，一部蒙受了不可抵御的灾难的人的真实记录”①。《震中在人心》不仅有通常的对抗震救灾的感人场面的描写，而且更有对人类遭遇重大创伤的生命之痛的感悟，还有对地震灾害作出的深刻反思。作品不仅观照地震的视角独异，而且在情感与思考的深度上超越了同类作品。作者曾说，“面对灾难，作家不应缺席；面对死亡，文学不该沉默”。大地震的写作有很多可能性，应该有对一方有难、八方支援，以人为本、抢救生命等主题的表现。但大地震终究是对人类的重创，因此大悲悯应该是此类写作不可或缺的元素。“我只为真相，只为实情，只为血印，只为泪痕，只为记录，只为见证。我不想把废墟变成大厦，把悲剧变成喜剧；我不想把谎言变成真理，把哭泣变成歌声；我不想把反思变成庆典……公示汶川大地震灾难的真相，传递废墟的气息，留下亡灵的心声，定格人心的表情。”正是有了这样的思考，作者不仅独异地摄取地震的镜头，而且在叙事处理、情感书写和思考深度以及批判性等方面超越了同类题材的作品。

有思想的非虚构，需要达成报告客体的本真、呈现主体自我的元真，从而实现报告文学文体有自我且真实的文体性。真实是报告文学的生命，是其文体力量生成的支点。报告文学的真实说到底需要作家独立地思考和判断，不违心，不唯上，不唯书，不唯权威名家，而能唯实，尊重并敬畏叙写对象本身的历史存在。作为一个有思想的非虚构作家，李鸣生是严格持守这样的写作原则的。其作品里有一个关于钱学森的个例可以说明这一点。钱学森是名满世界的杰出科学家，“钱学森的脑袋比一般人的大，略呈方形；尤其是额头，非常宽阔，而且

---

① 徐怀中：《唐山大地震·代序》，《解放军文艺》1986年第3期。

发亮。你很难说清他的脑袋具体哪点与众不同，但给你的印象就是与众不同，似乎藏有一座智慧的金山，又像装着一组成功的密码，满脑袋都长满了天才的花朵与知识的森林，甚至连每根头发丝都像是一棵智慧的大树”。（《走出地球村》）可是就是这样的科学家，当年却坚持航天飞船“五人舱”的设计主张。“钱学森解释说，这五个人的分工是：一个是指令长，一个是航天员，一个是随船工程师，一个是随船医生，再加上一个政委。”（《千古一梦》）就是“再加上一个政委”的极简叙说，意味无限地实写了当时中国航天发展的复杂的政治生态。尽管科学的“钥匙”可以开启政治的“后门”，但科技的研发需要盖上“政治的印章”。“再加上一个政委”并不是钱学森的非科学，而是政治异化下一种集体无意识的表达。这便是历史的真实，也是一个关于钱学森的真实的插曲。

三

研读李鸣生的报告文学，我以为他的最大优势，并不在于新闻性，而体现为作品思想性的整体生成和他对非虚构文学性的自觉追求。这是决定李鸣生报告文学写作能在较高水准上长期可持续发展的关键因素。而这对新常态语境中的报告文学写作，更具有切实的意义。所谓“新常态”，取自经济学界的一个热词，报告文学的“新常态”就是全媒体或融媒体的存在。全媒体时代的报告文学，它原有的“新闻性”红利大为减少，文体一般的新闻优势已不存在。这就需要报告文学基于非虚构原则，通过有深度有个性的思想表达和非虚构文学的美学建设，激发文体内在的活力，有效强化非虚构叙事的优势。

文学性不高，是制约报告文学作为审美文体而发展的一个重要因素，也是影响读者阅读的一个基本问题。尤其在全媒体时代，报告文学文体的新闻性优势已经失去，报告文学的写作并不能简单依赖新闻性，在此背景中，文学性的意义就显得特别重要。报告文学的文学性是什么？烦琐的学院派式的论证最终也许还是无解。在美国非虚构作家杰克·哈特的《故事技巧——叙事性非虚构文学写作指南》中，“叙事性非虚构文学”命题及其展开的思路，对于报告文学文学性的研究和达成，或许能给我们一些有意义的启发。

我以为作为一种叙事文学样式，将报告文学定义为“叙事性非虚构文学”，是符合这一文体逻辑的。报告文学是真实的叙事，小说是虚构的叙事，它们共同的要求是叙事。叙事构成报告文学写作的本体，它既承载着作品思想情感等价值表达，同时又是写作本身的重要目的。

李鸣生的作品具有强烈的叙事意识。《中国“长征号”》是中国火箭发射美国卫星的大叙事，作品以事件演化为叙事线索。这是作品建章的目录：第一章《怪圈》、第二章《变轨》、第三章《推销》、第四章《天机》、第五章《谈判》、第六章《碰撞》、第七章《发射》、第八章《草图》、第九章《保险》、第十章《贷款》、第十一章《合同》、第十二章《失败》、第十三章《检讨》、第十四章《发愤》、第十五章《官司》、第十六章《爆炸》、第十七章《阵痛》、第十八章《反省》、第十九章《雪耻》、第二十章《代价》。由章目设置可见，作者十分重视作品的叙事构篇，贯穿其中的线索主干清晰而又跌宕曲折，故事性很强，对读者别有一种牵引力。《发射将军》是一部人物报告，作品以“发射将军”与发射相关的人生历程为叙事线索，具有某种纪传体的特征。作品从第一章《军委令》将主人公由战场奉调至发射场作为故事的发端，以人物离休生活“晚年赋”作结，突出了“故事性”人物的叙事。吸引读者的是将军的传奇和在传奇中蕴含的伟大精神。

一个叙事优化的文本，首先需要建构一个与之适配的叙事结构。李鸣生能根据客体本身内在的逻辑和主题思想表达的需要来配置这样的结构。《走出地球村》写的是“东方红一号”卫星飞天的故事。卫星的研制动议于1958年，发射成功在1970年。这是一个具有特殊的政治生态的时期。根据这样一种特殊的存在，作品设置卫星叙事和政治叙事双线叙事结构。政治叙事在《走出地球村》中是充分的，从开篇

"苏联第一颗卫星上天，艾森豪威尔总统手中桥牌落地"，到"美国人造'小月亮'挂到天上，周恩来午夜拿起直通毛泽东的电话"，一直贯穿到收结"卫星功臣登上天安门"。而"'小弟弟'找'老大哥'学放卫星""忍着饥饿的肚子，中国从八公里起飞""'东方红一号'人造卫星方案诞生""马灯前钱学森坐卧不安""火箭司令神游戈壁"等则为卫星叙事。这种双线并置反映的正是"东方红一号"卫星的一种特殊的历史真实。这样的安排一方面强化了对科学家忍辱负重、刻苦创造、献身科学光辉形象的再现，另一方面对非科学的政治对于科学的干预、对于科学家的摧残，进行了深刻的反思和批判。

一般来说，李鸣生的报告文学叙事构架是宏大的，这是因为叙事对象具有先在的宏大性。但是单纯的宏大无法抵达文学叙事所需要的细部深层的景致，宏大叙事需要有具体叙事作坚实的支撑。李鸣生也有作品如《发射将军》，表面看不是宏大题材，书写的只是某个人物。但对于这样的作品作者并不就小写微，而是注意将人物推置时代与历史的宏大背景中加以表现。在历时演进的纵轴上融合将军的个人叙事、导弹部队的集体叙事和共和国历史的大叙事。作为文学的非虚构叙事，在李鸣生报告文学中大叙事与小叙事是相生的，而小叙事的核心则是具体的人物叙事。"叙事需要三大支柱：人物、动作和场景。排在第一位的是人物，因为人物能够推动动作和场景的发展。"① 对于人物叙事的意义，李鸣生是充分认知的。他说自己的作品"希望通过人物把我们的历史，一个非同寻常的历史写出来"②。李鸣生把人物作为历史叙事的要素，而在我看来人物就是历史的本身，作者笔下的许多人物，航天人、科学家等，正是他们创造了作者叙写的历史。不仅如此，作者再现的人物，许多是中国脊梁式的人物而又具有常人情怀。作品的感染力来自于这些走近读者的真实而感人的人物。

---

① 杰克·哈特：《故事技巧——叙事性非虚构文学写作指南》，第74页，叶青、曾轶峰译，中国人民大学出版社，2012年。

② 《李鸣生在〈千古一梦〉研讨会上的发言》，中国作家网2009年5月22日。

李鸣生报告文学的人物叙事，颇多性格叙事、精神叙事。《中国863》是一部题材重大的长篇，作品首章《悄悄发生的革命》格局甚大，由美国“星球大战计划”、欧洲“尤里卡计划”、日本“振兴科学技术政策大纲”叙述领起，导出中国的“863计划”。这是典型的宏大叙事。以后的全部篇幅从第二章到第七章都为具体的人物叙事，其中第二章《科委来了个“厉害的老太婆”》，是作品重点写作的一章。“厉害的老太婆”是朱丽兰。“厉害”是其作为管理者的主导性格，改革创新，敢于担当。但作品没有将她写成一个单面的概念人物，而是运用细节集成的方法，还原朱丽兰既“厉害”又和蔼；既是工作狂，又会理发、织毛衣、弹钢琴的圆形立体的本真。而李鸣生航天系列中的航天人的形象，是最烙印在心底的、难忘感人的。作者叙写这些人物，不只写他们的科学智慧、科技才能，而更重于对他们作精神性叙事。赵廉清是创建西昌发射场的指挥者，在非常年代，知其不可为而为之，积劳成疾。他留给这个世界最后的镜头是：“他手上紧紧揣着一样东西。这样东西不是别的，就是他生前一直随身携带的那个军用挎包！而护士打开挎包后，只看见两样东西：一份皱巴巴的施工图纸，一个被啃了小半的冷馒头！”（《千古一梦》）从这样的细节中我们可以看到，一个瘦小羸弱的生命里，升华出一个伟大的精神形象。

四

故事是什么？乔恩·弗兰克林在《为故事而写作》中为我们给出了“定义”之一：“当人物遇到错综复杂的情况，而他又不得不面对和解决时，行动就发生了，故事正是由一连串这样的行动所构成的。”[①]这一表述中关键词是冲突，是矛盾。故事存在于冲突、矛盾之中，冲

① 杰克·哈特：《故事技巧——叙事性非虚构文学写作指南》，第6页，叶青、曾轶峰译，中国人民大学出版社，2012年。

突、矛盾推衍出故事。非虚构的报告文学作者无法依靠想象力制造故事，但是他可以从对真实客体冲突、矛盾的存在中，选择并呈现其中的故事。李鸣生说，在他的作品中，“我希望呈现大的矛盾”①。《走出地球村》中有极“左”政治与卫星科技的矛盾，《中国“长征号”》中有开放与保守、体制与市场、国力基础与航天发展、中外文化等之间的矛盾，航天人存在的价值就是“面对和解决”“错综复杂”的矛盾冲突。这些形成了李鸣生叙事的基本构架和基础。这样的矛盾构篇也决定了李鸣生报告文学叙事的丰富性和复杂性。在总体的矛盾叙事基础上，作者再相宜地采用悬念式叙事方法，就更有效地强化了作品叙事的故事性。悬念不是虚拟的，而是实际发生的状况，也是航天高风险的一种表征。作品一环扣一环的悬念叙写，渲染了其时其地其情的紧张感。而报告文学所需的现场感就在这紧张感之中，特别扣人心弦，使人身临其境，强化了故事性叙事对读者的吸附力。

李鸣生报告文学的叙事方法是富有变化的，他能根据不同的报告对象运用相应的方法。在他的作品中读者可以分享到多种叙事艺术所产生的叙事之美。在《千古一梦》中，作者设计了“双声叙事”，即作者（采访者）叙事和人物（被访者）叙事的结合，特别是导入当事人的自述，以人物的亲历亲验，真实地还原出特定时空中人物和事件的现场情状。这是一份珍贵的活的航天档案。《发射将军》则注意在“实体叙事”中有机地穿插“软性叙事”。所谓“实体叙事”是指与作品主人公“发射将军”直接关联的主干内容的记写，而“软性叙事”则如对导弹部队饥饿、文艺生活极度贫乏等的叙说。《震中在人心》则是一部运用镜头观察和叙事的作品，“用镜头定格真相，让文字留下思考”，大量的照片极具视觉冲击力和情思震撼力，不只是为文字的叙述提供了直观的背景，而且照片本身也成为作品的一种独特的叙事元素，生成了超越文字的叙述力量。

① 《李鸣生在〈千古一梦〉研讨会上的发言》，中国作家网 2009 年 5 月 22 日。

五

文学是语言的艺术，报告文学也是。语言是作品思想的现实，也是叙事生成的工具，还是作为审美的报告文学的要素。报告文学创作中语言的问题，主要是缺乏主体鲜明个性的语言新闻化，另一个是小说化的语言絮叨铺张。李鸣生的报告文学大多为长篇，但语言凝练具有表现力，诚朴简约不过度藻饰，并且具有自己鲜明的个性，许多语言表达有意味、情味、趣味，有效地增强了他作品的文学美感。在这里，我不打算对李鸣生报告文学的语言艺术进行全面的解析，只就他的“智慧语言”和“软语言”运用之美作一解读。

所谓“智慧语言”，是指形象生动、意含新异别致、具有特殊表现力的语言。比如“已经点火的火箭竟然无视天下众生，老练得如同一位千岁老人，打个盘腿坐在那儿，连动都懒得动弹一下”。（《澳星风险发射》）写卫星发射的失败，作者用拟人化的手法形容，以独特的冷峻与幽默，写意地写出发射失败的状态和航天人的尴尬，用语非常新颖。作者以幽默笔法言说失败，正与作品正视失败、超越失败的主题相关。幽默的语言是典型的智慧语言。在李鸣生的作品中已不是偶尔为之，而是一种个性的语言景观。“在国际市场上，美国人早就大把大把地捞着美元，中国人为什么不能去弄点‘零花钱’？在国际空间俱乐部里，美国人可以大口大口地喝着‘咖啡’，中国人为什么就不能去喝上一杯‘清茶’?”（《中国“长征号”》）这一表达的语境是，对于中国航天进入国际市场，国内以为冒险，西方设置障碍。这里的美元与“零花钱”之喻，客观地表示中美航天科技实力和航天市场份额的差距，“清茶”之类意含走中国自己的航天发展之路。整体的表意是非常清晰的，就是中国应该进入国际航天市场进行竞争，只不过用“李式语言”表达，意味意趣就大不一样了。“已经欠着一屁股账的中国专家当然拿不出这笔钱来，他们只有一个价值连城的传家宝，这就是：自力更生!”（《中国“长征号”》）“一屁股账”与“价值连城”对举，极简地实写了中国航天发展的境况，高度凝练了中国航天的伟大精神。

李鸣生幽默的语言可分为“麻辣幽默”和“冷幽默”。“这一年，‘反右斗争’刚刚过去，‘大跃进’的旋风又骤然卷起，中国人像被灌了一桶大剂量的兴奋剂。”（《千古一梦》）“据说，两年前一所中学考试时，发生过这样一个故事——试卷问：爱因斯坦是谁？学生答：美国当代著名歌星。”（《飞向太空港》）这种幽默让我们无法轻松说笑，其间的麻辣唤起读者对非常年代的反思与批判；是对过度娱乐化，忽视科学世相的揭露和讽刺。“美国人把这条山沟称为‘神秘的峡谷’，而当地彝族老人则说：‘什么神秘不神秘，这山沟就是我们过去放羊的地方！’故此，当地人称‘赶羊沟’。”（《飞向太空港》）这样的文字可谓冷幽默，读起来会忍俊不禁。报告文学拒绝虚构，但它同样需要作家具有丰富的想象力。想象之翼可以飞扬智慧的语言。“世界各国许多中学的少男少女们，每晚相聚在迷人的星空下，像谈论童话似的，长时间不知疲倦地谈论着卫星、卫星、卫星。仿佛苏联的这颗人造卫星，成了他们嘴里一块永远嚼不够的口香糖。”（《走出地球村》）以“口香糖”喻说人类第一颗人造卫星发射后对各国学生的影响力，新颖生动，可意会，也可言说，体现了李鸣生语言表达的一种智慧。

软语可人，是我阅读李鸣生作品时的一种直觉。我这里无法给出“软语”的标准解释。所谓软语，是一种“闲语”，它不属于主干叙事，但与主干叙事有所关联；在表情表意方面偏于柔细，静安之中，可入情入心。“将军家的院门是双扇的大铁门，夕阳照在斑斑驳驳的门上，给人暖洋洋的感觉。每当这时，将军便坐在门外一张自制的小折椅上，像一位坐在长满颗粒饱满的庄稼地边的老农，静静地守候着儿孙们的归来。夕阳在他眼角的皱褶里绣着陈年旧事，时光在他花白的头上写着岁月沧桑。”（《发射将军》）将军从战场到发射场，军人形象刚硬，棱角分明。而此时进入晚景的将军没有了豪情、霸气，却有人间的亲情和慈祥。“夕阳在他眼角的皱褶里绣着陈年旧事，时光在他花白的头上写着岁月沧桑。”我们从诗一样的句子中，可以读出将军人生种种的况味。

李鸣生的报告文学有种种特点和优点，而我最为看重的是他的作品有思想，也很文学。有思想，也文学，这就是我所希望读到的报告文学。

2015年8月28日

目　录

附　录

序　章
本文参考消息

参考消息之一

法国《世界报》消息：1990 年 2 月 22 日，欧洲空间局“阿里亚娜—4”运载火箭，在法属圭亚那的库鲁发射场升空后不到两分钟爆炸。这枚火箭的爆炸，使它所载的价值四点三亿美元的两颗日本通信卫星毁于一旦。这是“阿里亚娜”火箭自 1987 年以来连续成功发射了十七次后的第一次失败。航天公司发表公报说，这次失败是因两部发动机出现故障而引起火箭失去平衡，从而在动力压下导致爆炸。

（作者按：这次爆炸，是法国“阿里亚娜—4”运载火箭自 1988 年底开始首次商业发射以来的第一次重大事故，直接经济损失达二至三亿法郎。本来，法国打算利用日本人对它的信任，通过发射两颗日本通信卫星来打开它在亚洲的航天市场；但不幸失败，使它在国际卫星发射市场上的声誉蒙上一层阴影。）

参考消息之二

苏联塔斯社消息：1990 年 2 月 28 日，美国“亚特兰蒂斯”航天飞机施放的一颗侦察卫星在空中遭到解体。卫星解体后分成了四块在空中飘移，彼此相距数百公里。其中一块已于 3 月 19 日进入太平洋上空的大气层，而另外三块预计在 4 月 12 日进入大气层后被烧毁。

（作者按：美国发射的这颗卫星，价值十亿美元，重达二十吨，颇像中国的大卡车。它主要用于获得高分辨率数字图像，并可窃听通信。

这是美国继 1986 年“挑战者号”航天飞机爆炸后的又一重大失败。)

参考消息之三

中东《金字塔报》消息：1990 年 3 月 14 日，由美国“大力神—3”运载火箭发射的“国际通信卫星—6”，升空后未能按预定时间同第二级火箭分离。虽然经地面工作人员数小时努力后，卫星脱离了火箭，但却把一个应将卫星送入高轨道的发动机留在了火箭上，因而使卫星处在一个不安全的低轨道上。

(作者按：“大力神—3”型运载火箭，是美国火箭中最大的商用火箭。它可将五十六点七五吨的有效载荷送入地球同步转移轨道。它在过去一百三十四次发射中，有一百二十九次获得成功，可靠度达百分之九十六点三。它这次发射的这颗国际通信卫星，本可中继十二万条电话线路同时通话和转播三个电视频道节目，还可供一百多个国家进行电话通信和电视播放。可惜，事与愿违，造成损失五亿美元，使美国的商业性火箭发射计划又一次受到重大挫折。由于短短二十天里美国和法国的航天发射连遭三次惨败，故西方有人声称：1990 年是世界航天史上的“灾星年”。)

参考消息之四

美国《商业日报》消息：1990 年 3 月 8 日，亚洲卫星公司行政总裁薛栋在接受记者采访时说，“亚洲一号”通信卫星将在中国四川西昌卫星发射基地，用中国的“长征三号”火箭发射升空。这是中国首次发射西方制造的最先进的通信卫星。我们期待在 4 月 5 日至 9 日之间，中国将“亚洲一号”卫星送入太空。

(作者按：按原计划，“亚洲一号”卫星的发射日期是在 1990 年 4 月 13 日至 20 日之间。但由于发射技术的准备工作比预期进行得快，故中美双方认为可以提前发射。薛栋先生发表讲话后，西方和香港报界第二天便传递了要提前发射的信息，这在西欧诸国很快引起反响。

尤其是亚洲各国，对亚洲第一颗通信卫星的发射表示出极大的兴趣。韩国、巴基斯坦、缅甸、蒙古和孟加拉等国，纷纷向亚洲卫星公司表示要订购卫星转发器的意愿，而亚洲卫星公司正是打算通过出租这颗卫星上的二十四个转发器获益，因为每个转发器一年可收租金一百三十万至两百万美元。）

参考消息之五

北京新华社消息：1990 年 4 月 4 日，中国卫星发射测控系统部有关人士透露：中国将用“长征三号”运载火箭把“亚洲一号”通信卫星送入轨道。这项发射定于 1990 年 4 月 7 日在中国西昌卫星发射基地进行。据了解，这颗卫星是美国休斯公司制造的，由总部设在香港的亚洲卫星公司购买和经营。目前，发射工作进展顺利。这是中国首次承担商用卫星的发射服务。届时，中央电视台和四川电视台将联合进行发射现场直播，中国国际广播电台也将用英语向国外同步播出。

（作者按：就在新华社发布这一消息的同时，中央电视台《新闻联播》节目里也向世界播放了这一消息，并对西昌卫星发射基地有关发射准备工作状况作了现场直播。如此一来，中国的火箭要发射美国的卫星，一时间成了“地球村”一个热门的话题，全世界的目光都盯住了中国，盯住了西昌！于是，1990 年 3 月 30 日上午，我从北京匆匆登上了飞往成都的飞机；当晚 10 点，又爬上了从成都开往西昌的特快列车，开始了闪电式的采访。）

第一章
通向宇宙的门前

一、 西昌： 同步卫星的故乡

一踏上西昌的土地，便有一种热乎乎的感觉。

卫星、卫星、卫星。车站上，公路边，饭馆里，小摊旁，人们都神神秘秘地谈论着卫星、卫星、卫星。

一对青年夫妇，领着一个大约五岁的小女孩，急匆匆地朝我走来。

“同志，请问去卫星发射基地咋走?”

“问这干什么?”

“听说要发射美国的卫星，孩子和我们都想来看看。”

“你们从哪儿来?”

“遵义。”

“是国防工厂的吗?”

“不是，我们是个……个体户。”

“叔叔，”小女孩突然拉住了我的手，“发射卫星，能让小孩看吗?”

“能，肯定能。”我忙蹲下去，双手捧起小女孩的脸，在她的额头轻轻留下一吻。

西昌，我的第二故乡。

十六年前，当命运的列车轻轻一颠，便将我抛在了这块荒凉的土地上时，我的心远比严冬的大凉山还要凉。我仿佛一下失去了自由，失去了爱情，甚至失去了生命，失去了一个人应该得到的一切。我做梦也不会想到，在这片被上帝遗弃的土地上，日后还会升起什么“亚洲一号”卫星。

然而今天，当踏上这片亲切而又陌生的土地时，我一下子便深切地感到，有一股无形的冲动和热能，有一种大树的根须抓住了泥土样的恋情，在反复折磨着我的心。眼前沸沸腾腾的情景，似乎在向苍天昭示着什么。我不知道也无法知道，这次发射是幸运还是倒霉，是成功还是失败。但我却分明看见，过去的一切正在逝去。在原始与现代、文明与愚昧、东方与西方美好而残酷的碰撞中，一个红扑扑的如同朝阳般的希望正在悄然跃起。我仿佛不是回来采访，而是回来寻找——寻找我的青春曾经留下的脚印，寻找我的日子曾经苦恋过的梦想，寻找我的热情曾经燃烧过的希冀，寻找我的生命曾经拥有过的月亮和太阳！

西昌位于四川的南部，地处成昆铁路中段，扼成都昆明两大旅游区之要冲。北上成都五百七十七公里，南下昆明五百四十三公里。从成都搭乘去昆明或金沙江的列车，十二小时便可到达；若乘坐西南航空公司的飞机，只需四十五分钟。

西昌是凉山彝族自治州的首府，为全州政治、经济和文化的中心。这里具有亚热带高原气候特征，全年日照时间长达三百二十天。年温差小，日温差大，冬无严寒，夏无酷暑。最冷的一月，平均气温九点四摄氏度；最热的七月，平均气温二十二点五摄氏度；而年平均气温，则只有十七摄氏度。故“万紫千红花不谢，冬暖夏凉四季春”，享有“小春城”之美称。而且这儿空气透明度特别高，一年四季，绝大部分时间都可见到月亮。尤其是在晴朗的夏夜，当静静地置身于星空之下时，便会看到一轮比地球上任何一个地方都更为硕大明亮、圆润清澈的月亮。故西昌又被称为美丽的“月亮城”。

西昌是全国最大的彝族聚居区。除汉族外，这儿还有藏族、回族、蒙古族、苗族、壮族、傣族、傈僳族、布依族、纳西族等十余个民族。

彝族历史悠久，民风淳朴，待人热忱，十分好客。假如你有机会走进彝家山寨，主人定会十分高兴地留你做客，并为你奉上颇具彝家风味的“坛坛酒”和“坨坨肉”。

“坛坛酒”是用玉米、高粱和荞麦等杂粮为原料，再配以十余种草药装进瓦罐里酿制而成。这种酒喝起来香甜爽口，却并不醉人。“坨坨肉”一般是用一种叫“仔猪”的肉烹制而成。由于这种猪长年敞放于山坡野林之中，活动自由，觅食丰富，能长就一身紧肉，故吃起来细嫩糯软，香而不腻。待你吃饱道别时，主人还会将一条猪腿或半个猪脸送你带走，以示对客人的尊重。

两年前，我曾陪同北京一位老作家钻进深山老林，在一个彝家山寨的草地上美美地吃了一顿坨坨肉，喝了一罐坛坛酒。尽管坨坨肉和坛坛酒把我的肚子早已撑了个饱，离去时我却依然恋恋不舍。我听说，这次有几位参加发射“亚洲一号”卫星的美国人刚到不几天，就吵嚷着要去彝家吃坨坨肉，喝坛坛酒。

彝族的重大节日是火把节。西昌的彝族火把节被称为“彝乡眼睛的节日”，远在汉、唐时代便有文献记载。火把节除在白天举行斗牛、斗羊、斗鸡、赛马和姑娘舞蹈、小伙摔跤等活动外，晚上村民们还要成群结队，手持火把，遍游于山冈丛林之间。点点灯火，闪烁四野，如天女散花，似繁星落地，其景象奇特而又壮观。更有意思的是，节日期间还要举行传统的姑娘选美活动。男女双双，可以随便谈情说爱。倘若你是一位未婚而又有艳福的男子，躲在伞下的彝家姑娘，也许还会为你张开爱的风帆。

西昌是一座历史悠久的古城。早在石器时代，这片土地上便开始了人类的繁衍生息。据载，中国历史上许多著名的人物都曾涉足此地，譬如：司马迁“西征巴蜀”，诸葛亮“五月渡泸”，忽必烈南征会理，杨升庵“夜宿泸山”，石达开兵败大渡河，蒋介石坐镇“西康”，等等。

西昌是西方学者和旅行家探险的乐园。1275 年，意大利探险家马可·波罗来到西昌，成为到西昌的第一个外国人。此后，从 1868 年至

1909 年的四十一年间，法国旅行家安邺、英国旅行家巴伯、法国亲王奥尔良、法国人凡尔赛、法国殖民军一等军医吕真、英国人布洛克，以及法国人多龙率领的考察团，也都先后来过西昌。

西昌是五十五年前中国工农红军长征的途经之地。脍炙人口的刘伯承将军和彝族首领小叶丹“彝海结盟”的故事，便发生于此。

当然，让西昌一举成名的，还是 1984 年 4 月 8 日那个辉煌的夜晚。这个夜晚，中国第一颗同步通信卫星在西昌成功发射，于是全世界都知道了中国有个西昌，西昌有个卫星发射场。

西昌卫星发射场位于西昌市以北约六十公里处的一条大山沟里。美国人把这条山沟称为“神秘的峡谷”，而当地彝族老人则说：“什么神秘不神秘，这山沟就是我们过去放羊的地方！”故此，当地人称“赶羊沟”。

这是一条无名的大山沟。宽二三公里，长约十公里。或许是在亿万年前的某一时刻，当两个漂移的大陆板块在这里猛然相撞时，海底就裂开了一道缝；等洪水消失、泥块长大后，便留下了这么一个大山沟。

这是一片蛮荒的土地。荒凉的大山，空寂的野林，潮湿的云雾，发霉的礓土，历史在这里留下的是一片空白。千百年来，它如同一个昏昏沉睡的梦，连上帝似乎也忘了将它唤醒。直到 20 世纪 70 年代初，一支身穿绿色军装的神秘队伍，才从茫茫大戈壁浩浩荡荡而又小心翼翼地来到了这里。他们头顶云天，脚踏青山，逢山开路，遇水架桥，在这默默无声的大山沟里，用一双长满老茧的大手支起了第一顶绿色的帐篷，点燃了第一团现代科技文明的圣火！于是，古老蛮荒的山谷震颤了，野草丛中的小生物惊呆了，原本无欲无望、平平静静的山民们的日子也开始发生了莫名其妙的变化，渐渐有了生气与活力、企盼与梦想，同时也有了哭泣与悲伤、惊恐与焦虑。

发射场定点于 20 世纪 60 年代末，始建于 20 世纪 70 年代初。当年，为了选定一个理想中的发射场，国防科委组织了数十名专家，对四个省的三十一个县进行了空中和地面的立体勘测。最后经过分析、比较、论证，认为这儿地处横断山脉南段的西缘，纬度较低，离赤道较近，地理位置十分优越。发射卫星时，可利用其独特的地理优势，提高火箭的运载能力，有利于把同步通信卫星送至三万六千公里高的赤道上空。此外，火箭从这儿发射起飞后，按设计的航向飞行，整个航程可以避开大中城市，不会危及沿途人民的生命和财产安全。加上这里气候宜人，空气洁净，为火箭、卫星的测试工作，提供了非常理想的温度、湿度和空气洁净度，所以是发射地球同步卫星的好地方。

当然了，专家们当年在论证、选定这个靶场时，怎么也不会想到二十年后这个原始的大山沟居然会发射美国的卫星。倘若当初想到了的话，或许这个发射场今天就不在西昌，而在“南昌”或者别的什么“昌”了。

二十年来，这支队伍在这荒山沟里默默地生活着，默默地创造着，也默默地期待着。他们用青春和爱情、热血与生命，铸起了一座举世瞩目的航天港，同时也经历了一个常人无法想象的苦难历程。

一切都是在无声中存在，一切都是在秘密中进行。这支队伍开创着人类最神圣也是最艰难的事业——空间文明，却被置身于一个近似原始的生存环境之中，甚至他们所从事的神圣而伟大的事业，也只用了一个简单得再简单不过的代号：“331 工程”。

然而，自 1984 年 1 月 29 日第一颗卫星从这里升起，到 1990 年 3 月，已经有六颗卫星从这里飞向太空，其中有五颗都是同步通信卫星，而且发射成功率高达百分之百。这在世界航天发射史上，也是不多见的。

所以，无论是中国人还是外国人，都不得不承认，这里拥有一支坚韧不拔而又特点鲜明的发射队伍；大山沟的一草一木，自然也会记得这支发射队伍中的每一个人；而历史更不会忘记那一个个惊天动地的辉煌时刻。

不过，当一颗又一颗的卫星从他们的手中飞向太空时，或许恰恰最容易被忽略甚至埋没的，就是他们这群被“保密”的外衣紧紧包裹着的活生生的人！

1986年，西昌卫星发射基地宣布对外开放，承揽外星发射业务。此后，西昌发射场开始了从封闭型的试验基地，向开放型的发射中心转变。

于是，数以万计的中国公民和海外华侨、港澳同胞，纷纷来此观光旅游。他们像是来寻找一种精神寄托，又像是来朝拜一方圣地。

一位六十五岁的华侨老人，远涉重洋来到西昌发射场。望着那十一层楼高的发射架，他激动得久久说不出一句话。临别时，他面对发射架，深深鞠了三个躬，然后才站在发射架下，让摄影师为他留下了一个苍老而满足的笑。

此外，还有二十多个国家、五十多个卫星组织的外宾，也先后来过这里。其中有来自第一世界的美国和苏联，有来自第二世界的法国和英国，也有来自第三世界的朝鲜、赞比亚、尼泊尔和巴基斯坦。

1988年10月，外交部新闻司组织了十八个国家的四十八名驻京记者及夫人来到这里参观访问，西昌卫星发射基地同样给他们留下了深刻的印象——

美联社驻京首席记者艾博伦在报道中说：“世界各国的航天组织再也不能无视中国西昌卫星发射基地和它那十一层高的发射架了，它们标志着中国已进入国际卫星发射市场。”

路透社记者耿必儒在报道中说：“中国乘1986年美国航天飞机发生惨剧和阿里亚娜火箭卫星发射计划连续受挫之机，加快发展其商业卫星发射业务。中国的官员已使华盛顿确信，他们不会使用发射商业卫星的手段来窃取由于政治原因向中国禁运的技术。”

法新社记者莱斯科在报道中说：“征服空间是中国军队和科学家们为之奋斗的事业。西昌是中国为实现其成为仅次于西欧世界的第四个卫星强国的夙愿之希望。中国军人和科学家已把目光盯在2000年上，中国将参加卫星发射的贸易战，因为发射一次卫星，至少使中国获得一亿美元。”

难怪，西昌卫星发射基地外事处的戚处长向我介绍情况时，一开始便非常自豪地说：“‘三个世界’的外宾和记者参观了西昌卫星发射基地之后，都有一个共同的印象。这个印象概括成一句话，那就是‘中国了不起’!”

我问戚处长，“了不起”这三个字，具体怎么讲。

戚处长说：“第一世界说中国了不起，是想不到中国在这样艰苦的条件下、如此短的时间内，能把航天事业搞到这个水平；第二世界说中国了不起，是想不到中国一下子竟成了他们的竞争对手；第三世界说中国了不起，是想不到中国的航天事业完全依靠的是自己本国的力量。”

更出乎意料的是，西昌卫星发射基地不仅吸引了一般的外国友人和外国记者，而且还引起了美国高层人物的关注。

1986年10月8日，美国国防部长温伯格访华。两天后，温伯格在北京突然神秘“失踪”。正当外界纷纷猜测温伯格究竟去了哪里时，温伯格乘坐的专机在大凉山温暖的阳光照耀下，悄悄降落在了西昌青山机场。原来，邓小平在会见温伯格时，特意谈到了中国对外发射卫星这件事，并邀请温伯格参观中国西昌卫星发射基地。所以，温伯格专程飞到西昌，一下飞机，便赶往西昌卫星发射基地。

基地副司令员佟连捷在指挥控制大厅接待了温伯格。佟连捷向温伯格介绍完情况后，特意说了一句：“西昌卫星发射基地可以把一点四吨重的卫星，送入离地面三万六千公里的赤道上空。”温伯格听后很高兴，而后坐在大厅最前排中间的椅子上，静静地观看了中国“长征三号”运载火箭从运输、测试、组装到成功发射的全过程的录像。看罢，佟连捷对身边的温伯格说：“今年2月，这里发射卫星时，我们国家的总理赵紫阳，就是坐在您坐的这把椅子上观看了发射全过程的。”温伯格抚摸着椅子的扶手，高兴地说：“好，看来这是个好兆头！”

接着，温伯格一行又来到“长征三号”火箭测试厂房。厂房负责人指着躺在大厅中央的长四十四点五六米的乳白色“长征三号”火箭，对温伯格说：“我们就是用这枚火箭，把我们的同步通信卫星送入离地面三万六千公里的赤道上空的。”温伯格立即对眼前这个庞然大物表示出极大的兴趣，他谢绝了中方陪同人员请他坐下来边看边听介绍的好意，而是径直走到“长征三号”火箭旁，从头至尾，仔细观看了一番；同时还询问了“长征三号”火箭连接部位的有关情况。

最后，温伯格一行驱车来到面对山谷、背靠青山的卫星发射场。他站在发射场的中央，看了看雄伟的发射架，又望了望清澈的蓝天，这才用一个国防部长的口吻，对随行的记者们表达了自己的看法：

“中国西昌卫星发射基地，确实已经具备了发射卫星的条件，而且还有很大的潜力，给我留下了很深刻的印象。这个发射中心目前正在进一步改善设施，以便执行中国人自己的太空计划，并且准备发射外国的商业卫星。这个中心的发射能力，显然是可以令人信服的。”

二、发射场：原始与现代同构的神话

或许，这是航天城有史以来最激动、最振奋、最繁忙、最紧张，也是最艰难的日子。

一进山沟，我就发现，这儿所有的人都很忙，所有的人都很累。无论是“城里人”还是“沟里人”，不管是中国人还是外国人；无论是大专家还是操作手，不管是指挥官还是炊事员；无论是政工干部还是科技人员，不管是高级领导还是普通士兵，个个行色匆匆，满脸疲惫。不管你走到哪里，都有一股热浪在撞击，仿佛每个人的心里，都燃着一团火。

尤其是到了发射场，当你站在通向宇宙的门前，望着那伸向云天的发射塔，望着那一个个匆匆忙忙的身影以及那一双双渴望腾飞的眼睛，一下便能感到一种决战前的气氛，一种顶天立地的英雄气概，一种勇于开拓的创世纪精神。好像这个神秘的山谷二十年来的全部奋斗与所有等待，都是为了这一天。

西昌卫星发射基地政治部副主任武丰起告诉我说，这儿的每一项工作，都像是在打仗。

西昌卫星发射基地作战试验处参谋何宇光告诉我说，从去秋到今春，大伙一直拼着命在干！

事实的确如此。西昌卫星发射基地自 1989 年起，便同时面临三大任务：一是要抢建一座新的发射场；二是要发射中国第五颗同步通信卫星；三是要准备“亚洲一号”卫星的发射。这三项重大任务，有人开玩笑说，简直就像压在头上的“三座大山”！

而且，更为严重的是，正当基地全体将士为着这三大任务拼命苦干时，无情的大自然偏偏又发开了脾气——

1989 年 9 月 3 日凌晨，当劳累了一天的通信总站的官兵们刚刚进入梦乡，一场百年不遇的泥石流突然暴发了！霎时间，滔滔滚滚的泥石流沿着山谷海啸般倾泻而下。仅半小时，房屋倒塌了，铁路冲垮了，桥梁摧毁了，公路崩溃了，通往发射场的公路、铁路、小路以及所有有线通信线路，全被切断了！人员伤的伤、残的残、死的死。等发射基地的人们从睡梦中爬起时，往日干涸的山沟已变成了一片汪洋。

泥石流持续了整整一个星期。

在这一个星期里，“亚洲一号”卫星的准备工作被迫中断。

在一个星期里，通信总站全体官兵的生存处在极大的困难与危险之中。二十立方米的石头横卧路中，大卡车小汽车浮在水面，铁轨横七竖八躺满一地，两百多间房屋淹于水中；还有成百上千的官兵和家属们，要穿没衣服穿，要吃没东西吃，要睡没地方睡，甚至连想喝一口水都很困难。

面对大自然的挑战，基地全体将士并未退缩半步。在基地领导的得力组织下，从司令、政委，到战士、家属，甚至几岁的小孩，全都行动起来。他们挽起裤腿，卷起袖子，踩着泥水，踏着泥坑，不顾狂风暴雨，不管千辛万苦，白天夜晚，齐心协力，同大自然展开了一场你死我活的大搏斗！

本来，基地官兵们那一双双充满智慧的手，是用来按动电钮的，是用来构筑现代文明大厦的，是用来托举火箭卫星的，是用来开辟通向宇宙道路的。然而，面对大自然的凶猛袭击，他们的双手又不得不去从事最原始的劳作：扒稀泥，拾砖块，推石头，垒锅灶，甚至还不得不忍着干渴、饿着肚子、顶着寒冷、冒着危险，用一种近似原始的生存方式苦度灾日！

比如，泥石流降临后，通信总站的全体官兵从泥水中很快爬起，含泪掩埋了战友的尸体，又火速投入到通信线路的抢修之中。他们重新铺设了七十九公里的地下电缆线、五十二公里的地下光纤电缆线，完成了三十五公里的明线架设和一百零四公里的线路整修，同时还按时完成了新型卫星地面站的抢建工作。结果，本需半年才能完成的任务，他们只用了一个半月的时间。

正是靠着这种顽强不屈的精神，西昌卫星基地全体将士最终顶住了泥石流的巨大压力，渡过难关，迅速恢复了“亚洲一号”卫星发射的准备工作，为“亚洲一号”卫星的发射，按时开了“绿灯”。

先进与落后并存，原始与现代同在，是西昌卫星发射场的又一特色。

当你踏进发射场，你既会被标志着现代文明的七十多米高的“通天塔”所震慑与感动，又会为发射场四周那刀耕火种般的劳作方式和田园牧歌式的美丽风情所困惑与吸引。

站在发射场上，你能看到一条弯弯曲曲的盘山公路，一端伸向遥远的荒山野岭，一端连着通向宇宙的大门。而盘山公路则像一根坚实的扁担，一头挑着现代文明，一头挑着愚昧贫困。公路上，“解放牌”与老水牛互不让路，“桑塔纳”与毛驴车比肩同行；既有手持钢枪的解放军战士，又有身披查尔瓦的彝族老乡；既有戴着眼镜的工程师，又有露着屁股的放羊娃；既有坐着“奔驰”的洋专家，又有赶着牛车的山里人。

站在发射场上，你还能看到远处彝家山寨里升起的缕缕炊烟，近旁荒坡上一堆堆冒着热气的新鲜牛粪，以及发射架附近一个个农夫扶犁耕地的身影。望着那锈迹斑斑的犁铧，也许你会想到，贫困与愚昧曾经怎样在这片生长着野草和五谷的土地上一页一页地翻动着历史，现代高科技如何在这原始的大山沟里嘲笑着古老的文明。

然而，站在发射场上，当你望着那威武雄壮、高耸云端的“通天塔”，幻想着一声令下火箭冲天而起那伟大的一瞬间，你绝对想不到，这些即将把“长征三号”火箭和“亚洲一号”卫星托举上天的发射官兵们，竟会屈居在“水帘洞”里。

所谓“水帘洞”，即指西昌卫星发射基地的一栋协作楼；而所谓“协作楼”，就是专门为那些远道而来参加发射任务的专家技术人员新盖的一栋楼。由于协作楼正在兴建过程之中，所以楼上楼下，屋里屋外，一片混乱不堪；水泥、污水，满地都是；厕所、水房，一概不能使用。

但是，发射“亚星”在即，外协科技人员和抢建新发射场的工程人员等数千人一下全都涌进了发射场，造成小小山沟人满为患，住房成了西昌卫星发射基地一个突出的大难题！

怎么办？

西昌卫星基地的头头脑脑们思来想去，别无他法，最后只好被迫决定：把基地发射官兵原来住的房子倒腾出来，让外来的专家技术人员住进去，而基地官兵们则搬进了协作楼。

由于协作楼正在抢建之中，从早到晚，拌水泥、和沙子、装窗户、刷墙壁，噼里哐啷，叮叮咚咚，每天响个不停。所以无论是中午还是晚上，都无法睡觉。

更为严重的是，协作楼的大梁上、墙角边，一天到晚，总是“滴答”“滴答”不停地滴着污水；加上时值冬季，山沟里本来就冷，新建房又很潮湿，所以屋里寒气浸骨，衣服、被子拧上一把，仿佛都能拧出水来；有时遇上某个水管突然爆裂，房里便会一片汪洋，满屋子都是一只只漂浮着的拖鞋。

于是，大伙把协作楼戏称为“水帘洞”。

发射“亚洲一号”卫星的基地指挥官们，便住在这样的“水帘洞”里：每人一张单人床，外加一张办公桌。桌上放着一部电话、一台电视机以及一堆文件、资料，剩下的四分之一地盘，便是运筹帷幄、发号施令的地方了。

假若不是我亲眼所见，无论如何也想象不到，中国的火箭发射指挥官们，竟是在这样的条件下组织指挥发射“亚洲一号”卫星的。

而且，住在“水帘洞”里的所有工作人员包括发射指挥官们，每晚都要加班至深夜，有时甚至还要干通宵。但他们每晚领到的夜餐，就是两包大多数中国人再熟悉不过的方便面。

这就是中国放卫星的人。他们一方面从事着这个世界上最尖端的科学技术，一方面又不得不在偏僻荒凉的环境和很差的物质条件下艰难生存；尽管几十年来他们一直在秘密的面纱遮掩下苦熬着一个个春夏秋冬，但他们用心血和智慧播种的却是光芒四射的现代文明！

在西昌卫星发射场，还能见到另一类放卫星的人。

每天傍晚，他们三人一伙、五人一群，或者沿着山道，或者顺着公路，或者围着发射架，一边散步一边聊天。他们当中，有男性有女性，有老人有青年，有专家有工人。劳累了一天之后，他们借助散步，作一次短暂的喘息。

这群发射架下的散步者，便是航空航天部组织的参加“亚洲一号”卫星发射的工作队。他们来自北京、上海或别的某个城市，都是中国优秀的火箭专家和技术人员。

正是这支队伍，把设计、研制、测试好的“长征三号”火箭，先从北京用专列护送到西昌发射场，而后与西昌卫星发射基地的官兵们一起，再对火箭进行一系列的测试检查，直到负责把火箭卫星安全发射上天。

这支队伍长年奔波在外，走南闯北，风餐露宿。大漠、荒原、高山、峡谷，到处都留有他们艰辛的足迹。每一次发射，短则两月，长则半年，有人甚至是一年。于是他们的家人常常开玩笑说，他们是一群浪迹天涯的“野外人”！

他们来西昌基地，这次已经是第七次了，不少人都成了“老山沟”。西昌基地发射了六颗卫星，其中有五颗都在春节期间——因为这期间是发射通信卫星的最好时段。所以，他们中大多数人已在这穷山沟里熬过了五个春节。

倘若稍加留意，便会发现，在这群散步者的队伍中，一些往日大家熟悉的身影，此刻已不复存在了。仅以上海航天试验队为例，曾在西昌卫星发射基地参加过发射任务的，就有四名航天专家已经先后离开了人世。

还有那位从北京来的姑娘，1984 年前，她兴冲冲来到这里参加发射卫星。每天傍晚，她喜欢迎着夕阳、伴着晚风、踏着山路，独自散步。她热爱航天，喜欢发射场，还极富幻想，发射架附近那弯弯的山道上常常洒下她一串串泉水叮咚般的笑；尤其每当山风拂起，她那一头柔美漂亮的披肩发，在晚风中夕阳下轻轻地飘荡着，显得分外动人。

但今天，在这群散步者的队伍中，再也见不到她那一头漂亮的披肩发了。由于发射场一次偶然的事故，她身遭不幸，卫星上天后，她二十二岁的生命永远留在了发射场。

“长征三号”火箭副总设计师龚德泉，已经连续七次来西昌卫星发射基地参加发射卫星了。我与他一起散步时，他给我讲了这样一个故事——

一位叫余福良的火箭专家，妻子在苏州，家在上海。他有一个十五岁的女儿，患了一种怪病：脊椎骨猛长，使肺部受到压缩。后来女儿动了手术，脊椎骨取掉一截，再用两块薄体钢拉上。余福良每天一早骑车去上班，中午骑车回家替女儿翻身，下午再骑车去上班。

几年前，余福良要来西昌卫星发射基地参加发射卫星，躺在床上的女儿哭喊着从床上爬起来，紧紧拖住他的双腿，死活不让他走。女儿从小跟着他长大，感情极深。但他是火箭平台系统的主任设计师，而平台是火箭的核心部位，一旦出现问题，火箭便会失去平衡，在空中乱飞。当他向女儿讲明这一切后，女儿的双手慢慢松开了。

去年，为了保证“亚星”的发射成功，余福良白天黑夜连续攻关。他早就感到肚子疼痛，却一直顾不上去医院。等后来实在不行了，到医院一检查，已是直肠癌晚期。

…………

是的，发射场不是战场，却同样有着看不见的牺牲与死亡。从去冬到今春，航空航天部工作队的专家技术人员已在这荒凉而孤寂的大山沟里闷了近半年。从现代化的大都市到原始般的荒山沟，吃饭、住宿，还有身体等，各个方面都面临着诸多的不便与困难。特别是不少专家已届中年、老年，甚至有的已年过七旬，来到山沟后，水土不服气候不适，加之远离家门无人照顾，度过这段艰难的日子，实在不易。

由于他们长时间离开家里，后顾之忧自然也有不少。比如：有的年迈的父母必须照料；有的幼小的孩子急着入托；有的年轻的恋人等着结婚；有的孤单的妻子就要分娩；有的大白菜需要买好贮存过冬；有的煤气罐等着从一楼扛到六楼……

但，为了“亚洲一号”，这一切的一切，都被他们自己悄悄省略了。

前不久的一个晚上，还出现了这样一个场面：航空航天部工作队的爸爸、妈妈们，围在电视机前，激动地看着一部录像。这部录像既不是武打片，也不是喜剧片，而是单位的领导把他们家里的孩子召集在一起开了个茶话会，让孩子们给远方的爸爸妈妈讲几句最想说的话——

一个七岁的男孩说："妈妈，昨天我已把家里的卫生全部打扫了，就是不小心把裤子刮破了个洞，同学们老笑我的屁股。爸爸是个大笨蛋，怎么也补不好，后来还是老师替我补好的。妈妈，发射时你给我打个电话好吗？我好趴在家里的阳台上看卫星！"

一个八岁的女孩说："爸爸，妈妈的病已经好多了，请爸爸一定放心地打卫星，我保证每天都给妈妈泡方便面！"

看着看着，爸爸们的眼圈红了，妈妈们则忍不住偷偷地抽泣起来。

三、酒吧：一个中国人与三个美国人的对话

时间：1990 年 4 月 1 日晚。星期日。

地点：西昌腾云楼宾馆小酒吧。

翻译：罗韬先生，袁红灵小姐。

夜。宾馆。

香槟。啤酒。台球。乒乓球。

乐曲。舞步。男人。女人。

这是美国人夜生活的世界。

跨过太平洋。飞越西半球。飞机、火车、汽车。安装、测检、调试。干了一天，忙了一天，累了一天，是该轻松轻松了。

美国人的到来，对西昌这片古老的土地，无疑是一次强烈的震动，有力的冲击。

该怎样认识这些远道而来的美国人呢？

我想到了对话。

1990 年 4 月 1 日晚 7 点 30 分，我准时步入西昌卫星基地腾云楼宾馆大门。之前，袁红灵小姐打电话告诉我，已替我约好了三位美国朋友，都是休斯卫星公司的专家。一位叫维克特，他对中国很有感情，讲究责任感，是一位合格的父亲。另一位叫马克，他虽然交了许多女

朋友，却至今尚属“未婚青年”。他的观点是：只要女人，不要结婚。再一位叫弗罗里克，他性格豪放，学识渊博。据他自已说，这个世界他最喜欢两个字：疯狂！

当我走进酒吧时，三位美国朋友已经落座，正仰着脖子在那儿灌着啤酒呢。翻译把我做了介绍，大概说了这是刚从北京赶来的作家之类的话。三位美国朋友马上热情地伸出手来，与我的手握在一起，并在一张纸上记下了我的名字，然后问我来点什么，啤酒还是可乐？我说：NO、NO、NO，我喜欢喝茶。

彼此坐定后，我开门见山，直入主题。

我说：“三位先生，见到你们我很高兴。天下如此之大，我们却在西昌发射场相识。或许，这是上帝的安排。”

马克说：“谢谢！我们有幸接受中国作家的采访，也感到很高兴。”

我说：“你们是第一次来中国吗？”

弗罗里克说：“是的，我们都是第一次来中国。”

我说：“请随便谈一点你们到这儿后的感受好吗？”

维克特说：“好的，我先说。”

维克特，中等个儿，大胡子，四十岁左右。面目慈善，性情温和。说话时，感情特别真挚诚恳，一双淡蓝色的眼里似乎盛着某种淡淡的忧愁。他说：“我从小就向往中国这块土地。这次来之前，有朋友劝告我说，去中国后，要少同那儿的人讲话。可飞机刚一着地，我就对这里有了一种天然的情感。我亲眼见到了这儿的一切，现在我的心里，好像已经深深爱上了这片土地。我要回去告诉我的妻子、儿女和我的朋友们，中国很好，真的很好！我还想来第二次、第三次，我还希望今后有机会把我的妻子和儿女们也都带来，让他们好好看看中国。当然，我也很希望中国人能有更多的机会到美国去，这样好有个比较。”

接着说话的是马克。马克，大高个儿，大胡子，高鼻梁，说话极富幽默感，且显得血气方刚。他说：“西昌这儿的天气特别好。晚上在发射场看月亮很美，星星也很亮，还有这儿的太阳也特别棒！太阳从东方升起，这是你们中国的专利。我来之前。由于北京天安门的风波，在我想象中，西昌这儿到处都是一片恐怖，所有的人都是在枪杆子的威逼下工作和劳动。但我到这儿看到的不是这样。这儿的人都快乐地说话、爬山、跳舞，还自由地谈情说爱。而且，我觉得他们都安居乐业，生活得比较愉快。”

最后说话的是弗罗里克。弗罗里克，高个子儿，大胡子，长着一双“狡猾”的大眼睛，一举一动，都透射出一股热情的豪放劲儿。他说：“西昌这儿天气不错，但很封闭。这儿的人对我们的到来感到很新鲜，甚至对我们穿的衣服和骑的自行车都很有兴趣。有的人一见面就问我们：‘家有多少辆汽车？几部彩电？每月工资多少？’同时我也发现，这儿的人都很善良，他们都很爱自己的这块土地。我虽然来西昌不久，但已交了许多朋友。今天我又到茶馆去了。”

我说：“你们来这儿后，生活上习惯吗？”

马克说：“习惯。在来之前，我想西昌这地方一定很穷，老百姓肯定填不饱肚子，也担心发射中心的伙食不好。于是，就从美国带来了一大堆食品，什么面包、饼干、罐头、巧克力，等等。结果，到这儿后我都吃这儿的东西，自己带的东西基本没动。”

我说：“你们每人给我讲一个来这儿后最高兴的故事，或者讲一件最不愉快的事情。”

我刚一说完，马克和弗罗里克便用手拍了拍脑门，然后站起来说：“李先生，对不起，我们去趟厕所。”我猜想，这两位“狡猾”的美国人，一定是到厕所编故事去了。

于是，酒吧里只剩下我和维克特。

维克特说：“我来这儿后，有许多令我高兴的事情，但最令我高兴的是，终于踏上了中国这块土地，实现了我几十年来的愿望。并且，还有幸和中国朋友一起携手并肩，共同参加发射‘亚洲一号’卫星的任务。”

不一会，马克和弗罗里克回来了。刚落座，马克便学着中国老人讲故事的样子，风趣地给我讲起了他的故事："在很久很久以前……（大笑）有一天我骑车去发射场，路过一个村子，一个彝族小孩刚一见我，吓得转身就跑，并'啊啊'地大声叫喊着。我想他一定是在喊：'妈妈，快来看呀，那边来了一个大妖怪！'不一会，村里的人全都围了上来，看我的头发、眼睛和大鼻子，像看一个怪物。后来，我和他们成了朋友。他们领我看了农具、牛羊和缸里的粮食，还做了一顿坨坨肉给我吃。我吃得很开心，很想多吃点，又怕撑坏了肚子。瞧，现在肚子还鼓鼓的。"马克说完，拍着肚子，爽快地大笑起来。

弗罗里克说："有一天，我去西昌玩，走进了一家茶馆。茶馆里的中国人对我特好，他们为我泡了茶，后来茶馆的主人还给我做了碗面条。可我刚吃了几口，就满头冒汗，哇哇直叫，原来是面条里放了许多辣椒。主人见我不能吃辣椒，又重给我做了一碗鸡蛋面条，味道很美，我吃得开心极了。临走时，还送我一袋茶叶，死活不收钱。我心里非常感动。"

我说："请你们谈一点对西昌卫星发射基地的看法好吗?"

维克特说；"中方在生活上给我们安排得挺好。这儿的所有工作人员，包括翻译，都尽了最大努力为我们创造条件。技术人员都很勤奋，工作态度也好。该让我们看的地方都看了，我感到满意。"

马克说："卫星发射基地的技术人员在各自的专业上都是很棒的。这儿男女很平等，有不少女技术人员。在美国，女工程技术人员只占百分之五，男人的地位要比女人高。这一点与我原来想象的不一样。不足的是，中国发射场的设备要比美国落后，但这儿的发射从来没失败过，这一点很了不起。"

弗罗里克说："从整体上看，这儿的高级专家特别棒，对自己的专业很精通。但发射场的设备比较落后，有时上下信息不通。不过，我认为搞发射，不管你用什么方法，只要你打上去就好。美国有美国的打法，中国有中国的打法。这次中国只要把我们的卫星打上去，我就承认你的厉害。另外，希望你们在争取人类进步时，不要得到了一个东西就把另一个东西丢掉了。印第安人的文化是非常好的，但美国人赶走了印第安人，把他们的文化废掉了。这儿的彝族文化是非常好的，中国在这儿发展现代科学文明，不要丢掉了彝族文化。在这一点上，你们应该吸取美国人的教训。”

我说：“弗罗里克先生，你的这点意见非常好，谢谢你！另外，在人类空间史上，中国和美国这是第一次合作，请你们就此谈一点看法或感受。”

弗罗里克说：“我们双方工作都很努力，同官方的合作也很好。当然，我们面临很多困难，因为双方都是第一次，许多技术上的问题都是前所未有的。但事情在一天天变好，现在每天都有协调会，大的问题已经没有了。我总的感觉是，中国人是非常愿意合作的。”

我说：“这次合作，我想恐怕不单单是一次空间技术的合作，也是两个民族、两种文化、两种感情的一次交流与沟通；不光是发射一颗卫星，也是中美两国科学家在一起共同创造空间文明。因为开发宇宙，造福人类，是全人类的共同使命，不知你们是否也这样认为？”

马克说：“是的，李先生的话说得很妙。把钱花在开发空间上，这有利于各国人民的利益。虽然我们这是第一次，但我相信，这不是最后一次。”

弗罗里克说：“由于中美双方是第一次合作，在发射场上可能会遇到许多阻力和麻烦，但我坚信美中之间的合作，能够继续进行下去。因为我们都是开拓宇宙的先锋，我们是在共同创造历史！”

我说：“对，我们是在共同创造历史！我的提问到此为止，谢谢三位先生的合作！你们若有什么问题需要问我，我愿意效劳。”

维克特说：“你的作品发表后，能寄一份给我们吗？我们很想读到你写这次发射的作品。”

我说：“当然可以。”

马克说：“最近美国和法国的发射连遭失败，你们中国对此是否暗暗感到幸灾乐祸？”

我说：“航天发射，是人类史上一项颇具风险与悲壮色彩的伟大事业，无论成功还是失败，在我看来都是正常的。至于近期美国和法国的几次失败，我个人无所谓是‘幸灾’还是‘乐祸’，有的只是深深的惋惜和遗憾。我相信，我的同胞中绝大多数人也和我的心情一样。”

弗罗里克说：“李先生，你认为你的国家目前最重要的问题是什么?”

我没想到美国人会从这个角度提问题，竟一下愣了好几秒钟。我深知这是一个敏感的问题，但又是一个必须回答的问题。

我说：“以我个人的一孔之见，我的国家目前最重要的问题，是如何进一步增强中华民族的凝聚力和提高全体国民的文化素质问题，以及怎样强化、振奋民族精神的问题；同时还有一个问题，就是面对当今这个大科学的时代，如何不失时机地举起‘科技兴国’的大旗，去迎接新世纪到来。我们中华民族曾为这个世界创造过灿烂的文明，可近三四百年来，远远落在了西方先进国家的后面，我们因此而失去了许多宝贵的东西，这是事实。不过我们毕竟还有一样东西没有失去，那就是百折不挠、自强不息的精神，以及重新选择机会和争取再次腾飞的权利！当然了，我们中华民族是世界上最古老的民族之一，要实现真正意义上的腾飞，还有一个艰难而沉重的过程。可喜的是，现在我们已经站在了一条新的起跑线上，并迈出了关键的第一步，比如这次发射你们美国的卫星，我想就是一个很好的开头。”

弗罗里克说：“好，下周就要发射了，祝你们发射成功!”

马克说：“上帝保佑，阿门!”

我说：“谢谢！再见!”

结束采访，我步出宾馆。

星空下，我久久伫立。

“月亮城”睡了。寂静中，我仿佛听到古老的土地在发出沉重的喘息声。或许，这是东方与西方相互碰撞时发出的声响；或许，这是一个民族腾飞前的急促心跳。

是的，弗罗里克说得好，“我们在共同创造历史”。中国，已不再是地球的中心；泱泱大国的殊荣，早已化为一团梦影。随着现代科技文明的飞速发展，宇宙变得越来越小。今天，东方的太阳、西方的月亮——中国的火箭、美国的卫星，终于走到了一起。

然而，这一切，是怎样开始的呢？

第二章
历史，从昨天的弯道走来

四、 20世纪的中国与美国

1971年7月9日中午12点，一架巴基斯坦国际航空公司的大型客机，在北京郊区南苑军用机场徐徐降落。

六名美国人，踏着又惊又喜的步子，匆匆走下舷梯。

他们双脚刚一着地，便禁不住连声惊呼："OK，中国！中国，OK！"

这六位美国人，便是尼克松总统专程派往中国的秘密使者：基辛格博士率领的秘密访华谈判小组。

这是中美相隔二十二年来，第一批踏上中国国土的美国政府官员。

众所周知，由于历史原因，中国与美国长期以来是一对冤家。几十年来，除在朝鲜战场上有过你死我活的较量，以及在板门店谈判、越南谈判中有过针锋相对的触碰外，两国政府很少有过交往。

显然，百年挨打史，在炎黄子孙的心灵上，烙下了苦痛的伤痕；尤其是圆明园那一截截直刺苍天的残柱，成了中国人民耻辱的"纪念碑"。

而在1949年之后的岁月里，美国第七舰队驶进台湾海峡，封锁中国经济和阻挠中国进入联合国；朝鲜战争、越南战争等更为中美两国的关系，投下了一层层厚重的阴影。

据传，50年代还发生过这样一个故事——

在1954年召开的日内瓦会议期间，有一次中国总理周恩来在酒吧与美国国务卿杜勒斯相遇。周恩来主动伸出手去想同杜勒斯握手，杜勒斯却把脸一转，故意装作没看见，巧妙地拒绝了周恩来的握手。而周恩来伸出的手则顺势朝着服务员一招，不失风度地说："小姐，请给这位先生来杯可乐，账记到我的头上。"说罢，周恩来微微一笑，信步离去。

当然，听说后来也发生了中国外交官员拒绝同美国人握手的事情。周恩来得知后指示说，第一，我们不主动和美国人握手；第二，如果他们主动伸出手来，我们不要拒绝。这叫礼尚往来嘛！

1962年，曾经认真研究过中国及其历史的戴高乐总统承认了中华人民共和国。当一位西方记者问他为什么要承认中华人民共和国时，他回答说："因为中国是个大国、古国，又一直备受欺凌。"

尼克松上台后，对中国的想法开始有了变化，戴高乐和阿登纳都曾对他说过："美国同中国发展某种关系是必不可少的。你最好趁早承认中国，而不要等中国强大了，你再不得不承认它。"

当然，也有美国人表示坚决反对，说："我们不应该同中国人来往，因为他们嗜血成性！"

尼克松上台时，在他的就职演说中有这样一段话：

> 要让一切国家都知道，在本政府当政时期，我们的通话线路是敞开的。我们寻求一个开放的世界——对思想开放，对物质和人员的交流开放。一个民族，不管其人口多少，都不能生活在愤怒的孤立状态中。

后来，尼克松在对美国《时代》周刊记者的一次访谈中，也这样说道："如果说在我去世之前，有什么事情要做的话，那就是到中国去。如果我不能去，我希望我的孩子能够去。"

1972年2月21日，中美的历史终于翻开了新的一页。

这一天，美国总统尼克松正式访华。

这一天，中国总理周恩来身披灰色呢大衣，迎着呼啸的北风，在北京首都机场恭候尼克松的光临。

在历史的一瞬间，当尼克松伸过手来与周恩来的手紧紧相握时，周恩来幽默地说：“总统先生，我们已经有二十五年没有交往了啊！今天，您终于把手伸过了世界上最辽阔的海洋。”

尼克松也风趣地说：“是啊，周总理先生，我做梦都在想着这一天啊！”

下午 3 点整，在中南海迎宾室，中国的毛泽东和美国的尼克松，双手紧紧地握在了一起。中美两国领导人的这次划时代的会晤，长达六十五分钟！

据后来的资料表明，当晚尼克松在日记中这样写道：“当我们的手相握时，一个时代结束了，另一个时代却开始了。”

一周后，即 1972 年 2 月 28 日，周恩来与尼克松又在上海会晤，中美双方签署了《中美联合公报》。在公报中，双方声明：“中美两国关系走向正常化符合所有国家的利益。”这标志着中美两国和平的开始。

为对此表示纪念，周恩来和尼克松还在杭州亲手种下了一棵尼克松从美国带来的红杉树。据说，这棵红杉树是美国加州国立公园中全世界最老、最高的一棵红杉树的后代。

后来尼克松回忆说：“当时，我们二人谁都不能肯定这棵树能在中国的土壤中长大；但事实证明，土壤和气候都是友好的。”

1987 年秋，美国一位叫基恩的州长来华访问。在杭州，基恩州长亲眼见到了这棵红杉树。此时的红杉树枝繁叶茂，葱绿挺拔，已长到了约二十八米高。杭州一位负责人对基恩州长说：“这棵树的四万棵树苗，已经扎根在了中国七个省份的土地上！”

1979 年，中国同美国终于建立了正式外交关系。

就在这一年的 1 月 29 日，邓小平作为新中国有史以来第一个正式访问美国的国家领导人，适时地跨进了美利坚合众国的大门。

美国总统卡特在白宫门前，以欢迎外国元首的礼仪迎接了邓小平副总理的到来。美国的星条旗和中国的五星红旗，第一次并肩升起在美国总统府的上空。

在美期间，邓小平会见了美国前任总统尼克松，瞻仰了林肯纪念堂，参观了世界最大的航天博物馆——华盛顿宇航博物馆，并出席了中美科技合作协定和文化交流协定的签字仪式。

休斯敦是美国著名的航天测控中心，当邓小平乘坐美国总统的“空军一号”专机飞抵休斯敦时，还特意坐上航天飞机，进行了一次从三万米的高空向地面着陆的模拟飞行。

同时，邓小平还参观了约翰逊航天中心。为他担任讲解员的，是第一个绕地球飞行的美国人格伦参议员。据说，那天邓小平兴致极好，几次掏出香烟，又几次放了回去。

邓小平在美八天，美国掀起了一股“中国热”。当有记者问邓小平，这次中美会谈都谈了些什么问题时，邓小平抖了抖手指夹着的香烟，不慌不忙地说：“从人间到天上，无所不谈。”

在卡特总统为欢迎邓小平副总理而举行的国宴上，两双不同肤色的手紧紧相握，频频举杯。

卡特说：“让我们为人类的幸福干杯!”

邓小平说：“让我们为世界的和平干杯!”

十年后，尼克松在他一本专著中这样写道：

> 如果中国继续走邓小平的道路，我们孙辈的世界将有三个超级大国，而不是两个——美国、苏联和中华人民共和国。
>
> 今天，美中两国人民在中国的发展事业中已结为伙伴。假如双方坚持走这条道路，21 世纪的美中关系将是世界上最重要、最互利的双边关系之一。为了生活在下一个世纪的儿

孙们，我们必须确保两国关系继续存在并得到发展。

美中两国人民都在世界上最能干的人民之列，天赋的潜力都极大。展望21世纪，我们看到的是，土壤和气候都适于培育美中关系。美中关系大有可为，它能把这个世界的和平与自由推至空前未有的高度。

当然，无论是尼克松还是卡特，不管是邓小平还是毛泽东，可能都没想到，自1972年中国与美国在陆地进行了第一次握手后，十八年后的今天，当中国的火箭与美国的卫星在西昌进行对接时，中国与美国又在空间进行了第一次“握手”。

那么，中美的这次“握手”，是否也意味着一个新的空间文明时代的开始呢？

五、 举起火箭的大旗

历史的选择，常常带有偶然性。

1984年，对于中国的航天界来说，既令人躁动不安，又叫人欣喜若狂。

年初，有关部门宣布：对外招标，购买国外卫星。

于是，美国、法国、英国、联邦德国，纷纷投标于中国。

有关部门由此决定，从这四个国家中，购买一颗中国所需的通信广播卫星。

但卫星买回来后，请谁来替中国发射呢？

后经反复调研，决定选用法国的“阿里亚娜”火箭和美国的航天飞机。紧接着，中国就向法国和美国预订了四个座位，并向法国和美国分别预交了十万和二十万美元的发射订座费。

中国有自己的火箭，也有自己的卫星研制队伍，还有自己的发射队伍，却要花重金去购买外国卫星，而且还要用法国的火箭和美国的航天飞机为其发射，这不免让一些人大为光火，甚至十分震怒！

但话又说回来，不这么做又怎么办呢？当时的中国，正值改革的初期，全中国都在等着要用通信广播卫星！有关部门之所以要这么做，也是无奈之举，被迫为之——谁叫搞航天的人自己没这个本事呢！

说来也巧，就在这时，即 1984 年 4 月 8 日，中国的“长征三号”运载火箭在西昌一声“怒吼”，一家伙就把中国的第一颗同步通信卫星送上了太空！

中国震动！

世界震动！

当时所有对中国火箭的发射能力持怀疑和观望态度的人，也被震得目瞪口呆。

更有意思的是，历史老人偏偏在这个时候又开了一个不大不小的玩笑：1984 年 4 月 30 日这天，当中央军委、国务院领导和中国的航天精英们在北京人民大会堂举行隆重庆祝中国通信卫星发射成功的大会时，《参考消息》却登出了这样一条新闻——中国有关部门，与美国和法国签订了购买及发射通信卫星的合同！

实事求是地说，中国有关部门根据当时现状，出于不同角度的考虑，购买外国卫星并请外国发射，无可非议，更无过错。但此事却恰恰说明了一个问题，即当时的中国，对自身的运载火箭究竟有多大能耐，是缺乏清醒和统一认识的；而更不会想到，原本需要请美国发射卫星的中国，短短几年后居然会反过来为美国发射卫星。

当时只有一个事实确定无疑，这就是，“长征三号”火箭把中国第一颗同步通信卫星发射上天后，全世界都多少感到了中国的分量。

于是，中国航天界一批大智大勇者，便悄悄地开始有了自己的梦想：中国的“长征三号”火箭，能不能打入国际商业市场，去发射外国的卫星呢？

上官浑身都是金

北京。黄寺大街。

夜，很深了，国防科工委大楼的一间小屋里，还透出一束橘黄色的光亮。台灯下，一位中年男子正在面壁苦思。

这是1984年初夏的一个夜晚。四周很静，只有明月在天上散步。中年男子身材不高，却显得仪表堂堂，脸上总是挂着些许不易被人觉察的微笑。他给人的总体感觉是，温文尔雅，气度非凡，既有学者的派头，又有外交家的风度。特别是宽宽的额头下，那双充满着东方男子汉智慧与胆略的眼睛，只要留心看上一眼，便很难再从记忆中抹掉。

这位中年男子，名叫上官世盘。

上官世盘是中国卫星发射测控系统部副主任。他最大的特点是：人人都承认他身上有一种男子汉的魅力，但又谁都说不清这种魅力究竟是什么。

国务委员宋健，对上官世盘曾有这样一句评价："上官浑身都是金!"

而上官世盘的部下王建蒙先生则对我说："上官就是一部长篇。他思维敏捷，卓有远见。就像下棋，你刚刚还在想第一步，他已经想到第四步、第五步了。"

"上官善于在夹缝中求生存，善于在没有条件把事情办成的情况下把事情办成。"翻译许建国先生也这样对我说，"他简直就像墙上的一只壁虎，没有任何依靠，也能攀上去，而且能稳稳当当地贴在那儿，绝不随风偏倒。"

据说，上官世盘还有一个特点：特能抗困！晚上加班熬夜，每当困得实在不行时，他便往墙角一站，两拳紧握双目怒睁，十分钟内绝不眨眼，很快便额头冒汗，困意全无。他说，干事业，这是基本功，得练!

这个晚上，上官世盘刚刚练完"基本功"，便孤坐灯下，面壁苦思：中国的“长征三号”运载火箭怎么才能打入国际商业市场？

这个问题在六年后的今天看来，既合情又合理，可当时在有的人眼里，却是天方夜谭。

上官世盘1936年生于福建，1958年毕业于厦门大学物理系。大学毕业后，他去了戈壁酒泉卫星发射基地，一直从事航区的测控工作。其间，他曾出任过高级技校的教师，如今这能说善辩的口才，自然与那段当教师的经历有关。

从1958年至1990年，上官世盘在发射场摸爬滚打，一晃便是三十二年。三十二年来，上官世盘曾参加过中国第一枚导弹、第一颗人造卫星、第一颗返回式卫星、第一颗原子弹、第一颗氢弹、第一颗同步通信卫星的发射试验任务，同时还参加组织过“154”跟踪测量工程的研制工作和“远望号”测量船的研制、论证工作。

毫无疑问，积数十年发射场之经验，上官世盘对中国的航天技术水平以及发射队伍的现状是非常熟悉的，而且对这支队伍的过去、现在和未来也有着较为清醒的认识。

在采访过程中，当我问上官世盘，当时国防科工委和航天部为什么会想到要把中国火箭打入国际商业市场时，他坦率地谈了自己的看法。他说：

“第一，我觉得航天事业就应该有所开拓有所创新，而不能因循守旧，只走老路。当时，国防科工委的领导和我们不仅想到了这个问题的艰难，甚至还准备为此付出牺牲和代价。但中国的出路在于改革开放。一个人，一个部门，如何在自己的行业里体现这一国策，是问题的根本。中国有一支过硬的航天技术队伍，已经具备了数套完整的发射、测控设施，并且又有‘长征’系列火箭。因此，如果我们能将中国的航天技术打入国际商业市场，岂不正是改革开放的最好体现？虽然肯定是困难重重，但我们认为是完全可以做到的。

“第二，国防科工委在全国有几个承担着不同试验任务的基地，总的来看，每个基地的任务都不是很重。有的最多一年打两颗卫星，这就使得几万人待在大戈壁或者大山沟，常年没有多少紧迫的事情要干。同时，航天部有一大批专家年纪都不小了，而年轻一代一时又还未接上茬，如果再不采取有效措施，那老一辈专家所开创的航天事业，很可能就再也无法生存发展下去了，甚至还有断送的可能。

“因此，中国的航天发射就必然面临两种选择。一是精简队伍，砍掉一些基地，因为中国的航天队伍全靠国家财力支撑。如果不砍，国家很穷，像国防科工委这样一支庞大的科技队伍，若照此长久下去，靠什么来养活？但如果砍，随之带来的问题是，航天发射的需要是多种多样的，从我国当前的现状和发展趋势来看，哪一个基地也少不了。将来一有新的发射任务，技术力量没有保留下来，怎么办？而另一条路，就是打出去！利用我们航天技术的优势和余力，承揽国外发射任务，这样，既可以造福于人类，为国家赚取外汇，又可以自己补充自己，还可以保存、锻炼、提高技术队伍，使中国的航天事业不断发展、壮大下去。

“第三，国务院、中央军委一再提出要军转民，但国防科工委的发射队伍如何军转民？生产产品，对各基地来说，又不是根本的出路。如果光搞生产经营，小打小闹，急功近利，不仅没有出路，长久下去，还会削弱技术力量，甚至会拖垮这支队伍。但如果我们把航天技术打入国际市场，从这里杀出一条血路，便能从根本上实现军转民的问题。否则，火箭故乡的子孙们永远直不起腰杆。”

上官世盘说着，竟按捺不住地站了起来，在屋里踱起了步子。

望着上官世盘那一副忧国忧民的面孔，我突然想起法国大作家雨果先生的话：“世界上最广阔的是天空，比天空广阔的是海洋，比海洋广阔的是人的胸怀。”

是的，历史进入 20 世纪 80 年代后，中国究竟靠什么来重塑自己在国际舞台上的形象，这个问题如同肚子饿了就要吃饭一样，早就摆在了十亿炎黄子孙的面前。

中国曾以“四大发明”闻名天下，也以“火箭的故乡”著称于世，但这些老本早被列祖列宗们吃光了。中国的形象，无疑需要今天的火箭故乡的子孙们重新塑造。既然中国有了可以造福于人类的“长征”系列火箭，当然应该让它走向世界。不然，总不能让它永远留在本国尘封的宫殿，去做祭奠“四大发明”的供品吧。

记得波尼亚托夫斯基在《变幻莫测的未来世界》一书中说过：“生活的唯一答案，就是生存下去。所谓生存，就是思考和行动。”

看来，中国目前最需要的，正是“思考”和“行动”。

蒙古大汉与陈老板

英雄所见略同。

几乎在同一个夜晚，国家科委主任宋健坐在灯下，扶着眼镜，认认真真地读着一封来自航天部的信。

这封来信说：

> 利用“长征三号”运载火箭搞商业发射，把中国的航天技术打入国际商业市场，我们认为完全可能。
>
> 其理由是……

宋健后来说，那天晚上他看完信后，心情久久难以平静。

宋健曾是航天部副部长，让中国的火箭走向世界，也是他多年的梦想。因此，他看完信后，想了想，又拿起信来看了看，而后才将信慢慢展开，拿起笔来，在信的天头批道：

> 我完全同意这个建议。希望你们为中国的火箭走向世界而努力奋斗！

写这封建议信的人，便是如今中国长城工业公司的两位副总经理：

乌可力和陈寿椿。

中国长城工业公司，是一家全国性的具有法人资格、独立经营权的工贸结合、技贸结合的进出口贸易公司。自中国宣布进入国际商业发射市场起，长城工业公司便成为中国政府批准的经营运载火箭发射服务、卫星合作业务的唯一机构。长城工业公司自成立以来，已同世界七十多个国家和地区的公司、经济组织有了广泛的贸易合作关系。特别是中国“长征号”系列火箭进入国际市场以来，长城工业公司已先后同五大洲几十家公司建立了业务联系，并先后签订了多项卫星发射及卫星搭载订座协议的合同，积极发展了与各国公司之间的经济贸易与友好合作，受到客户的赞誉。

1990 年夏季一个炎热的上午，我在中国长城工业公司见到了乌可力先生。

乌可力是成吉思汗的后裔。他的父亲，便是鼎鼎大名的乌兰夫。

乌可力原名“乌斌”。这是他刚刚来到这个世界时，父亲特意为他取下的名字。但当他后来考入哈军工即中国人民解放军军事工程学院后，便自作主张，将“乌斌”改成了“乌可力”。“乌可力”在蒙语中，就是“牛”的意思。

乌可力的确像头牛。高大的个子，粗壮的腰板，宽阔的胸脯如同一堵厚实的墙。我俩会面这天，他穿一件花格子短衬衫，满头白发，两眼有神，乍一望去，颇像一位来自欧洲的大商人。尤其是嘴唇上方那撮贺龙式小胡子，既潇洒漂亮，又显出几分刚毅与傲气。

“这胡子还是贺老总让我留的呢!”说到胡子，乌可力伸出胖胖的指头理了理，眼里竟涌动着泪花。

那时，乌可力还是一名二十来岁的大学生。一次，贺龙到他家里看望他父亲，他刚打开门，贺老总当胸就给他一拳，说：“小子，你这胡子长得不错啊!”

乌可力望着贺龙的胡子，说：“贺伯伯，不错是不错，可您是老总，是国家元帅，胡子想怎么留就怎么留。而我还是个学生娃娃，学校不让我留胡子!”

“是吗？这好办!”贺龙理了理自己的胡子，说，“你回去告诉学校的头儿，你的胡子就这么留定了，就说是我贺龙批准的!”

“这太好了，贺伯伯!”乌可力欢叫着，转身拿起一块西瓜，一下塞进贺龙的嘴里。

乌可力的胡子，便这么留下来了。

后来，有人见他这撮胡子长得实在太漂亮了，而且很像贺龙的胡子，便给他的胡子取了个绰号——贺龙式小胡子。

据说，近几年来他总喜欢对着镜子抚摸自己的胡子；每当抚摸着胡子时，他总会想起贺老总，想起新中国一大批老帅们。

1940 年，乌可力告别内蒙古大草原，随父亲去了延安，并在延安度过了半军事化的少年时代。在延安上小学时，乌可力就是有名的“乌大胆”。有一次，他独自一人，挽起裤腿蹚延河水。不料，他刚一下水，上游的洪水便开始一个劲儿地猛涨，眼看就要奔泻而下！就在这时，一乘坐骑沿着河岸向他飞奔而来。马上的汉子跳下马背，几步蹚进河里，一把便将他抱回岸上。等他脱下裤子，撩了一把河水，回头一看，这人竟是周恩来伯伯!

还有一次，他和一群小同学正在路边“打仗”，忽见一辆美式嘎斯正朝他们这边开来。他急忙领着小伙伴们冲上前去，往路中央一站，手中的“枪”一举，大喊一声：“停车！什么人的干活?”车乖乖地停下了，随后从车上走下一位高大魁伟的人来：双手高高举起，脸上却露着慈祥的微笑。他定睛一看，原来竟是毛主席！他一下便扑了过去，欢快地叫着：“毛伯伯！毛伯伯！快给我们讲个打仗的故事吧!”

乌可力天资聪明，加之后天环境的影响，刚满十三岁，便被选去当了电报员和骑兵通信员。在哈军工学习期间，他和科研小组的同学一起，研究成功了人工降雨火箭；而他自己研制的耐高温材料，还获得了国家专利。大学毕业后，他去国防科技大学深造了五年的空气动力学，接着就搞起了飞机设计。

但是，父亲的权位并未在乌可力人生的道路铺上鲜花，反而一度带给他的是厄运！

1967年，乌可力因父亲问题受到牵连，锒铛入狱。

然而四年的监狱生活，并未折断乌可力鹰一般的翅膀，反而铸就了他一颗蒙古大汉的雄心。在蹲监狱的日子里，每当夜深人静之时，他常常凭窗眺望，一颗孤独的心，便会随着先祖成吉思汗的铁蹄，在辽阔的内蒙古草原自由狂奔；而每次他被发配去埋死人时，则会想到另一个问题：一个没死的人，该为自己的祖国干点什么呢？

1982年，他调到航天部担任科技预研局副局长。其间，因工作之便，他对中国和世界航天的局势，做了透彻的分析和科学的预测。所以当1984年4月8日“长征三号”火箭发射成功后，他和陈寿椿、黄作义等人，很快便想到了如何把“长征三号”运载火箭打入国际商业市场的问题。

陈寿椿是这次发射“亚星”的新闻人物。他的同事和部下们都称他为“陈老总”；但外国朋友和港商们，则习惯叫他“陈老板”。

我在西昌卫星发射场见到了陈老板。陈老板很忙，忙得一塌糊涂。凡是去了西昌发射场的记者都想找他，但又几乎都没找到他。

一天傍晚，我乘他刚刚放下碗筷的时候堵住了他。这是一位用一个脑袋可以同时思考三个问题的人物。一进他的房间，只见他一边用下巴夹住电话筒，给北京打着电话，一边复印着文件，还不时看看复印的效果；同时怕冷落了我，还总是抓住点滴间隙，与我天南海北，侃侃而谈。

陈老板戴一副眼镜，穿一件棕色夹克衫，说话办事，都是“短平快”，一看便是一位爽快利落、性情急躁的人。而且不用多问，一听口音，便可断定是个地道的广东人。

陈老板生于抗日战争爆发的前一年。1960年毕业于苏联莫斯科机械工程学院。回国后，曾担任过“长征一号”火箭的主任设计师，在航天部总体设计部整整干了两个七年。陈老板胸怀大志，加上南方人天生就有一个会做生意的脑袋，所以他最终还是舍弃了设计师的宝座，当上了推销中国火箭的大老板。

乌可力和陈寿椿等人的建议，得到了航天部领导的大力支持。

1984 年 4 月下旬的某个晚上，航天部部长李绪鄂和刘纪原副部长专门召集乌可力等人谈话，具体讨论了中国的航天技术打入国际市场的有关问题；并指示乌可力全力以赴，负责开展“长征三号”火箭打入国际市场的工作。

接着，航天部拨款二十万元人民币，组织成立了以乌可力、陈寿椿、黄作义为首的“航天开发十人小组”，开始了中国空间技术走向世界的早期活动。

六、 序幕在戴高乐机场拉开

1984 年底，一份关于把中国“长征三号”运载火箭打入国际商业市场的正式报告，摆在了国防科工委领导的办公桌前。

这份报告，既体现了国防科工委和航天部决策者们的先知远见，又表达了航天战线一大批科技知识分子希望早日把中国火箭打入国际商业市场的美好愿望。

此报告受到了国防科工委领导的高度重视。根据国防科工委的指示，张敏参谋长很快组织航天部、西昌卫星发射基地、西安测控中心、洛阳测通所和科工委有关部、局负责人，对报告进行了充分的讨论与研究。

同时，国防科工委领导还向张爱萍将军作了汇报。

张爱萍将军听了后，兴奋不已，竟激动地从藤椅上一下站了起来，用手中的黄藤手杖连连戳着地面说：“好！让中国的火箭走向世界，是壮国威、壮军威的大事，一定要想方设法尽快干成。我们既然有了这个能力，就要敢于竞争，敢于向世界挑战，而绝不能落于人后，更不能受制于人!”

接着，国防科工委和航天部的领导又向中央军委和国务院有关领导专门作了一次口头汇报。

中央军委和国务院有关领导听完汇报后，对此表示了极大的兴趣，并对这一设想给予了充分的肯定与鼓励。国务院领导最后还指示说：“希望科工委回去后抓紧这一工作，尽快拿出个具体的方案和意见来。”

于是，1985 年 4 月 2 日，国防科工委在国防部大院五楼会议室，召开了关于“长征三号”运载火箭发射外星可行性的论证会。

会议认为，航天作为一个产业，在国际上正处于开发的初始阶段。航天发射获利非常之大，仅运载火箭，欧美每年获利都达五亿美元。目前欧美正为航天技术商业化进行激烈的竞争，苏联也在积极探索如何参与这一竞争。从中国航天的现状来看，中国是世界上同时拥有运载火箭和卫星测控网的国家之一。为了开发航天产业，进入国际市场；为了开展国际合作，加速提高航天技术水平；为了促进四化建设，增辟一条新的财源，中国应该让自己的航天技术打入国际市场。

国防科工委主任丁衡高说：“这个工作是一定要干的，否则将来就很被动。中国的航天，就是要在国际竞争中求发展。只要第一次打开了局面，今后的路就会越走越宽。”

国防科工委副主任沈荣骏也说：“发射外国卫星，这是我们前人从未干过的事业，肯定会遇到不少困难和阻力，甚至还要冒风险。但我们首先要树立起雄心，要有敢于开拓、敢于创新的精神。只要我们下决心脚踏实地地去干，终归能把事情干成。因为这不仅仅是国防科工委的一件大事，也是整个中华民族的一件大事！一旦做成，就会改变中国在世界的形象，同时也会在历史上留下深远的影响。”

1985 年 6 月，国际航空航天展览会在巴黎举行。

这是一次规模空前的盛会，近一百个国家的代表，两百多名各国记者，纷纷聚会法国首都巴黎。

中国，这个火箭的故乡，有史以来第一次将自己的火箭、卫星等高科技产品，送到了国际航展会上。

而中国代表团的团长，正是乌可力。

那天，航展会开幕仪式在戴高乐机场隆重举行。当五星红旗第一次在巴黎上空徐徐升起时，乌可力和代表团的所有成员，全都忍不住流下了自豪的热泪……

是啊，巴黎既是一座英雄的城市，又是革命的摇篮。它不仅孕育了法兰西民族灿烂的文明，还对中国的一代革命家产生过深远的影响。当年，周恩来、朱德、邓小平、聂荣臻、李富春，陈毅、蔡和森、王若飞、徐特立等一千五百多名中国留学生，曾抱着研究马克思主义真理、寻找改造中国出路和“科学救国”的思想，漂洋过海，来到巴黎，勤工俭学。岁月匆匆，往事如烟。而今半个多世纪过去了，经几代中国人的不懈奋斗，终于有了代表中国实力的“长征三号”运载火箭和同步通信卫星，并有机会、有资格展示在世人的面前。这实在是一件令人欣喜、令人自豪的事情。

而作为火箭故乡的子孙，乌可力更不会忘记：一个世纪前，美国在费城举办某个科技成果博览会时，美国送展的是第一代发电机和莫尔斯的发报机；英国送展的是瓦特发明的蒸汽机；而中国送展的，却是一双小脚女人的绣花鞋和一只手工制作的挖耳勺！而今天，中国向世界展示的，是现代世界高科技的先进成果——同步通信卫星和“长征三号”火箭！

因此，当乌可力站在飘扬的国旗下，不停地抚摸着自己那撮骄傲的贺龙式小胡子时，内心涌动着的是一股奔腾不息的滚滚热流……七百多年前，他的先祖成吉思汗率领铁骑横跨欧亚大陆，用武力将中国的古代火箭传入欧洲；七百多年后的今天，他这个成吉思汗的子孙，却在鲜花与笑脸中将中国的现代火箭带出国门，让欧洲人再一次目睹了中国火箭的风采。

这难道是历史的巧合吗?

开幕式结束的第二天，乌可力便在戴高乐机场附近的一家私人餐厅举行了新闻发布会。

他站在餐厅的中央，西装革履，风度翩翩，来自世界各国的两百多名记者将他围了个水泄不通。当他大声宣布中国的“长征三号”火箭将投入国际商业发射市场时，全场报以热烈的掌声。

新闻发布会从下午 1 点进行到 4 点，他回答了记者们一百多个问题。

新闻发布会的召开，让中国的火箭在展览会上一开始便掀起一个高潮。第二天，法国各家报纸纷纷报道了这一消息；而乌可力的照片，也出现在了《巴黎日报》的头版头条的位置上，照片上那一撮贺龙式的小胡子，更是格外引人注目。

一天傍晚，乌可力和王若飞之子王兴先生走进一家法籍华人开的饭馆。二人刚一落座，老板和服务生便围了过来，指着乌可力问：“您就是乌先生吧?”

乌可力有些莫名其妙：“是啊！你们怎么知道?”

老板说：“哎呀，您的照片我们在报上都看见了。你们来巴黎宣传中国的火箭，我们太高兴了！过去，不仅外国人不知道我们中国有火箭、卫星，就连我们这些中国人都不知道中国有火箭、卫星。今天这顿饭，算我请客了!”

说完，老板亲手做了几个中国菜，还拿出两瓶世界名酒，硬是请了他俩一顿。

航展会期间，国务院副总理李鹏外访途经巴黎。乌可力得知后，忙跑到中国驻法大使馆，找到李鹏，向他汇报了中国这次参加国际航展的情况以及在世界各国产生的影响，希望他能到航展会上看一看。

听了乌可力的介绍，李鹏异常兴奋。据乌可力后来说，李鹏在窗前站了片刻，才重新坐回沙发上，向乌可力问起有关中国火箭打入国际商业市场的进展情况。最后，李鹏表示：明天一定去国际航空航天展览会看看！

第二天，李鹏忙里偷闲，来到国际航空航天展览会现场。在乌可力的陪同下，李鹏认真观看了中国参展的火箭和卫星。一边看，还一边详细询问了有关情况。当他亲眼看见世界各国的同行纷纷涌向中国的展厅并不时发出由衷的赞叹时，高兴得不停地晃动着右臂；特别是当他看到不少白发苍苍的华侨老人一边看着中国的火箭、卫星，一边擦拭着热泪时，更是激动难抑。

但是，当李鹏看到美国、法国、日本、苏联等国的展厅又豪华又气派，而中国的展厅却小得可怜时，却沉默了。

片刻，李鹏问乌可力："你这展厅的地盘有多大?"

乌可力有些不好意思地回答说："十八平方米。"

"怎么不搞大一点，气派一点?"李鹏说。

乌可力无可奈何地摇了摇头，笑了："没钱!"

李鹏："没钱?"

"对。就是这个展厅的资金，也是想方设法，才好不容易凑足的。"乌可力说，"当然了，中国的'长征'系列火箭和同步通信卫星是第一次在全世界面前亮相，我们心里都没底。怕一下搞大了，万一人家不来看，不买账，到时就很难下台了。"

"没关系，可以再搞大一点，再搞气派一点嘛!"李鹏说，"要知道，这代表的，是我们中国的形象!"

有了李鹏副总理的尚方宝剑，乌可力很快就把中国参加航展的地盘，由十八平方米变成了八十一平方米。

于是，中国参加航展的影响越来越大。许多外国朋友看了中国的展品后说："过去，我们只知道中国有原子弹、氢弹，没想到中国还有'长征'系列火箭、返回式卫星、同步通信卫星。而且，还有像'长征三号'这样的世界第一流的火箭!"

巴黎航展，拉开了中国空间技术走向世界的序幕。

巴黎航展会结束不久，即1985年6月，由苏联、美国、日本、澳大利亚等国联合举办的国际空间技术会在日内瓦举行。就在这个会上，陈寿椿代表中国代表团，作了关于《中国向外国提供发射服务可能性》的报告，并向世界正式宣布："长征三号"火箭发射服务的价格，将比国际市场同类发射服务价格低百分之十五。因为中国并不借此谋取高利润，同时也因为中国的原材料和劳动力比较便宜。

此报告在会上引起各国代表的强烈反响。会议主持人当即在会上郑重宣布：没有中国参加的空间会议，是不完整的。

同年10月，中国又一次将一颗科学探测卫星和技术试验卫星发射成功。国防科工委副主任沈荣骏及时组织有关人士召开会议，认为面对急剧变革的世界形势，中国再也不能沉默了；中国航天，到了必须做出选择的时候。

于是，10月27日，由航天部部长李绪鄂以答新华社记者问的形式，正式向世界庄严宣布：

> 中国自行研制的"长征二号"和"长征三号"运载火箭将投入国际市场，以优惠价格承揽国外卫星发射业务，并负责培训技术人员；而且，中国人民保险公司愿意以国际市场的优惠价格，为要求发射卫星的外商，承担经济保险。

这是一个民族的心声；

也是一个民族的胸怀；

更是一个民族的气魄！

中国，这个火箭的故乡，走过了几千年蒙昧苦难的岁月，今天终于敞开空间技术的大门，面对挑战的世界，第一次举起了火箭的旗帜。

七、 天时·地利·人和

中国火箭承揽外星发射业务的消息刚一宣布，一股强大的“中国火箭热”，很快蔓延全球。

于是，机遇的脚步，随之向着中国走来；公正的阳光，开始照在了中国这片文明古国的土地上。

而恰在这时，美国、法国的航天发射连连惨败。世界航天局势，陡然间发生了戏剧性的变化。

1986 年 1 月 28 日上午，数以万计的美国人拥挤在美国肯尼迪航天发射中心，等待观看人类历史上最壮美的一次飞行。

随着一声隆隆的巨响，一个庞然大物在滚滚烈焰中，徐徐升向天空。

然而，当这个庞然大物升空后仅七十三秒钟，离开地球只有十六公里时，突然一声闷雷般的巨响，成千上万的碎片在火光和烟雾中拖着熊熊的火焰，纷纷撒向离发射点十公里的太平洋，前后持续时间竟达一个小时之久。

这就是人类载人航天史上最悲惨的一幕：美国“挑战者号”航天飞机大爆炸！

“挑战者号”大爆炸，震动了白宫。布什副总统即刻赶赴发射场，慰问遇难者家属。当天下午和晚上，里根总统向全国发表广播、电视讲话，赞扬七名宇航员是航天事业中的先锋和英雄，并强调美国将继续探索太空。两天后，里根总统还亲自出席了在休斯敦约翰逊航天中心举行的万人追悼大会。

两个月后，即 4 月 18 日，美国“大力神—34D”火箭在美国范登堡空军基地携带一颗价值五千万美元的军事侦察卫星发射升空，不料几秒钟后随即爆炸。这是继 1985 年 8 月 28 日“大力神—34D”火箭爆炸后的第二次爆炸。

5 月 3 日，美国用“德尔塔”火箭发射一颗气象卫星，因火箭发动机的故障而失去控制，升空后仅九十一秒便被地面指令炸毁。

接着，在 5 月 31 日，法国“阿里亚娜”火箭继 1985 年第十五次飞行爆炸后，在第十八次飞行中又不幸惨遭爆炸！发射被迫停止十六个月。

后来有人总结说：1986 年，是世界航天史上的“大灾年”！

上述航天史上连续四次罕见的大失败，迅速改变了世界商业卫星发射市场的行情，从而使西欧诸国陷入一种十分尴尬的局面。

从美国的情况来看，三次连续大失败，打乱了原有的航天发射计划。因为航天飞机和“大力神”火箭，是美国当时运送大型卫星仅有的工具。相隔八十天就出现两次失败，使其航天活动几乎陷于瘫痪。

所以美国被迫宣布：航天飞机的飞行计划至少推迟一年。美国宇航局局长詹姆斯·弗莱彻说：“航天飞机拟在 1988 年第一季度才可恢复飞行；在以后的三至四年，可能仅有三架航天飞机提供发射卫星服务。”

由此造成的结果是，各国卫星发射计划，陷入一片混乱。已经列入发射计划的卫星用户，捶胸跺脚，叫苦不迭。全世界几十颗亟待升空的卫星，只好无可奈何地躺在冷冷清清的仓库里或者生产线上；一些原定使用美国航天飞机发射的商用卫星，也只得推迟发射；而有的卫星用户则干脆取消了用航天飞机发射的合同，另外重新寻找火箭为其发射。

然而另寻火箭，谈何容易！

由于在过去几年里，美国政府对航天飞机的发射服务给予了特殊的政策，美国国内的火箭根本无法与之抗衡，致使“大力神”“德尔塔”和“阿特拉斯”火箭纷纷败下阵来，大部分生产线均已关闭。所以，尽管航天飞机失败后里根政府曾宣布，为承揽美国及国外民用商业卫星的发射，“大力神”等多种火箭要竭尽全力恢复生产，以便同国外的运载火箭进行竞争。可惜，马丁公司的“大力神”火箭，至少要等两年之后才能飞行；麦道公司的“德尔塔”火箭要恢复生产，最快也需一年半至两年；而通用动力公司的“阿特拉斯”火箭，由于大多数是为国防部提供军事服务的，目前也仅剩下一发库存。

所以，美国企图用火箭在国际卫星发射市场东山再起，在短时间里是不现实的，也是缺乏竞争力的。

再从法国的情况来看，“阿里亚娜”火箭是由法国、联邦德国、英国等十一个国家组成的欧洲空间局共同研制而成的。在美国“挑战者号”爆炸之前，“阿里亚娜”火箭是世界上唯一可与美国航天飞机抗衡的运载工具。1984 年，“阿里亚娜”火箭首次承揽商业卫星发射，第一年就发射了九颗卫星，一跃而成为当年世界上最佳商业发射火箭。截至 1985 年底，“阿里亚娜”火箭已占领全世界百分之四十二的商用卫星发射市场，而且正暗暗发愤，要在 1986 年至 1990 年间，夺取百分之五十的国际商用卫星发射市场。

为此，“阿里亚娜”公司于 1985 年不惜耗资十二亿美元，在库鲁新建起了可供国际性卫星发射的第二个发射场。其现代化的发射能力，可达每月发射一颗卫星。

而且，为了稳定商业发射任务，提高竞争能力，从 1986 年 1 月起，“阿里亚娜”公司的保险子公司也开始正式营业，其保险率仅为百分之十一至百分之十三。

但是，由于“阿里亚娜”火箭在 1985 年和 1986 年连续两次失败，人们对它的可靠性也产生了怀疑；加之“阿里亚娜”公司为了补偿美元的贬值，又决定对新的国外发射用户大幅度提高发射价格，这就必然大大降低其威信和削弱在国际市场的竞争能力。

那么，航天大国苏联的情况又怎么样呢？

苏联的“质子号”火箭，具有相当大的运载能力，一直在积极寻求国外卫星发射用户，力争打入国际市场。但由于苏联多年来实行的不是开放政策，西方政府担心一旦让苏联火箭发射卫星，其卫星技术就会流入苏联，所以严格限制本国卫星进入苏联。而另一方面，苏联对“质子号”火箭的技术资料保密非常严格，致使国外用户很难了解到“质子号”火箭的真实可靠性。尽管两年前苏联利用电视台播放了五十一秒钟的介绍“质子号”火箭的电视新闻，但西方政府对苏联发射服务的政策，始终持怀疑和观望的态度。

因此，尽管苏联的“质子号”火箭发射卫星的价格相当低廉——比中国还低，但苏联的火箭在欧美国家用户中并不受欢迎，所以至今也未打入国际商业市场，无法形成很强的竞争力。

由此可见，1986 年的国际航天形势，导致欧洲诸国均处于被动不利的局面；而对中国的火箭打入国际商业市场却十分有利。

于是，有人分析了这一年的世界航天局势后，信誓旦旦地说：“1986 年，中国火箭走向世界，真是天时、地利、人和。”

然而，初次上阵的中国，能否抓住这一契机呢？

八、 周游列国的中国专家们

1986 年 4 月初的一天，中国商业卫星发射服务代表团从北京乘坐波音 747 飞机，前往美国进行有关卫星发射的商务接触。代表团团长乌可力，副团长上官世盘。

自中国宣布对外承揽发射业务后，特别是美国的“挑战者号”航天飞机爆炸后，中国的“长征三号”火箭，一下子成了全世界瞩目的对象。

早在两个月前，瑞典公司便抢先与中国第一个签订了为其发射一颗邮政卫星的订座协议。紧接着，不少国家的公司也表示了愿同中国进行接触、磋商和洽谈的意向。如此一个开局，对初出茅庐的中国来说，多少有点意外惊喜的感觉。

但中国航天人同时也意识到，面对如此局势，世界各个航天大国绝不会等闲视之，也绝不肯让这种局势长久持续下去。比如，美国宇航局就迅速采取了各种弥补措施，正加紧提高竞争力；法国四处招揽生意，乘机扩大自己在国际市场的地盘；苏联也不肯放弃打入国际市场的雄心壮志，匆匆宣布将“质子号”火箭投入国际商业发射市场，并在短短三个月里组织成立了卫星发射服务机构；而身居岛国、一向精明的日本人，更非等闲之辈，早就瞄准了这一时机，果断取消了具有八百公斤发射能力的某火箭发射计划，而直接加紧研制具有两吨发射能力的 H-2 大型运载火箭，并以惊人的速度，在华盛顿设立了卫星发射服务办事处，其目的显而易见，就是要乘机挤进国际商业发射市场！

那么中国唯一的选择，就是抓住这一空隙，乘机出击！

而出击的第一个对象，就是威震天下的航天大国——美利坚合众国。

这是华盛顿的一个礼拜天。

上午 8 点整，中国商业卫星发射服务代表团在中国驻美大使馆一个会议大厅举行关于“中国商业卫星发射服务”的报告会。

这一天，一百多名听众济济一堂，会议大厅座无虚席。听众中，有美国外交部、国防部、运输部、商业部、宇航局等各政府部门近三十名大小官员，还有媒体记者、各界名流、友好人士以及美籍华人等。他们既怀着一腔的热忱，又揣着好奇的心情，第一次来听漂洋过海、远道而来的中国人谈中国的火箭。

首先，乌可力致开场白。他刚一走上讲台，全场便响起热烈的掌声。他用目光扫视了一下台下，又理了理嘴上那撮剪得整整齐齐的贺龙式小胡子，然后才亮开了嗓门。

在短短三十分钟的演讲中，乌可力既讲了三十年来中国航天事业走过的艰难历程，也讲了中国航天发展的美好前景，同时还讲了中国

"长征号"火箭的性能、特点以及各种优惠政策等。讲着讲着，这位感情丰富的蒙古族汉子，眼里竟涌出了泪花。

乌可力后来说，在那一刻，他仿佛感到自己不是站在国际讲台上，而是跪在先祖传说中的草原天堂"蒙巴圣地"上。

接下来，上官世盘以中国政府官员的身份，作关于《中国商业卫星发射服务》的报告。

上官世盘的报告，同样激起听众一阵又一阵的掌声。人们听到的，仿佛不是上官世盘个人的发言，而是多年沉默的中国向世界发出的声音。

的确，中国不能再封闭下去了，也不能再沉默下去了。千年的封闭与沉默，导致的是科技的衰败，生产力的萎缩。今天，尘封的国门已经开启，昨天的秘密不再是秘密，中国到了应该讲讲自己的时候了，也早该讲讲自己了。因为中国不光搞出了原子弹、氢弹，还搞出了火箭、卫星；不光有了向世界展示自己的资格，也有让世界认识自己的责任。你不讲，别人怎么知道你？你不说，别人怎么了解你？不知道你、不了解你，怎么走向你？如何接近你？

果然，上官世盘的报告刚一结束，几十名记者便涌到他的身边，就中国火箭要承揽外国卫星发射问题，纷纷提问；之后，所有的华侨同胞也都来到前台，向全体代表团成员表示问候与祝贺！

一位老华侨拉着乌可力的手说："你们代表团来美国宣传中国的火箭，太让我们高兴了！不过，你们知道在美国有人说什么吗？"

乌可力问："说什么？"

"他们说，中国人在美国只能开饭馆！"

老华侨说完，潸然泪下。

乌可力的内心，也禁不住一阵发痛、发酸。

老华侨接着说道："我们听了后，泪水只有往肚子里咽呀！"

这时，另一位白发苍苍的老华侨也走了过来，拉着代表团成员的手，眼泪汪汪地说："中国是火箭的故乡，今天，火箭的故乡终于来人了。我活了七十岁，终于盼到了，盼到火箭又回到了火箭的故乡!”

而几位年轻的美籍华人，则拉着代表团成员的手，一定要请他们到华人餐厅去喝上几盅!

当晚，几位知名美籍华人还来到代表团的住处，热情诚恳地向代表团介绍国际卫星市场的一些行情和背景。他们对代表团说：“你们到了美国，人生地不熟，千万不能轻举妄动。商业卫星发射市场，是商人们驰骋的世界，里面的事情复杂着呢！如果遇上不摸底的公司找你们签合同，你们一定要先把情况摸清之后，再做决定，而不能见人就同意，有合同就签。这好比说，本来是一个叫花子到你家门口讨饭，你却把他当作上宾接待。这样的话，一下就会把中国火箭的牌子搞臭了，以后的生意就很难做了!”

第二天，《纽约日报》《华盛顿日报》等，以头版头条位置推出一条新闻：《中国商业卫星发射服务代表团到美国游说，企图与美国争夺卫星发射市场!》

是的，既然是国际商业市场，买卖就该大家做，竞争就该人人平等，任何国家和个人都不能独霸市场。这是商业市场的规律。

为了扩大影响，中国商业卫星发射服务代表团又分成四个小组，分别在华盛顿、纽约、洛杉矶、旧金山等地，宣传中国的火箭，并同十多个卫星公司进行了广泛的接触与交流。

然而，远在东方、初出茅庐的中国，想一下子跑到称霸世界的航天大国来“抢饭碗”，并不是一件容易的事。

中国商业卫星发射服务代表团最先接触的，是美国休斯卫星公司。由于中国火箭专家首次涉足世界商业发射市场，一无基础，二无资本，三无关系，靠的仅是几张皱皱巴巴的火箭图纸和几张嘴。所以，代表团第一天到美国休斯卫星公司，首先就感觉让人瞧不起，美国人压根儿就没把他们这群黄皮肤的中国人放在眼里。美国休斯卫星公司的人与中国代表团的专家们见面握手时，伸出的手既无力度，也无温度，更无诚意，完全是一种礼节性的表示而已；甚至有个别美国人怀抱双臂，爱理不理，眼睛里还透露出几丝轻蔑。

中国商业卫星发射服务代表团与第二家美国卫星公司接触时，情况同样不妙。甚至有一次，中国代表团按照事先与对方的约定，风尘仆仆地赶到美国一家卫星公司时，却被对方当成皮包公司的说客，毫不客气地拒之门外。

中国商业卫星发射服务代表团又找到第三家美国卫星公司。这家公司还算不错，总算给了面子，让他们进了公司的大门。可当这家公司的一位副总裁出面接待时，并不热情，也看不出有多少诚意；尤其是当中方提出希望就某些发射事宜进行洽谈时，这位副总裁态度很是傲慢，看了中国专家一眼，张口就说："洽谈？洽谈当然可以。不过，按我们西方人的规矩，得先付洽谈费！"

"洽谈费？什么洽谈费？"乌可力一头雾水。

"就是先付钱。"

乌可力一听要钱，不可思议，只好免谈。

之后，乌可力又掏出一份三四页纸的意见书，用试探的口气对这位副总裁说："我们准备了一份意见书，请您看看，是否有合作的基础？"

这位副总裁拿起意见书，翻了一下，说了一句话："等你们能拿得出一尺厚的意见书之后，再来谈吧。"

"为什么？"乌可力问。

副总裁抬腕看了看表，说："先生，对不起，我们约定的时间已到。"

一连在三家公司受挫，中国商业卫星发射服务代表团颇感沮丧。

这时，有的美籍华人便指点他们说："你们与美国的公司打交道，光凭嘴说不行，得有一个招标书之类的东西。"

但美籍华人说的这"招标书"，具体究竟是怎么回事，中国商业卫星发射服务代表团并不明白，有的团员甚至还是第一次听说。比如，招标书在商务中起什么作用，起多大的作用，怎么运作，他们一点也搞不清楚，脑子里只有一个大致的概念；至于招标书具体怎么写，更是一无所知。

于是，他们只好找到第四家美国公司，想请对方帮他们编写一份招标书。在他们的概念中，请美方帮着编写一份招标书，就像在国内随便找个人帮着起草一份企划稿，小事一桩，算不了什么。

“我们想请你们编写一份招标书。”他们来到一家公司，开诚布公，说明来意。

该公司负责人听了后，说：“帮你们编写招标书，当然可以。”

乌可力一听很高兴，几天来的一件心事总算有了着落。

“不过，”这位负责人说，“得先付定金。”

一听又是要钱，乌可力转身就想走。但在走之前，他还是小心翼翼地试着问了一句：“要付多少定金啊？”

“一百万美元！”

“什么？一百万美元！？”

乌可力和代表团成员个个惊得目瞪口呆。等清醒过来后，第一件事就是急忙握手，马上“拜拜”。

接下来，他们又找到另一家美国公司。可他们刚与这家公司的人见面，对方就让他们介绍自己的专业背景，意思是看你有没有谈论发射火箭问题的资格。等他们介绍了自己的专业背景后，对方又提出一个稀奇古怪的问题：“你们西昌发射场四周都是山，发射卫星时，要是火箭喷出的大火把山冲倒了，山再翻过来，把火箭推倒了怎么办？”

乌可力一听这话，感到非常窝火，便来了脾气，毫不客气地回敬说：“你们说的这个问题，根本就不是个问题。我们西昌发射场发射了那么多颗卫星，从来没有出现过像你说的这种情况。很显然，你们提的这个问题没有根据。如果你们不信的话，我可以邀请你们去西昌发射场参观一次我们的发射，看看到底是不是像你们说的那样。”

其实，上述发生的这些不愉快，算不了什么，乌可力告诉我说，真正让中国代表团感到气愤的，是后来与美国特雷卫星公司打交道时发生的一件事。

那天，按事先的约定，乌可力与美国特雷卫星公司总经理舒尔兹先生进行会谈。两人相见后，乌可力刚一落座，舒尔兹先生便将一本画报递到他的手上，说："看看吧!"

乌可力接过画报一看，惊呆了！画报第九页竟有这样一幅漫画：四个啤酒瓶组成一个"发射架"，"发射架"上挂着一个又粗又长的鞭炮，鞭炮上写着：中国"长征三号"!

"奇耻大辱！简直是奇耻大辱!"乌可力气得手指发颤，半晌说不出话来。

舒尔兹先生叹了口气，说："这就是有些美国人对你们中国航天技术的评价！他们认为你们的发射架是啤酒瓶做的，不保险；而'长征三号'火箭，则像一挂小孩子玩耍的鞭炮!"

乌可力"啪"地合上画报，说："是的，我这次到美国来，有人还问我，中国有没有自来水?"

"什么？竟有这等事情!?"舒尔兹反倒惊诧起来。

"我回答他们说，中国不仅有自来水，还有原子弹、氢弹、亿次计算机！还有同步通信卫星，还有'长征号'火箭!"乌可力一口气说完，非常激动，一脸通红。

舒尔兹先生望着气呼呼的乌可力，深感歉意，什么话也说不出来。

片刻，乌可力转过身来，说："舒尔兹先生，谢谢您今天让我看到了这幅漫画！不过，我有个小小的请求，不知能否如我所愿?"

"什么请求，请讲，我一定尽力而为。"舒尔兹先生说。

乌可力抖了抖手中的画报，非常平静地说："这本画报，您能不能送给我?"

舒尔兹先生说："你要它干吗?"

乌可力说："我要把它带回我的祖国去，让我的同胞们都好好看看！然后，再将它放到博物馆里，做个永久的'纪念'!"

“既如此，那就随意吧。”舒尔兹先生说。

乌可力抓起画报，转身离去。

…………

中国代表团此次去美“游说”，长达半月。在这半个月里，尽管代表团碰到了许多坎坷，遇到了不少挫折，甚至还经历了一些有苦难言的心酸，但到了后期，当休斯公司一位首席科学家认真听取了中方介绍的“长征”系列火箭的详细情况后，认为用中国的“长征三号”运载火箭发射美国的卫星，在技术上是可行的，也是可信的。这让美国一些卫星公司对中国火箭的信任度明显增加，双方最终还是进入了商务性谈判阶段。

因此，就首次出征而言，中国代表团这次“游说”美国，虽不能说首战告捷，但也算可圈可点；不光与美国泛美太平洋公司、多美尼影视卫星公司等签订了六个订座协议，还与美国特雷卫星公司草签了两个发射合同。

九、 轨道大转移

中国承揽外星发射业务这一史无前例的举动，不仅在国外引起很大震动，在国内也引起强烈反响。从中央到地方，从航天专家到普通老百姓，无不对此表示深切的关注，也无不对此表示莫大的担心。

众所周知，中国是一个贫穷落后的国家，中华民族是一个长期受欺辱的民族。直到 1949 年 10 月，用毛泽东的话来说，中国人民才站起来了。

但是，站起来了，并不等于一定能走下去。任何一个国家，任何一个民族，要想在这个世界上求生存、求发展，有威望、有地位，不受外来侵略、不受外来欺侮，除了必须具有完善的社会制度，还必须拥有高度发达的经济、军事和科学技术；尤其是历史发展到大科学时代的今天，科学技术发达与否，事关重大，举足轻重。

因此，在当今这个大科学时代，“科学社会化，社会科学化”已然成为一种日益发展的新趋势。科学技术的发展，不仅对社会生产、社会生活以及军事领域等的连锁变革产生了深远的影响，而且对社会经济也产生了重大的作用。

众所周知，“热兵器”时代的诞生，使得“冷兵器”时代成为历史；舰船、飞机、大炮、坦克和战略导弹的出现和应用，使人类的战争舞台上出现了海军、空军、机械化部队和导弹部队；而 1957 年 10 月 4 日，苏联将人类第一颗人造卫星送上天，又把人类带入了神奇的航天时代。

而中国，这个早在一千年前就发明了世界上第一枚火箭的国家，这个过去连自行车、汽车、飞机都不能制造的国家，1970 年 4 月 24 日，也将中国第一颗人造卫星“东方红一号”成功地送上了茫茫太空！

此后，中国开始了向现代火箭技术的挺进。经过几十年的艰苦奋斗，不仅研制成功了近程、中程和远程火箭，而且在航天技术上实现了三次重大突破：飞向太空；返回地面；发射同步通信卫星。

而今天，中国的火箭又将走向世界，为国外发射商业卫星，实现从国内试验轨道到国际商业轨道的大转移。这是中国航天发射的一个重大转变，也是一个民族一次新的飞跃。

中国改革开放后，随着整个国家工作重点的转移，各行各业都开始了各自的转移。而在 1985 年 5 月的军委扩大会议上，中央对国防科技工业也提出了要求——要求国防科技工业也要实行相应的战略大转变。

但国防科技工业如何实现这一转变，却是一道大难题。

产冰箱，搞彩电，固然是条门路；造轮胎，做灯泡，也是一种办法；开公司，办工厂，外加技术输出，同样无可非议。

问题是，若是长此下去，最终的出路到底在哪里？

过去，中国所有的发射，都是属于科研试验性质。也就是说，无论是火箭还是卫星，都是科研试验产品，不能像盐巴、酱油、红薯、土豆那样随便拿到市场去卖，所有的研制经费都是靠国家拨专款支撑；而且，高科技必然是高投资、高消费。

但是，如果能发射外国卫星，就属于商业性质的发射，就是一种不出国门的高技术服务。换句话说，中国的高科技就可以从原来的科研试验轨道，一下转移到商品经济的轨道。除了壮国威、壮军威、鼓士气，还可创造经济价值，赚取大量外汇。而中国改革开放后，要引进大量的先进技术、先进设备，急需的正是外汇！

同时，发射外国卫星，是一种商业性质的国际的技术交流与技术合作。通过这种交流与合作，中国的发射队伍和测控队伍，可以开阔眼界，获得实践和提高业务水平的机会，从中学到不少宝贵的经验，借以改进不足，促进自身技术水平的发展。

此外，由于发射外国卫星是商业性质，国外厂商对发射质量的要求必然十分严格，甚至相当苛刻，这就逼着中国的科技队伍必须提升自己，去适应和满足国外市场的要求。

当然了，既然发射外国卫星是商业性质，就必然要考虑经济效益问题，这就迫使中国从思想观念到思维方式、从技术革新到队伍管理等各个方面，都必须来一次彻底的大改变。

因此，发射外国卫星对中国而言，不光是一次技术革命，更是一次思想革命！

1986 年 7 月 17 日上午，国防科工委和航天部领导在国务院第十三会议室就发射外国卫星问题，向中央财经领导小组专门作了详细的汇报。

很快，国务院、中央军委下达了正式文件，将发射外国卫星列入国家的重点工程。

于是，有关发射外国卫星的工程、技术及生活等各方面的准备工作，很快在全国展开。仅西昌卫星发射基地亟待抢建的工程，就达十项之多！

十、 面对世界的挑战

厄运降临时

或许，中华民族天生就是一个不断遭受磨难的民族。不然，在数千年文明史的进程中，为何每走一步，总是步履维艰？

1986 年夏，国际空间商务会议在美国华盛顿举行。中国代表团怀着多少有点忐忑的心情，第一次迈进了这个会场。

就在这次会上，中国“长征三号”运载火箭第一次在美国、英国、法国、日本、澳大利亚等数十个国家的代表面前正式亮相；并经受了对方各种各样的考验，当然也包括某些刁难。

此后几个月里，美国、加拿大的四家保险公司和十七家空间公司先后与中国开展了业务联系，二十多颗不同类型的卫星开始微笑着向中国靠拢。

1986 年底，中国与美国西联卫星公司签订了用“长征三号”火箭发射“西联六号”卫星的发射订座协议。

此外，印度尼西亚、澳大利亚、加拿大、联邦德国和泰国等，则与中国在洽谈之中；而其他一些公司，也表示了要让中国发射卫星的意向。

中国对外发射，可谓形势大好，前景喜人。

然而，竞争激烈的国际航天发射市场毕竟不是什么人都可以随便出入的，更不是任凭中国随意运作的。正当中国在通向国际商业卫星发射市场的路上春风得意并憋足了劲儿拼命往里挤时，一场似乎早已注定的商业危机却悄然降临了。

由于国际商业市场中某种微妙的原因，一双双神秘的大手最早伸向的是已经和中国签订了发射订座协议的美国西联卫星公司：不仅银行纷纷拒绝为它提供贷款，所有“绿灯”也突然统统对它关闭。最后，在残酷的商业竞争和无形的外力挤压下，西联卫星公司中“弹”身亡，被迫倒闭！

西联卫星公司倒闭后，美国特雷卫星公司的总裁施瓦兹先生却接过西联卫星公司的六号卫星订座协议，亲自率领几名专家来到中国，坚持继续用中国的火箭为其发射卫星。

施瓦兹先生是位美籍华人，对中国感情极深。他之所以要前仆后继，知难而上，一方面出于某种商业道德的考虑，另一方面则出于对祖国的赤胆忠诚。当他千里迢迢来到北京时，中方代表曾提醒他说：“美国西联卫星公司已经倒闭，请您务必慎重行事。”但他却表示说：“正因为西联卫星公司失败了，我才要接着干下去。我这一生最后的愿望，就是要在亚洲地区建立一个庞大的专业卫星通信网络，让亚洲地区的人民，充分享受到中国火箭带给他们的欢乐与幸福。我要用自己的行动来向世界证明，中国的火箭完全能够发射美国的卫星，中国的火箭能够打入国际商业发射市场！”

于是在取得本公司的大力支持后，施瓦兹先生开始周游列国、八方游说，最后终于获得了加拿大、澳大利亚等财团的资助，很快与中国草签了协议书，并预付了第一笔定金。之后不久，在北京香格里拉饭店，施瓦兹先生坐在一个月前西联卫星公司总裁签字的同一位置上，挥笔与中国签订了正式合同。

这是中国发射外国卫星的第一个正式合同。

可惜，特雷卫星公司最终还是和西联公司一样，没有逃脱破产的命运。据说，当施瓦兹先生收到中止合同的法律文书时，这位六十岁的总裁竟流下了满脸的热泪。

至此，中国好不容易签订的两份正式发射合同，全部化为乌有。

更惨的是，最后除瑞典一家外，不到一年的时间里，国外所有公司与中国签订的发射合同与订座协议，通通退得一干二净。甚至某些过去曾向中国大献殷勤的外商，也纷纷退避三舍，敬而远之。

这是怎么回事呢？

中国政府自宣布对外承揽卫星发射业务后，世界各国的卫星公司先后来到中国，在北京万源公司、西昌卫星发射基地和西安卫星测控中心等地进行了一系列的参观、访问和洽谈活动。尽管他们不得不承认，中国无论是火箭的设计、研制水平，还是火箭的发射、测控技术，都还不错。但国外的专家和老板们不是理想主义者，他们拒绝空谈，只认事实，在没有绝对把握的情况下，是不可能把一个公司的命运随随便便系在中国的裤腰带上的。

那么，到底是什么原因，致使中国陷入如此难堪呢？

第一，中国火箭发射次数太少。"长征号"火箭尽管已经成功地发射了几颗卫星，但与国外相比，发射的次数太少——只有二三次。由于发射次数少，所以火箭技术缺乏令人充分信服的根据。其可靠程度就难说，也不好预料。

第二，中国西昌发射场尚未达到国际标准。虽然西昌发射场在中国算是一个最现代化的发射场了，但当年筹建这个发射场时，可能什么都想到了，就是没想到今后有一天中国的火箭会发射外国的卫星。因此，尽管外国人承认中国的发射场具有发射外国卫星的能力，但从现有实际情况来看，在设施、交通、通信、生活等方面，目前尚未达到国际标准。比如，没有符合国际标准的卫星测试厂房；没有从美国直达西昌的航班——这一点对讲究时间效率的美国人来说非常重要；甚至连一个像样的宾馆也没有。虽说老外们也亲眼看到，西昌发射场确实正在抢建之中，但他们无法相信，如此复杂庞大的工程，中国能在一年时间内抢建出来。

第三，国际保险界对中国火箭缺乏信任。发射商业卫星，属于高投资、高难度、高风险的行业，无论是火箭飞行阶段，还是卫星与火箭分离后从同步轨道到定点静止轨道，每个阶段随时都存在失败的可能，所以国际上都有专门的保险公司出面为其保险。但美国、法国近期几次发射失败后，世界不少保险公司严重亏损，最后被迫退出空间保险市场，有的甚至彻底破产。在此情况下，一方面，国际空间发射保险率急剧上涨，由原来的百分之十五上涨到近百分之四十——即便如此，保险商仍然不愿出面保险；另一方面，国际保险公司对中国火箭的可靠性本来就缺乏认识，再遇上美国、法国的连连失败，就更不愿出面为中国火箭保险了。而中国的保险公司又从未担任过空间保险，再加上中国尚无一个完善的保险机构，保险问题便成了一大难题。而只要发射商业卫星，就必须有保险公司保险；没有保险公司保险，万一发射失败，谁来赔钱？

第四，金融界不愿贷款。中国人办事，是钱多多办事，钱少少办事，没钱就不办事。外国人则不同，有钱要办事，没钱也要办事，而且还要办大事。这就是靠贷款。外国商家要购买一颗卫星请人发射，至少需要上亿美元。如此一笔巨款，别无选择，只能靠贷款。但是，当时国际金融界对中国的火箭缺乏了解，或者说并不信任，所以不愿轻易为其贷款。没人愿意贷款，这笔买卖，傻瓜也不会做。

第五，美国卫星出境困难。在美国，卫星属于高技术产品，而高技术产品的出境，必须经美国国务院、国防部、武器出口控制委员会等有关部门批准；此外，还要受到国际巴黎统筹委员会的限制。而巴黎统筹委员会是由英、美、法、德、日等多国组成的一个专管高技术出口的国际性组织，全世界所有高技术产品的出口，都要在它那里注册备案；凡是未经批准者，一律不许出境。所以，外商们对中国到底有没有本事打通这一系列的关口，最后搞到卫星出境许可证，持怀疑、观望的态度。

第六，西欧某些国家在暗中进行抵制、阻挠。客观地说，不是所有西方国家都欢迎中国进入国际商业市场，甚至有的国家一开始就对中国进行抵制。所以在谈判过程中，他们在一些条款、技术、价格等问题上，总是想方设法出难题；有的还在背后散布一些对中国火箭很不利的言论，甚至不时搞点小动作什么的。

基于上述六点，外商们纷纷离去，也就成为自然。

对此，中国火箭研究院院长沈辛荪深有体会，他说：“外国公司并不希望我们中国的火箭进入国际市场，成为他们竞争的对手。记得1988年我去法国库鲁发射场参观‘阿里亚娜’火箭的第二十五次发射，临走前领导对我说，去了法国要多做工作，多向外商说明，我们一年只提供两枚火箭来发射外国卫星，目的主要是满足国内的卫星发射，只作为国际商业市场的一个补充。带着这个任务，我见到他们就宣传，可得到的反应却非常强烈，也很一致，他们激动地说：‘你说得很轻松，中国一年才两枚火箭，我们一年才八枚火箭呢！’这次给我留下的印象是，我们要进入国际市场，他们不欢迎，绝对不欢迎！”

现在的问题是，面对如此困境，中国怎么办？

满世界都知道，中国要发射美国卫星。不仅海外华侨、港澳同胞翘首以盼，亿万中国人民也望眼欲穿。而今如此狼狈不堪，如何向中央汇报？怎么向国人交代？

更为严峻的是，动用了成千上亿元的专款抢建的发射外星的工程，正处在争时间、抢速度、大干快干拼命干的热烈气氛之中。但现在，生意突然做不成了，这工程是继续上马，还是悬崖勒马？

“这是一段最叫人伤心而又难受的日子！”有人后来回忆说，“在这段日子里，我们顿顿吃不好饭，夜夜睡不着觉。”

发射测控系统部和长城公司的人，无论走到哪里，都有人问：

“怎么？听说全砸啦？”

“你们是怎么搞的，没有吃准，咋就乱签合同呢？”

“下一步怎么办？是进，还是退？是上马，还是下马？”

办公室，发射场，饭桌上，电梯里，到处议论纷纷：

“我早就说了，这事办不成！”

“花了那么多钱，现在又搞砸了，这不是犯罪吗？”

“早知今日，何必当初呢！老老实实待着，不比啥强？我看都是吃饱了撑的!”

有人询问，有人感叹，有人抱怨，有人指责，甚至还有人指着鼻子骂娘：

“咳!！中国人打内仗一个比一个厉害，可要同外国人谈生意呀，一个个都他妈大傻帽!”

…………

是的，用中国的火箭发射外国卫星，是中国的一件大事。身为火箭故乡的子孙，谁不关心？谁不着急？发点牢骚，讲点怪话，可以理解，也很正常。

问题是，面对善良的人们，有苦难言的航天专家们，能说什么呢？

1985年初，欧洲航天界一位权威人士就说过：中国的火箭进入国际商业市场，至少需要五年。

说这话的人，叫吉普森仁。

吉普森仁是欧洲空间局第一任局长，国际宇航联合会副主席。欧洲空间联合共同体，就是在他的倡导下搞起来的。这是一位对中国的航天事业有过积极贡献的英国人。1984年春天，在日本东京召开的国际宇航联合会上，中国也是在他的支持下迫使台湾退出，才正式加入国际宇航联合会的。

1985年初，孙家栋副部长和乌可力到欧洲各国进行卫星发射市场的调研时，首先对他进行了私访。

那是巴黎一个很美的夜晚，吉普森仁将孙家栋和乌可力引进他的小别墅。几句寒暄后，他便从地窖里拿出十几种世界名酒，请两位中国老朋友入席。

吉普森仁的夫人是位钢琴家，为了助兴，特意为两位中国朋友弹奏贝多芬的《命运交响曲》。吉普森仁酒量过人，且有收藏名酒的嗜好，地窖里存有几千瓶世界名酒。孙家栋喝酒不怎么样，但乌可力是海量，因此彼此喝得很是痛快。

席间，孙家栋谈起中国火箭打入国际市场一事，吉普森仁听后很激动，说："中国火箭若能打入国际市场，当然是好事。不过我要提醒你们的是，火箭打入国际商业市场，是件非常困难的事。因为火箭发射是高保险、高投资，用户选择的条件是十分苛刻的。"

孙家栋说："我们对这方面确实还缺乏了解。"

吉普森仁说："我们的'阿里亚娜'火箭当初面临的是美国航天飞机的竞争，所以一开始采用的是免费发射的办法，接着又用低价格为对方发射了两发，最后才打入国际市场的。这就像卖东西，让你先尝尝味道怎么样，然后再谈价格，再说交易。"

乌可力说："您认为中国的火箭打入国际市场，有希望吗?"

吉普森仁说："中国的火箭要打入国际市场，我相信可以办到；但是，现在你们的问题是没有经验，而且面临的又是美国和法国这两个非常强大的竞争对手，因此要有长期的打算。"

"大概需要多少年啊?"乌可力举起酒杯，急不可耐地问了一句。

吉普森仁也举起酒杯，却停了停，说："依我之见，恐怕至少需要五年!"

后来的事实证明，吉普森仁的预测是正确的。

是的，发射外国卫星，并非易事。

截至 1990 年，能进入国际商业卫星发射市场的，全世界只有美国和法国，而法国还是靠十一个国家的力量才进入的。它的"阿里亚娜"火箭打入国际市场，前后用了八年时间。甚至连苏联那样的航天大国，至今还板着委屈的面孔，被冷落场外。

再说，商业卫星发射市场，已被美国等航天大国垄断了二十多年，其甜头妙不可言，他们当然还想继续垄断下去，绝不希望有第三者来抢饭碗。所以在通向西方人把守的国际商业市场的道路上，暗藏着温柔的利剑和美丽的陷阱，中国简直防不胜防。

此外，中国是第一次踏进西方人统领的禁区，别说经验，连教训都没有；加上国门封闭太久，刚一打开，就急于想挤进国际商业发射市场。这一急，当然就会摔跟斗。

所以说，中国想一下子就挤进国际市场，是不现实的。

但是，面对如此厄运，中国航天决策者们一致认为，发射外星的工程绝不能下马，不管有多大的困难和阻力，一定要坚持下去！

因为中国正面临着一个开放的世界。发射外星，既是改革、开放的一个伟大壮举，也是中国科技史上的一次重大革命。而历史的经验一再证明，机会是非常重要的，如同维纳斯的断臂，一旦失去，便永远无法续接。像十六七世纪开始的技术革命，不仅直接提高了生产力，而且由技术革命引爆的工业革命，还震撼了世界，摧毁了古老的社会，创立了人类崭新的文明。

所以，在科学技术发生重大变革的转折关头，一个国家只有利用科学技术的先进成果，抓住时机，才能实现腾飞。中国近几百年之所以落在了世界的后面，其中一个很重要的原因，正是在科学技术上错过了几次腾飞的机会。例如：

——明末清初之际，中国历史上兴起了第一次科技革命。当时，江南一带商品经济蓬勃兴起，在手工业中开始出现了资本主义萌芽，这与欧洲最早的资本主义国家几乎同时起步。就在这时，以意大利人利玛窦为首的西方传教士开始来到中国，带来了天文学、地理学和火器等西方近代科学技术。于是，中西方两种科学技术产生了巨大的接触与碰撞，使中国长期以来死气沉沉的科学技术第一次出现了复苏的景象。遗憾的是，由于封建社会的重压，中国科技的翅膀最终还是没有展开。而远在欧洲的英国，这时却抓住了历史赐予的大好时机，迅速赶超了意大利和荷兰，一跃而成为世界的头号工业大国。

——19 世纪 60 年代，中国兴起洋务运动之时，正是世界第二次技术革命爆发之际。当时，中国的科技在沉沦了一百多年之后，开始爆发了新的活力。但终因内外交困，国力贫弱，腾飞的翅膀最终还是无力起飞。

——19 世纪末，西方爆发了以相对论和力学为标志的科学革命，继而在 20 世纪四五十年代又兴起了第三次技术革命浪潮。本来，中国的民族资本主义这时已有一定的发展，可惜终因战火纷飞的社会环境和贫困落后的经济，大好时机也只有付之东流。

——1949 年之后，本来 1956 年至 1966 年是中国科学技术的“黄金时代”。那时，单就航天技术而言，中国与西方相距并不遥远；而日本在某些方面还落在中国的后面。但“文化大革命”一场浩劫，竟长达十年！等中国从噩梦中醒来，世界科技的车轮早已滚滚向前。甚至与中国一衣带水、几乎处于同一起点的日本，也一跃而起，抢先中国一个月成功地发射了第一颗人造卫星！

那么今天，当世界科技革命的大潮再次将中国推到时代的十字路口时，中国能否背水一战，抓住这一大好时机呢？

1988：希望与危机同行

历史是个魔幻大师，总让人难以捉摸。

当岁月的日历翻到 1988 年时，世界航天的局势又发生了奇妙的变化。这一年，世界航天东山再起，重振雄风，全世界一下就发射了不同的卫星一百二十五颗。其中，苏联一百颗，美国十一颗，欧洲空间局七颗，中国四颗，日本两颗，以色列一颗。

此外，美国航天飞机恢复了发射；苏联“暴风雪号”航天飞机首次发射成功；法国“阿里亚娜”火箭死灰复燃并连续进行了七次发射，将十四颗不同国家的通信卫星送入了太空。而且，在 1988 年 6 月 15 日，“阿里亚娜—4”型火箭首次发射成功，为法国争夺国际卫星发射市场又提供了一种新的运载工具。

更严重的是，在欧洲空间局频繁的活动下，截至 1990 年，“阿里亚娜”火箭已夺取百分之五十的国际卫星发射市场，各国的发射订座已排到了1991年，并已获利一百五十亿法郎。而且，为提高在国际市场的竞争能力，法国还忍痛割爱，压低了“阿里亚娜”火箭的发射价格。

这种咄咄逼人的世界航天局势，对中国不仅是挑战，简直就是威胁!

然而，“物竞天择，适者生存”。

外国公司纷纷退出，虽然对中国是当头一击，但中国航天人却认真反省，吸取教训，不断改进。比如，外国专家看了中国发射场，提了许多建设性的意见；外商谈判，对发射场提了这样那样的要求；而中国通过到国外参观学习，也长了不少见识。这样一来，中国航天人也就渐渐明白：中国的火箭要想打入国际商业发射市场，在技术、生活设施等各方面必须具备哪些符合国际标准的条件。于是中国一边继续加紧同国外有关厂商的业务联系，一边狠抓发射场的技术和生活设施的抢建。

而与此同时，有关部门也采取了许多积极的措施。譬如：中国人民保险公司愿冒着风险，以国际市场优惠价格为外商提供经济保险；中国海关决定对入境的外星实行免检政策；中国人民银行对发射外星所需的贷款，表示尽力给予保证；负责发射设施改造和工程兴建的设计部门以及施工单位，也愿意通力合作，拼命苦干，确保按期完成任务，等等。

1988年3月7日，“长征三号”火箭又将一颗通信卫星成功地送入太空。世界的目光，再次转向中国。

据说，一年前，当外商纷纷退出中国时，西方一位记者曾打了一个比喻，说中国的“长征三号”火箭就像一只又大又肥的螃蟹，刚刚摆上国际餐桌时，各国卫星公司的老板们纷纷伸长了鼻子，抢着去闻香味，尽管个个垂涎三尺，却又谁都不敢先尝第一口。

不曾想，一年后，终于走来一个敢尝第一口“螃蟹”的人。

这个敢尝第一口“螃蟹”的人，便是而今誉满全球的亚洲卫星公司。

亚洲卫星公司是在香港注册的一家卫星公司，它由英国大东电报局、中国国际信托投资公司、香港和记黄埔公司三家共同投资，并各具相等股份。由于三家股东公司均有雄厚的资金和技术专长，所以不惜巨款，敢冒着极大的风险，购买了美国休斯公司的“亚洲一号”卫星，第一个让中国的“长征三号”火箭将其送入太空。

1988 年 9 月 9 日，通过中国多方面的努力，美国国务院正式宣布：批准一项用中国火箭发射三颗美国通信卫星的计划。

这是有史以来美国政府第一次批准由一个社会主义国家发射美国卫星的计划。

为此，中国外交部发言人在当天发表声明说：“美国的卫星运到中国发射，安全是有保证的。”并在答记者问时，再次表示，“中国对美国政府支持中国为外国提供卫星发射服务表示赞赏。”

但是，这仅仅是事情的开始。

十一、 外交场上的风云

1988 年 11 月 24 日，中国谈判代表团前往美国进行第二轮关于卫星商业发射服务问题的会谈，代表团团长孙家栋。

这天，航空航天部部长林宗棠、副部长刘纪原亲临机场送行。临上飞机时，刘纪原握住孙家栋的手，一再嘱咐说：“这次谈判，无论遇到多大的困难与阻力，只能成功，不可失败!”

飞机起飞时，清晨的阳光洒满北京首都机场。机场上，送行的人群使劲地挥动着祝愿的手臂；其中两位女士，眼里还含着泪水。

发射外国卫星，看起来好像只是一次国际性的商业活动，但实际上除两个公司之间要签订有关合同外，两国政府之间还必须签署正式的协议文件。

这就需要谈判。

而此次谈判，若是成功，“亚星”的出境许可证便可颁发；倘若失败，则一切就此告吹！

因此，中国代表团此次出征，不管是飞机上的谈判代表，还是飞机下的送行人员，无不感到深深的忧虑与担心。

上月初，中国航空航天部起草了一封信函，通过中国驻美大使韩叙先生转交给美国国会。在这封信中，主要阐明了中国卫星发射进入国际商业市场的理由。

美国国会收到中方信函后，由美国空间委员会主席罗伯特·罗埃先生召集国会有关人员讨论了中方的意见，然后将国会意见提交里根政府。里根在原则上表示同意，但要求中美双方必须就如下三个问题进行会谈：

> 第一，卫星是高技术出口，中方如何保证其技术安全；
>
> 第二，中国不属于联合国空间责任条约国，万一火箭发射失败，危及第三方国家，如何承担责任；
>
> 第三，有关卫星发射中的商务问题，必须落实到具体的条款中。

于是，上月中旬，中美两国政府代表团在北京钓鱼台，就卫星技术的安全问题和卫星发射的责任问题，举行了第一轮会谈。

会谈中，双方各持一份谈判稿。几轮谈判下来，中美两国政府终于达成一致意见，签订了关于《卫星技术安全》和《卫星发射责任》两个协议备忘录。

而与此同时，中国全国人大常务委员会也通过了加入外层空间三个条约的决议，为“亚洲一号”卫星的发射奠定了相互信任的基础，并具备了可靠的法律保证。

可惜，此次谈判终未达成一致协议，故两国政府的谈判桌，这次又从北京搬到了美国。

飞机穿破云层，在一万两千米的高空翱翔。

飞机下方，就是波涛滚滚的太平洋。但机上的中国代表团所有成员，谁也顾不上去望上一眼。

本来，上月北京谈判结束时，双方约定，这次在美国的谈判，由美方先拿出一个谈判意见稿，作为谈判的基础。但不知何故，美方却迟迟未将意见稿寄出。后几经催促，直到前天下午，中方才收到美方寄来的谈判稿。可中方打开谈判稿一看，意见相差甚远。本想推迟谈判，机票已经定好，只好匆匆启程。

为了在这次谈判中争取主动，一上飞机，中国代表团便分为三个小组，对美方提交的谈判稿进行修改。小组修改完之后，再交到孙家栋的手上。

孙家栋是此次赴美代表团的团长。此刻，他靠在舷窗前，正逐字逐句地推敲着美方拟定的谈判稿。

孙家栋是东北辽宁人。1950 年，哈军工尚未毕业，他便参了军，成为空军志愿军一名年轻而出色的翻译官。1952 年，他赴苏联茹柯夫斯基工程学院深造。在六年的学习中，他因各科成绩优异，荣获苏联茹柯夫斯基工程学院金质奖章。

1958 年，孙家栋回国，因他俄语出色，常作为高级翻译陪同中国代表团前往苏联进行有关谈判。1982 年，他作为中国代表团副团长，出席了联合国空间代表大会；1984 年，他作为中国代表团副团长，先后同英国、法国、联邦德国和意大利进行过有关空间合作的谈判；1986 年，他同巴西进行过关于中巴资源卫星合作的谈判。因此在国际谈判席上，堪称一位经验丰富的高手。

孙家栋宽宽的额头，胖胖的脸，留着一个小平头。他能说善辩，口才极好，特别能讲故事。他肚子里似乎装有一个故事公司，一讲便是一个系列。无论多么重大复杂的事情，他只讲一个小小的故事，便可让你一清二楚。并且，每当讲话时，孙家栋的脸上总是洋溢着一种充满智慧与慈善的微笑。这种微笑，能让你获得一种信任，感到一种轻松，留下很难抹去的印象。

但此刻，孙家栋的脸上毫无笑容，全是忧虑。等他合上谈判稿，抬起头来，将疲惫的目光投向窗外时，旧金山已近在眼前。

华盛顿。美国总统商务代表处。

这是一幢充满商业气息的简易小楼。中国代表团到华盛顿的第二天，双方便在此摆开了谈判的阵容。

美国总统商务代表处，是美国总统下设的一个商务机构。世界各国同美国的各种贸易活动，都必须与美国总统商务代表处洽谈后，再由商务代表处向总统直接报告。

中国代表团25日抵达旧金山后，一下飞机，便用了一个下午和一个晚上的时间，对美方的谈判稿再次进行了复议、修改，并将修改后的中文稿译成了英文。第二天下午，又从旧金山赶到华盛顿。一到华盛顿，马上又找到中国驻美大使馆大使韩叙先生，就此次谈判一事，专门作了汇报。

韩叙大使是新中国第一任驻美大使，在美国政界享有很高的威望。早在五六十年代，他作为周恩来总理政府代表团的随行人员，参加过1954年和1961年的两次日内瓦会议；1955年的万隆会议；出访过欧亚十一国；曾参与接待了大量来访的各国元首或政府首脑，比如1971年基辛格访华；1973年出任中国驻美国第一任联络处副主任，曾参与接待1973年尼克松访华、1982年中美“八一七公报”的后期谈判以及1984年两国首脑的互访等。1982年出任中华人民共和国外交部副部长，1985年出任中国驻美国大使。

韩叙大使听了代表团情况汇报后，和代表团经过商量，决定第二天就开始与美方谈判。

当晚，代表团在大使馆，就第二天谈判的有关对策，再次进行了讨论。

代表团成员中，有一位叫王秀亭的女士，因一路匆忙，昼夜加班，头发乱得不成样子了也顾不上。大使馆的理发员小王发现后，主动找上门来，要为王秀亭烫发。小王说："明天就要谈判了，应该打扮得漂漂亮亮的。让美国人好好看看，咱们中国女谈判家的形象!"于是，小王连夜为王秀亭烫了一个漂亮的"东方式"。

第二天一早，中美双方拉开了谈判的序幕。

美方代表团可谓实力雄厚。团长是尤金·麦卡里斯特先生。首席谈判代表是威克逊先生。威克逊先生是一位经验丰富、有着多年外交工作经历的谈判老手。美国同国外的所有商务联系，几乎都是由他出面进行主谈，因而在西欧诸国享有盛名。

美国人似乎天生富有幽默感。这天，中美双方代表在谈判席上刚一握手相见，威克逊先生便指着楼下的房间，对中方代表说：

"尊敬的中国朋友们，你们远道而来，请允许我向你们表示诚挚的欢迎！不过，在谈判前，我想提醒一句：你们知道我这楼下过去是干什么的吗?"

中方代表看了看，不知所以然。

"告诉你们吧，"威克逊先生说，"在美国南北战争时期，这儿曾是专门关押俘虏的地方!"

"关押俘虏的地方?"中方代表更是不解。

"是的。"威克逊先生说，"你们这次要是谈输了，我就把你们留在楼下啦!"说罢，威克逊先生笑了。

中方代表这才恍然大悟。

"尊敬的威克逊先生，"孙家栋笑眯眯地接过话茬道，"这次我们要是谈赢了呢?"

"那……那就把我关在楼下!"威克逊先生说罢，哈哈大笑起来。

"我看呀，"上官世盘插话道，"最好的结局，是谁都不要被关在楼下。"

“对对对，睡席梦思毕竟比躺地板强!”威克逊说完，双方代表都笑了。

威克逊先生的开场白，看似一个玩笑，但中方代表分明感到，这是对方有意发出的一个挑战信号，此次谈判，绝不会轻松。

果然，第一个回合下来，美方便占了上风。

美方在谈判中说：中国的火箭不应进入国际市场，因为有国家力量的支持；而美国的火箭公司是商业性的私人公司。这就构成了对西方火箭公司的威胁，违背了平等竞争的商业原则，不符合一般商业规律。

美方在谈判中还说：中国的火箭发射价格太低，是利用倾销价格进入国际市场。这就扰乱了国际市场价。此外，中国在挤进国际卫星发射市场的过程中，某些做法不符合商业规则。

…………

此次谈判，由于一开始是以美方的谈判文本为基础，加之中方代表团又是第一次触及此类问题，所以一涉及对外发射服务中的国际贸易问题，中国代表团就感到很陌生，一下子就处于被动局面。

中方出师不利：有人面露尴尬，有人忐忑不安。

而恰在这时，中方的主谈人又不幸病倒。

下一步怎么办?

谁来接替原来的主谈人?

当晚，中国代表团第一次出现了集体失眠。

身为团长的孙家栋自然更是睡不着了，本来就发白的头发一夜间仿佛又白了许多。他深知这次谈判的重要，清楚一旦谈判失败，后果是什么。

中国的火箭要发射美国的卫星，无论是在国内还是国外，呼声都越来越高。前天，他刚到美国，就接到不少美籍华人朋友打来的电话，纷纷询问中国代表团这次谈判情况，并向他表示鼓励与祝愿。有的在电话里当即表示说：“一定尽全力支持中国谈判代表团!”有的在电话里深有感情地说："中国的火箭只有成功地走向了世界，我们这些海外的炎黄子孙，才真正抬得起头，挺得起腰杆！"

孙家栋再也无法入睡了。他把代表团全体成员召集起来，再一次认真研究了美方的谈判文本，然后具体拟定了第二天的谈判对策。鉴于原主谈人身体有病，他又果断决定：由上官世盘出任主谈人。

第二天，上官世盘的发言，有理有节，不仅情感真挚，而且在外交分寸的把握上恰到好处，游刃有余。于是局势开始发生好转。

第二个回合，双方打了个平局。

谈判仍在继续，且越谈越难。

二十天时间，一晃而过。

谈判，从第一稿，谈到第十稿。

1988 年 12 月 17 日，孙家栋终于代表中国代表团草签了中美两国政府间的最后一个协议文件——《关于商业发射服务的国际贸易问题协议备忘录》。

中国代表团离开美国那天，美方代表团的团长尤金·麦卡里斯特先生前往机场送行。麦卡里斯特先生握着孙家栋的手，说："孙先生，这次谈判我什么都想到了，但就是有一点没想到。"

孙家栋问："哪一点没想到？"

麦卡里斯特说："你们在飞机上，竟然就将谈判文本改了一稿！"

孙家栋忍不住笑了，说："麦卡里斯特先生，我们这也是被你们逼上梁山的啊！"

麦卡里斯特说："中国代表团不仅效率高，谈判水平也高。我祝贺你们！"

孙家栋说："祝愿我们下一步的合作，顺利进行！"

麦卡里斯特说："好，希望如此。"

北京。首都机场。

这一天，以刘纪原为首的欢迎中国谈判代表团凯旋的队伍，早在机场等候多时。

中国谈判代表团乘坐的飞机刚一着陆，人群一片欢呼。

孙家栋率先走出机舱。他一边向迎接的人群挥手致意，一边匆匆走下舷梯，然后抢先握住刘纪原的手，第一句话就说：

“老刘，谈判成功了！”

望着孙家栋明显消瘦的脸庞，刘纪原副部长笑了：

“当然成功了，你不想想，你们身后站着一个强大的中华人民共和国！”

十二、布什：不愿得罪十亿中国人

1989年1月23日，北京人民大会堂江苏厅。

下午4时，中国长城工业公司副总经理乌可力代表中方，亚洲卫星公司执行总裁薛栋代表用户，签署了关于用中国“长征三号”运载火箭发射“亚洲一号”卫星的正式合同。

全国人大常委会副委员长荣毅仁，国务委员邹家华和国防科工委、航空航天部负责人出席了隆重的签字仪式。

当晚，在人民大会堂宴会厅举行庆祝宴会。三百余名中外来宾和记者，齐聚一堂，频频举杯。

迷人的灯光，成功的笑脸，舒心的乐曲，飘香的茅台。整个人民大会堂宴会大厅，洋溢着浓浓的喜庆气氛。

乌可力端着酒杯，穿梭于各个座席之间，与外宾们频频碰杯。乌可力不仅在外交场上是一位谈判能人，在酒席上也是一位常常压倒对手的强者。年轻时，他一仰脖子，能灌下两斤白干；现在，一斤把白酒，依然不在话下。

据说，有一次在联邦德国谈判时，一位联邦德国卫星专家听说乌可力是位蒙古族汉子，特能喝酒，便拿出几瓶八十四度的酒，要与他豪饮一番。乌可力也不客气，端起酒杯，与他连连对碰。结果，这位号称“海量”的联邦德国专家刚喝下三杯，便放下酒杯，拱手承让道：“乌先生不仅谈判是这个（竖大拇指），喝酒也是这个（竖大拇指），佩服，佩服！”

可今天，乌可力刚喝下第八杯茅台，便有些醉眼蒙眬，疲劳之感频频袭来。

他，实在太累了……

从提议发射外国卫星，到今天正式签订发射合同，整整五年。

五年来，为了把中国的火箭打入国际商业市场，乌可力的足迹几乎踏遍全球。从亚洲到美洲，从美洲到欧洲，他跑了三十多个国家和地区，光乘坐飞机的时间就多达四千两百多个小时，共计行程九十多万公里！

去年（1988年），为了卫星等谈判之事，有一次他从中国飞到洛杉矶，再从洛杉矶飞到巴西；从巴西飞到联邦德国，再从联邦德国飞到伊拉克；从伊拉克飞到巴西，再从巴西飞回到中国。连续一个星期，几乎全是在上万米的高空度过的。

当然，还有比累更令他难受的事情。

1986年，他带领中国代表团去加拿大考察，与某卫星公司洽谈有关发射的问题。按国家规定，出国考察人员每人每天费用只有五十二美元，显然不可能去住四星级、五星级的宾馆。因为这样的宾馆，一晚上就是二百五十美元。他和代表团成员只好住进了加拿大最普通、最便宜的旅店——“大马店”。

有一天，乌可力打电话向那家卫星公司联系，希望能派车接他们去公司洽谈。那家卫星公司问他们住在什么地方，乌可力把住址告诉对方后，那家公司并没有来人，而是只派了两辆出租车过来。

更气人的是，他们到了公司后，别说公司董事长出面接待，就连一个副经理也没露面，只派了一个科员出来应付了几句，便起身“送客”。

在回来的路上，乌可力一言不发，心里生着闷气。出租车司机是位侨民，见乌可力愁眉苦脸，便问了一句："先生，你们是干什么的?"

乌可力一听司机会说中国话，一下多了几分亲近，说："我们是中国卫星发射代表团，这次来加拿大，是来谈发射卫星业务的。"

"什么?！你们是卫星发射代表团?"出租车司机突然一个急刹车，脸上露出惊讶与疑惑。

"怎么啦?"乌可力说。

出租车司机说："坏了，这家公司把你们当成骗子了！"

乌可力愣了："什么，骗子？不可能，我们是中国卫星发射代表团，怎么会呢?"

出租车司机这才说道："你知道你们住的大马店，是咋回事吗?"

乌可力说："不知道。我们只知道它便宜。"

出租车司机说："加拿大的大马店，是过去赶大车的马夫住的地方。你们想想，哪有堂堂中国卫星发射代表团住这种地方的？瞧你们这副寒酸样，他们能不把你们当骗子吗?"

听罢出租车司机的分析，乌可力恍然大悟。本想发泄一通，却又一句话也说不出来。

当晚，乌可力跑到中国驻加拿大大使馆，找到大使说："由你们大使馆出面发请帖，明天我要请客！"

大使见乌可力脸色不对，忙问："怎么了？请什么客?"

乌可力说："我要把加拿大所有大的卫星公司的总裁全部请来，让他们见识一下，中国卫星发射代表团到底是地道的正牌货，还是江湖骗子！"

第二天，加拿大各大卫星公司的总裁准时来到大使馆。中国驻加大使和乌可力等，依次站在大使馆的门前，同前来赴宴的大老板们一一握手。

席间，乌可力端着酒杯，故意走到冷落他的那家公司总裁的面前。翻译忙向那位总裁介绍说："这是中国商业卫星发射服务代表团副团长乌可力先生!”乌可力举起酒杯，理了理贺龙式小胡子，说:“总裁先生，我们今天第一次幸会，来，喝上几杯!”乌可力说罢，一仰脖子，咕咚咕咚，一连灌下三大杯。

后来有人说，单凭乌可力那喝酒的气势，便把对方震得目瞪口呆!

第二天，那家公司的总裁给乌可力打来电话，要回请中国商业卫星发射服务代表团；并在电话里简单表示说，愿意用中国的火箭发射他们的卫星。

…………

是的，五年奋斗，五年辛酸，五年风风雨雨，五年坡坡坎坎。今天，中国终于签订了第一个正式发射合同，乌可力当然欣慰不已。

于是，乌可力又端起酒杯，走到亚洲卫星公司执行总裁薛栋先生跟前，十分感叹地说:“来，薛先生，为了今天的合同，为了下一步合作成功，我俩再干一杯!”

“好!”薛栋先生举起酒杯，一饮而尽。

接着，薛栋先生斟满一杯茅台，高高举起，乘兴向在场的各位嘉宾和新闻记者们宣布道:

“各位女士们、先生们，中国是火箭的故乡，‘长征号’系列火箭可靠性强，有很高的信誉。我愿意在此宣布，我们从美国休斯公司购买的‘亚洲一号’卫星，将在明年初由中国的‘长征三号’运载火箭发射到预定轨道!”

薛栋先生话音刚落，全场立即响起一片掌声。

然而，正当“亚星”的发射工作逐步往前推进时，1989 年那个火热的夏天，中国震惊世界的政治风波发生了!

于是，本来美国政府已经同意发放的卫星出境许可证，立即遭到冻结。

没有许可证，美国的卫星不能插翅飞到中国，无疑等于取消这次发射。

而就在这时，国外有的卫星商乘虚而入，想从中挖走“亚洲一号”卫星；法国的“阿里亚娜”火箭商也再次出招，降低发射价格；甚至有的客商还明确表示：不惜一切代价，也要从中国手上夺走这颗卫星，另找发射的主人！

这对困难横生的中国，无疑又是沉重一击！

几年来，为了拿到“亚星”的发射许可证，中国外交部、中国驻美大使馆、中国航空航天部以及中国卫星发射测控系统等，通过各种渠道，采用各种方式，向美国政府和国际巴黎统筹委员会做了大量难以描述的工作。

几年来，为了拿到“亚星”的发射许可证，航空航天部部长林宗棠远涉重洋，找英国、美国、联邦德国、日本、意大利等国的大使，让他们向本国政府反映中国的情况，然后该国政府再向巴黎统筹委员会反映中国的情况，最后好不容易才形成国际舆论，促使美国政府和巴黎统筹委员会同意发放“亚星”的许可证。

可万万没想到，万事俱备，只欠东风，眼看就要进嘴的一块“肥肉”，又化作了梦中的泡影。

13，在西方人的眼里，是一个不吉利的数字。

但1989年的12月13日，对中国人来说，却是一个可喜的日子。

这一天，经中国驻美大使馆与美国有关当局联系后，孙家栋副部长就“亚星”的许可证一事，专程赶往美国，同美国国会议员、美国空间委员会主席罗伯特·罗埃先生以及美国国务院代理助理克里斯托弗·C.汉金先生进行会谈。

1989年10月5日，林宗棠部长曾在北京钓鱼台国宾馆三号楼，同美国大使和美国科技参赞就卫星许可证一事，进行过一次专门的会谈。美方当时表示，对中国的心情表示理解，愿意及时地将中国的意愿转告美国政府。

但是，由于离合同所签订的发射日期越来越近，而且“亚星”许可证又是有期限的，所以为防止夜长梦多，节外生枝，孙家栋副部长决定再次亲赴美国，促使“亚星”许可证尽快得以落实。

孙家栋同美方的这次会谈，是在相对平静的气氛中进行的。而且双方都显得真挚与坦率。

会议一开始，罗伯特·罗埃先生便坦诚地说：“中国与美国打交道，不能只与行政当局打交道，还要和议会打交道。美国期待中国采取步骤的信号，这将是极其重要的事情，愈早发生愈好。人民之间误解的消除，将有助于政府、议会间了解的增进。”

片刻，罗伯特·罗埃先生继续说道：“新的一年马上就要到了，人们在旧的一年快结束时都愿意进行反思，愿意做出妥协。如果采取某种步骤，对于中美之间的友谊的恢复是太重要了。我们期待着能到中国去访问。”

接下来，国务院代理助理汉金先生说：“我们非常清楚‘亚星’许可证的期限，目前高层正在做决断。我们知道时间不多了，但具体发放许可证的日期还不太清楚。本月 15 日发放‘亚星’许可证的时限，是一个大约的时限。我们正在考虑，最高层也在积极考虑，在此特提请中国政府予以注意。”

孙家栋听了美方的发言，首先表示感谢，然后强调说：“‘亚洲一号’卫星许可证的发放，牵涉发射场各项具体准备工作的安排与实施。为了确保证明年 4 月能够发射，卫星必须在 2 月运往西昌发射场，现在时间已经相当紧迫了。”

孙家栋说完，停顿了一下，继续说道：“至于中国发生的事，我国政府领导人已清楚地向美国朋友做了介绍。为了取得美国人民和议会的了解与支持，也一再做了阐明。最近美国已派特使对中国做了访问，会晤了包括邓小平在内的中国领导人，这对某些问题的解决是有益的。我希望能按他们商量的意见，一步一步地去做。”

最后，罗伯特·罗埃先生表示，“亚星”许可证一事，一定尽快予以答复。

会谈结束后，罗伯特·罗埃先生当即向美国国会作了报告。

据说，当美国政府最后商定是否给中国发放“亚星”许可证时，会场上出现了两种不同的意见。值此关键时刻，布什总统起身走到窗前，沉思片刻，而后望了望东方，转身轻轻说了一句：

“我不愿得罪十亿中国人！”

于是，1989 年 12 月 16 日，美国白宫发言人菲茨沃特正式宣布：

> 布什总统今天批准了“亚洲一号”卫星（及其他两颗卫星）的出口许可证。这项决定是基于美国的国家利益做出的，因为它将为美国公司赢得三亿美元的生意！

第三章
卫星，一次总统待遇的远行

十三、起飞，波音 747

1990 年 2 月 10 日傍晚，美国洛杉矶机场，一片紧张繁忙。

当晚 6 点 30 分，一架大型飞机缓缓滑过百米跑道，随着一声震耳欲聋的呼啸，眨眼间便扑向风雪弥漫的茫茫天空。

这架大型飞机，便是美国运送“亚洲一号”卫星前往中国的专机——波音 747。

五天前，美国休斯卫星公司有关专家和亚洲卫星公司的负责人，曾专程赶到西昌卫星发射基地，用了整整三天时间，对机场、卫星测试厂房、宾馆以及装卸运输工具等，做了严格地评审检查。当确认中方各方面准备工作完全满足标准并完全就绪时，立即向美国发回一封电报：

> 西昌条件完全满足，卫星可以起运。

2 月 9 日凌晨 4 点，中国发射测控系统部联络官许建国先生刚刚入睡，一阵急促的电话铃声便将他惊醒。

电话是美国休斯卫星公司首席科学家斯坦豪尔先生打来的。斯坦豪尔的声音很激动：“许先生，对不起，打扰你的美梦了！告诉你一个好消息，我刚刚得知，美国政府已经同意卫星起运了！”

“OK！斯坦豪尔先生，谢谢你的打扰！”许建国放下电话，马上拨通了上官世盘的电话。

电话响起时，上官世盘同样也在睡觉。听完许建国的报告，上官立即拿起直通国防科工委副主任沈荣骏的电话。

沈荣骏是这次发射“亚星”时坐镇现场的总指挥。电话响起时，他正坐在灯下审批一份急件。虽然“亚星”许可证已经发放，并且昨天西昌发射场已通过最后的评审，但作为一名高级指挥官，他清楚每一个细小环节的重要性。美国政府能否同意卫星起运以及卫星何时才能起运，一直是令他颇感焦虑的事情。所以接到上官世盘打来的电话后，他非常激动，一时竟不知说什么好。

此刻，波音 747 正穿越在太平洋上空，“亚洲一号”卫星就稳稳当当地坐在机舱的最佳席位上；而一同陪伴“亚洲一号”卫星来中国的，还有十九位美国工作队的朋友。他们是十四名休斯公司专家、三名机组人员、两名担任护送“亚洲一号”卫星任务的特工人员。

“亚洲一号”卫星，是由美国休斯公司设计生产的一颗国际通信卫星。休斯公司是世界著名的卫星制造公司，它生产的卫星占全世界通信卫星总数的百分之四十，故在美国享有“当代卫星之父”的美称。

“亚洲一号”卫星原名叫“西联星六号”，是美国西联卫星公司从休斯公司那儿买来后重新命名的。这位“航天女神”可谓命运多舛，自诞生之日起，不祥的阴影便一直伴随左右。

1984 年 2 月 3 日，“西联星六号”同另一颗属于印度尼西亚的“帕拉帕 B2”卫星一起，由“挑战者号”航天飞机发射上天。但两颗卫星均因有效载荷辅助舱的火箭发动机提前熄火，未能进入预定的同步转移轨道，最后被搁浅在远地点为一千一百九十公里、近地点为二百五十公里的椭圆轨道上，从此开始了在太空的漂泊流浪之旅。

故此，为“西联星六号”承担保险的伦敦梅利特保险公司，向西联公司支付了七千五百万美元的赔款；而卫星的所有权，从此也就归属于梅利特保险公司。

1984年秋，梅利特保险公司与美国宇航局以及休斯公司达成了回收和修理“西联星六号”的协议，并由梅利特保险公司向美国宇航局支付了二百七十五万美元的回收费。

于是，1984年11月4日，美国“发现号”航天飞机首先回收了“帕拉帕B2”卫星，接着又开始追踪已在天上“流浪”了九个月的“西联星六号”卫星。当航天飞机终于寻找到“西联星六号”卫星时，曾完成过十四次飞行的宇航员加德纳和艾伦步出航天飞机的舱外，然后用了六个多小时的时间，才将“西联星六号”卫星从天上一把“抱”回人间。

“西联星六号”返回人间后，梅利特保险公司又以五千万美元的高价转卖给了美国特雷卫星公司。本来，特雷卫星公司曾同中国长城公司签订合同，拟在1988年韩国举行奥运会前将这颗卫星发射升空，但特雷公司因破产而无法按期付款，卫星只好又归回到它的主人梅利特保险公司手中。后来，亚洲卫星公司又从梅利特保险公司手中购买了“西联星六号”卫星，将它重新命名为“亚洲一号”，并最终替它找到了真心送它上天的男神——中国“长征三号”火箭。

“亚洲一号”卫星本体呈圆柱体，直径二点二米，高六点五米，重一点二五吨，装有二十四个C波段转发器，分南北两个波束。卫星的使用寿命为十年，将定点于东经一百零五度赤道上空，覆盖面积可达亚洲三十多个国家和地区，可为东南亚、朝鲜半岛和中国部分地区的二十五亿人提供先进的通信服务。卫星百分之八十的容量可用于转播电视节目，其中百分之四十为各国政府电视台所用，百分之四十为商业电视台所用。商业电视台将提供体育、音乐、新闻、电影、教育和儿童等专项节目频道。此外，卫星的其他能力还可以用于公共通信网和专用通信网，包括高速信息传播、国际电话和传真服务等。例如，卫星上的二十四个C波段转发器中的任何一个，都可以同时接收一百个电话信号。

为了保证“亚洲一号”卫星安全抵达西昌，美国休斯公司不惜动用巨款，特包租了由美国联邦快运公司机组人员驾驶的这架波音 747 飞机。

美国联邦快运公司的雏形，即美国空军飞虎队。美国空军飞虎队在世界上享有“敢死队”之称。早在抗日战争时期，美国飞虎队在队长陈纳德（后授予美国空军少将）的率领下，曾帮助过中国抗击日军，并在中国的天空上演出了一幕幕悲壮的活剧。在山水甲天下的桂林，至今还保留着部分飞虎队队员完整的墓地。

今天，新一代飞虎队队员为打开通向宇宙的大门，又驾机前往中国。这其中的关联，恐怕连新一代飞虎队队员自己也没想到。

据说，由美国人驾驶的专机翱翔在中国领土的上空，除 1972 年尼克松总统访华时有过如此壮举，这还是第一次。难怪有人说，“亚洲一号”卫星这次来中国，享受的完全是总统待遇。

但很不幸的是，运送“亚洲一号”卫星的波音 747 途经阿拉斯加时，遇到了前所未有的暴风雪。幸亏机组人员艺高胆大，勇敢超人，才总算飞越了危险区。

只是，比原计划整整延误了四个小时。

2 月 12 日凌晨，载着“亚洲一号”卫星的波音 747 飞机终于进入中国北京首都机场的上空。

而此时的北京，还沉睡在寒冷的冬梦之中。

这是一个异常寒冷的清晨。

2 月的首都机场，北风呼啸，霜雪凝重，经一夜冷空气的侵袭，此刻如同冰窖一般。

风雪中，中方公安、海关、民航等各部门以及涉外现场指挥部所有工作人员，迎风伫立，早已做好了迎机的各项准备。不少工作人员，一夜未睡。

早在一个月前，为保证完成“亚星”的运输工作，中方在北京龙乡饭店，召集铁道部、交通部、公安部、海关总署、民航总局、总后军交部等有关部门开了一次专门会议——“901”会议。会后，各部委向所属单位下发了通知，对涉外运输做了严密的部署。

国防科工委与有关部门还于 1 月 18 日专门召开了涉外运输协调会，成立了由外交部、公安部、交通部、铁道部、卫生部、海关总署、民航总局、航空航天部以及国防科工委机关等单位参加的涉外运输协调小组和办事机构，专门负责协调、处理客户人员、卫星、设备、设施的过关、免检、免税和交通运输保障等问题。总指挥是国防科工委参谋长张敏。

6 点 15 分，波音 747 从空中呼啸而下，平稳地落在了首都机场。飞机沿着跑道滑行一段，速度逐渐减慢，接着一个大转弯，驶向滑行道，最后稳稳当当地停在了候机楼前。

按照中华人民共和国和美利坚合众国政府签订的有关协议规定，航天器（卫星）及其他设备将由美国人驾驶的在美国注册的飞机运抵中华人民共和国。非美方人员可在中华人民共和国政府指定的进口港登机，担任从进口港到发射场的导航工作。飞行中，非美方人员不得进入飞机装货区。中华人民共和国政府同意，运送航天器、设备和技术资料的飞机通过中国海关时可予免检，且在中华人民共和国境内不受检查，但要向中华人民共和国海关官员提供空运清单。美国政府向休斯公司颁发出口许可证的明确条件是，休斯公司应保证运送航天器（及有关设备和技术资料）的飞机不携带任何与发射活动无关的违禁品；而向休斯公司颁发出口许可证的另一个条件是，休斯公司必须承诺该飞机符合中华人民共和国海关的有关规定。

此外，中美两国政府间的协议还明确规定，万一运送航天器的飞机在中华人民共和国境内失事或坠毁，中华人民共和国政府同意允许美方人员协助搜索并收回由失事造成的所有航天器部件和残骸；同意将其公民捡到的与航天器有关的所有物品立即归还美利坚合众国，而不以任何方式进行检查或拍照；同意允许美利坚合众国政府的卫星事故搜索和回收人员进入事故现场。

所以，当波音747专机平稳降落后，中方除直接有关工作人员外，其余任何人员，不得以任何借口靠近飞机。

据说，不少记者头天晚上就赶到机场，冻了整整一宿，结果连美方装设备的箱子都没见到一眼。

在中方现场指挥部和民航局的精心组织指挥下，海关、边防及首都机场等有关单位密切配合，实行现场办公，并简化了入关手续，很快便顺利完成了对专机上的人员、设备验关入境以及专机的勤务保障工作。

从专机落地到专机再次起飞，前后只用了两小时三十五分钟。

8点50分，当中方导航员登机后，波音747翅膀轻轻一抖，又从北京起飞，而后朝着西昌机场方向飞去。

十四、 护送升降平台

西昌机场。

这是一个开放式的机场。倘若你身临其境，目力所及之处，除了机场，还是机场。实在太大了，只是因为被闲置在了一个封闭而贫瘠的山区，才缺了雄伟的气魄和现代的氛围。

西昌机场位于离西昌城约六公里的天王山下的小庙乡，故俗称“小庙机场”。小庙机场始建于1932年，是国民党川康边防军修建的军用简易机场。抗日战争爆发后，蒋介石的西昌行辕征调西昌、冕宁、普格、德昌等地一万多民工，将机场改建成七百米乘五十米的泥结砾石跑道，开辟了飞机疏散道，还利用天王山的地形挖掘了几十个飞机掩体战壕。1940年，由中国航空公司开辟了一条重庆—成都—西昌—昆明—重庆的环形航线，同时也作为国民党空军的疏散机场。1958年，正式开辟了西昌—成都的航线。到60年代末70年代初，为备战备荒，小庙机场作为西南地区的一个军事重地，又有了一番重大的扩建。据说，小庙机场的扩建计划，还是当年的“林副统帅”林彪亲自审核批准的。

一位曾经参加过机场勘测工作的参谋告诉我说，西昌机场在东南亚地区都是屈指可数的。它可降落最重为二百四十吨的各种大型飞机，若单就机场的跑道大小而言，堪称中国之最。

但西南民航局的局长说，西昌降落波音 747 飞机，在整个西南地区还是第一次！

第一次，什么样的情况都可能发生。

因此，此时此刻，在西昌机场恭候飞机驾到的中外所有专家和工作人员，担心的几乎都是同一问题：这架第一次降落西昌机场的波音 747，今天能安全着陆吗？

为了保证机场的绝对安全，四川省公安厅和卫星中心保卫处的保安人员以及凉山州、西昌市的数百名公安干警，在这天早上 7 点之前，便全部进入各自的岗位。机场的四周，上百名武警战士早已筑起一道威严的绿色人墙。

而中美双方的指挥官和工作人员，是早上 8 点前到达机场的；担任“亚洲一号”卫星装卸、运输的专业操作人员，则是在卫星中心计划部于泽荣主任的亲自指挥下，于昨天下午 5 点，就提前进入了机场。

此刻，减震平板运输车、卫星密封运输车、大型平板拖车以及十五吨大叉车等十八辆各种运输车，已按规定位置一字摆开，等待波音 747 的降临。

尤为引人注目的是，在机场的右侧，一个长十一点六米、宽四点一米、高三点九米、重二十四吨的庞然大物，高高矗立于阳光下；远远望去，好似一座小楼阁。

这座“小楼阁”，就是几乎惊动了大半个中国的升降平台！

升降平台，是机场专门用来装卸飞机上货物的一种大型设备。

由于波音 747 飞机相当高大，卫星和设备集装箱要从飞机上卸放到地面，就必须要靠这种大型升降平台。

但是，当时的西昌机场，没有这种大型升降平台。

怎么办？升降平台是美方评审西昌机场时一个首要而又必须具备的条件。没有它，“亚星”就不能起运。

成都没有，重庆没有，云南也没有。

“找，全国找！哪怕大海捞针，也要找到它！”国防科工委副主任沈荣骏指示说。

于是，涉外运输协调组开始了全国范围的寻访和调查。最后得知，广州有一个。民航局当即决定，从广州调用。

但有关人员赶到广州一看，这个升降平台按运输标准，既超宽，又超长，还超重。无论用汽车还是火车，都无法从广州运到西昌。

后民航局提供信息，说北京首都机场也有一个。但如何从北京运到西昌，也是一个大难题。

如果用火车运输，正值春节前夕，春运本来就十分紧张；加之设备超限，运输过程肯定相当艰难，万一运输途中有个闪失，怎么办？

此事很快惊动了铁道部，也惊动了交通部。

后来，涉外运输协调小组与铁道部紧急协调后，果断决策：特批一辆专列，将升降平台从北京护送到成都。

于是，1 月 16 日晚，载有升降平台的专列从北京出发了。在北京、西安、成都三个铁路局的密切配合和大力支持下，一路单机牵引，经整整一周的长途跋涉，终于安全抵达成都。

但从成都到西昌，又如何运输？

飞机空运，肯定不行；继续动用专列，也不可能。因为从成都到西昌，沿途山高路险，隧洞甚多。仅凉山境内，就有隧洞一百五十七个，共长一百三十公里。而最长的沙马拉达隧洞，竟长达六千三百七十九米！几经反复计算，火车路经隧洞时，即便将隧洞两边的路灯等物体全部拆掉，平台照样会遭刮碰，根本过不去。

怎么办？升降平台必须及时送到西昌，因美方评审机场的时间已迫在眉睫：倘若升降平台不能如期送到，“亚星”便不能按时起运，从而将影响整个“亚星”发射的进程。

后几经论证，被迫决定：采用汽车运输。

汽车运输，并非上策；但除此而外，别无选择。

接下来的问题是，能运载如此庞然大物的汽车，哪里才有？

找，全国找！

目标总算发现：交通部运输公司昆明分公司，有一辆日本产的三菱牌大拖车。

于是，大拖车昼夜兼程，从昆明开到了成都。

于是，成都军区军运部、交通部、中国汽车运输总公司、四川省公安厅、交通厅等各个部门纷纷出动，通力协作。

于是，从成都到西昌沿途三个自治州和八个县，很快接到了省市有关政府部门的紧急通知，火速行动，做好沿路护送准备工作。

于是，1990 年春节前三天一个风雪弥漫的夜晚，由三十一人组成的护送升降平台的运输队，从成都缓缓出发了。

十二辆摩托车兵分两路，率先开道；后面紧跟的是开道警车、清道车和指挥车；接下来是载有升降平台的大拖车；最后压阵的是十几辆工具车。风雪中，队伍小心翼翼，浩浩荡荡，颇有“壮士一去不复还”的悲壮气概。

成都至西昌，全程五百多公里。一路山势险峻，坡陡路窄，全是蛇形公路；且正值隆冬季节，天寒地冻，霜雪遍野，途中若有任何一点闪失，必将车毁人亡。

尤其是凉山境内的路段，因位于云贵高原和四川盆地之间的过渡地带，故山高谷深，水急路险，历史上曾被称为旅行的“禁区”。1943 年夏，燕京大学边区考察团来凉山时，在《考察记》中曾有这样一段记述：

我们手脚爬行，好像四脚的动物。每举一步，都要花上几分钟。出行三日，还不到七千米……

路之艰险，可想而知。

及至抗日战争时期，虽然修通了川滇公路，但后因公路长期失养，到 1949 年，车辆已无法通行。

因此，凉山地区的运输后来只好完全依赖于驿道和人背马驮，而渡江过河则全靠原始的索桥。当地山民因行路艰难，掉下悬崖、跌进河谷而断送性命者，不计其数。新中国成立后有据可查的，仅一个县的某一个路段，因行路难而惨遭身亡者，便有三十八人！

不难想象，如此负重的车队要通过这段路程，无异于在走钢丝。

驾驶载有升降平台大拖车的司机，叫许土龙。

这是一位再普通不过的年轻人，也是一位心理素质和驾驶技术相当出色的年轻人。一米七五的个子，穿一件黑色夹克衫，留一个短平头，稳重而精悍；特别是走起路来，给人一种踏实而可靠的力量感。

许土龙从昆明开着大拖车到成都的路途上，同他一起出来执行任务的一辆工具车不幸翻车，给他心灵造成极大震动；而他带的三条防滑铁链，也在途中全部折断，所以车队从成都出发时，他一家伙就带了八条防滑链。而就在车队出发后的第二天，他在路上还亲眼看到一辆解放牌汽车跌下悬崖，当场造成三人死亡！

令人欣慰的是，车队每到一个县，当地县长、公安局长、武装部长，全都亲自挂帅，组织群众大力协助。这个县刚把车队护送出本县，另一个县接着再把车队护送到下一个县。县与县之间的衔接，全是上一个县的公安局长和下一个县的公安局长亲自交班。

为了保证车队畅通无阻，尽量减少不利因素，从成都至西昌，沿途都有众多公安和交警；所有南来北往的各种大小车辆，一律禁止超车、会车；沿途的筑路队和抢险队时刻待命，一旦遇上险情，立即实施抢修，抢修一段，车队前进一段。

四川的乡区，都有赶场（赶集）的习惯。由于担心车队路过场镇时，因人多而使车队受阻，于是当地政府下令：车队通过场镇这天，附近老百姓，一律停止赶场！

问题是，年关就在眼前，辛苦了一年的老百姓都想利用节前唯一一个赶场的机会，去卖点大米、白菜、柴棒什么的，然后换回点过年钱。现在当地政府下令不让赶场，老百姓愿意吗？

没想到，当老百姓得知西昌要发射美国的卫星，有一个“洋机器”要路过当地场镇后，到了赶场这天，不但没有一个人去赶场，反而连原本要去赶场的人也放下了菜篮和背篓，拿起钢钎和锄头，纷纷跑去铺路架桥，确保车辆顺利通过。

一个白发苍苍的老太太，这天听说车队要路过场镇，一大早就煮了一篮子本要去赶场卖掉的鸡蛋，然后背着小孙女守在路旁。当车队来到时，她用一双长满冻疮的手，把一个个的热鸡蛋硬是塞到车队每个人的手上。

而一位当年曾经护送过红军的老大爷，这天也捧着一瓦罐茶水早早就蹲在路口。当车队到来时，他一边送水，一边唠叨说：“咳！活了八十二岁，还从没听说过不准赶场。不过，没关系，只要你们能把卫星打上天，别说不让赶场，就是不让过年也行！”

这就是西昌的老百姓。当年，在长征途中，他们护送红军安全脱险；今天，在进军太空的路上，他们又护送航天大军平安闯关。他们的日子尽管至今依然贫困，可当国家一旦需要时，捧出的总是一颗热乎乎的心。

然而，大年三十这天，当车队在饥寒交迫中翻过当年红军曾经翻过的两座雪山，来到一个叫葫芦崖的地方时，却被挡住了去路。

葫芦崖位于一座大山的半腰处。路的右边，是陡峭的岩石；路的左边，是笔直的深渊；横贯脚下的，则是波涛滚滚的大渡河！而地面的路宽仅有二点二米，大拖车的轮胎要是压在上面，左边的路宽便只剩下四厘米了。可升降平台的宽度比大拖车要宽得多，一旦经过，不是刮着岩石，就是跌进河谷，根本无法通过。

也许是历史的巧合，当年石达开兵败大渡河，恰恰就在这里。旁边的一块野地，便是当年石达开的娃娃兵安营扎寨的地盘。

怎么办？历史的悲剧，难道今天还要再度重演？

车队总指挥袁广泉和开路先锋尚清民，蹲在悬崖边上，双手抱着脑袋，望着汹涌澎湃的大渡河，急得直落泪。

后来几经商量，车队指挥组决定：炸山！

于是，当地政府发动群众，从几十里甚至上百里之外弄来炸药，在大年三十的傍晚，提前放响了新年的“礼炮”！

接着，数十名老百姓和车队人员一起，手扶肩扛，硬是让大拖车一寸、一寸地移过了葫芦崖！

车队行至西昌冕宁泸沽镇，正值大年初一中午，当地老百姓正各自忙着准备年饭。听说发射卫星的车队人员还没吃饭，老百姓马上把自家的香肠、腊肉和鸡鸭鱼等纷纷送到食堂；开饭馆的个体户厨师，也主动跑到食堂做饭炒菜。当车队人员提出要给做饭的师傅们钱时，师傅们说：“要给钱，我们就不干了！”有的老百姓还说：“这个年头，钱顶个屁用，良心比啥都值钱！”

车队全体人员，高高兴兴地吃了一顿热乎乎的“百家饭”。

1990 年 1 月 27 日即农历大年初一下午 5 点，从北京到西昌，惊动了十个系统、二十二个部门和数千人的升降平台，终于比原计划提前一天安全到达西昌！

当历经坎坷与风险的升降平台稳稳当当地停放在机场时，护送升降平台的车队全体成员这才长长地出了一口气，而后一屁股坐在地上，连说话的力气都没有了。

十五、 健力宝与《上甘岭》

12 点 40 分，波音 747 飞机隆隆的轰鸣声，终于回响在西昌的上空。机场所有人员全都抬起头来，将一双双又喜又忧的目光投向迷迷茫茫的天空。

随着一声狂啸，飞机从天而降。还没等人们怦怦跳动的心回缓过来，波音747已稳稳当当地停在了机场正中的位置上，开始大口大口地喘着粗气了。

不料，飞机刚一落地，一阵声势浩荡的西北风骤然掀起。整个西昌机场，黄沙滚滚，风尘弥漫，数十米之外，不见人影。

一位西昌机场的工作人员后来回忆说："那天老天爷好像故意作对似的。西昌的风季根本没到，怎么突然就刮起了大风，而且太阳还特别大？本来还是冬季，但那天的太阳比夏天的太阳还毒，晒得我们脑壳冒油，真他妈邪门儿了！"

但，一场紧张的飞机卸货作业，很快就开始了。

按中美两国政府关于卫星技术安全协议的规定，非美方人员可在美方人员监督下进行飞机卸货作业，并将密封包装箱运往发射场的卫星准备区。因此，飞机的卸货作业，是一项必须由中美双方共同协作才能完成的工作。中方为此组织了专门的卸货和运输队伍。

美方负责现场指挥的，是休斯公司工作队队长鲁·马克。这是一位满脸胡子、血气十足而又很有魄力的汉子。他不停地挥动双臂，既显得急切紧张，又显得从容不迫。

可卸机作业刚开始不久，便出现了问题。

搬运卫星集装箱，靠的是一辆十五吨重的大叉车。驾驶这辆大叉车的是中国人，指挥这辆大叉车的是美国人。由于双方语言不通，指挥只得依靠手势。可美方指挥员比画了半天，中方驾驶员也不完全明白；加上中方驾驶员又是第一次开这样的大叉车，第一次执行如此重大的任务，所以两人折腾了半天，也无法协调起来。

此前，一位基层领导在对卸机人员做动员时就说过："这次卫星的卸机工作是非常重要的，我们一定要加倍小心！'亚洲一号'卫星好比是我们从美国接来的一位'新媳妇'，要是刚到你中国的门口，连'洞房'都还没入，就被我们哪位弟兄给'糟蹋'了，不仅丢中国人的脸，我们还要负法律责任!"

所以，开大叉车的中方驾驶员一开始便格外地小心翼翼。可他越小心翼翼，越手忙脚乱。

但开大叉车的驾驶员就他一个，到了这个节骨眼儿上，谁也顶替不了他。

大家都在着急，驾驶员更急。

驾驶员越急，大叉车越开不好。

就在这时，一位美国专家走到队长鲁·马克跟前，扯着嗓门，大声吼叫起来："叫那位中国先生下来，我去开!"

鲁·马克当即找到中方指挥员，要求调换大叉车驾驶员。

中方经短暂商量，犹豫再三，最后别无选择，只得同意调换。

那位自告奋勇的美国专家很快跳上了大叉车。

中方在场人员的目光，齐刷刷地射在了这位美国专家的身上：一个卫星专家，能开动大叉车?

但奇迹出现了。只片刻工夫，那辆十五吨重的大叉车，便在这位美国专家的手中隆隆转动起来；且不仅操作大胆，还很熟练，颇有老师傅的架势。

这位自告奋勇、毛遂自荐的美国专家，就是我在前面提到过的维克特先生。

四小时过去了，卫星及设备的装卸工作仍在紧张进行。

风，越刮越大。天地难分，一片昏暗。整个机场，完全笼罩在海涛滚滚似的尘烟之中。

机场四周，上百名武警战士迎风伫立，如同一棵棵风中挺拔的大树。但是，风越刮越大，大得让人睁不开眼，站不稳脚；加上从早上到现在，这些武警战士已站了近十小时，不仅没吃一口饭，连凉水都没喝上一口。所以，很快便有武警战士昏倒在地。

昏倒的武警战士胳膊摔肿了，脸皮蹭破了，鲜血浸在冰冷的水泥地上，瞬间便被狂风的舌头一舔而净。但昏倒的武警战士刚一苏醒过来，马上一跃而起，又以中国军人标准的立正姿势，挺立于狂风沙尘之中。

与此同时，卫星的装卸工作越来越紧张。中美双方的操作手们，密切配合，同心协力，个个累得直喘粗气。休斯公司首席科学家斯坦豪尔因身材高大——两米多高的个子，不时被狂风刮得站不稳脚跟，只好一只胳膊挡住狂风的侵袭，一只胳膊牢牢靠住车门；鲁·马克队长在寒风中只穿一件短袖衫，形象同样格外引人注目。由于干渴，他的嗓子早就喊哑了，甚至嘴上还裂开了一道道的血口。

中美人员都是在早上 6 点从发射场出发的。本来原计划飞机是 10 点到达西昌，所以每人只带了一袋干粮和一听健力宝。现在，十个小时过去了，又是大风，又是太阳，干粮和健力宝早已吃完喝光。所以，机场所有中外人员除了饿，最难受的就是渴!

水，成了人们的第一需要。

这时，人称“黑脸翻译”的许建国舔了舔自己干裂的嘴唇，从小卧车里拿出唯一一听健力宝。他放在手上掂了掂，又望了望中方人员一张张被风沙吸干的脸，最后，还是走到休斯公司首席科学家斯坦豪尔跟前，把健力宝递了过去：“斯坦豪尔先生，给!”

“不不不，”斯坦豪尔忙摆了摆手，说，“这是你的，我不能喝!”

“拿着吧，你们辛苦了!”

“不，你们更辛苦!”

“拿着吧，我还有呢!”许先生指了指小车，顺手“哧”地拉开了健力宝，然后硬是塞在了斯坦豪尔的手上。

斯坦豪尔看了看许建国满是诚恳的脸，端起健力宝，几步走到鲁·马克跟前，将健力宝递到了马克的手上。

马克只看了一眼健力宝，很快递到一位正在干活的美国操作员手上；操作员端起健力宝轻轻饮了一口，又递到了另一位美国操作员的手上……

最后，当这听健力宝在美方操作员的手上传过一遍之后，又回了队长马克的手上。马克端起健力宝饮了一口，又递到了斯坦豪尔的手上；斯坦豪尔望了一眼正在作业的中国朋友，这才将健力宝送到自己的嘴边……

后来，当有人给我讲起这段故事时，我脑海中一下闪出的是，大凡中国人都非常熟悉的一部电影——《上甘岭》!

下午 5 点 30 分，持续了近五个小时的卸机、装箱工作终于结束。当波音 747 从西昌机场缓缓起飞时，运送“亚洲一号”卫星的车队又向发射场出发了。

十六、美国“新娘”，入了中国“洞房”

暮色降临了。

护送“亚星”的车队，朝着发射场的方向，在凄厉的狂风中缓缓爬行。

从机场到发射场，约五十公里，沿途警戒森严。四川省公安厅、凉山州西昌市公安局以及卫星基地保卫处等数百名保安人员，三步一岗五步一哨，严守在公路的两侧和四周，无论是大卡车还是小卧车，不管是进口车还是毛驴车，一律禁止通行!

沿途的老百姓被惊动了。他们不知道发生了什么重大事情，但又知道肯定是发生了什么重大事情，于是忍不住纷纷躲在公路边或是趴在窗户前，用一双双好奇的眼睛窥望着这支神神秘秘的队伍。

有人说：“肯定是邓大爷来了!”

也有人说：“不对，像是哪个县大老爷嫁女娃子了!”

还有人说：“毬! 说不定是在押送一个重大杀人犯呢!”

…………

老百姓随便在说，车队却认真在行。

卫星一般都很娇气，“亚星”更娇气。稍有一点磕碰，绝对不行。所以，美方此前对“亚星”的运输，提出了相当高的要求。为了确保“亚星”绝对安全，中方专门制造了减震平板运输车和卫星密封运输车，同时还精心制定了公路运输截流封闭、车队运行等严密实施方案。而所有的车速，则限制在每小时十公里之内。

一位老西昌告诉我说：“西昌机场旁边有一条河沟，从古至今从没治理彻底过，就连时任党中央总书记胡耀邦来西昌时，也没整好过。但这次为了保证‘亚星’的安全运输，西昌市动员了大量群众，彻底把这条河沟弄了一下，连小石头都拣得一干二净。”

但老天好像故意作对似的，车队刚驶出不远，雨就哗哗地下了起来。

为了避免意外事故，及时把卫星送到厂房，中方决定：车队继续冒雨前进！

夜间行车，又在雨中，还是山路，危险性可想而知。

此时，中外人员全都冻得瑟瑟发抖，但各自依然严守岗位。特别是守护卫星的美国朋友，他们站在敞篷车上，没有任何遮挡，尽管身上全都湿透了，却无视风雨的存在，个个如同年轻的母亲，守护着刚刚出世的婴儿。

中方及时送去了雨衣、雨布，盖在了“亚星”的身上；几位中国技术人员，还脱下自己的衣服，披在守护“亚星”的美国朋友身上。

当晚 9 点左右，车队渐渐接近发射场。

漂亮的卫星厂房，依稀可见。

卫星测试厂房，是一幢式样别致新颖的乳白色楼房，长四十二米、宽十八米、高十八米，面积七百余平方米。这是中国专为发射外国卫星而抢建的一座厂房。像如此高档的卫星测试厂房，全世界除美国、苏联、法国外，只有中国才有，而在亚洲地区则独一无二。

远道而来的“亚洲一号”卫星，就将在这里停放、装配、检查和测试。

厂房的设计者，是北京特种工程设计研究院。

在发射场，我见到了卫星测试厂房的设计总负责人安毅民先生。

安毅民告诉我说："当初接受这个设计任务时，我们压力相当大。因为，第一，时间紧迫；第二，国内没有先例，既无现成的资料，又不知国外的情况；第三，要求太高，一切要按国际标准，光是厂房的洁净度，美方就要求必须达到十万级！就是说，在一立方米的空气中，零点五个微米大小的尘粒不能超过十万个，多一个也不行；第四，风险很大。设计成了好说，万一设计失败，不仅国家几千万元的人民币付之东流，更重要的是发射外国卫星的事就会告吹。因为你必须达到国际标准，人家才同意起运卫星。就像农村娶媳妇，你连新房都没盖好，新媳妇怎么可能进门！"

于是，为了尽快设计出这个厂房，北京特种工程设计研究院组成了一个以安毅民、万才大、林淑云（女）、陈玉兰（女）等为首的二十一人的设计班子，在全国广泛调研基础上，在短短五十天里，便拿出了一百多张设计图；不到半年，便搞出了全部设计方案。

可方案搞出后，能不能用，谁的心里都没底。院里便邀请了全国数十名专家和学者，在北京专门召开设计方案评审论证会。论证会整整开了三天，结论是：此方案在理论上是可行的，但在实践中到底行不行，没一个人表态。

就在这时，香港有公司打来电话，认为方案不可取，最好赶快下马！

国外一位好心的专家来信说，希望中国赶紧放弃，不要做无谓的牺牲。

国外一家公司也来信说，最好先请某国的专家指导论证后再上马，否则后果不堪设想。

离了洋人的拐棍，中国到底会不会走自己的路？

后经反复论证，认为方案可以上马！

结果，成功了！

卫星测试厂房落成后，凡来参观的外国朋友无不感到震惊，甚至他们不相信这座卫星测试厂房是中国人自己设计的。

一位法国人看后，问："这是美国人帮你们设计的吧?"

一位美国人看后，也问："这是法国人帮你们设计的吧?"

而一位澳大利亚的朋友却说："这肯定是苏联人帮着搞的！"

中国人呢，只笑，不说话。

为了让"亚星"到来后，马上就能住上舒适的"新房"，西昌卫星发射基地专门组织了一个领导小组，先后解决了厂房一百多个大小问题；为了使空气的洁净度达到国际标准，发射站地面设备营的战士们还双腿跪在地上，用白布和绸布蘸着酒精，把近八百平方米的地板认认真真、仔仔细细、反反复复擦洗了六遍！

不久前，美方专家对厂房反复进行了测量鉴定，结果令他们大吃一惊：厂房的洁净度大大优于十万级的国际标准；而温度的控制精度，也远远超过了原协议的规定。

9 点 50 分，运送卫星的车稳稳当当地停靠在了卫星厂房的门口。

又经半小时的倒腾，"亚洲一号"卫星这位美国的"新娘"，终于平平安安地入了中国的"洞房"。

这时，中方一位工作人员端起一个黄色的脸盆，郑重其事地交到美方一位安全警官的手上；美方所有人员举目一望，满满一脸盆，全是一把把管控卫星测试厂房的钥匙！

第四章
火箭，另一个伟大的文明

4 月的大凉山峡谷，清晨起来，多少让人感到有几分寒意。但当春日的太阳跃过山梁，将万般温情洒向人间时，整个山谷顿时便沉浸在一片热乎乎的氛围之中。

这时的发射场，还显得极为宁静。倘若你身临其境，一眼便会看见，七十七米高的发射架上，“长征三号”运载火箭高高挺立，如同一位雄姿勃勃的“东方力神”，随时待命远征。

如果我们把“亚洲一号”卫星比喻为美国的“航天女神”，那么，负责将这位“女神”护送上天的，正是这位“东方力神”——中国的“长征三号”运载火箭。

众所周知，半个世纪前，在东方的黄土地上，有一群黄皮肤的人，曾经用沾满黄泥巴的黄脚杆，走过举世无双的二万五千里长征，在人类的陆地文明史上写下了辉煌的一页。这次长征，在中国数千年的历史长河中，虽然只不过是偶然间翻腾起来的一朵血红色的浪花，但正如研究中国长征问题的专家、美国著名记者索尔兹伯里先生所说：“长征已给中国的面貌留下了不可磨灭的印记，它极大地影响了中国的意识，使这个国家出现了许多世纪以来所缺乏的团结与精神。”

或许正是受到二万五千里长征的启发，曾经参加过长征的国防部长张爱萍，才运用诗人的想象和哲学家的智慧，把中国的火箭命名为“长征号”！

今天，中国的火箭已构成了一个“长征号”家族，它由“长征一号”“长征二号”“长征三号”和“长征四号”组成。

而中国的火箭从古至今，从无到有，从小到大，从发射国内卫星到发射国外卫星，同样走过了一个比二万五千里长征还要长的艰难历程。

十七、 欧亚大陆怪圈

火，是人类原始的图腾。

火，是中华民族崇拜的力神。

中华民族是一个与火有着某种天然联系的民族。早在我们的先祖刚刚开始在这个星球牙牙学语、蹒跚迈步时，便有了取火、祭火等关于火的活动，并把神圣的火种当作保护神和幸福神。

而当先祖们的智慧发展到能够驾驭火时，便最先为这个世界发明了一样宝贵的东西——火药，从而使中华民族率先摇动了古文明的旗帜，成为世界“四大文明”的中心之一。

许是为了表达对火的崇拜，当先祖们用爆竹的原理发明了一种用火药喷射的箭时，便给这种箭取了个响亮的名字：火箭！

战争，是火箭的产床。

中国，是火箭的故乡。

早在一千多年前的唐朝，中国便发明了火药喷射火箭。此后不到一百年，便在中国境内传播开来，并很快成为当时军队和远洋商船的必备武器；同时，利用火箭原理制成的烟火，则成了各地节日期间或集会、仪式常用的娱乐助兴品。直至1500年，戚继光还用火箭击败倭寇；其后数百年里，中国的火箭技术在世界上仍是领先的。

应该说，中国古代火箭的先驱者们，为世界火箭的发展作出了相当大的贡献。在宋、金、元时期，中国便完成了火箭技术的发明并在军事上进行了早期应用。在元朝，利用火箭逐鹿中原，对外征战，又使火箭得到了进一步的发展。

到了明代，中国的火箭，在直接继承了宋、金、元火箭的基础上，又发展到了一个高峰；并有着广泛的普及，甚至还有了专业火箭部队；而最大的成就，则是研制成功了多级火箭！

多级火箭，是人类火箭史上一次重大的技术突破。

更值一提的是，在明代的初期，中国的万虎还利用火箭，勇敢地做了一次飞行试验。关于万虎的事迹，众说纷纭，传说甚多。美国火箭专家赫伯特·基姆在 1945 年所著的《火箭与喷气发动机》一书中，是这样说的：

> 必须提一下万虎的事迹。如果记载正确的话，这位快要活到 15 世纪的中国绅士和学者，是一位试验火箭的官员。让我们把万虎评价为试图利用火箭作为交通工具的第一个人。他先是制得两个大风筝，并排安放，并将一把椅子固定在风筝之间的构架上。他在构架上绑上四十七支他能买到的最大的火箭。当一切就绪后，万虎坐在椅子上，并命其仆人们手持火把。这些助手按口令用火把点燃四十七支火箭。随即发出轰鸣，并喷出一股火焰。试验家万虎却在这阵火焰和烟雾中消失了。这种首次进行火箭飞行的尝试没有成功。

而苏联火箭学家费奥多西耶夫和西亚列夫就万虎的事迹，也曾这样写道：

> 中国人不仅是火箭的发明者，而且也是首先企图利用固体燃料火箭将人载到空中去的幻想者。

由此可见，从 12 世纪的南宋起，到 17 世纪的明代止，完全可以不客气地说，中国的火箭技术在这五百年间的历史时空里，一直引领着世界的新潮流，绝对有着一统天下的气魄。

然而，历史总是在怪圈中盘旋。

从15世纪起，中国的大门渐渐关闭了。当不可一世的火箭故乡的子孙们背着“四大发明”的包袱，迈着方方正正的步子，在亚细亚生产方式的乡间小道踽踽独行时，西欧各国却在短短四百年时间里一跃成为世界火箭技术的中心，毫不客气地将拥有千年火箭历史的中国远远扔在了时代的屁股后面。

道光年后，西方资本主义国家开始入侵中国。当火箭故乡的子孙们已经对自己的火箭感到索然无味时，本是从中国传入西方的火箭，经西方改造、发展后，又被重新“送回”了火箭的故乡：在一个阳光明媚的下午，最后接受中国火箭技术的英国，竟然第一个用大炮和“康格里夫”火箭轰开了中国锈迹斑斑的大门！

“康格里夫”火箭直径三寸，具有六个喷气孔药筒。其中三分之二装喷气火药，三分之一装爆炸火药。火箭全长八尺或一丈多，比戚继光时代的火箭长了整整一倍。

据有关专家考证，轰开中国大门的“康格里夫”火箭，正是从中国古代火箭脱胎出来的一种新式火箭！

更耐人寻味的是，当无数本是生于斯长于斯的中国火箭伴着“东亚病夫”的血肉在火箭的故乡遍地开花时，火箭故乡的子孙们竟大惊失色，大声惊呼：“妈的，这是什么鸟玩意儿啊?!”

据说，在反抗侵略者的斗争中，还出现过这样的“英雄壮举”：当八国联军用装着中国发明的火药的洋枪洋炮向中国义和团的阵地猛烈轰击时，一群义和团员竟然端起一盆盆羊血，奋不顾身地冲向手持洋枪洋炮的“洋鬼子”！他们一边冲，一边喊叫着：“冲啊！‘洋鬼子’都是从死人堆里爬起来的妖魔鬼怪，只要一见血，马上就会完蛋！”

这个荒唐的故事，说明了什么呢?

当然，清朝开国后，对中国的火箭发展也曾有过贡献。康熙王朝初期，对火箭还是相当重视的，但到了康熙王朝的中期，因战事较少，火箭技术便被用作了娱乐表演。

直到鸦片战争爆发，当英军的火箭落在了清朝贵族们的头上时，清朝贵族这才从绣花枕头上惊慌地爬起，摇晃着手中的烟枪大声疾呼："火箭！中国的火箭呢?"

于是，鸦片战争后，中国一批优秀的火箭专家们又开始加紧对火箭的研制。譬如，科学家丁拱辰和丁守存，根据英国的"康格里夫"火箭的样器，于1850年在广西桂林成功地研制了由金属火箭构成的近代大火箭，射程达六百六十米，接近当时的国际先进水平。

这标志着中国近代火箭的开始。

接着，在清同治年间洋务运动时期，清政府又花费巨额资金，从国外重新引进生产近代火箭的机器装置。1865年，江苏巡抚李鸿章和钦差大臣曾国藩奏准在上海设立近代兵工厂，1867年又在陈家港设立该局的火箭分厂，开始生产"康格里夫"型火箭；1865年，还在南京设立了金陵制造局，1870年建火箭分局。颇有意味的是，聘请的火箭技术顾问不是别人，而是英国人马格里先生。

然而，尽管当时的中国已有了像丁拱辰这样杰出的火箭专家，由于清廷的腐败无能，没有建立起长期的独立自主的近代火箭生产体系，所以中国的火箭最终只能伴着整个民族的命运，躺倒在百年昏睡的长梦之中。

十八、起飞，在新的地平线上

在德国和波兰的界河——奥得河不远处，有一个美丽而幽静的小岛，叫乌泽多姆岛。在这个小岛的北边，有一个很不起眼的小渔村，当地的德国居民称它为"佩内明德"。

佩内明德，是世界现代火箭的摇篮。

或许是长期以来，火箭在战争中给人们心灵留下的创伤太重，当历史跨进20世纪20年代后，西欧几个先进国家的一批科学家，把兴趣转到了宇宙航行上，开始了对液体火箭——现代火箭的研制。于是1926年，美国的戈达德成功地发射了世界上第一枚液体火箭。

但真正的现代火箭，起步于德国。

早在1927年，当中国的毛泽东领导着饿着肚子的农民举行秋收起义时，被称为“欧洲火箭之父”的德国人奥伯特，却领导着一批科学家成立了德国宇宙航行协会，并开始了对宇宙航行的探讨和现代火箭的研究。

众所周知，德国在第一次世界大战中是战败国。因此按《凡尔赛和约》规定，对德国的军备必须进行限制，不准它发展重炮和坦克等常规兵器。但国际组织的首脑们却偏偏忽视了一个最重要的问题：在限制德国武器发展的项目中，没有火箭。于是1930年，狡猾的德国陆军便奉命接受了研究液体火箭的秘密任务。

1942年10月3日，一枚火箭从波罗的海之滨冉冉升起。火箭垂直飞行四点五秒以后，再拐弯沿着东北方向飞去。第五十八秒时，发动机关机。第二百九十六秒时，火箭在海上溅起了欢腾的浪花。几小时后，德国海上保安部收到渔民的报告：发现一架奇怪的“飞机”跌入大海，地点在乌泽多姆岛东北一百八十公里处。

这就是世界上第一枚弹道式现代火箭。它用酒精和液氧做推进剂，起飞重量为十三吨，发动机推力为二十六吨，能将一吨重的弹头送到二百六十公里远。

这枚火箭发射成功后，纳粹德国的宣传部长戈培尔，还特意替它取了个名字：“V—2”火箭。“V”在英语中是胜利的意思，在德语中则是“复仇”的第一个字母。

德国的“V—2”火箭的成功，开辟了人类通向宇宙的道路。它的设计者，便是二十七岁就给希特勒上过火箭课、后来被称为“现代航天之父”的布劳恩！

1945年5月5日，苏军攻占了佩内明德，将留下来的德国技术人员和图纸资料以及机器设备，全部运回了莫斯科。同时，美军也占领了德国的诺德豪森地下工厂，将布劳恩等一大批专家和技术人员以及三百节车皮的资料设备，全部带回了美国。于是，德国多年来苦心经营的火箭，被苏美两国连人带物，毫不客气地瓜分了个一干二净。

第二次世界大战结束后，苏美两国在德国人火箭成果的基础上，迅速地发展了现代火箭，并将现代火箭推向了一个高峰。1957 年 10 月 4 日，苏联用一枚大型运载火箭，将人类第一颗人造卫星送入了太空。从此，人类征服宇宙、开拓天疆的神圣使命，落在了火箭的肩上。

火箭从战争的血野，跨进航天的大门，是人类文明的一大进步。

然而中国——这个火箭的故乡，近百年来，几乎没人见过火箭。

第二次世界大战结束后，尽管中国也是战胜国，但那无数珍贵的战利品，比如德国的火箭专家和火箭的资料设备，中国只能望洋兴叹，连一份皱皱巴巴的草图也没捞着。

结果，本是最先发明了火箭的中国，只因长期闭关锁国，加上百年苦不堪言的外来侵略，最终落得个火箭断子绝孙的下场!

1955 年秋天的一个早晨，“克利夫兰总统号”轮船航行在波涛滚滚的太平洋上。甲板上，一位身着灰色西装，脖系花色领带的中年男子迎风伫立，目视东方。

中年男子沉默不语，一动不动。直到一轮太阳跃过海面，从东方的地平线上徐徐升起，中年男子这才轻声叫道：“瞧，那是中国的太阳!”

这位中年男子，便是钱学森。

1935 年，钱学森赴美求学。第二年投师当代力学大师卡门的门下，参加了美国加州理工学院火箭研究小组，开始了对火箭发动机热力学的研究。后来，他担任了加州理工学院喷气推进实验室的负责人，并被当时的美国学术界公认为力学界、应用数学界和火箭技术的权威学者之一。

1955 年秋，钱学森回国。第二年初，便向周恩来呈上一份报告——《建立国防工业意见书》。在这份意见书中，钱学森阐明了新中国建立国防工业的必然性和可行性，并最早为中国火箭和导弹技术的发展提出了重要的实施方案。

据说，周恩来接到这份意见书后，连续看了两遍。不久，亲自主持召开了军委会议，专门听取了钱学森关于导弹技术发展的意见和建议。

两个月后，在周恩来的提议下，中央做出了在中国建立和发展导弹事业的决定。

1956 年 10 月 8 日，中国第一个导弹研究机构——国防部五院正式成立，钱学森任院长，刘有光为政委。第二天，钱学森给全院讲的第一课是关于导弹、火箭的一般常识。

1957 年 9 月，以聂荣臻为团长，陈赓、宋任穷为副团长的中国政府代表团赴苏访问，专门就新技术援助一事，同别尔乌为首的苏联代表团进行了历时三十五天的谈判，并于 10 月 15 日签订了著名的中苏“双十协定”——《新技术协定》。

“双十协定”规定，1957 年至 1961 年底，苏联将供应中国几种导弹样品和有关技术资料，派遣技术专家帮助中国进行仿制，并提供导弹研制和发射基地的工程设计，增加接收中国火箭专业留学生的名额，帮助中国培养火箭专业技术人员。

同年 12 月 24 日，一列从莫斯科出发的专列抵达北京。车上除一百零二名苏联火箭技术人员外，还有一份苏联“还给”中国的厚礼——两枚 P—2 近程地地导弹！

历史就是这样的有趣：两百年前中国的康熙皇帝送给俄国沙皇两箱中国的古代火箭；两百年后苏联“老大哥”又将两枚现代火箭送给了中国这位“小弟弟”。

然而，由于人人都知道的历史原因，到了 1960 年，正当中国仿制 P—2 导弹的工作进入最后阶段时，赫鲁晓夫却下令撤走了在华的全部苏联专家。与此同时，一场前所未有的大饥饿的灾难，也降临到了中华民族的头上。

刚刚站起的中国，还要起飞吗？

离开了“老大哥”的中国，还能起飞吗？

毛泽东指示：要下决心搞尖端技术，不能放松或下马。

邓小平表示：国家困难，其他工程项目可以适当下马，但国防尖端武器的研制和试验不能下马，砸锅卖铁也要搞下去。

陈毅说：脱了裤子当当，也要把中国的尖端武器搞上去！你们只要把导弹、原子弹搞出来，我这个外交部长的腰杆就硬了。

聂荣臻说：我们不仅要仿制导弹，还要自己设计自己的导弹。

而几乎所有的火箭专家也在心里呼喊：自力更生，奋发图强，搞出中国的火箭！

三十年后，当我在航天部采访时，不少专家都这样说道：其实，中国的火箭是被逼出来的。本来，在国防部五院的成立大会上，聂荣臻元帅就明确了中国火箭发展的方针是“自力更生为主，力争外援和利用资本主义国家已有的科学成果”。但后来，我们却硬是被逼着走上了一条完全自力更生的道路。

是的，那是一个一呼百应、万众一心的年代；那是一个令人惊叹、令人振奋的年代；那是一个让人容易冲动、变得崇高的年代——民族精神一旦被唤起，其威力将无敌于天下！

1960 年 9 月 10 日，即苏联撤走专家十七天后，中国第一次在自己的国土上用自己生产的燃料，成功地发射了一枚苏制 P—2 导弹！接着，1960 年 11 月 5 日，中国第一枚近程导弹，又一举发射成功！紧接着，中国的火箭将士们忍着饥饿，开始了从仿制苏联导弹转入自己设计导弹的艰难跋涉。

为进一步扩建导弹研制基地，国防部五院在北京的南苑、长辛店和永定路成立了三个分院，并从全国大专院校优选了四千名大学毕业生，从部队调了一批优秀的军政干部，以及大批素质好的复转军人选调到各厂当工人。

中国空间技术研究院的刘传诗和吴之真两位副院长，就是当年选调去的军政干部。三十年后，两位老人向我谈起那段历史时，你一句我一段，显得特别激动——

刘传诗：我开始去南苑时，连一个窝都没有，就住在原来日本鬼子修的一个破飞机库里。冬天冷，夏天热，一下雨还漏。几百人全挤在一块，臭烘烘的，连桌椅板凳都没有。

吴之真：1960 年生活非常困难，聂老总动员各大军区支援这支火箭部队。沈阳军区的陈锡联派人送来了黄豆、苹果等食品，虽然我们都在一个食堂吃饭，但为保证技术人员的身体，早点搞出火箭，政工干部都让给技术人员吃。那时的粮食定量是每月三十八斤，为了省点给家中孩子吃，我有时饿着肚子不在食堂吃饭。不过那时的人也真怪，啃白菜帮子，吃麦糊糊，肚子虽然空空的，但精神却很饱满。

刘传诗：那时候，从上到下，对知识分子非常尊重，非常关心。听说有一位政治部主任，还亲自给知识分子端洗脚水。办公室的电灯要保证多少瓦，都是有规定的，并且还要派人专门检查。有一次，聂老总听说知识分子的暖气不热了，就派办公室主任安东来检查。聂老总说："你去告诉他们的领导，知识分子的手要是被冻坏了，我就找他们赔！"

吴之真：还有，对知识分子的时间，也给予了特别的保证。当时有不少社会义务劳动，但聂老总指示，知识分子不要去参加劳动。有一个研究所组织专家去搞秋收割麦子，回来还受到了批评。

刘传诗：当时有不少知识分子都想多学点业务，但又怕说是"白专"。后来聂老总有个规定：一个星期只用六分之一的时间搞政治工作，其他时间不得侵犯！记得有一次陈毅老总在一次报告大会上说："什么是政治挂帅？你打球的，政治挂帅，就要挂在球上；你搞导弹的，政治挂帅，就要挂在弹上！”

…………

著名火箭控制专家、梁启超之子梁思礼回忆起那段岁月时，同样情真意切。他说：

在60年代初，我们航天部，那时叫国防部五院，各院科研办公楼每晚灯火通明，绝大多数同志都自动加班或学习到深夜。那时候是没有加班费和夜餐的。政委等政工干部来办公室的主要任务之一，就是动员大家早些回去休息，不要干得太晚。但是往往赶也赶不回去。这就是我们科技人员对航天事业的责任感，这就是为了冲破技术封锁而奋起的精神在鞭策着我们。当时同志们有一个口号，叫“生在永定路，死在八宝山”，意思是说，要立志为航天事业贡献一生。在老专家中，有不少是在50年代从国外回来的。我1941年高中毕业后到美国升学，也是在新中国成立前夕离开美国回来的。现在还有同学在美国。有一位同学在波音公司任首席科学家，待遇很高，有高级别墅。回中国访问时，国家领导人还要接见。可能有人问我，对比这些情况，有什么想法？我可以真诚地告诉大家，对当年回国，我一点也不后悔。

1962年3月21日，中国第一枚自己设计出来的火箭终于高高竖在了发射架上。从古代火箭到近代火箭，中国走过了千年的历史。能否从近代火箭一步跨入现代火箭的行列，关键就看这一步了。

非常遗憾的是，火箭升空刚十余秒，便一个跟头从空中栽落下来。此次发射，彻底失败！

但失败的痛苦，变成了强大的推进剂。两年后，即1964年6月

29 日，中国第一枚自行设计的中近程火箭，终于发射成功!

从此，中国开始了独立研制火箭的历史。

历史记住了毛泽东，也忘不了“文化大革命”。

1966 年，一场空前未有的“革命风暴”铺天盖地，席卷中国大地。

于是，中国的火箭和整个民族一起，被迫穿行在“革命”加愚昧的“枪林弹雨”之中。

然而，即便如此，中国也要逆风发射!

1966 年深秋，一枚头顶着真正的原子弹头的火箭在西北戈壁滩发射成功! 此次成功，震惊了世界，也鼓舞了中国航天人。

但，中国能造出发射核弹头的导弹，有没有本事造出发射卫星的火箭呢?

要把人造卫星送入预定轨道，首先必须要有强大推力的火箭。而中国之前的火箭，都是单级火箭，虽然飞出了稠密的大气层，但还未达到第一宇宙速度，无法成为卫星的运载工具。这就需要多级火箭——每级各飞一程，逐渐加速，最后才能把卫星送入预定轨道。

这对中国的火箭专家们来说，无疑又是一次极大的挑战!

更何况，那是一个政治取代一切的年代，那是一个政治压倒一切的年代，那是一个抓革命、刷标语、喊口号、唱高调的年代!

然而，不管世事沧桑，风云变幻，火箭的子孙，就是火箭的子孙。

火箭专家梁思礼老人的回忆，或许就是一个最好的说明:

> 即使在“文化大革命”中，我们的研制工作也没停顿。一边打派仗，一边搞科研，试验、生产，干干停停，困难很多，很不顺利。
>
> 有一次，需要进行发动机试车，因为打派仗，试验无法正常进行，周总理不得不亲自过问。周总理甚至要求列出与

任务有关的人员名单，命令不许揪斗我们，保证我们的工作条件。

那时，是武斗最厉害的时期，从西德回来的七〇三所所长、材料专家姚桐斌就被活活打死了。周总理立即对我们六级以上的科技骨干采取了保护措施：集中住在一栋办公楼内，每天参加科研生产后，就直接回到这个集体住处休息，不能外出不能回家，连吃饭都由家里人送来。在这种情况下，还是把火箭研制成功了。当然，那是很不容易的。

1970年4月24日，一枚三级运载火箭把“东方红一号”卫星成功地送上了太空！

这枚火箭，便是“长征一号”运载火箭。

于是，中国成为继苏联、美国、法国、日本之后，第五个能用自己的火箭把卫星送上天的国家。

从此，中国火箭开始踏上了通天之旅。

十九、“长征三号”和它的伙伴

在“长征”火箭家族中，“长征三号”火箭堪称是最神气的骄子了。

“长征一号”火箭发射成功后，中国又相继研制发射成功了“长征二号”火箭和“风暴一号”火箭。

“长征一号”火箭能将一千八百公斤重的卫星送入地球近地轨道，而“风暴一号”火箭却能同时将三颗卫星送入太空。自1975年起，“长征二号”火箭已成功地发射了七颗卫星，“风暴一号”火箭成功地发射了六颗卫星。

但，这两种火箭都采用的是常规燃料做推进剂，因此推力受到一定限制，无力将同步通信卫星送入地球静止轨道。

地球静止轨道，是指距地面约三万六千公里高、与地球同心、与赤道同面的轨道。卫星在这样的轨道上绕地球一圈需要二十四小时，同地球自转的速度相同。由于卫星与地球之间是相对运动，所以从地球上看上去，卫星好像是静止不动的。这种卫星，称之为静止卫星，或同步定点卫星。

美国休斯公司制造的这颗“亚洲一号”卫星，便属此类卫星。

要将这类卫星送到三万六千公里高的赤道上空，假如没有一种强大推力的火箭作为运载工具，一切无从谈起。

早在50年代，美国就开始了这种大型火箭的研制。1963年，终于将人类第一颗通信卫星送入了地球静止轨道。

而西欧七个国家联合研制的大型火箭——“欧罗巴一号”，从1962年开始，历时十年，耗资八亿美元，终未成功。从1973年起，西欧十一个国家再次联合起来，组成欧洲空间局，开始研制“阿里亚娜”火箭。历时七年，耗资八亿美元，“阿里亚娜”火箭这才获得成功。

中国从1974年开始研制大型运载火箭，历经二十年磨砺，终于在1984年4月8日发射成功，将中国第一颗通信卫星送至三万六千公里高空的地球静止轨道。

这枚大型运载火箭，便是如今闻名天下的“长征三号”火箭。

“长征三号”火箭，是中国独立研制的一种多用途三级火箭。它全长四十三点二五米，粗三点三五米，起飞重量二百零二吨，起飞推力二百八十四吨，可将一千四百公斤重的卫星送入位于赤道上空距地面三万六千公里的地球静止轨道。

在当代世界航天领域里，中国的“长征三号”火箭可与美国的航天飞机和法国的“阿里亚娜”火箭齐名。因为它的第三级火箭，采用的是世界上最先进的低温燃料发动机——氢氧发动机。

能掌握氢氧发动机技术的国家，截至1990年，除了美国和法国，便是中国；而掌握了氢氧发动机在高空失重条件下进行二次点火技术的国家，全世界也只有美国和中国。

因此，火箭氢氧发动机，被世界航天界公认为当代火箭皇冠上的一颗明珠。谁能摘下她，谁就是火箭王国的白马王子。

难怪1986年初，中国代表团出访欧洲时，欧洲的一位同行说："中国的航天技术有两件事了不起，一件是独立自主地研制出了返回式卫星，另一件就是独立自主地研制出了氢氧发动机。"

1989年8月，日本AEC宇航公司代表团到上海航天局参观访问时，该代表团一位华人总工程师也对"长征三号"火箭副总工程师龚德泉说："作为一位中国人，我在日本最感到骄傲的是两个东西：一个是中国的气功，另一个就是中国的火箭!"

是的，火箭不仅是一个民族力量的象征，也是一个国家尊严的体现。中华民族不仅过去能创造出令世人叹为观止的古代文明——火药、印刷术、造纸术和指南针，今天同样能创造出举世瞩目的另一个伟大文明——"长征三号"火箭!

当然，这"另一个伟大文明"的诞生，经历了一个相当艰难的过程。

那么，趁"长征三号"火箭尚未发射，请随我走进发射场，去结识几位中国的火箭专家吧，他们既是这一艰难过程的见证者，也是"长征三号"火箭最亲密的伙伴——

总总师任新民

1974年秋的一个上午。北京友谊宾馆。

一个重要的中国航天专家会议即将举行。

8时许，一位身穿蓝色工作服，脚蹬圆口黑布鞋的瘦老头，匆匆向友谊宾馆的门口走来。

"老师傅，"瘦老头刚走至门口，便被宾馆一位服务员拦住了，"请问您有什么事?"

正琢磨着什么事的老头一下抬起头来："事？对，我是有事。"

"不行，老师傅，今天我们这儿有重要会议。"

"对，我就是来开会的。"

"什么?"宾馆服务员忍不住捂嘴笑了，"您是来开会的?"

"对呀。对呀。"老头被服务员笑得莫名其妙，慌忙掏出工作证。

"对不起，老……"宾馆服务员刚想说"老师傅"，又急忙改了口，"老总，请进。"

这位被挡在门外的"老师傅"，就是中国通信卫星工程五大系统的总总师任新民。

这是我在采访中听到的一个故事。这个故事是否完全真实，不得而知。但任总看上去就是一位普普通通的干瘦老头儿，常常被误认为是位老师傅，倒是千真万确。

比如有一次，在西昌卫星发射场，任总因忘了佩戴工作证，被一名门卫"扣"在门外，反复盘问，就是不让离身。后来幸亏秘书赶到，才获得"释放"。

任总时年七十五岁，瘦瘦的个子，中等的身材，鼻梁上架着一副老花镜。尽管头发和眉毛早已一片花白，但身板却相当硬朗。无论是平时上班，还是参加社会活动，或者出席一些重要的国际学术会议，他总是习惯穿一身蓝色的工作服，简单质朴，甚至还有几分土气。所以无论谁见了，都会觉得，这就是一位普普通通的老师傅。

几年前，有一位记者采访他，刚一见面，那位记者便说："任总，你有两不像。"

"哪两不像?"任总问。

记者说："第一，你不像一位七十多岁的老人。"

"第二呢?"

"第二，你不像一位驰名中外的大专家。"

任总听后，抹了抹没有胡须的下巴，笑了："管它这不像那不像，只要像我自己就行。"

的确，任总就是任总。他外表看似普普通通，内心却博大宽广，与众不同；心中时刻运转的，仿佛只有茫茫宇宙。

就在他被挡在友谊宾馆门外的那次会议上，关于“长征三号”运载火箭的第三子级，到底是用常规发动机还是用氢氧发动机的问题，会上出现了两种不同的意见。

以氢氧发动机主任设计师朱森元等为首的几位专家，主张上氢氧发动机的方案；但另一部分专家则认为，氢氧发动机虽然前途光明，但道路曲折，许多技术难关尚未突破，加之研制周期长，能否保证发射任务，很难预测。而常规发动机对中国火箭专家们来说，轻车熟路，把握很大，还是用常规发动机的方案稳妥。

那天，任总坐在会场的一角，认真地听着双方专家的发言，同时也认真地记着双方专家的观点。

这是他的习惯。他的秘书说，早在 50 年代，有关部门组织技术讲座时，任总每次都像小学生一样，认真听，认真记。就是现在，每当有人汇报技术问题时，不管问题大小，他都仔细地听，并将一个小本放在膝盖上，认真地记；不懂的地方，还不耻下问，从不摆出一副领导者和大专家的架子。

任总一边听着，一边记着。外表看上去很沉静，内心却是翻江倒海。

氢氧发动机是目前世界上最新型的一种液体燃料火箭发动机。它技术先进，推进剂重量轻，又无污染，还能大大增加有效载荷。特别是它的真空比推力，可达四百二十至四百七十秒，比一般常规发动机的比推力大百分之五十还多。而比推力增高一秒，就意味着运载火箭的能力增加十公斤。

早在第二次世界大战结束不久，美国便不惜血本，让布劳恩等一批卓有远见的火箭专家开始研究氢氧发动机。及至 60 年代初，美国便投入应用。

中国液体火箭发动机研究对氢氧发动机的探索和预研工作，始于

1965 年 3 月。1971 年 1 月首次进行了液氢、液氧燃烧试验，并取得成功。半年后，第一台液氢泵半系统试车获得成功。

但是，由于氢氧发动机技术相当复杂，且风险颇大，因而世界许多国家既梦寐以求，又望而却步。中国“长征三号”火箭要采用这种发动机，同样充满风险。

任总是一位不喜欢走老路的人。他干工作，从来不喜欢小和尚的帽子——平平塌塌。他心里清楚，尖端技术这玩意儿，正如聂老总所说，靠买是买不来的，必须自己干！如果氢氧发动机在这次会上还不能作为型号任务确定下来，仍停留在原来的预研阶段，那以后不知还要延缓多少年，甚至刚刚能掌握氢氧发动机的技术队伍还有遭到解体的可能。如果真是这样的话，中国现代火箭的技术水平与世界的差距必将越拉越大。

于是，任总在会上明确地表明了自己的意见。“中国要想在本世纪内成为火箭大国，甩掉落后的帽子，眼睛就要瞄准当代火箭发动机技术的高峰，而不能因循守旧，原地踏步，唯恐打破常规。当然，会有困难，会有失败，也会有很大的风险。但航天事业本身就是一个风险的事业。如果怕困难、怕失败、怕风险，还搞什么航天?”

会议最后决定：两个方案同时上。

很不幸的是，1978 年，氢氧发动机首次试验，因有人违章操作，发生了爆炸起火事故，当场造成十人受伤。

于是，主管试验的一位领导决定，把氢氧发动机列为通信卫星工程的“另一种方案”。

这“另一种方案”，即等同于下马的意思。

正在日本访问的任总得知这一信息后，急得吃不下饭睡不着觉。他匆匆赶回北京，刚下飞机，连家都顾不上回，便直奔国防科委大院，敲开一位领导的门，强烈要求氢氧发动机不要下马。他对这位领导说：“常规发动机和氢氧发动机都是可以发射通信卫星的，但氢氧发动机要先进得多。随着航天技术的发展，氢氧发动机迟早是要搞的。既然要搞，晚搞不如早搞；何况我们现在有条件、有能力搞出来，而且也一定能搞出来!”

这位领导听了他的意见后，觉得有道理，很快将“另一种方案”的“另”字，改成了“第”字；氢氧发动机便由原来的“另一种方案”，变成了“第一种方案”。

这一字之变，改变的不是一个汉字，而是氢氧发动机的命运。

因此，今天当人们谈到“长征三号”火箭时，不少人都说，要是当初没有任总的远见与胆略，以及无私无畏、敢于登门进谏的精神，“长征三号”火箭的历史，恐怕将会另起一章。

“不唯书，不唯洋，不唯上，是任总一生的座右铭。”

在航空航天部大楼的办公室里，任总的老秘书谭邦治先生这样对我说。

任总是安徽宁国人，1931 年到南京中英学校念中学，1934 年入南京中央大学化学工程系。抗日战争爆发那年，他又去重庆兵工学校大学部读书，后留校任教。

1945 年，任总到美国实习，不久考上研究生，在密歇根大学研究院攻读了硕士、博士，后又到巴费特大学当了讲师。

得知新中国将成立的消息后，任总立即卖掉了自己的小汽车，毅然辞去讲师的职位，于 1949 年 6 月从旧金山搭乘美国的“戈登将军号”商船离开了美国。但“戈登将军号”临近上海吴淞港时，碰上国民党的飞机狂轰滥炸，“戈登将军号”被迫掉转船头，返回香港。后来，他只好从香港重新搭乘一艘货船，绕道朝鲜，登陆天津，才回到了祖国。

任总刚回国时，西装革履，皮鞋锃亮，无论走到哪里，给人留下的印象，都是一位满身“洋味”的青年专家。谭秘书告诉我说，由于任总当时常常身着“洋装”，有人还把他当成了“美国特务”。

任总回国不久，时值华东军区的陈毅将军颁发布告，要招贤纳士，成立华东军事科学研究室。于是 1949 年 9 月，任总去了华东军事科学研究室，担任研究员，开始了对固体火箭发动机的研究。

1956 年，国防部五院成立，钱学森点将，他到五院担任了第六研究室主任，从此踏上了中国航天之路。

1970 年 4 月，中国发射第一颗人造卫星“东方红一号”时，任总就是“长征一号”火箭的主要负责人。1975 年，他被任命为中国第七机械工业部副部长、中国通信卫星工程的总设计师和技术总指挥。通信卫星工程分为五大系统：运载火箭、通信卫星、发射场、跟踪测量控制系统、通信地面站。他是这五大系统的总设计师，所以人们都亲切地叫他“总总师”。

如今，任总是中国宇航学会理事长，中国科学院学部委员，全国人大常委会委员。但任总还是任总。他常对身边的工作人员说：“科学工作判断问题的根据，就是科学。那种看领导眼色和听领导口气办事的人，是最没出息的。”

谭秘书告诉我说：“任总见了领导，像不认识一样。这不是说他不尊重领导，而是说领导来之前和领导来之后，他的表情都一个样。”

任总的夫人虞双琴，是位开朗的女性，与任总可谓青梅竹马。“不过，那时可是新民先来找我，是不是一见钟情，你还得问他。”采访中，虞双琴这样说道，“老任在吃的方面从不讲究，从不挑剔，特好对付。不过不喜欢吃凉的，因为肠胃不大好。老任脾气好，结婚后从来没跟我红过脸，更不用说吵架了。要我看呀，他一生中最大的特点，就是不争名、不争利，踏踏实实地工作；对自己要求很严，对别人特别宽厚；总是看重别人的优点、长处和才华；还有一点，就是怕出头露面，不喜欢当官！”

我至少在二十个会场上见过任总。每次开会，他总是提前几分钟到达会场，然后，坐在某个很不起眼的角落：要么不哼不哈，望着天花板，不时用手抹抹没有胡须的下巴，自个儿静静地思考着什么；要么扶着老花镜，埋头看文件或笔记，没有声音，只有呼吸。有时他已经在那儿坐了很久，给会议主持人的感觉却是：这老头儿怎么还没来啊？

据说，在“文化大革命”期间，有一次周恩来接见七机部的代表，周恩来一进会场，就用目光寻找任总，却始终不见踪影。最后，周恩来不得不站起来，向着会场大声问道：“任总来了没有？”

“总理，我在这儿。”他这才从会场的最后一排站起，露出半个脑袋。

周恩来笑了：“任总啊，过来过来，您的位置在前排呢！”

“不不不，这儿很好，这儿很好！”他满脸通红，使劲地摆着手，还是不肯往前靠。

他不愿亮相，不肯“曝光”。不该讲话时，他一句不讲；该轮到他讲话时，话也不多。有时主持人把麦克风挪到他跟前，他又将麦克风轻轻推开，然后，用一种不大也不小，刚能让人听得见的声音讲话。他的话很短，常常是当你还等着要听下一句时，他已讲完了。

但在关键的技术问题上，他却敢于“大出风头”。

一次，为了尽快验证氢氧发动机一个故障的原因，他决定对氢氧发动机进行连续试车。这事国内以前从未干过，国外的资料文献也无记载，试验风险当然就大——万一发动机在试车台上爆炸，等于医生给病人做手术时，让病人死在了手术台上。所以，在研究试车报告如何写的时候，有人提议，要写上“经任总决定”；还有人建议，要写上“经会议研究决定”。结果，会议讨论来讨论去，扯了半天，还是举棋不定。

任总一看，急得满脸通红，腾地站了出来，大声说道：“不要再扯了，就这样写：‘任新民决定试车。出了问题由任新民负责！’”

都说任总是个温和的老头儿。

但在工作中，任总也有发脾气的时候。而且，一旦发起火来，还怪吓人的。

不过，进入花甲之年后，就一次。

那是在西昌卫星发射基地一次火箭总检查的时候，遥测电源发现了“过压报警”现象。现场工作人员反反复复查了好几次，就是查不出问题来。于是有人灰心了，有人干脆主张不查了，让它到天上去受考验算了。

任总知道后，气冲冲赶到现场，劈头盖脸就是一顿“训”。那天他的声音，比他在十次会上发言的声音加起来还要响亮。接着，他又对现场人员下了死命令：“一定要把问题查清，绝不能带一丝隐患上天。要是查不清，宁可全航区等着你们。什么时候查清了，什么时候再发射!”

结果，不到半天时间，故障查出来了。

分管遥测的专家见了任总后，开玩笑说：“任老头儿，还多亏您的高压政策呢!”

任总抹了抹没有胡须的下巴，又乐呵呵地笑了。

难怪有人说，任总在工作上是一位非常严厉的师长；但在生活中，绝对是一位充满了慈善与仁爱的老头儿。

有一次，他参加完氢氧发动机试车后，在回来的路上发现公路边躺着一位农民。他让司机停车，然后下来蹲在这位农民的身边仔细询问查看。得知这位农民是因耳聋被汽车碰伤了一只脚，他立即和身边工作人员一起，将这位农民送到附近一家诊所诊断。这家诊所的医生看了看，说骨头没有问题。但放了几十颗卫星的任总不放心，他走过去，伸手在那位农民红肿的脚踝上反复摸来摸去，摸了有好几分钟，然后转身对医生说：“请给他做一次透视检查吧。”

医生说：“有这个必要吗?”

随同的工作人员也认为没有必要。

但他还是坚持说：“做一次吧，没问题当然好。万一有问题呢?”

结果，透视检查表出来后，表上写着两个字：骨折!

后来有人问起那位农民：“你知道救你的那人是谁吗?”

那位农民眨了眨眼睛，很自信地说：“咋不知道呢？是一个穿卡其布的老头儿！”

1984 年春节前夕，任总的老伴接到了任总从西昌发射场打回北京的长途电话。任总长年奔波在外，戈壁、高原、峡谷、荒山，常常一去就是两三个月，甚至半年，家里的事从来很少过问也无法过问。在春节的前夕能专门打来长途电话，老伴很是惊喜。

但任总的老伴在电话里听到的，却是这样几句话：“今年春节我又回不来了，你们就自个儿过节吧！我打电话来想委托你一件事，请你一定要在春节期间，去替我看望一下刘九皋同志。”

“好，好，你就放心吧！”任总的老伴嘴上应诺着，眼里却涌出了泪水。她知道，刘九皋原来是任总手下一位普通的技术人员，1975 年因脑溢血而偏瘫，一直卧床不起。近十年来，任总每到春节，都要专门去看看他。这次因为要发射通信卫星，在发射场回不来，只有委托她去了。

据说，任总还有许多温柔的故事，但他从来不说。

在西昌发射场的任总，是个大忙人。

五大系统的总总师，任何一个细小的环节，都必须考虑周到；何况，这次发射的是美国的卫星，还是第一次。

但任总再忙，也忘不了散步。

任总散步，是颇有点名气的。不管刮风还是下雪，无论在家里还是在发射场，从不间断，几十年如一日。

为了采访，我曾陪同任总有过几次散步。散步中，我不光感受到了任总生命的力量，也感受到了任总宽阔的胸怀。

任总散步时，步幅不大，也不小；速度不快，也不慢；最大的特点，就是很有节奏，走得稳当。他散步时，看上去似乎在运筹帷幄，又好像什么也没想。他一边走，一边不时抬起头来，或环顾一下四周翠绿的群山，或凝视一下高耸云端的发射架，一双深邃平静的目光给人的感觉，有时显得纷繁复杂，有时又显得惆怅空茫。

据说，任总散步还有一个特点：在酷热的盛夏，偏偏要在中午散步，而且不到荫凉之处，专门顶着太阳走，纵然大汗淋淋，依然我行我素。旁人见了问他：“任总，你干吗呢？”他嘿嘿一笑：“这叫夸父追日，加注燃烧。”

难怪航天部的人都说，任总有一双铁脚板。

他的秘书说：“我和任总走路，走着走着就被甩在了后面。”

甚至还有人说：“这老头儿，肯定有轻功。”

其实，凡熟悉任总的人都知道，任总年轻时就喜欢玩网球、篮球和足球；后来年纪大了，便以跑步为主，每早坚持跑几千米；近些年，他每周坚持跑三四次，一次跑一千五百米；去年起，他又迷上了游泳。

据说，七十三岁那年，有一次爬泰山，他一口气爬上了南天门；而另一次爬黄山时，在爬一千八百多米的天都峰的途中，遇见一位姑娘，坐在路旁暗自哭泣。他上前一打听，方知姑娘是因为太累，爬不动了，便哭开了鼻子。后来，当这位姑娘得知他已是一位七十三岁的航天专家后，感动得忙把高跟鞋往脖子上一挂，打着一双赤脚，跟着他一齐爬上了顶峰。

任总热爱自然。大漠、荒原、绿水、青山，甚至花鸟、小草，无一不牵动着他的情怀。这位一生探索宇宙的科学家，好像时时都在寻找人与大自然沟通的钥匙。

在一次散步中，当我请他谈谈搞了一辈子航天，他最深切的感受是什么时，他这样说道：

> 探索、征服宇宙，是人类最辉煌壮丽的一项事业。而中国航天事业的发展，最根本的一条，就是取决于国家领导人的意志和决心。就像唱戏一样，只要定了要唱这台戏，那么总有人上台唱。不管谁上台唱，都得唱下去，无非是唱得好一点还是差一点、慢一点还是快一点的问题。只要国家下决

心搞这个事业，放手让科技知识分子干，就总有一天会干出名堂来，中国也就总有一天会走向世界。

在与任总的闲聊中，他还告诉我说，他不仅读中文和外文的科技书，还喜欢读中国的史书。他家藏有全套二十四史，常常醉心阅读；他不仅细读了司马迁的《史记》，还迷上了《资治通鉴》。

通天地，晓古今，强体魄，铸灵魂。或许，正是这位七十五岁的总总师的生命能达到辉煌顶峰的奥妙所在吧。

“带头羊”谢光选

1990 年 4 月 3 日下午，即“亚洲一号”卫星发射的前四天，美国休斯公司一位在西昌发射场地下室工作的技术员找到中方有关人士，提出一个要求，很想见见“长征三号”火箭的总设计师。

这位美国技术员说，他很崇拜中国的“长征三号”火箭。还在美国时，就产生了想见见中国“长征三号”火箭总设计师的愿望。可这次到西昌后，整天忙于在地下室工作，一直没机会，希望中国方面能满足一下他这个小小的心愿。

中方有关人士，很快对此做了安排。

1955 年秋的一个上午，一位老军人领着十余名随同人员，来到重庆某兵工厂参观。

担任兵工厂讲解员的，是一个留着平头的青年。

平头青年口齿伶俐，风趣幽默，对反坦克火箭的讲解，极为生动。老军人被他的讲解深深吸引了，不觉中，竟在“严禁吸烟”的大牌子下面，有滋有味地吸起烟来。

“对不起，请你把烟灭掉!”平头青年突然停住讲解，走到老军人跟前，一本正经地说道。

老军人愣了一下，看了看站在面前的平头青年，最后还是顺从地执行了平头青年的“命令”。

休息时，老军人来到平头青年跟前，掏出一个小本，递过去，说：“把你的名字给我写上。”

“写名字干吗?”平头青年只说不动。

“你先写上吧!”老军人又说了一遍。

平头青年斜了一眼小本本，还是不动。

“我命令你写上!”老军人一下火了，“你知道我是谁吗?”

“不知道。”平头青年小声嘀咕道。

老军人大声吼道：“我是陈赓大将!”

平头青年惊呆了，乖乖地在那个皱皱巴巴的小本上写下了三个字：谢光选。

这个叫谢光选的平头青年，就是上述那位美国技术员想要见的“长征三号”火箭的总设计师。

谢总今年六十七岁，年轻时那股子愣劲与虎气减弱多了。但他至今还留着平头，只不过当年是满头青丝，如今已是两鬓斑白。

前不久，谢总在西昌发射场度过了他的生日。那天，秘书把这个秘密悄悄告诉了炊事员，炊事员认认真真地炒了几个菜，还专门为他做了一碗长寿面。当炊事员把长寿面放在他面前时，他才恍然大悟。他先用筷子轻轻挑起一根面条，高高举起，而后再慢慢放进嘴里。面条刚一下肚，他便像个孩子似的叫了起来：“好吃！好吃!”接着便是一阵哈哈大笑。

凡接触过谢总的人都知道，谢总爱笑。他的笑声若用“朗朗”二字来形容，再恰当不过了。他的笑声洪亮、爽快、潇洒，极富感染力。但凡听过他笑的人，留下的一定是“老顽童”的印象。

谢总方方的脑袋，胖胖的脸，体格健壮，满面红光，随便往那一站，就让你感到特别的可靠。据说，有一次他和几个年轻人一起玩

“算命”，有人说他的性格是A型，有人说他的性格是AB型，大伙还没猜完，他便自个儿先乐了：“我呀，是个火箭型!”

谢总同任总一样，也喜欢散步。而且，两位老头儿，常常一起并肩散步。

一年前，为了一部电视片的需要，我特意为两位老人安排了一次“假散步”。那天，摄影师的机子早已停机，两位老人却还朝着发射架方向不停地走呀走，仿佛往前走，已成了一种惯性。结果，“假散步”变成了真散步。

谢总散步，喜欢倒背双手，两脚几乎贴着地面走路。用他的话说，这叫“增加摩擦系数”。一般早饭和午饭后，他习惯绕着院子溜达几圈，而且手上总是捏着一根牙签，一边走，一边剔牙，一边还忘不了抬头望天。

但谢总最喜欢的，是跳绳。每早起床，他先在衣兜里装上一根尼龙绳，出门溜达一圈后，便开始跳。据说，年轻时，他一口气能跳几百下甚至上千下；现在老了，只能轻轻舒展一下筋骨。但他力求每跳一下，都尽可能增加一点高度。有时，他还陪同儿孙们一起跳。青青的草地上，淡淡的晨曦中，他一边尽兴地跳着，一边还和儿孙们一起欢快地哼唱着歌谣：

你跳一，我跳一，
马兰开花二十一。
二五六，二五七，
二八二九三十一。

我曾多次采访过谢总。

谢总能说善讲。讲话时，声音清晰洪亮，很有共鸣与力度。而且，条理清楚，逻辑性强。每当讲到开心处，他常常会突然爆发出一串长长的如同鞭炮炸响似的笑声，一下子便把你引入他讲述的故事之中。

我1922年出生于江西南昌，要讲功劳，我没什么功劳，我只不过是一只小小的带头羊。

我高中毕业就成了流亡学生。日本人凭着几门大炮，就把中国人赶得到处乱跑。那时我就想，谁的武器厉害，谁就厉害。后来我搞上了兵器，与我这个想法可能有关系。

我跑到四川重庆上了中央大学，当时蒋介石是校长。后来没钱，念不起，又转到重庆兵工大学，因为这儿可以贷款读书。大学时，我光看讲义，不去上课，但还考好成绩。老师和同学都管我叫“小顽皮”。有一次我的一门课考得特别好，教授发考卷时却说：“我怎么不认得你这个学生呢?”后来，陈赓大将来这里参观后，点名把我调到北京国防部五院。有一次我去哈军工讲课，又碰见了当年重庆兵工大学的那位教授，我问他还记得我吗？他说怎么不记得，你这个不听课还考好成绩的“小顽皮”!

我们那个班的同学都很厉害，刚进去时九十六人，毕业时只剩四十六人。现在有三分之一在台湾，三分之一在美国，还有三分之一在大陆。几年前，有一位美国的同学访华时，在北京问我：“你现在肯定是个亿万富翁吧?”我说：“为什么?”他说：“你没那么多钱，怎么能指挥调动那么多人搞火箭?”我说：“我们搞火箭是靠国家的制度，而不是靠金钱。我个人除了二三百元工资，分文没有。不过，我的住房是万源公司最好的。”我的同学笑了，说：“你这个总师的条件呀，在美国只相当于一个毕业了三年的大学生!”

我这人没权力欲，“文化大革命”中那么乱，有人搞什么“抢班夺权”，我照样搞我的火箭。我当时是导弹设计部主任，又是党委委员，有人要夺我的权，我说行啊，这个官你们来当。不过，要是在哪儿计算不清的地方，还可以来找我。结果，没过几天，他们又让我回去搞火箭。

以上这段话，是 1988 年 3 月 5 日下午，我采访谢总时的一段录音。

1990 年 1 月 24 日上午，我又在西昌发射场同谢总见面了。这天，在宾馆的一间小屋里，我们一边吃着橘子一边聊。当聊到“长征三号”火箭时，谢总特别高兴，一下来了精神，仿佛每句话里，都充满了豪情。

中国现在可以说是初露天疆，在世界舞台有一席之地了。“长征三号”火箭完全是中国靠自力更生搞成的，它身上除有几个小元器件是进口的外，全是中国土生土长的；在发射第三发之前，连一根洋毛都没有。

“长征三号”火箭是全国通力协作的结果。它得到了全国七百五十个单位的支持，光科研协作单位就有一千五百四十五个。世界上能单独搞火箭的，除了美国和苏联，就只有中国了。法国的“阿里亚娜”火箭是由十一个国家联合起来才搞成的。所以，作为“长征三号”火箭的总师，我要向全国所有协作单位说一声谢谢！

“长征三号”火箭是按勤俭节约的原则搞的，从研制到发射，费用都是较低的。有一次聂荣臻元帅打电话问我：“钱花完没有啊?”我说：“还没有呢!”聂帅说：“没有花完就好。不过，你也真是个江西老抠!”

但法国的“阿里亚娜”火箭与我们的“长征三号”火箭差不多，他们却花了十亿美元！这二者的比例是：一元人民币比二至二点五美元。也就是说，中国花一元人民币办的事，法国就得花二点五美元才能办成。所以，中国发射外国卫星的价格低，就是因为我们的成本低。比如，科技人员都没有奖金。

中国火箭发射的成功率高。“长征”系列火箭只有半次失败，比法国“阿里亚娜”成功率高百分之七。“长征三号”火箭代表了中国的运载能力，氢氧发动机在两百公里高空失重场的情况下二次点火启动，全世界只有美国和中国能做到。法国的“阿里亚娜”火箭在高空不能进行第二次点火，便只有跨过大西洋，到南美洲的库鲁靶场发射。中国的火箭可靠性很强。还有就是中国从失败——失败不等于火箭掉下来——到再次恢复发射，时间之快，是世界第一。美国从失败到恢复发射用了一年多，苏联半年多，而中国只用了七十九天！

所以说，“长征三号”火箭，是我们整个中华民族的骄傲。特别是一些美籍华人、英国华侨听说要发射美国卫星后，感到非常激动，非常自豪！

前不久，有几位美国的同学和美籍华人朋友在我家里聊天。我说：“发射‘亚星’可以为我们社会主义祖国争光，为中国人民争气！”他们十分恳切地问我：“你这个说法可不可以改一改？”我说：“怎么改？”他们说：“我们在美国，而美国不是社会主义国家，你能不能把‘为社会主义祖国争光’，改成‘为祖国争光’？另外，你们的‘人民’的定义很严格，能不能把‘为中国人民争气’，改成‘为炎黄子孙争气’？”我听了非常感动，连忙说：“可以改，可以改，我现在就改！”

“亚洲一号”卫星发射的前五天，我又在西昌发射场见到了谢总。那是一个太阳温和的中午，谢总在宾馆门前散步。他一边用牙签剔着牙缝，一边不时望望天空，好像空中挂有一幅漂亮的国画。

谢总已在山沟待了近半年，依然气色红润，精神焕发。只是比此前瘦了一点，黑了一点。

我问谢总："在山沟生活习惯吗？"

"嘿！这有什么不习惯的？"谢总说，"我在戈壁滩那个发射基地待的时间，加起来早已超过三年。当年的李福泽司令员还说，应该发给我一个兵役证书呢！"

"您对这次发射的把握性怎么看？"我问。

谢总用食指把牙签轻轻一弹，牙签便像一枚微型火箭，以一个优美的发射姿势射向远方，而后谢总才说道："我对这次发射是充满信心的。我希望发射那天，从倒计时数起，一觉醒来，火箭已经上天，我提着皮包就回北京了。这就是对'长征三号'火箭可靠性最好的证明，也是我最大的愿望。不过，这是我最后一次参加发射了。"

"为什么？"

"因为算上这次，我都参加了四十九次发射了。该收摊了。"

"如果再参加一次发射，就是五十次，正好一个整数，不更好吗？"

"告诉你吧，七乘七等于四十九，正好是一个矩阵。"

"那万一这次失败了呢？"

"那就把天上三百六十多个参数取下来进行分析总结，吸取教训，接着再战。当然了，按照国际惯例，还得把失败的真相公布于世。不过，放心吧，我能掐会算，这次只能成功，不会失败！"

刚一说罢，谢总便哈哈大笑起来。

"土八路"王之任

我首先想对读者朋友说的，这是一位女性。

其次，才有必要告诉我的读者朋友，她是中国"长征三号"火箭的副总设计师。

我查阅了世界各国有关航天的资料，在世界航天这个圈子里，巾帼英雄虽说不是灿若星河，却也不乏其例。但成为女火箭专家的，特别是成为像"长征三号"这种大型火箭总设计师的，在我们生存的这个“地球村”里，她是开天辟地第一个，也是迄今为止唯一的一个。

因此，她不仅属于中国，也属于世界。

她叫王之任。

我与王之任初识在发射架下。那是西昌发射场一个奇冷的冬日。她穿一身灰布的工作服，粗糙的面颊，花白的头发，岁月的牙齿已在她的额头啃下道道沟壑。要不是别人向我介绍说，她就是“长征三号”火箭的副总师“王总”，我不把她看作一位农村的大姐，也定会把她当成一位退休的女工。当我俩的手紧紧握在一起时，我最先想到的，就是我远在故乡的白发苍苍的母亲！

在发射场附近那间没有沙发，没有茶几，更没有暖气的简易房间里，她平静地向我讲述着那早被岁月遗忘的一切。我面对面地坐在她的跟前，听着，记着，想着，像儿时蹲在母亲的膝下，听妈妈讲那过去的事情。

她是一个孤儿。七岁失去母亲，十岁没了父亲。

她的家乡在河北有名的晋察冀边区。抗日战争时，她就是儿童团员，后来当了小八路。1944 年，她刚满十六岁，便加入了共产党。

1945 年 3 月，她拿着党组织的介绍信，自个儿跑到边区，找到兵工厂的厂长，自我介绍说：“我叫王之任，今年十六岁半，共产党员，我要参加工作。”

厂长说：“我们厂是搞炸药、枪弹、雷管的，你一个丫头，不怕吗?”

她小辫儿一甩，胸脯一挺，大声回答说：“不怕!”

于是，她进了兵工厂。

她分在了硫酸班。昼夜三班倒，六小时一换。棉军衣常被硫酸咬出洞眼，二硫化碳还呛得她吐血。但她就是不离开兵工厂，而且一干就是三年。

我问：“苦吗?”

她说："那时的人没尝过甜的滋味，所以也就不知道什么是苦。"

后来，她找到厂长，要去学知识。厂长一口答应了。于是，1948年5月，她进了晋察冀边区工业学校；接着，又考上了大学预备班；1950年，她考上了华北大学航空系。

她说，当时知识对她来讲，比命还重要。为了建设新中国，她拼命地学，连自己是个大姑娘都给忘了。她每天还是穿一身农村的土褂子，甚至有时光着脚丫，就匆匆跑进了课堂。

难怪直到今天还有人说，她满身土气，一点没有大专家的风度。

其实，她并不土，若与今天的许多大学生比起来，她洋多了。

她曾在世界第一航天大国苏联，喝了整整七年的洋墨水。

那是1951年仲夏的一个夜晚，北京饭店宴会厅灯火辉煌，人声沸腾。周恩来专门举行宴会，为中国第一批留苏学生送行。

男同学都在和周总理频频碰杯，唯独一个剪了辫子留着短发的女学生站在边上，手上举着酒杯，很想过去却又不敢过去。那个举着酒杯的女学生就是王之任。

不一会儿，周总理端着酒杯来到她的跟前，问："你就是王之任同学吧?"

她激动得连话都说不出来，只是一个劲地点头。

周总理说："苏联是世界上第一个社会主义国家，你们又是第一批中国留学生。到那儿后，你们一定要好好学习科学知识，将来回来好建设我们的新中国!"周总理说完，便和她碰了一杯。她酒未下肚，泪水已先滴在了酒杯里。

她一去就是七年。先在莫斯科工艺学院学习，第二年转到喀山航空学院。三年毕业后，又进了莫斯科航空学院。她除了专业，还要从头学习俄语，一共五十多门课程，压得她连气都透不过来。

很快，苏联的同学几乎都知道了，从中国来了一个只要知识不要命的"中国大姐"。

夏季到了，学院组织夏令营活动。优美的伏尔加河畔，苏联男女同学都在河里尽兴地游泳；而她，却只在河边打湿了一下双脚，便急急忙忙地跑回河滩，抓起一根树棍，在地上开始了火箭公式的计算。

晚间，篝火舞会开始了。在优美的华尔兹舞曲中，其他男女同学都在尽情地跳呀跳，唯有她盘腿坐在草地上，望着星空发呆。一位苏联男同学来到她的身边，请她跳舞，她羞得满脸通红，忙说不会不会。然后，捧起一本《日日夜夜》，躲到一堆篝火旁，独自看了起来。直到她被书中描写的姑娘所吸引，才一下想起，自己也是一个年轻的女人。

是的，她是女人，却偏偏选择了本该属于男人的专业——火箭发动机。她仿佛不是为了爱和繁衍后代才降临人间，而是专门为了中国的火箭才来到这个世界。她是所有中国留学生中年纪最大的一个，也是唯一结过婚的。她把自己的青春与生命的全部热能都投入到了对火箭的学习中，整整七年，没回过一次祖国；直到后来已经三十一岁了，才做了母亲。

其实，她也很想游泳，很想跳舞，更想自己的亲人和祖国。她说，在南高加索的黑海疗养所度暑假时，她每天傍晚都坐在海边的礁石上读书。每当读书读得很累时，她便合上书本，扯起一根草棍衔在嘴里，一边细细地咀嚼着，一边久久地望着东方。这时，一种太阳西沉后的清冷，一种身处异国的孤独，便像海风般朝她阵阵袭来。她很想早日回到祖国的怀抱，很想快快靠在爱人的身旁，但她不能。周恩来总理在临行前说的话，她每天至少要在心里默记三遍。因为她比谁都清楚，她心里装着的，是一个急欲腾飞的祖国！

1957 年 10 月，毛泽东出访苏联。得到消息后，她和同学们跑到机场迎接。那天，她双手举着鲜花，面对自己敬仰的领袖，同时也是面对一个伟岸的男人时，她不经意间完成的那个献花的动作，竟把一个女性的柔美表现得淋漓尽致。

五天后，毛泽东在莫斯科大学接见了他们，并发表了那段著名的讲话：世界是你们的，也是我们的，但是归根到底是你们的。你们青年人，像早上八九点的太阳，希望寄托在你们的身上。这段话她一直铭刻在心，但直到三十三年后的今天，她似乎才真正懂得了这句话的分量。

1958年，她捧着“优+优”的成绩，回到了祖国。在莫斯科临上飞机时，她流泪了。出国时，她才二十三岁，一眨眼就到了三十岁。七年的心血，七年的爱情，七年的生命，还有七年的“中国大姐”，连同她的理想、追求以及儿时的梦幻，全都一并刻在了俄罗斯的土地上。

然而，她万万没想到，当“文化大革命”骤然降临时，她这七年的留苏历史，居然成了她说不清、去不掉的罪证！

她本是一名出色的火箭设计师，却被扣上“苏联特务”“假党员”的帽子。1970年那个雪花飘飘的冬天，她被送到了全世界只有中国才有的学校——河南“五七”干校。

她说，她原本就是农村的一个丫头片子，下放农村，就像回娘家，劳动对她来说，根本算不了什么。插秧、割麦，喂猪、挑粪，盖房子、搬砖块，卸水泥、运粮食，她样样都能干，而且样样都能干得很好。最让她痛苦的，是离开了火箭！

于是，她常常坐在田埂边，一边搓着草绳，一边听着蛙鸣，一边望着星空久久发呆。渐渐的，星空成了她迷恋的世界。每当她抬头遥望星空时，便觉心胸开阔，目光辽远，人间的忧愁烦恼，转瞬便统统跑得无影无踪。仿佛星空，只有星空，才是一块未被人血污染的净地。那一刻，她竟有了想逃离地球的念头。

或许正是在“五七”干校的孤独与苦闷，坚定了她一定要继续开拓空间的雄心大志，因而即使睡在牛棚的日子里，她也依然念念不忘“长征号”火箭！

1976年，她被任命为“长征三号”运载火箭的副总设计师，主管氢氧发动机的研制工作。她说，氢氧发动机在上天前，一共进行了一百三十多次试车试验。前前后后，光失败的次数，就有一百多次！

然而，当她向我讲述氢氧发动机诞生的苦难历程时，却显得极为平静，仿佛她和同事们创造的这一惊天动地的文明，早已化作历史的淡淡轻烟，随风而去，不值提起。

我问："您怎么预测这次'亚星'发射？"

"应该没什么问题。"她说。声音依然平静。但从她平静的外表上，我却分明感到了她内心的暗流涌动。

就在这一刻，我突然发现，她的头发的颜色变了。在我的记忆中，她早已满头银发，而今为何一头青丝？

她笑了，告诉我说，这是染的，自己染的。还说，用的是什么什么药水，即省事又便宜。说着，她不经意间用手撩了撩耳际的一丝头发，显出一种女性成熟的温柔。

青丝，白发；白发，青丝。这一变化，意味着什么呢？

也许，当她迈进花甲之年时，才深刻地意识到自己其实是一位女性？

我更无法想象，她从一个农村的黄毛丫头，成为一名世界级的火箭总师，完成了一个一般男人都无法完成的生命历程，究竟靠的是什么？

在中国，做一个男人难，做一个女人更难，做一个干成惊天动地事业的女人更是难上加难！而她，却从昨天走到今天，从陆地走向太空，把一位女性生命的灿烂，发挥到了辉煌的顶点！

她的生命里究竟潜藏着一种什么样的力量呢？

二十、苦恋：中国箭与美国星

自1984年4月8日起，"长征三号"火箭已将中国的五颗同步通信卫星成功地送入距地面三万六千公里的赤道上空。

中国的火箭，发射中国自己的卫星，可以说是轻车熟路，几乎百发百中。

但是，当"长征三号"火箭一旦要发射美国的卫星时，问题便复杂了。

众所周知，中国的航天技术在此之前，一直处于封闭的状态。而封闭造成的结果是：中国不了解外国的卫星、火箭设计的内幕，外国也同样不知道中国的卫星、火箭设计的细节。

因此，当中美双方第一次进行技术谈判时，美国人才知道，中国"长征三号"火箭与卫星的接口，原来并不是按国际标准设计的；而中国人也才明白，国外的火箭与卫星的接口，原来都是按统一的国际标准设计的。

"长征三号"火箭的另一位副总设计师范士合，便是这次中方卫星与火箭接口的技术谈判首席代表。

范总一米八的个子，典型的东北大汉。他高中毕业就进了沈阳军工学校，后考入北京工业学院。1956 年毕业后，一直从事火箭研制工作。

范总年轻时，是位出色的运动员，他偏爱长跑，也是一个帅气的篮球中锋。当然，他最喜欢的，还是花样溜冰。大学时，每年寒假，他都要回老家吉林溜冰。长白山的冬天，气温低达零下三四十摄氏度。但范总说，迎着雪风溜冰，不仅可以强壮体魄，还能锻炼同大自然搏斗的勇气。

但如今的范总，身体不行了，如同中国多数知识分子一样，个人的身体与国家的事业，总是向着相反的趋势发展：两年前，他做了一场大手术——胃被切除了五分之三。

但为了尽快完成中美的技术协调，范总带着中药，亲赴美国谈判。

谈判期间，他每天早上 7 点就去休斯公司。中午无法休息，更不可能有小灶。而他的胃已被切除五分之三，所以只有啃面包，喝白开水。

我第一次采访范总，是 1990 年 4 月的一天晚上。地点是在西昌发射场的一间简易房里。这间简易房是范总在发射场的临时办公室。

我一进门便发现，范总的办公桌上除了一大堆文件资料，还放着一堆中药冲剂。他说他每天除了要服三包中药冲剂，还必须打上两针。他和我说上一会儿话，便站起来，在房间里来回走动几步；走动时，总是习惯用左手托着自己唯恐要掉下来的胃；而当他向我讲述起中美技术协调的内幕时，一直喘着沉重的气息：

> “长征三号”火箭今天能在发射场与美国的卫星进行联试，说来是相当不容易的。技术的谈判和协调工作开始非常难，外国卫星到底对我们有什么要求不知道，保密界限如何确定也不明白。后来授权于我们总师，让我们根据具体情况，觉得可以讲，自己就讲。
>
> 有的公司开始同我们谈时，常用一种救世主的口气谈话，说什么我们是来帮助你们打进国际市场的。有的公司还说，如果你们有什么不懂的技术问题，可以向我们咨询。甚至有的公司一上来，就摆出几十个问题让我们回答，还让我们先介绍一下技术人员的素质情况。我们采取的始终是不卑不亢的态度。当然，对个别狂妄傲慢的外商，有时也给予必要的回敬。比如，有的外商说，你们西昌四周都是山，发射卫星时，火把山冲倒了，山再翻过来把火箭推倒了怎么办？我对他说，你说的这个根本不成为问题，至少可以说是一个缺乏常识的问题。我们西昌发射了那么多颗卫星，从没出现像你说的这种情况。你提的这个问题显然没有根据。如果你不信的话，我可以邀请你去西昌参观发射。
>
> 美国休斯公司对中国的“长征三号”火箭和万源公司的技术人员是信任的。但由于中国过去一直是用自己的火箭发射自己的卫星，星箭之间的联结和分离都按自己的一套办法设计，而不是按国际标准设计。因此，当中国代表团去美国进行技术谈判时，休斯公司就提出，中国必须重新按国际标

准设计过渡锥和包带。

过渡锥和包带，是火箭与卫星联结和分离时两个非常重要的部件。如果这两个部件不能按国际标准设计、生产出来，那中国的火箭与美国的卫星就无法进行对接和分离，发射“亚星”的事也就无从谈起。所以，中方的刘素云和曹丽君两位设计师当场就表示：放心，中国可以按国际标准重新设计！

刘素云和曹丽君，两位都是万源公司的女专家。

刘素云的特点是足智多谋，细心谨慎；曹丽君的特点是艺高胆大，能说会道。在那次谈判中，一个温柔似棉球，一个泼辣像钢炮，两人配合密切，善于抓住问题的实质和要害，给美国人留下了深刻的印象。

回国后，刘素云负责过渡锥的结构设计，并负责具体的图纸设计；曹丽君负责过渡锥的总装设计。两人仅用了半个月时间，便设计出了中国第一个国际标准的星箭过渡锥。

据说，一位美国专家后来知道过渡锥的设计者是两位女将时，禁不住感叹道：“中国搞火箭的专家，不光男人厉害，怎么连女人也都这么厉害?”

1989 年 8 月 12 日，航空航天部一院副院长余龙淮和范总带领中国技术代表团，前往美国进行火箭和卫星的第一次技术协调。

8 月 14 日，中美专家在美国洛杉矶乡村俱乐部刚一见面，便各自摊开了事先准备好的有关火箭、卫星的图纸资料和技术指标。

由于此前火箭和卫星分别研制于东西方两个不同的国家，各自的技术指标就必然存在着差异。现在，要用中国的火箭发射美国的卫星，二者就必须事先进行对接和分离试验。而这种试验要求：中国的火箭和美国的卫星，既要做到完全结合一起，又要保证发射时能够干净利落地分离出去。换句话说，美国的卫星和中国的火箭在任何一个细小的环节上，都必须做到天衣无缝，完全吻合。

这样一来，本来就认真的美国专家便更认真了。他们拿着中国火箭的技术指标，一一对照，细细计算，唯恐漏掉哪怕丝毫的问题。

这天，刚检查不到半小时，一位美国专家突然瞪大了眼睛，说：“喏，你们过渡锥的尺寸有问题！”

中国专家急忙仔细核对。果然，过渡锥上的某一个部件与美方卫星上的尺寸相差七毫米；接着又发现，包带、卫星整流罩等若干技术指标，均与美方卫星上的技术指标存在偏差。

“怎么回事？我们事前约定好的，现在怎么会出现偏差？”中国专家从数据堆里抬起头来，将疑问的目光投向美国专家。

一位美国专家歉意地笑了笑，说：“抱歉，我们的卫星最近有了一点新的改动。”

中国专家相互看了看，不再说话了。

有什么办法？既然要发射人家的卫星，就得委曲求全，甚至在有的问题上，有时候还得受制于人；再说，美方从自身的角度考虑，改动卫星的某些技术参数，也不能说完全无理。

“看来，这次星箭对接的试验，是无法进行了。”一位美国专家摊了摊手说。

“不，可以进行。”中方一位技术负责人说，“我们先在这里想个办法，让这个过渡锥先进行对接试验，回国后，我们再生产一个新的过渡锥！”

“那就先试试看吧。”美国专家很不抱希望地说了一句。

中国专家们回到宿舍，立即关起门来，很快讨论出一个改进方案，然后通宵达旦地干了起来。

两周后，一个改进后的过渡锥便重新出现在了美国专家的面前。

中国的过渡锥和包带与美国的卫星很快进行了对接与分离试验。试验结果，除包带还存在一点小问题外，其他方面完全成功。

休斯公司一位负责人高兴得当场握着中国专家的手说：“这是美国和中国在空间技术上具有历史意义的第一次结合！”

两天后的一个晚上，在美国驻华大使馆一间客厅里，美国驻华大使馆的工作人员围在一台电视机前，兴趣十足地观看着这次中美星箭试验的录像。他们一边看，一边对中国的火箭说三道四，评头论足。当看到美国的卫星与中国的火箭对接、分离成功时，所有人员全都一起站了起来，报以长时间热烈的掌声。

后来，美国驻华大使馆的空军少校兰国思先生对我说："中国火箭与美国的卫星第一次结合试验，就取得如此大的成功，这是我事先没有想到的。"

1989 年 10 月，中美双方在北京举行了第二次技术协调。

1989 年 12 月，中美双方又在美国洛杉矶举行了第三次技术协调。

在此次协调中，中国的火箭与美国的卫星再次进行了对接与分离试验。试验结束后，休斯公司技术负责人在评审会上激动地宣布："这次试验完全成功！非常成功！"

而且，美方当场决定，这次试验用的星箭过渡锥，就在西昌正式发射时使用，中国可不再做新的过渡锥。

但事情到此，并未结束。

范总说：

美方提出的另一个重要问题，就是关于卫星的起旋问题。中国过去发射的二十多颗卫星，全都是在火箭与卫星分离之后，卫星自动起旋的。就是说，卫星飞行的方向，是靠卫星起旋后自己确定的。但美国的这颗卫星，却要靠火箭起旋来确定卫星飞行的方向。因此，美方提出，卫星必须在与火箭分离之前一秒钟先起旋，而且每分钟还必须保持五至七转，否则卫星无法准确入轨。由于美国和法国的火箭上都安有一个回转盘结构装置，所以它可以做到这一点。但由于中国火箭的设计结构已经决定，不允许再装一个类似美国那样的装置。这就逼着我们必须重新采取一个新的方案。而要改动我们原有的设计方案，难度相当大。

后来，经总师们反复研究讨论，决定采用第三级火箭和卫星同时旋转后，再让卫星和火箭分离的方案。这个方案在国际上是无先例的，在全世界的火箭家族中，只有中国的“长征三号”火箭使用了这个方案。

这个方案提出后，休斯公司认为在理论上是可行的，但强调这未经实践检验。特别是国际保险公司说，如果不先拿出试验结果数据来，他们就不敢保险。于是休斯公司提出，必须在中国国内的发射中，先做一次试验。

本来，像这样的方案，对我们来说是有把握的，但你要在技术上让人信得过，没有试验数据是不行的，特别是保险公司要承担经济风险。所以，在今年 2 月初我国第五颗通信卫星发射时，我们专门对此做了试验。结果证明，方案完全可行，满足了对方提出的要求。当我们把经遥测判读后得到的试验数据交给休斯公司和国际保险公司后，才得到完全同意。

另外，美方还提出了许多技术上的要求。比如，要求卫星在同火箭分离前和分离过程中，表面污染的尘埃每平方米不能超过二毫克，为此我们改动了爆炸螺栓；另外还要求卫星在起飞前要有空调设备，为此我们在发射架的卫星平台上增设了一套空调净化设备；等等。

在中美星箭技术协调过程中，中国方面做了相当艰巨的工作，光硬件的改动就有二十余处。为了保证有足够的运载能力，中方还决定在火箭原起飞推力二百八十吨的基础上，一级发动机再增加四点八吨的推力!

发动机称为火箭的“心脏”。当时，一级发动机已经装配完毕，要再对“心脏”进行改动，难度极大。但上海新新机器厂接到任务后，对关键部件汽蚀管进行技术攻关，经三百多次艰苦试验，终于获得成功，使一级火箭的推力提高了四点八吨，并用局部可靠、高精度的小试验代替了发动机热试车，一举为国家节约了两百多万元！

而中国的火箭与美国的卫星在空中如何配合兼容问题，涉及成千上万的数据需要计算和五大系统的软件分析。中方几经努力，最后将五大软件计算结果寄给了美国。这个计算结果本来原计划要在会上讨论的，休斯公司看了后，却在会上宣布："我们双方的计算结果完全吻合，用不着再讨论了。"

当然，公正地说，在这次星箭技术协调中，美国方面也是做了相当大的努力的。因为东方和西方，中国与美国，多年来各自都在不同的历史轨道上运行，其文化积淀、思维方式和科技体系完全不同；并且，各自都有独特的经验与成功的诀窍。二者只有两相情愿，情投意合，方能达成默契，比翼双飞。

譬如，美国和法国设计的火箭，其发射纬度与中国火箭的发射纬度完全不同，所以卫星入轨的角度也就不同。美国为了用中国的"长征三号"火箭发射，也更改了卫星上的远地点发动机；而远地点发动机一旦更改，就意味着许多软件系统都需要重新分析与计算。像卫星与火箭相互间受力的影响问题，不仅中方要计算，美方也要进行计算。

1990 年 1 月 23 日，中国与亚洲卫星公司正式签订发射合同后，美国休斯公司的技术专家们更是夜以继日，加班加点。经过近一个月的拼命努力，终于在 1990 年 2 月 9 日将最后改定的卫星准确重量和远地点高度通知了中方：美国卫星的远地点高度，由原来的三万五千七百八十六公里上升到三万六千八百九十七点九公里，提高了一千一百一十一点九公里。

而美方卫星重量和远地点高度的重新确定，意味着中国火箭的飞行软件也必须改动。也就是说，中方两个月来精心计算生成的火箭飞行软件，必须全部重做一遍。唯其如此，方能满足美方卫星远地点发动机的推力。

范总说：

当时，我们的技术人员都已到达西昌卫星发射基地，正忙于发射前其他各方面的工作。要完成这项任务，不仅时间紧迫，而且难度也相当大。因为火箭要将卫星准确地送入预定的轨道，主要靠的是火箭上控制系统的精确指挥。而箭载计算机是火箭控制系统的大脑，火箭飞行过程中的拐弯、关机、俯仰、滚动等各种动作，都是靠飞行软件来实现的。所以说，火箭飞行软件的生成是一项非常复杂的系统工程。

美国方面那么晚给出最后数据，是由当时的客观原因造成的，绝不是有意拖延。他们拼命抢时间，也为的是尽快把数据给我们。中方非常理解美方的困难，同意他们在 2 月 9 号前给出最后数据。

为了保证美方的这一新要求，万源公司总体设计部和控制系统计划单位，以及上海华东计算机研究所、上海新华厂控制系统负责人、西昌卫星中心计算机软件技术人员等，共同采取了现场办公和接力赛的方式，突击完成了这项任务。

当时的基本过程是这样的：2 月 9 号接到美方准确数据后，北京马上进行了弹道计算，同时控制系统也进行修正系数的计算，然后于 2 月 23 号将弹道数据计算结果由北京传至西昌；华东计算机研究所接到数据后，以万源公司的设计人员、华东所计算人员以及上海新华厂设计人员三结合的方式，昼夜加班，只用了二十天的时间就完成了平时需要两个月才能完成的火箭飞行软件的生成。经共同验收后，完全符合要求，很快便交付使用。

美国休斯公司得知这一消息后，感到非常高兴和激动。他们对中国技术人员的工作效率表示敬佩，并说中国万源公司有这样一批杰出的火箭专家，他们感到非常满意。

…………

"亚洲一号"卫星发射成功后的一个炎热的下午，在北京解放军艺术学院文学系那间我的宿舍兼写作间里，我约请范总就中美技术谈判中的有关问题，再做一次访谈。

访谈结束后，我留范总吃饭，范总却怎么也不同意。

但我还是坚持说："就在军艺的食堂，我们一起就餐，很方便的。"

无奈之下，范总这才如实相告："我的胃不好，做过手术，被切除了五分之三。所以不能在外吃饭，只能吃软食。"

我愣了足足有五秒钟。

我送范总出门。范总右手推着自行车，高高的个子长长的腿，步子迈得平缓而细碎，左手还是习惯托着唯恐要掉下来的胃。走到解放军艺术学院的门口，范总对我说："你回去吃饭吧，我还得赶紧去买点青菜，回去做点面条什么的。"

说罢，范总移动着明显弯曲的后背，融进人群。

"鸣生，你送谁?"突然，身后一位同学问我。

"'长征三号'火箭的副总师。"我说。

"真的?"那位同学非常惊讶，指着范总的背影，说，"他，他怎么没有配专车?"

我说："还不够格。"

同学急了："你骗人，现在随便一个什么公司的小科员都有小车，他一个赫赫有名的'长征三号'火箭的副总师，怎么可能没有小车呢?"

我默然。抬眼望去，范总微驼的背影还在人群中缓缓移动着。

是的，在夕阳笼罩的茫茫人海中，谁也不知道范总姓什么叫什么，也没人知道范总的胃到底是切除了五分之二还是五分之三；而无论是卖羊肉串的小伙子还是卖冰棍的大姑娘，不管是戴红领巾的小学生还是摆地摊的老太太，更不可能有人认得，他就是震惊世界的中国"长征三号”火箭的副总设计师！

我突然想起中国的“四大发明”：火药、指南针、造纸术、印刷术。但这“四大发明”的发明者是谁，我却怎么也想不起来了。

我又想到了“长征三号”火箭。任总、谢总、王总、范总、龚总、朱总，还有A总、B总、C总、D总，以及成千上万默默无闻的科技人员。正是他们，让全世界都知道了中国有“长征三号”；正是他们，让任何一个中国人都可以在世界任何一个地方拍着胸脯说：“中国不光有‘四大发明’，还有‘长征三号’！”但是，我却不知道，我的同胞中究竟会有多少人知道“长征三号”以及“长征三号”的创造者们？

我继而还想到，假如今天，号称火箭故乡的中国还没有火箭，十二亿火箭故乡的子孙，心里该是什么滋味？

据说，两年前一所中学考试时，发生过这样一个故事——

试卷问：爱因斯坦是谁？

学生答：美国当代著名歌星。

假如今天，我再问一句：什么是“长征三号”？它的设计者都是谁？

答案又会是什么呢？

第五章
我们都是地球人

发射卫星，特别是发射同步通信卫星，是当今世界最为复杂的系统工程之一。要把几百吨重的火箭与卫星一家伙发射上天，并且还要将卫星准确无误地搁在三万六千公里高的轨道位置上，的确并非易事。国内发射一颗同步通信卫星，涉及的单位和部门成百上千，参试人员则数以万计！

而这次发射外国卫星——“亚洲一号”，是全球性的大协作，其控制范围，已跨越了国界。而且，用中国的火箭发射美国的卫星，东方与西方在空间技术上携手合作，这在世界航天史上，还是第一次。

于是，当中国的火箭和美国的卫星先后运到西昌卫星发射场后，中外各路专家全都云集于发射架下并开始进入发射的直接准备阶段时，由于各自的思维方式、工作程序、社会观念、生活习惯以及价值取向不同，加上语言障碍和技术上彼此保密、相互防范等原因，便使得这次发射比过去任何一次发射，都显得更为复杂、更为艰巨，也更为沉重！

然而，开辟通天路，造福全人类，绝非是一个国家、一个民族所能完成的事业，而是历史赋予整个人类的共同使命——无论是中国人还是美国人，不管是东方人还是西方人，都是地球人！

因此，把“亚洲一号”卫星发射上天，让现代空间文明的虹桥飞架在二十五亿亚洲人头顶的上空，使亚洲地区的人们能充分享受到现代科技所带来的阳光雨露，从而沟通亚洲各国与世界的广泛联系，既是双方共同的愿望，亦是双方一致的目的。尽管在通向宇宙大门的路上，双方各持一把钥匙，但最终还是打开了成功的大门。

二十一、同一世界，两种活法

西昌卫星发射基地，有两个宾馆。

一个叫大宾馆，一个叫小宾馆。

不管是大宾馆还是小宾馆，都是这次发射“亚星”前专为外国朋友而抢修的宾馆。

小宾馆位于发射场的附近，仅供外国专家午间用餐和少部分外国专家住宿；大宾馆位于西昌市近郊、卫星基地首府的门前。它虽不能同什么五星级、四星级的宾馆相比，但就西昌地区而言，也算是相当不错的了。

大宾馆的门楣上，可见“腾云楼”三个醒目的大字。懂点书法的人一看便知，这是出自原国防部长张爱萍将军之手。

参加“亚星”发射的美国朋友来到中国后，绝大部分都住进了这座叫“腾云楼”的宾馆。

于是，便有了关于这座宾馆和住进宾馆里的人的故事。

中国是个比较穷的国家。不管我们承认不承认，反正全世界都知道。

西昌有中国最现代化的发射场，却坐落在一条穷山沟里。这是许多外国朋友几年前参观西昌基地时就亲眼看到的现状。因此，不少美国专家还在美国时，就产生了关于肚子问题的种种忧虑。

一位美国专家对我说：“还在洛杉矶时，我就想，我从小吃的是西餐，到了中国的西昌，肯定再也吃不上西餐了。要是顿顿中餐，能习惯吗？万一不习惯，怎么办？”

另一位美国专家对我说：“两年前我曾经来过西昌卫星发射场，看到这儿四周都是荒山野岭，老百姓很穷困，有的小孩子大冬天还打着赤脚。因此我就非常担心，这次到中国去是参加发射的，而不是旅游的，要住上好几个月，万一吃不好，把身体搞坏了，那就糟糕了。”

还有一位年轻的美国专家说得更有意思，他说：“我在洛杉矶刚上飞机时，就想啊想，哎呀，西昌没有超级市场，听说一年四季都是吃土豆，要是我想吃巴拿马小牛肉、巴西棕榈树心、瑞典腌冻鳝鱼了，怎么办啊?”

于是，美国工作队的队员们来西昌时，各自都带了许多自己最喜欢吃的食品，甚至连烤箱、木炭、矿泉水之类的玩意儿，也从美国带到了西昌。

其实，关于如何把美国朋友的肚子伺候舒服的问题，早在中方的考虑之中。西昌卫星发射基地为此做了最大的努力和充分的准备，不光搞来了凡是能搞到的各种食品，也请来了最好的川菜烹调师傅。而且，为了能让美国朋友吃上西餐，还用每人每月一千五百元人民币的高薪，专门从成都请来了两位西餐大师；同时，对美国运往中国的生活用品以及食品等，中方也是千方百计给予协助，尽可能创造条件，满足美方人员的需求与愿望。

比如，1990 年 3 月 10 日，当美国工作人员的第一批低温冷藏食品从美国运抵北京后，国防科工委非常重视，在农林部动植物检疫总所和卫生部卫生检疫总所等单位的积极协助下，让这批食品很快顺利进关，并于 3 月 12 日空运至成都。接着，3 月 14 日又通过铁路运到了西昌，当天便交到了美国工作队队员的手上。

再比如，1990 年 3 月 19 日，当美方第二批食品及生活用品运抵北京后，由于体积过大无法空运，中方便专门采取了铁路运输方案。在铁道部、北京铁路局和北京站的密切协助下，使这些物品于 3 月 21 日便运抵成都，然后再通过快件转运的办法，于 3 月 22 日早晨运至西昌，当天便交到了美国工作队队员的手上。

因此，美国专家们收到妻子或儿女从美国运来的物品时，兴奋得热泪盈眶。有的捧着物品发疯似的亲吻；有的搂着物品箱激动地跳起了"嘣嚓嚓"；甚至有的还举起物品狂喊大叫："我的上帝呀，感谢！感谢！"

一位美国专家说："我在法国等地参加过不少次发射，从来没有在生活上感受到像中国这样的温暖。我想，如果没有中国政府和中国工作人员真诚的帮助和无私的支持，我们是不可能如此及时得到远在故乡的亲人寄来的东西。"

美方工作人员在宾馆每天的伙食标准，是四十元人民币兑换券。而且，凡是在中国参加发射"亚洲一号"卫星的美方工作人员，每天还可领到四百美元的外勤补助费。很显然，美国人在中国过的这种日子，对同样参加"亚洲一号"发射而每天伙食费却只有五元人民币的中方工作人员来说，那就不是生活在人间，而简直就是生活在天堂了！

但是，这对世界经济强国的美国人来说，仍感到有种种的不满。

比如，川菜是中国的四大名菜之一，不仅中国人爱吃，美国人也喜爱。开始，每顿川菜上桌，美国人刚一进嘴，便连声欢呼："OK！OK！"但川菜毕竟是中国菜，川菜毕竟是四川人吃的菜，那辣味不光美国人受不了，连不少中国人也辣得满头大汗。没吃上几天，再好的川菜在美国人的嘴里也没有新鲜感了，而剩下的全是满嘴的辣和麻！所以，每次川菜刚一上桌，美国朋友便使劲地摇头："NO、NO、NO！"

再比如，在吃的方式上，美国人也感到很不习惯。众所周知，中国无论是开会或者别的什么群体活动，不管是宾馆还是招待所，搞的都是"会议伙食"。所谓"会议伙食"，就是客方只需把吃饭的人数和伙食标准告诉宾馆或招待所，开饭时，八人一桌或十人一桌，只要人满就上菜，最后按预订的人数结账付款。至于到了开饭的点上，你去没去吃饭，或者做的菜你喜不喜欢，那就是另外一回事了。

这种"会议伙食"，对90年代初的普通中国人来说，已经算是一种高规格的吃法了，并非每个中国人都能享受得到。

但对美国人而言，就另当别论了。

美国人最讲的是“自由”二字，这也渗透在吃的文化中。所以，他们对中国的这种“会议伙食”很不适应。开饭时，有的起床了，有的还在睡觉；有的肚子饿了，有的一点食欲也没有；不想吃的菜桌上已经摆好，很想吃的菜桌上又没有；去早了开饭时间没到，去晚了又吃不上。

于是，刚刚吃上两天，美国人就向宾馆提出：能不能像饭馆一样，一个人搞一个菜谱，我喜欢吃什么你就给我做什么，而不是你做什么我就吃什么；另外，我什么时候来，你什么时候给我做。

但客观条件所限，宾馆无法办到。尽管为了适应美国朋友的口味，宾馆做了种种努力，却依然只能是我做什么你吃什么，而不能完全做到你想吃什么就做什么。因为宾馆为外国人服务，是第一次；加上一切都是匆忙上阵，有的工作人员和师傅还是临时请来的，而宾馆也从来没有二十四小时营业的制度和习惯。

这样一来，有的美国专家便开玩笑说：“哎呀呀，我的中国朋友，这哪儿是在宾馆吃饭呀，简直就是像吃监狱饭似的——吃也得吃，不吃也得吃，一点没有自由!”

算伙食费时，就更有意思了。

一天，中方为美方准备好了四桌人的饭菜，去吃饭的人却只有三桌，但中方收钱得按四桌人收。美方被搞得莫名其妙，问：“我只吃了你三桌的菜，怎么收了四桌钱?”

中方感到问得滑稽，说：“你说四桌我就为你准备了四桌，至于你吃不吃或去多少人吃，那是你自己的事。我花出去了四桌钱，不算在你的头上，我又到哪儿去报账?”

由于中美两国生活习惯不同，出现这样或那样的矛盾，在所难免，也很正常。别说几十个美国人一下来到中国生活很别扭，就是两口子——一个南方人一个北方人——一下凑在一块过日子，一个爱吃大米，一个喜欢吃馒头，也很难协调一致。

所以，有的美国人想换口味了，干脆跑到附近老百姓那儿，买上一头猪，请老百姓杀了，然后扛回去，用烤箱一块一块地烤来吃。一边吃一边说，味道真不错！

我问一位美国专家：“宾馆有现成的好东西不吃，干吗要自己烤着吃?”

那位美国朋友说：“这样吃好，不仅能尝到新鲜的美味，还有刺激。当然，更重要的是我有了吃的自由。”

还有洗澡问题。

美国人喜欢洗澡。每天洗一次，有的每天洗两次甚至三次。但西昌卫星发射场条件有限，洗澡设备比美国差远了，尤其是在对水温的控制上，分寸很难把握好。所以，有时候美国人洗澡，洗着洗着，水突然变小了，甚至有时突然中断了。气得美国人光着屁股团团转，只好打求救电话。可好不容易等到水来了，水又太凉，冻得直哆嗦，只好再打求救电话。等再次把水等来时，水又太热——不，不是太热，而是太烫，烫得美国人直跳脚。一边跳一边骂娘……后来几经协调，才满足了美国人对水温的要求。

洗了澡，就要洗衣服。可美国人一般都不愿意自己洗衣服。怎么办？按国际惯例，付钱，请宾馆服务员洗。服务员就给洗了。但有的美国人连内衣——比如裤头什么的，自己也不愿意洗，也要让宾馆的服务员洗。服务员就不洗；不但不洗，反而还很生气，说：“你这是侮辱我们中国人的人格。”

美国人一听，就蒙了，实在搞不懂，也弄不明白，便问：“顾客就是上帝。我给钱，你就应该为我服务，为什么不给我洗?”

服务员不好说，支支吾吾。

美国人说：“全世界都是这样，你们中国为什么不行?”

服务员小声嘀咕道：“不知道。我是服务员，不是中国。”

美国人感到莫名其妙：“你、你不是中国人吗？怎么这么说话?”

“我就这么说话，习惯了。”服务员一脸的不高兴。

“不洗就不洗吧，怎么还不高兴？”美国人很不理解。

服务员无言以对，也不知道该怎么应对，只好低着头，不说话。

美国人更是搞不懂了，问：“我在问你呢，为什么不说话呢？”

服务员还是不说话。

美国人问：“不说话是什么意思？”

服务员说：“没什么意思。”

美国人问：“没什么意思是什么意思？”

服务员就低着头，再也不说话了，也实在说不出什么来了。

说什么呢？宾馆是服务行业，服务员为顾客服务是应该的，合理的，全世界如此。在国外，确有宾馆服务员为顾客洗衣服这项业务，但问题是，在中国西昌的宾馆里，这衣服到底包不包括内裤，没有明确规定。所以不洗不是，洗也不是，服务员只有不说话。

后来，美国人没办法，只好牺牲喝咖啡的时间，自己洗裤头；而有的美国人实在不愿意洗，也不会洗，便自己跑到西昌城里，见到商店的售货员，逮住谁就问谁：“小姐，有没有一次性裤头？有没有一次性裤头？”搞得售货员一头雾水，不知所云。

其实，美国人刚来时，最不适应的，还是宾馆的管理方式。

宾馆一位工作人员告诉我说，美国人刚住进宾馆没几天，便和宾馆的老板（美国人习惯叫“老板”）吵了起来。不知什么原因，美国人对这位中国老板的“那一套”，就是看不惯，甚至连这位老板平常生活中的一言一语、一举一动，也看不顺眼。

一位美国人说：“我一见这位老板就生气！”

另一位美国人说：“我一见这位老板就想搬家。”

还有一位美国人说：“这位老板一点不像个老板，就像个老农。他连像样的大宾馆都没住过，怎么可能管理好宾馆！”

美国人说宾馆的老板没住过像样的大宾馆，这是事实。西昌卫星发射基地的工作人员，几十年来一直生活在大山沟里，他们春夏秋冬，年年岁岁，只顾埋头苦干，确实从来没有住过像样的大宾馆，甚至连见都没见过像样的大宾馆；而且不光是宾馆老板这样的人从来没住过像样的大宾馆，就是西昌卫星基地的高级指挥官们，也同样没住过世界上像样的大宾馆。

但，没住过大宾馆，未必就不能领导一个大宾馆。

关键是，观念是否转变。

后来，听说宾馆换了个老板，许多问题大有改善。

美国人在生活上出现的种种矛盾，自然会引起基地官兵的反应。

有人说："这些美国人也真是的，不饿着肚子就行了呗，穷讲究个啥?"

也有人说："这些美国专家不就是腰包里比中国人多几个钱吗，摆什么洋谱?"

还有人说："这些美国佬也真是，出门有车坐，饿了有饭吃，晚上睡在大宾馆里，每天还有几百元钱的伙食费，怎么还不知足?"

也许稍稍熟悉一下美国人在饮食方面的情况，对此就不难理解了。

在这个地球上，美国是一个对厨房和餐桌特别讲究的国家。70 年代，美国有近百分之二十的人口专门生产食物，供应两亿一千二百万美国人享用。美国的食物大概比其他任何一个国家都丰富多样。家庭主妇常常做欧洲大陆式的菜肴，诸如卡奇亚托雷烤鸡、勃艮第牛肉以及橘子酱烧鸭等。超级市场里有冷冻的干酪水果薄饼、中国春卷、意大利式烘馅饼和好几十种其他外国菜肴。而且全都是加工好的，只要买回去热一下便可下肚。同时，美国各地区的特色食物相互流通，使美国的饮食品种更加花样翻新。

美国有多种气候的地理环境，所以能种植种类繁多的水果和蔬菜。这些水果和蔬菜能装在火车的冷藏车厢里很快地运往和卖到离产地几千甚至上万公里的地方。像得克萨斯州的新鲜西红柿，佛罗里达州的橘子和加利福尼亚州的草莓等，在美国各地几乎都能享受得到。而且由于现代化的冷冻技术，美国一年四季都能买到高质量的水果、水果汁和蔬菜。

由于美国人注重饮食，据美国专家考证，有三分之一的美国人身体超重，五分之一的美国人有严重的体重问题。难怪有的美国身体超重者竟发出了这样的悲叹：“生活中一切享乐的东西不是非法的、不道德的，就是使人发胖的。”所以在美国，帮助他人减肥，已成为一个发达的新兴行业。尤其近几年，一个美国人首创的名叫“体重监督者”的组织取得了非凡的成功。仅 1965 年到 1973 年，就有约三百万人参加了体重监督者协会。美国政府给体重监督者的特权在四十九个州甚至某些外国都有效。而“监督者”们的收入每年可达四千五百万美元。

所以，长年生活在这种饮食水平中的美国朋友们，一下子来到偏远落后的中国西昌，在吃住等生活问题上，当然不可能完全满足。

上官世盘说得好：“西昌在服务内容和质量上怎么弄也肯定不如美国。但有一条，我们不搞虚情假意。美国朋友不远万里，来到西昌发射卫星，就像一个朋友来到了我们的家里，尽管我们只能拿出咸菜稀饭招待他们，但我们以诚相待，心是真诚的。如果不把他们当作朋友，就是每顿摆上七碟八盘，搁上山珍海味，别人吃起来也是乏味的。”

是的，中国的火箭要在世界商业市场招揽生意，吸引用户，赚来外汇，就必须在各个方面保证服务质量，保证服务态度，使客户舒服。宾馆是服务单位，本来条件就差，如果再不热情周到，细心服务，下次谁还愿到你这个穷山沟来住？

当然，由长期的国内服务一下转变为国外服务，对长年闷在大山沟里的西昌卫星基地的工作人员来说，不仅是困难的，也是痛苦的。

但他们的确做到了尽心尽职。为了把美国朋友的肚子伺候舒服，他们绞尽脑汁，不断改变伙食结构，尽可能满足美国朋友们的食欲需求。除了调节好一日三餐，还专门设立了夜宵点和咖啡厅；同时在其他生活细节方面，也总是不辞辛苦，给予热忱照顾。

比如，一位叫安德生的美国黑人，在一次打球中扭伤了脚。晚上 10 点半打电话告诉中方，一个半小时后，中方便将一根拐杖送到了他的手上。第二天，这位美国朋友举着拐杖，逢人便说：“瞧，这是中国朋友送给我的拐杖，这是中国朋友送给我的拐杖！”

比如，美国人经常要乘飞机，机票必须有保障，基地女翻译袁红灵就常常骑着自行车，想方设法去购买机票。因为中方的翻译没有小车，也不可能有小车，袁红灵只有骑自行车。袁红灵的日语讲得很漂亮，英语也还凑合，但骑车的技术却非常糟糕——刚学会没几天。有时碰上下雨，只有推着走；有时回来晚了，只好饿肚子；有一次不小心，还给摔了一跤。

一位宾馆的工作人员告诉我说：“为了伺候好美国佬，我连腿都跑细了。说实话，我长这么大，连爹妈我都从来没这样伺候过！”

中方工作人员有点牢骚，是可以理解的。但美国人也是乐意接受事实的。

后来，中方热情而诚恳的服务态度，让美国朋友非常感动。他们不仅理解了宾馆的工作人员，也理解了中国，理解了西昌。一位美国朋友对我说：“我住过世界上许多豪华的宾馆，虽然西昌的宾馆在物质条件上赶不上它们，但这儿工作人员都非常热情善良，他们为我们服务，都尽到了自己最大的努力。我们现在住在宾馆，就像住在我自己的家里一样。我不仅爱上了中国，更爱上了中国人！”

是的，我在宾馆亲眼看见，中美工作人员彼此成了好朋友，双方只要一见面，都热情问候。美方用非常生硬的中国话说：“你好！”中方则用半生不熟的英语说：“How do you do！”似乎中国人变成了外国人，外国人变成了中国人。闲暇时，双方还常常打趣逗乐，不时发出阵阵畅怀的欢笑。情感——这个人类最美好也是共有的东西，使彼此变得平等，变得真诚，也变得更加和睦与善良。

二十二、伦巴、探戈与辣椒、蒜苗

在这个世界上，恐怕没有比美国人对文化生活要求更高的了。

但在中国的西昌，在西昌的卫星发射基地，文化生活恰恰却相当贫乏。

几年前，卫星基地不少地方连电视都收看不上，有的地方即使能看上电视，屏幕上也只有一团模糊的影。现在，虽然能收看电视了，也只能收看一个频道最多两个频道，且效果依然很差；而有的偏远地方，至今也看不上电视。

作为一支发射同步通信卫星的队伍，发射上天的卫星本是为转播电视的，但自己偏偏看不上电视或看不上好电视，如同盖房的没房住，酿蜜的吃不上糖。

至于其他文艺节目或电影之类的文娱活动，就更不用提了。没有电影院，没有剧场，更没有文娱团体。特别是发射场附近的单位，一年甚至几年都看不到一场文艺节目，每周只能看一场诸如《地道战》之类的“露天电影”。有时搞上一场什么拔河比赛，双手都能拽破皮；偶尔举行一次歌咏比赛，嗓门也能喊出血！

不过，枯燥的文化生活对西昌卫星发射基地的官兵来说，似乎算不了什么。他们的工作本来就很忙，日子过得本来也很累，即使有点空闲，散散步，聊聊天，抽抽烟，打打球，下下棋，望望山，也就可以了。如果有时间，几个人凑在一块学学“54号文件”（打扑克），或者“修修长城”（打麻将），那就更是心花怒放了。

当然，有的来自城市的年轻人，在文化生活上也有一定的要求，但客观条件就是如此，有什么办法？如果实在憋不住了，最多抱着吉他跑到山上，哥儿几个搂成一团，胡蹦乱跳几下；或者对着大山喊上几声，再在草地上翻上几个跟头；或者对着一头老牛的屁股踢上几脚，再对着老天硬邦邦地骂上一句！等蹦累了，喊完了，骂痛快了，一切又归于平静。地球照旧旋转，太阳依然升起。今天的日子怎么过，明天的日子还是怎么过。

但是，从洛杉矶过来的美国人不行。

洛杉矶，是美国的第三大城市。美国休斯公司的总部便设立于此，来中国参加“亚星”发射的休斯公司人员，全都生活在这座城市里。

据美国有关专家考证，住在洛杉矶这种城市的美国人，每天约有五个小时是在悠然自得的活动中度过的。他们可去的地方很多，比如剧院、歌剧院、夜总会、动物园、博物馆。其他消遣的东西也不少，如收音机、电视、电影、书籍、杂志和报纸等。

看电影，是美国人消费的另一种方式。美国的大多数电影都是在好莱坞生产的。每年一次的奥斯卡金像奖之夜，便在好莱坞举行，而好莱坞就在洛杉矶。

另外，美国出版商每年可销售十亿册以上精装和平装书。每年出版业出版两万五千多种新书，加上联邦政府和大学出版社出版的书，每年总共约出版八万种图书；杂志每月多达数千种；报纸每天则可销售六千二百万份。因此有人评价说，美国人不仅是世界上精神最高消费者之一，同时也是世界上信息最灵通者之一。

很显然，长年生活在洛杉矶这样一个现代化城市的美国朋友一下子来到西昌卫星发射基地这条荒山沟里，来到这片三十多年前才从奴隶社会一步跨入社会主义社会的土地上，在文化生活上，恐怕无论如何也是难以忍受的。

有人告诉我，美国人刚下飞机的第一句话就是：“啊，这儿简直相差太大了！”脸上的表情，仿佛像是从地球一下踏上了月球！

难怪一开始，美方便向中方提出一个要求：“我们每周要到香港去度一次周末，希望从西昌到香港，能开设一班专机。”

西昌没有夜总会。

美国人晚上没娱乐活动，憋得在房里拽着胡子乱转圈。

刚到西昌的第二天，美国工作队队长鲁·马克吃过晚饭，便领着美国工作队的队员们要到西昌市去逛街。可刚走到宾馆门口，便被中方工作人员堵住了。一方要去，一方不同意去。于是，中美间第一场小小的冲突便不可避免地发生了。

中方:“你们要去哪?”

美方:“我们要到市里跳舞!”

中方:“我们不同意,请你们回去吧!”

美方:“为什么?”

中方:“西昌市社会情况复杂。你们刚来,路途不熟,又是晚上,我们对你们的安全要负责任。”

美方:“我们并不打算过早地去见上帝,请你们不用为我们担心。”

中方:“对不起,这是我们的规定。”

美方:“中国朋友,跳舞是我们的自由,请你们尊重我们美国人的权利!”

中方:“先生们,实在抱歉,这不是美国。”

美方:“我们到中国是来发射卫星的,不是来蹲监狱的!”

中方:“正因为你们是来发射卫星的,所以我们对你们的安全必须负责!先生们,请回吧!”

美国朋友们最终还是没有去成西昌。不过,听说心底坦荡、性情刚烈的鲁·马克队长,那晚发了好大一顿脾气。

当然,因跳舞而引起的一点小小风波,很快便得到了平息。宾馆不仅很快开展了台球、乒乓球、健身等活动,而且还专门联系了西昌的文艺团体或一些大的企业单位,邀请组织一些姑娘陪同美国朋友跳舞。

于是,同在周末的傍晚,同在西昌卫星发射基地,同在一片美丽的月光下,便出现了两组不同的业余生活画面——

画面 A:宾馆。酒吧。舞厅。美国专家们济济一堂。有的举着啤酒,有的饮着可乐,有的斜靠在沙发上哼着流行小曲,而大多数人则和中国姑娘在舒缓的乐曲中翩翩起舞。华尔兹、探戈、伦巴、快二步、慢四步、迪斯科……中国姑娘依在美国朋友胸前,偶尔轻轻吐出两句羞羞答答的英语;美国朋友托着中国姑娘的腰肢,偶尔也说上两句俏皮的中国话，彼此显得轻松而友好。

画面 B：厨房。卧室。菜地。中国专家们忙里忙外。有的在厨房炒菜、做饭、洗衣、刷碗；有的在灯下辅导儿子或女儿做作业；有的在忙着查阅技术资料；有的在硬着头皮背英语；有的实在太累了，躺在沙发上打起了呼噜；而有的则和老婆一起，挑着粪桶，领着孩子，走向自己亲手开垦的二分半自留地。然后一边浇水施肥，整苗锄草，一边对孩子们指点着说：“这是大葱，这是辣椒，这是蒜苗!”于是孩子们学着爸爸或妈妈的声音，也用手比画着说：“这是大葱，这是辣椒，这是蒜苗!”

中国姑娘陪美国朋友跳舞，对西昌的卫星发射基地来说，自然算是一件新闻了。机房、饭堂、街头，我曾混在各种人群中，听到了种种议论——

“打卫星就打卫星呗，还跳什么狗屁舞？中国的姑娘被外国人搂在怀里，揉来摸去的，这不有辱国格、丢中国人的脸吗?”这是有的老人的意见。

“咳，现在都 90 年代了，跳个舞算啥呀？不都是为了身心健康，发射卫星吗？中国姑娘可以和中国男人跳舞，为什么中国姑娘就不能和外国男人跳舞呢？现在中国姑娘和外国男人睡觉都有的是，跳个舞算啥?”这是有的年轻人的观点。

也有人说：“中国现在提倡开放，我认为不光要在思想领域里搞开放，在情感世界里也应该提倡开放，因为中国人的情感世界太封闭太压抑了。跳舞，是人类较高级的一种娱乐形式。美国朋友千里迢迢来到西昌，组织组织舞会，很有意义。美国人也是人嘛，是人就有感情。”

还有人说：“跳跳舞有什么大惊小怪的。现在这个世界，有钱就能享乐，有钱就有一切。中国人只要有了钱，一旦出国，不照样也可以搂着外国姑娘跳舞吗？而且还可以开开洋荤——搂着外国娘们儿睡觉!”

其实，中国姑娘陪外国朋友跳舞，已不是什么新鲜事了。早在50年代，苏联“老大哥”到中国帮助搞导弹时，位于大戈壁的酒泉卫星发射基地的文工团的姑娘们便已开了先河。

那时，女文工团员们陪“老大哥”跳舞，是当作一项严肃的政治任务来完成的——愿跳要跳，不愿跳也要跳。开始，谁都不愿去，谁都不好意思去。但党组织派人专门做思想工作，说为了中国的航天事业，为了让“老大哥”在荒凉的大漠度过寂寞的岁月，以便能留下来帮助中国发射导弹，各位党员、各位团员一定要做出点自我牺牲，扔掉姑娘的面子与羞涩，哪怕咬咬牙，也要陪“老大哥”跳跳舞。

据说，有些女文工团员第一次陪“老大哥”跳舞时，眼里还含着泪水。

而今天，时代不同了，观念改变了，中国姑娘和外国朋友跳舞，不再有心理负担，只是一种娱乐的体现了。一切都是自愿的，一切都是自由的，西昌卫星发射基地有关部门只需同有关团体联系联系，组织组织，就行了，根本用不着再做什么思想工作，政治动员。每个周末一到，中国姑娘们穿着漂亮的裙衫，抹上迷人的口红，高高兴兴地来到宾馆。而后挽着美国朋友的胳膊，落落大方，步入舞场。高兴了，多跳几曲；跳累了，歇上一会儿；尽兴了，道上一声“拜拜”，留下一个微笑，只管飘然离去。

事实证明，有组织地邀请一些中国姑娘同美国朋友跳舞，同时开展诸如台球、乒乓球、篮球以及游泳等活动，对丰富美国朋友的文化生活，起到了很好的作用。

本来，中方几经周折，同中国民航联系好了去香港度假的包机（只需提前二十四小时告诉民航即可），也与中国旅行社四川分社商定了去峨眉、九寨沟、三峡等地游览的计划，但美方后来没再提这方面的要求。不知是因为时间紧，嫌麻烦，还是为省钱？或者像卫星发射基地的接待工作人员所说：“西昌虽然文化生活落后，但经过我们的努力，美国人后来没提出要到香港去，这说明西昌至少还能待下去。”

而且，在美国朋友同中国姑娘跳舞或其他接触中，并没有出现有的中国人担心的所谓“男女作风问题”。因为绝大多数美国人还是懂得“入乡随俗”的，也是“遵纪守法”的。

当然，也有个别美国人，难免也会张扬一下西方人的个性。

比如，有一天晚上，一个美国人带来一个女人，要进房间。

中方宾馆工作人员见了后，说，外人不能进。

美国人说，这不是外人，是我刚认识的女朋友。

中方工作人员说，不行，没有结婚证，不能住。

什么？和女人睡觉，还要结婚证？美国人非常纳闷，连连摇头不止。

中方工作人员说，对不起，这是我们的规定。

美国人说，规定？男人和女人睡觉，是上帝的规定，天经地义。

中方工作人员说，先生，请您别忘了，这不是美国，是中国。中国是社会主义国家。

美国人说，社会主义？社会主义怎么呢？社会主义难道就不需要女人了吗？

中方宾馆工作人员无言以对，不再说话，但就是不让进。

美国人恼羞成怒，说，你们这是侵犯我的人权！我要告你们去！

宾馆工作人员还是坚持不让进。

最后，美国人只好带着女人，到马路边遛弯去了。

我曾私下与宾馆的女服务员和女翻译们谈到这方面的问题，她们一致反映，美国朋友还是尊重中国礼节的。尽管他们相当风趣幽默，喜欢开玩笑，表达感情的方式十分直露——比如，有时刚一见面就说，“啊！小姐，真想你！”但，他们没有“越轨”行为。

只有一位宾馆服务员，向我讲到一件事情。她说：“有一天晚上，有位美国朋友在酒吧大概多喝了点酒，我刚一过去，他便说，小姐，你长得真美！我说，谢谢你的夸奖！他说，让我吻吻你好吗？说着便张开了双臂。我忙后退一步，说，先生，请你自尊一点，别忘了，你这是在中国。那位美国朋友听了这话，愣了愣，说，小姐，对不起，我喝多了。说完，一下跪在沙发上，挥动双臂，大声咆哮着说，我的上帝呀!”

当然，这事在美国来讲，普通得如中国的咸菜稀饭。

我还问过一位年轻的美国朋友：“你最喜欢中国的什么?”

他回答说：“姑娘!”

我说：“中国的姑娘有什么特点?”

他说：“中国的姑娘不仅漂亮，而且善良。”

我也问过一位中国姑娘：“假如有美国小伙爱上了你咋办?”

姑娘说：“既然美国的卫星能在中国发射，中国的爱情为什么不能在美国落窝?”

文明的鲜乳，让爱变得辽远，变得宽广。

二十三、 有车不坐要骑车

3 月的礼拜天，很美。何况，恰逢雨后初晴。

一列十余名美国人组成的自行车队，在山谷蜿蜒的山道上疾驰。有阳光沐浴，有春风拂面，还有路边坐在牛背上的乡村牧童一边举着竹棍观望，一边指指点点并不时发出“喔喔”的欢叫。所以，当美国工作队的队员们骑着从美国空运过来的自行车在中国的山路上自由奔驰时，兴致很高，感觉非常爽。

但是，自行车队刚行至一个小镇，便被中方人员给拦住了。

之前，美国人就提出：要骑自行车，游山玩水。

出于安全的考虑，中方没有同意。

但美方说，这儿太闷了，骑车玩玩有什么不好?再说，我们的骑车技术比你们好，你们都能骑，我们为什么不能骑?

后来，中方同意了。条件是：限定在西昌市和发射场附近。

但今天，美国人由于高兴，超越了限制区，中方自然要制止。

于是，美国人颇感不快。

有人说，星期天骑车是我们的自由，你们为什么要限制我们?

有人说，你们作为一个现代化的发射场，却对这个地区不予开放，是不合适的；既然我们都能到这儿来工作，为什么不能骑车?

有人说，只要同意骑车，我们可以给你们写保证书，摔死自己负责!

有人甚至还说，如果不同意我们骑车，我们就告到你们总理那儿去!

这天，中美双方相持了两个小时。尽管中方工作人员做了多方面的解释，美国人还是想不通，最后依然执意要求中方尽快请示上级，同意他们骑车出去游山玩水。

美国人对中国人不让骑自行车想不通，中国人对美国人为什么非要骑自行车也想不通。

有人说："美国人也真是的，尽玩新花招。玩玩扑克，下下象棋，不也是一样消磨时间打发时光吗，干吗非要骑车? 我看是他们的自行车比中国的自行车好，想在这山沟里抖抖威风而已。"

据说，那天在小镇上中美双方发生争执时，有一位白胡子中医老头一直站在旁边。当他终于搞懂是怎么回事后，心脏和脉搏突然加快，拽着中方一位工作人员的胳膊，急忙问道："这些美国人是咋个啦? 放着那么高级的小卧车不坐，咋非要骑自行车呢? 这山区的路又高又陡，七拐八弯，骑车多累啊! 这不是脱了裤子放屁——多此一举吗?!"

标新立异，是美国人的性格特点。这不仅表现在美国人对事业的开拓上，也体现在美国人玩的方式上。

吃饱了，休息了，肚子需要消化，情感需要宣泄，精神需要刺激，生命需要色彩。光打打球，跳跳舞，还不过瘾，怎么办? 骑车!

于是，让自行车从洛杉矶坐上飞机，跨过太平洋，来到中国西昌，利用休息时间，在优美的大凉山中游山玩水，快哉快哉!

这当然是再浪漫不过了。

何况，喜好体育锻炼，是美国人又一特点。

早年的美国，大人们是不骑自行车的；骑自行车，仅属于孩子们的一种游戏运动。到了70年代，骑自行车才成为风靡美国的一项体育活动。

1969年，美国出售的自行车中，只有百分之二十是大人用的。到了1972年，就有百分之五十是成年人用的。后来骑车旅游，便越来越受到美国人的喜爱和追捧。

据美国专家统计，1971年，美国自行车的销售量为九百万辆；1972年，自行车的销售量增至一千四百万辆；1973年，自行车的销售量达一千五百万辆；而到了1975年，在两亿一千二百万美国人当中，就有一半的人骑自行车!

如此热爱自行车运动的美国人，好不容易第一次来到中国发射卫星，又遇上大凉山中那么美丽而神秘的自然风景，如果不做一次愉快的骑车旅游——这种有钱都买不到的机会，岂不是人生的一大憾事!

然而，西昌毕竟是中国的国土!

按中华人民共和国政府和美利坚合众国政府共同签署的《关于卫星技术安全的协议备忘录》第八条规定：在中华人民共和国执行与卫星发射有关的工作的美方人员，应遵守中国公布的各项法律及规定。美方人员不得从事本备忘录条款范围以外的或与其相抵触的业务或商务活动；不得从事有损于发射安全或可能导致中国运载火箭和发射操作技术转让的活动。

是的，中国有中国的法律，中国有中国的主权。不管什么人，只要跨进中国的国门，便要按中国的“规矩”办事；正如不管什么人，只要跨进美国的国门，就要按照美国的“规矩”办事一样。

成昆铁路线，是中国的一级保护区。虽然西昌市和西昌卫星发射基地已经宣布对外开放，但位于成昆线区间、发射中心之外的冕宁县地区并未对外开放。因此，美国人要在这区间骑车旅游，理应受到限制。

并且，美国人到了中国，中国就有保护好美国人的责任与义务。除了要保护好他们的卫星和设备，还要保护好他们的人身安全。骑自行车游山玩水，固然是一种不错的娱乐方式；但万一途中出了事故，不仅直接影响“亚洲一号”卫星的发射，还会引起扯不清理还乱的国际纠纷。

当然，中国人毕竟是善解人意的。后来，考虑到美国朋友枯燥的业余生活和兴趣爱好，同时也出于中美两国友情的考虑，西昌卫星发射基地专门打了个报告，请示成都军区、四川省公安厅以及中央军委、国务院。得到批准后，这才同意美国朋友骑车旅游。

不过，必须办理一道手续：中国旅游证书。

3 月，又一个礼拜天。

大凉山腹地的公路上，又出现了一列由十余名美国人组成的车队，为首者不是别人，正是美国休斯公司工作队队长鲁·马克。

他们脖子上挂着相机，鼻子上架着墨镜，穿着短袖汗衫，在弯弯曲曲的山路上你追我赶，犹如赛车一般。

沿途的山民们停下了手中的农活，瞪着一双双惊恐的眼睛，搞不清这群长着高鼻子、蓝眼睛、长胡子的“怪物”，到底来自哪个星球。

美国朋友们则一路上玩得十分开心。碰上好的景色，他们便停下来，拍上几张风光照，或者和彝族阿妹子们一起照上几张；路过一些村庄，他们便买些山货，然后逗逗小狗，再爬到牛背上，骑着老牛溜达几圈；或者和彝族小孩们一起，在草地上采采野花，翻翻跟头，而后再趴在草地上，让孩子骑在他们背上，牵着他们的大鼻子，“汪汪汪”地学狗叫。等玩够了，再翻身上车，继续前行；并且一边骑，一边还稀里糊涂地用汉语对着蓝天白云放声歌唱：

跑马溜溜的山上……

学习雷锋好榜样……

二十四、回归自然

西昌，可谓天灵地秀。由于地处高原，空气清新，自然条件得天独厚，因而无论渔村古寺，近树远山，还是红枫翠柏，云中花海，一年四季，均呈天然色调。

从古至今，凡到过西昌的中外人士，不管是文人墨客，还是达官显贵；无论是将帅武夫，还是庶民百姓，都对西昌的自然景色赞美不已。

晋朝以后，西昌更是以“邛海夜月”“碧浪朝阳”“西沼采莲”“东岩巨瀑”“泸峰春晓”“古寺晚钟”“卧云烟雨”“螺峰积雪”等八大美景而闻名于世。

美国人来到西昌后，对西昌已经开放的旅游区，兴致固然甚浓；但对发射场附近那一片片至今仍处于原始氛围之中的自然风光，更是一见倾心，迷恋神往。

发射场坐落于群山环抱之中。应该说，发射场四周的山，才叫真正的山。那一座座山如同沉睡千年的少女，而今刚刚被人发现。如果你身临其境，便会看到，满山是树，满山是绿。幽谷是墨绿，坡地是深绿，山巅是翠绿；还有那数不清、看不尽、闻不够的山茶、杜鹃、兰草、野莓以及山泉、苔藓、溪流、深潭，无不飘荡着绿的色彩与绿的韵味。而那山、那水、那花、那草，与当今中国最现代化的发射塔架和指挥大楼同处一体，相映成趣，构成了一幅幅绝妙的稀世奇图。

倘若漫步于山野之中，你会看到半山腰上的彝家山寨，山寨升起的袅袅炊烟；你会闻到野花的芳香，泥土的气息；同时你还会听到清泉的叮咚，松涛的轰鸣，山风的低语，小鸟的轻吟，以及那松针尖上的露珠洒落在野花的脖颈或蘑菇的头上时所发出的“滴答”“滴答”的声响。于是渐渐的，你会忘掉现代都市强加给你的种种忧愁与烦恼、名利与欲望，仿佛自己又回到了婴儿的摇篮，全身心地进入了一种物我两忘、心无旁骛的玄妙境界。

当然，这种弥足珍贵的美感，对于二十年来一直生活在大山沟里就像生活在罐头盒里的卫星发射基地的发射官兵来说，早已不复存在了。他们除长年累月老老实实、不哼不哈地为中国的航天事业埋头苦干之外，关心的是自己什么时候晋职晋级，什么时候涨工资，什么时候增加点“艰苦地区补助”；发愁的是下一代从小闷在这山沟里没有受到良好的教育，儿子长大了会不会变成一个弱智，女儿长大了能不能嫁得出去；忧虑的是自己有一天一旦转业回到地方，是住楼房还是睡地窖，是继续当高级工程师还是去搞推销或者摆地摊。

至于大自然中那些山山水水、花花草草，那些只有审美价值而无任何实用价值的山山水水、花花草草，他们早就麻木了、疲劳了、厌倦了，连多看上一眼的兴趣都没有了，甚至说，已经忘记了它们的存在和失去了谈论它们的兴趣。

是的，大山给予他们的不是快感，也不是美丽，而是贫困、牢骚甚至怨恨。他们中至今找不出一个万元户，他们至今默默无闻。就他们个人而言，他们希望早早逃离这冷漠的大山、残酷的大山，走进现代都市，融进新的生活，快快呼吸一点现代文明的气息！甚至连幼儿园的孩子，也常抱着他们的爸爸或妈妈的大腿问：

“爸爸，你啥时转业呀?”

“妈妈，我们啥时才能离开这个山沟呀?”

而那些临时来西场发射卫星的美国人，从小生活在这个地球最现代化的环境里，眼睛每天面对五光十色的现代文明，心律长年伴着现代都市的节奏，心灵自然会越来越紧，越来越虚。他们与这大山中的中国航天人恰恰相反：急于走出城市，摆脱现代文明的困扰，渴求得到大自然的温情。因此，面对发射场四周那原始的山野，他们兴奋得手舞足蹈，忘乎所以。在他们看来，这儿简直就是一块风水宝地，每一撮泥土都是黄金。

一位美国朋友说："这山沟太好了，简直就是世界上最好的天然公园！"

另一位美国朋友说："我在洛杉矶，从未见过如此美丽的风光，从来呼吸不到这么干净的空气。"

于是，他们又想到了一个玩的新招：爬山！

出于安全考虑，中方开始也没同意。

有的中方人员因为同美国朋友熟了，还打趣说："你们千万别去，山上有马蜂，一咬就死！"

有的还吓唬美国朋友说："山上可不能去，那里有老虎、野狼，凶得很！另外，这山里的老乡很厉害，要是不小心惹着他们了，他们会用麻袋把你们背到山那边，给卖了！"

但玩笑归玩笑，大山的魅力毕竟太大了，美国人还是坚持要爬山，也开玩笑说："有马蜂没关系，我们穿防护衣；有老虎也不怕，我们是当代的武二郎！"

后来，中方同意了。

美国人被允许爬山，如同中国人领到了出国护照。

这天，上官世盘亲自陪同几位美国专家爬山。美国专家个个像刚刚逃离校门的孩子，见到什么都高兴，见到什么都新鲜。他们一路游山玩水，一路谈笑风生，一路还谈"亚洲一号"卫星。不知什么原因，中美双方平时在小会议室里扯不清的问题，这天在自然界这个"大会议室"里，却谈得很是顺当，十分投机。

他们不知不觉便在深山走了一个多小时。来到一个彝家山寨，见几位彝族老乡正在地里种土豆，几位美国人出于好奇，便上前同他们攀谈起来。

"老乡，你们知道我们是谁吗？"一位美国专家不知出于什么心理，指着自己的鼻子，首先提出了这个问题。

翻译许建国先生后来说，当时我心里直犯嘀咕，这深山沟里的老乡没文化，万一说出叫人笑话的话，岂不有损咱们中国人的形象？但他作为翻译，又必须忠实于原话。

“我们知道。”一位彝族兄弟回答说，“你们是美国人，到这儿来发射卫星的!”

美国专家愣了愣，忙上前热情地握住了这位彝族兄弟满是泥巴的手，颇有点异国遇知音的味道：“老乡，你们真辛苦呀!”

“不不不，我们不辛苦。”彝族兄弟潇洒地在屁股上拍了拍刚同美国专家握过的手，说，“你们为了世界的友谊，大老远从美国那边跑到这儿来发射卫星，你们才辛苦！可惜我们山里人穷，拿不出什么好东西招待你们。”

当翻译将这番话译出时，美国专家们呆住了！他们既感到惊喜，又感到惊奇，仿佛今天遇上的不是一个彝族兄弟，而是一个党支部书记。

后来，这位中年彝族兄弟还把美国朋友请到家里做客。当美国专家发现羊圈里有一只白色的羊羔正偎在母羊的怀里吃奶时，非常高兴。他们围着羊圈，用手轻轻抚摸着羊羔，不停地学着奶羊“咩咩”地叫。

一位美国专家抱起羊羔，对彝族兄弟说；“朋友，你把这只羊羔送给我行不行?”

上官世盘后来说，“我当时一听，心里一下就有点紧张了。因为老乡养一只羊不容易，但美国人张口就说送，你说是送还是不送？如果同意送吧，老乡家里很穷；不同意送吧，外国朋友又提出来了。这事咋办?”

“可以送给你。”彝族兄弟说话了，“但这头小羊正在吃奶，你抱回去没奶，养不活。”

“那怎么办呢?”美国专家摊摊手。

彝族兄弟说：“这样吧，小羊你就不要了，我把这头大公羊送给你!”说着，彝族兄弟将另一头大公羊牵在了美国专家的手上。

美国专家一下被感动了，感动得竟不知说什么是好。片刻，美国专家说：“这样吧，我还是要你这只小羊。不过呢，你先替我养着，待明年我来这儿发射卫星时，再带回美国去。”说罢，美国专家哈哈大笑起来。

彝族兄弟说：“好，这只小羊就算你的了。我一定替你养好，你明年来这儿时，可别忘啰！”

然后，美国专家一手拉着彝族兄弟的手，一手抱着小羊，照了一张相。

从山上回来后，美国专家无论大会小会，逢人便讲：“哎，有钱人吧，还老抠；没钱的人吧，还特讲义气。这儿不仅山好水好，人也好！”

美国休斯公司高级工程师斯赖尔先生从小酷爱大自然，喜欢散步踏青。

一个星期天，“黑脸”翻译许建国陪同斯赖尔爬山。

斯赖尔性情开朗，对中国有着极深的感情。许建国也是爽快人，不仅精通英语，而且擅长写诗作画。二人没有语言障碍，可直接用英语对话。所以，二人一路说说笑笑，蹦蹦跳跳，聊得很真诚，玩得很开心。

爬到半山腰时，斯赖尔回头看着山下正在抢建的新发射场，突然停住了脚步，问：“许先生，你们这个新发射场，一直就是这样靠人工苦力修建的吗？”

“是的。”许建国指着发射场说，“由于时间紧，加上我们几乎没有像样的现代化机械工具，许多工作就只能靠人工苦力去完成。比如，我们的战士们虽然穿着军装，长着一副90年代的肩膀，但还得去扛钢筋、去扛水泥。”

“许先生，你们民族这种吃苦耐劳、不屈不挠、奋力向上的精神，实在是人类的一种难能可贵的精神。”斯赖尔先生弯腰拔起一根草茎，举在阳光下，眯着眼睛看了看说，“过去我对中国的航天情况并不了解，这次要不是我亲眼所见，无论如何也想象不到，中国的许多现代化工作，都是在原始的作坊里完成的。”

许建国点了点头，继续往前走了几步，突然惊叫道：“斯赖尔先生，快瞧，蚂蚁搬家!”

草地上，数百只棕黄色的蚂蚁，举着一块不知是哪位时髦小伙或姑娘扔下的猪骨头，正从东到西，进行着一场浩浩荡荡的大迁徙。斯赖尔蹲在地上，看着中国蚂蚁如此悲壮的举动，像观看一场世界级的足球比赛，嘴里不停地惊叹着：“OK！OK!”

“这就是一种精神。”许建国用草棍指点着蚂蚁说，“你们西方有西西弗的神话，我们东方有精卫填海的传说和愚公移山的故事，这些无非都是人类一种精神的象征。”

“是的，任何一个民族都有他自己的一种精神。没有这个东西，一个民族是很难生存下去的。”斯赖尔扔掉手中的草棍，顺势站了起来，再次凝望着山下的发射场，沉思片刻，然后说道，“许先生，我有个问题，不知该讲不该讲?”

“讲吧，我相信你的真诚。”许建国也站了起来。

“我刚到这儿时，听到美国人有不少议论。他们说，中国人待人诚恳热情，也很周到细致，但就是生活条件太差!”斯赖尔深吸一口空气，继续说道，“听说西昌卫星发射基地的人已在这山沟里生活了二十年，我一直很难理解，这批了不起的中国人究竟是靠一种什么力量活过来的?而且，他们在如此艰难的条件下，竟能为你们的国家创造出惊天动地的奇迹!”

该向这位美国朋友说什么呢?许建国有些为难了。一个生活在只有两百年历史的国度中的美国人，一下子能理解有五千年苦难历程的中华民族吗?

许建国慢慢地抬起头来，眼前，落日辉煌，白云悠悠，一条条弯弯曲曲的山路伸向天边。

"斯赖尔先生，你喜欢听故事吗?"

"当然喜欢啰!"

"那好，我给你讲一个故事吧。"

许建国坐在地上，点燃一支香烟，然后慢慢说道：

这是60年代初发生在中国西北酒泉卫星发射基地一个真实的故事。一天，基地李福泽副司令员得知，地方政府向国务院告了状，说他们基地某团在驻地打了沙枣树，毁林三十多平方公里。李副司令员立即打电话叫那位团长跑步到办公室。当团长讲明原因后，李副司令员当场便落下了眼泪。原来，这个团没有粮食吃了，只有被迫去打沙枣叶来充饥，他们已经吃了整整一个星期的沙枣叶了。第二天，李副司令员飞到北京，闯进了副总参谋长杨成武家，几乎是流着泪哀求说，快给我粮食吧，再不给我粮食，我的几千名火箭将士就要活活饿死了！我们的总理周恩来得知这一消息后，也对各军区的头头说，火箭部队没有粮食吃了，正在戈壁滩上饿着肚子发射火箭。请你们各军区支援点粮食，就算我这个总理求你们了！

很快，一列满载着各大军区支援的粮食的火车开进了戈壁滩。当炊事班的战士们打开粮袋和菜捆时，发现里边还夹着许多粮票和字条。而其中有一张字条，是一位小学生写的。这位小学生在字条上这样写道："发射火箭的叔叔阿姨们，听说你们没有粮吃了，我把上学时早餐节省下来的二两粮票献给你们，请你们收下……"

…………

许建国后来说，当他讲完这个故事时，斯赖尔的眼眶潮湿了；他坐在地上望着天空，久久不说一句话。

几天后，斯赖尔先生要回美国了。在机场送行时，斯赖尔双手握住许建国的手，说：“许先生，你讲的那个故事我想了很久很久，它让我开始理解中国和中国的航天。我要把你这个故事带回美国去，告诉我那些美国朋友，中国的航天是怎样从昨天一步步地走到今天的。许先生，谢谢你的故事!”

在登机挥别的一瞬间，许建国看见，斯赖尔先生的双眼，涌动着复杂的泪水。

二十五、 既是朋友， 又是对手

美国的卫星自 2 月 12 日雨夜进了中国的卫星测试厂房后，厂房的大门，便从此对中方紧紧关闭了。

卫星技术属于高技术，美国政府为了防止卫星技术的泄露和他人的窃取，特派出十八名经过政府安全规程训练过的保安人员；同时还携带有现代电子仪器监视设备，将“亚洲一号”卫星置于二十四小时的监视控制之中。

按中美两国政府共同签订的协议规定，美利坚合众国政府保留监督休斯公司与长城公司计划的执行情况的权力。对所有设备和技术资料的接触将经过美利坚合众国政府安全规程训练的美方人员二十四小时控制。在发射准备、卫星运输、对接与分解、测试检查、卫星发射及设备返回美利坚合众国的整个过程中的接触，均由此类人员控制。

该协议还规定，所有人员，无论是美方还是中方人员，在执行发射有关的勤务时均须醒目地佩戴身份证。进入置放设备和技术资料的设施或航天器和发动机组装、测试、存贮厂房，须持有载明此项工作任务的出入证，且尽可能限制在美方人员范围中。非美方人员在任何时候均须由经过美利坚合众国政府安全规程训练的美方人员陪同。

因此，卫星测试厂房自美方接管之日起，非美方人员，不管是谁，一律不得靠近卫星测试厂房。

为了提醒中方的注意，美国安全警官们还在卫星测试厂房的门上、窗户上张贴了许多“安民告示”。

Please respect the American!（请尊重美国人的权利!）

Chinese friends，do not make jokes! （中国朋友，这可不是开玩笑!）

Chinese friends，please secure! （中国朋友，请保护美国的技术!）

并且，在一个偌大的集装箱上，还贴有一幅耐人寻味的漫画：画面是一张国际象棋棋盘，棋盘的一端是苏联国旗，另一端是美国的星条旗，两端旗帜数目相当。而在棋盘的“界河”处，则用英语写着一行字：We are facing the challenge!（我们面临挑战!）

一次，美方安全警官贴错了“安民告示”，把中方人员可以进出的大门给封死了。结果，中方一位工作人员深夜下班时出不了门，害得他在那里冻了一个多小时。本来，中方人员也可以推门而出，但考虑到美方的规定，还是打电话通告了美方有关部门。等征得美方同意之后，才推开被封的门。

当然，美方出于工作的考虑，也发给了中方指挥员三个可以进卫星测试厂房的特别通行证。但中方人员每次进去时，必须有美方安全警官的“陪同”。

因此，卫星发射基地有人开玩笑说：“看来在美国人这里，是没有后门可开了。你就是提上红塔山、五粮液，恐怕也不顶用。”

“是的，美国人恪守职责，非常敬业!”西昌卫星发射基地不少人都这样对我说，“他们不光会玩，也特别能干。每天早上5点，就从西昌大宾馆坐一百多里的车去发射场干活，一直干到下午5点，连中午也不休息。他们干起工作来，不仅效率高，还不怕吃苦。比如监护卫星测试厂房的安全警官都是三班倒。晚上值班时，他们一点也不讲究，大衣一裹，躺在地板上就睡。”

在美方安全警官中，有一位女安全警官，名叫玛格丽特。这是一位性格活泼开朗、天性好玩的西方女性。她热爱中国，热爱中国的自然风光，热爱发射场附近的山山水水、一草一木。她特别喜欢摄影，几乎是看见什么就拍什么，碰见什么就拍什么。大山大水要拍，小草小花要拍；蓝天白云要拍，山寨村落要拍；甚至连小鸡、小鹅、小猫、小兔以及地上的蚂蚁也要拍！她告诉我说，她到西昌发射场后，已经拍了十九个胶卷了！

有一次，玛格丽特看见一位年轻的中方翻译胸前别有一枚中国航天纪念章，她很想要来做纪念，年轻的翻译便摘下来送给了她。于是有人便对她开玩笑说："玛格丽特小姐，我们的中国小伙子送你一枚纪念章，你又送给他什么礼物呢?"玛格丽特大大方方地走过去，搂着年轻翻译的脖子，对准他的额头便是一个甜甜的吻。结果，年轻的翻译闹了个满脸通红，她却咯咯地大笑起来："呵呵，我的孩子和他的年纪差不多，今年大学都快毕业啦!"

本来，天性好玩的玛格丽特很想去西昌市里玩一趟，但为了坚守工作岗位，她从来没去过一次。尤其每当轮到她值班时，态度相当严肃认真，一张原本充满温情的脸上，你几乎见不到半点女性的温柔。

据说，有一次基地副指挥长胡世祥去卫星测试厂房，故意对玛格丽特开玩笑说："玛格丽特小姐，这本是我管辖的厂房，今天就不用你'陪'了，我自己进去行吗?"

"不行!"玛格丽特马上一脸严肃，"尊敬的胡先生，很抱歉，我得履行职责!"

本是中国的卫星测试厂房，中国人不能进，反而让美国人控制，让一些中方人员很有想法。

有人说："这是中国的卫星测试厂房，凭什么要把钥匙全部交给美国人?"甚至还有人说："让美国人控制卫星测试厂房，我看这是出卖国家主权!"

对此，上官世盘解释说："美国卫星运到西昌后，好比一位黄花姑娘要在你的房里借住几个晚上，意思就是叫你主人不要动手动脚。既如此，我们干脆把卫星测试厂房全部交给美国人去管理，这样我们既省嫌疑，又让美国人放心。”

后来事实证明，中国人对这位“黄花姑娘”，确实没有“动手动脚”。

“亚星”发射成功后，孙家栋和上官世盘去美国。美国国防部代表说：“中国认真遵守了安全协议备忘录。事实证明，中国人是可信的，中国人说话是算数的。正如中国人自己所说的一样，中国没有想通过商业活动来获得对方技术秘密的行为。”

当然，中国也采取了对等政策：你不要我进你的卫星测试厂房，我也不让你进我的火箭测试大厅；我看不到你的卫星，你也别想看到我的火箭。而且在发射场附近，中方对美方还有许多限制区域，一旦美方人员进入限制区，立即就会受到制止；倘若美方人员因工作需要进入某地，中方同样也会有人“陪同”。

正如一位中方人员所说：“在生活上，我们要像朋友一样对待他们；但在技术问题上，我们又必须像对手一样防范他们!”

中美双方都要相互防范，但又必须在一起。这就使得中国箭与美国星的联试工作相当艰难。

比如，卫星的操作地点在中方的工作间，操作设备也是中方的设备，但卫星的操作手却是美方休斯公司的人员；而美方的操作手对中方的设备不熟悉，别说排除故障，连起码的操作都不会。

怎么办呢?

中方操作手就先教美方操作手如何操作使用设备，然后再撤出工作间，在另一间房里等着；若遇到设备出现故障或美方操作有误时，再叫上翻译，一起进去排除或指点。

尽管如此，依然矛盾重重。

有一次，中美进行星箭合练。我走进地下指挥所，亲眼看到合练的艰难——

卫星信号台是发射中一个较关键的岗位。按中美联合操作程序规定，发射前卫星信号台只需完成两个动作：一个是与火箭连接脐带电缆脱落；另一个是发射前负七分钟向中方给出一个或正常或不正常的信号。完成这两个动作，就操作本身而言，并不复杂。但由于中美双方的设备差异较大，操作手段截然不同，致使那天美方操作手的操作，连连失误，让合练折腾了好几次。

出于好奇，经过协调，征得美方的同意，我换上白大褂，进了置放卫星信号台的工作间。原来，这个位置原本属于中方一位年轻的女技术员，现在却腾让给了两位美国朋友，而这位女技术员只能“傻乎乎”地守候在另一间房子里。

女技术员悄悄告诉我说，“我已教了他们（美国人）一个星期了，可他们还是容易出错。要么把设备捣鼓出了毛病，要么扳错了开关。没问题时，不让我进卫星工作间，等有了问题，又叫我进去。从早到晚，我就这么傻乎乎地守在这儿。说有事，有时一天下来，连工作间的门都没进一下；说没事，我又一步也不能离开。我曾多次提出，能不能让我和翻译坐在美国人身边，一旦有了问题，以便及时解决。但美方怕泄露技术秘密，死活就是不同意。本来，过去每次发射都是我主管这台设备，这次我却成了陪衬人员。说没参加‘亚星’发射任务吧，我每天都坐这儿；说参加了吧，到时连开关都摸不上一下，你说这多憋气呀!”

这算不算一种牺牲呢?

二十六、“国际标准”与“家传秘方”

美国位于西半球，中国位于东半球。

北京和华盛顿时差十二小时，西昌和洛杉矶时差八小时。

中国的太阳刚刚升起时，美国的月亮也该冒出来了。

一句话，中国就是中国，美国就是美国。虽说同是发射卫星，却各有各的观念，各有各的习惯，各有各的标准，各有各的干法。

西昌卫星基地此前成功地发射了五颗同步卫星，但并非所有的做法都是国际标准；有的甚至用了个“土办法”，也照样完成了任务。

但美国人来了，过去的干法不行了，一切得按国际标准！

这对长期封闭的西昌卫星发射基地，等于被狠狠地抽了一鞭子。

发射站副站长唐贤明说：“美国人的要求非常严格，甚至可以说对我们是一种苛刻。不管白天还是晚上，只要发现有一点问题，就会立即打来电话，要求及时解决。于是为了保证‘亚星’的发射，我们向全体官兵发出号召：这五十天，我们要当阵地一样死守！”

新的卫星测试厂房，是按国际标准设计和修建的，美国人第一次使用，当然也要按国际标准要求。比如，卫星测试厂房里的温度，要求是二十二摄氏度，高一点不行，低一点也不行。这就要求中方的空调机，连续九天九夜不能停！

其实，中方过去对卫星温度的要求，也是严格的。但有时高一点或低一点，也就过去了；特别是空调机，从未有过连续工作九天九夜的历史。

为了满足美方这一要求，保证给空调送蒸气，发射站专门组织了一个锅炉班，连续昼夜不停地烧锅炉。结果，烧锅炉的小伙子一个个原本体壮如虎，到后来竟累得又黑又瘦，连爬起来都困难了。

有一次，美国人正在冲胶片，水管突然停了一下水，便气得哇哇乱叫，马上打电话，提出抗议。

美国人不仅对温度、湿度等要求极高，对电的要求也相当严格：必须保证二十四小时有电；只要设备在，电就不能停。

但人走电断，是中国的老传统了。人走不关电，是一种浪费；而“贪污和浪费是极大的犯罪”。在卫星发射基地，人离开机房时，必须要切断设备上的电源，一是为了节约用电，二是加电时间长，怕设备烧坏。这不仅已养成了一种工作习惯，而且已作为一种严格的固定的工作制度；若是有人下班忘了关电，就会受到严厉批评，甚至处分。

记得很多年前，我还在西昌卫星发射基地工作时，一位从杭州来的女大学生，就因为有一次下班没关电源，结果硬是被单位党组织给了一个处分。结果，就因为这个处分，这位杭州姑娘好几年抬不起头直不起腰来，后来只好被迫含泪离开了她最爱的发射场。

但在美国恰恰相反。美国人离开机房时，设备上的电源从来不关。只要设备在，就二十四小时不停电，常年如此。而且，据说下班时，连商店的灯从来都是不关的。如果关了灯，被盗了，警方不予过问；要是你没关灯，被盗了，警方才予追查。

因此，美国人对中方“人走电断”这一工作制度，感到很不习惯，非常恼火，甚至大惑不解。

当然，中方一下要改变这种习惯，完全适应美方的要求，也是困难的。特别是对卫星的供电，美方要求要连续七天七夜不能停电。但中方的供电设备过去从来没有连续这么长时间工作过，所以非常担心。因为这电是直接加到美国卫星上的，万一在供电过程中，供电设备不行了，突然停电，导致卫星出现问题，如何了得？

中方为难了。

美方更是寸步不让，说：“供电要求保证不了，合作无法进行。”

但中国人不是傻瓜，你有你的高招，我有我的绝活；你有你的“国际标准”，我有我的“家传秘方”；更何况，老祖宗早就教导过，“兵来将挡，水来土掩”，“车到山前必有路”。

最后，七天七夜连续供电还是保证了。办法虽然土一点，但效果一样。

美国人竖起了大拇指。

合作继续进行。

中国人不怕苦。

中国人还不怕死。

所谓“一不怕苦，二不怕死”的口号，是满世界都知道的。

或许正是基于这一精神，中国的发射场，在美国人来到西昌之前，都没有逃逸设备。

所谓逃逸设备，是指发射架上的一种特殊设施。这种设施的作用是，发射架上一旦发生诸如火灾、爆炸之类的事故时，工作人员能依靠它迅速逃离现场。由于美国的发射场一旦发生危险事故时，首先想到的是人的生命，是人如何逃命，所以它的发射架上必须装有逃逸设备；而中国的发射场一旦发生事故时，由于过去首先考虑的是如何马上排除事故，而不是怎样保住人的安全，所以设计时没有考虑逃逸设备。

此前，有个美国代表团到西昌发射场参观。代表团来到发射场时，中国专家请美国专家上发射架看看，美国专家抬头看了看发射架后，却突然停住了脚步。

中国专家感到奇怪，问："怎么了？"

美国人反问道："贵国的发射架上有逃逸设备吗？"

中国专家说："没有。"

美国人大吃一惊，说："这怎么可能！没有逃逸设备，万一发生事故，发射架上的工作人员怎么逃命？"

中国专家说："我们的发射架一直都没有设计逃逸设备。"

美国人使劲地摇着头："这怎么会呢？你们的发射架上为什么没有逃逸设备呢？"

中国专家说："人在靶场在，誓与靶场共存亡，这是我们对靶场的基本信念。而且，多年来我们都是这么过来的。"

"我的天哪！"美国人望着七十七米高的发射架，双手抱着脑袋，站在原地，再也不动了；无论中方怎么动员，就是不上发射架。

后来，中方增设了逃逸设备，美国人才上了发射架。

再比如，有一种十分危险的燃料，叫无水肼。这种燃料从美国运到西昌机场后，还要从机场转运到发射场。美国人对此十分谨慎，或者说很恐惧，便向中方提出了种种转运的条件，并坚持要在转运车上再铺一块不锈钢板。还说人一定要离开五十米，否则就很危险，云云。

中方对此当然也十分谨慎，但或许是习惯了还是别的什么原因，中方负责人对美方说："算了，这事你们就别管了。反正我们保证把它安全运到卫星测试厂房门口就行!"口气显得很轻松。

美国人望着中方负责人，忐忑不安，半信半疑。

结果，无水肼从机场及时、安全地运到了卫星测试厂房。中方工作人员不但没有铺不锈钢板，也没离开五十米，反而有的气瓶不好卸时，竟用人手抬肩扛!

美国人被震得目瞪口呆，伸出大拇指，连声说道："中国人真勇敢，真能干!"

二十七、英语：沟通世界的"桥梁"

人类学家说，人区别于动物的重要标志之一，就是语言。

设想一下，人类一旦失去语言，将会是怎样一种情景?

再设想一下，假如这个世界，没有一种相通的语言作为"桥梁"，地球这个小小的村落，将如何交往、发展、生存?

"亚星"发射过程中，遇到的一个大障碍，就是语言问题。

美国人说英语，中国人讲汉语，你听不懂我讲的什么意思，我也听不懂你说的什么玩意儿，如同一个乐队，各吹各的号，各唱各的调。结果自然不难想象。

按理说，历史走到了20世纪90年代，像这种跨越国界的高科技合作，两个不同国度的人完全可以并且也应该用同一种语言直接对话。

但遗憾，无论是中方还是美方，从高级指挥官到普通技术人员，都很少有人能用英语或汉语直接进行对话。

本来，据美国驻华大使馆科技参赞金大友说，休斯卫星公司原来打算在美国先办一个中国文化知识讲授班，意在了解中国文化，熟悉中国的风土人情，同时学一些简单的日常汉语。因为像这种跨越国界的中美合作，不单单是技术的交流，还有思想和情感方面的交流。如果不熟悉对方的文化习惯，往往会因一件小事而影响空间技术的合作，甚至影响国家与国家之间友好交往。但后来因某种客观原因，这个班没有办成。

而中方对此也早有考虑。三年前，西昌卫星发射基地就选派了部分技术干部到国防科技大学和四川大学进行英语短训。但西昌卫星发射基地的专家技术员们对英语毕竟太生疏了。年纪大一点的专家，早就忘得差不多了；近几年毕业的大专或本科生，虽说在学校有一定的英语基础，但跨出校门来到西昌卫星发射基地后，几年用不上英语，也很快忘了。总之由于发射场的工作性质，决定了使用英语的机会极少；即便有点英语基础的，平时最多也就查查资料、搞点翻译而已；特别是口语对话，每天都是中国人和中国人大眼瞪小眼，根本就派不上用场。

因此，尽管中方对部分技术人员进行了三个月突击性的英语培训，一旦同美方进入“实战”性的交往，依然力不从心。个别基础较好的，尚可进行简单交谈。但问题稍复杂一点，便无法进行。一般能用英语说个“上”“下”“左”“右”，“是”或者“不是”，就算不错了。如果见面时能用英语说几句“您好”“吃饭了吗”“昨晚休息得怎样”，然后再拉上几句家常话，谈上一段工作，那就算佼佼者了。至于高一级的指挥员中，由于在大学学的都是俄语，英语水平几乎为零，所以从早到晚，翻来覆去，说得最多的只有两个单词：“YES”“OK”。

至于美方人员的汉语水平，那就更可怜了，就会说两句中国话：“您好”“谢谢”。既生硬，还拐弯儿。

于是，在西昌发射场，翻译成了不可缺少的重要角色。

西昌发射场在过去的发射中，从来没动用过一个翻译。

这次不同，一家伙组成了一支人数为二十余名的庞大的翻译队伍。但由于发射场上需要翻译的事情太多，比如中美之间的一切技术问题、生活问题以及情感问题，全都得靠翻译沟通；有时一些鸡毛蒜皮的事，也得通过翻译才能办成；甚至有时连上厕所，也离不开翻译。所以二十余名翻译照样不够用，照样很忙，照样很累。好多事情离了翻译，合作起来就非常别扭，甚至常常还会发生一些很不愉快的事情。

难怪当我问外事处戚处长，你觉得发射场最大的困难是什么时，戚处长说："我最大的困难，就是找不到一点时间给翻译们放假。"

的确，发射场上的翻译除了要承担接待服务翻译、会议翻译（一天二至六个会），有的还要定在技术岗位上，跟随指挥员下达口令，即做同声翻译。此外，还要担任日常值班，保证二十四小时同美方的沟通联系。

可以说，从宿舍到厕所，从饭堂到机房，从会议室到发射场，时时事事都离不开翻译。在同美国朋友的交涉中，一旦离开了翻译，中方指挥员寸步难行，一事无成，等于是哑巴、聋子和瞎子。

所以这次在发射场，我见到了一个与过去完全不同的现象：中方指挥员的身边，从早到晚，始终跟着一个人。

这个人不是保镖，而是翻译。

据说，有一次中方一位指挥员因忘了带上翻译，但又有急事要同美方交涉，结果双方连比带说，反复折腾了好几遍，谁也搞不懂对方的意思，最后不得不亮出全世界都看得懂的篮球裁判手势——暂停。

在中国的火箭与美国的卫星的吊装对接过程中也是如此。有的岗位上没有翻译，或者翻译一时忙不过来，中美专家之间就无法用语言交流，双方只有靠打手势——用哑语配合。有的操作手势双方都能理解，靠手势还凑合。但有的操作手势重复打了好几次，对方也不明白。因为中国人与美国人的手势表达的意思不同。

比如，中方打手势要往上，美方却朝下；美方打手势让把速度放慢一点，中方调装人员反而把速度加快了。结果，双方一番大叫大嚷后，只好亮出裁判手势——暂停。

在发射场担任翻译，不仅辛苦，且责任重大。

航天技术是一门非常复杂的、专业性极强的尖端科学技术。中美双方一起讨论技术问题时，有的深奥的技术问题，别说把英语翻译成汉语，或者把汉语翻译成英语，就是中国人讲给中国人听，也未必完全能听懂。

加之中方是中方的翻译，美方是美方的翻译，当各自的翻译对同一问题理解不同，或者表达方式不一样时，也很容易引起误会，造成矛盾，甚至导致某项工作的失误。

比如，有一次，中国的火箭与美国的卫星对接之后，要进行一次“全区合练”。可双方进入合练状态后，中方觉得美方不对劲儿，美方也感到中方有问题。需要的号叫不出来，不需要的号反而冒出来了。于是，美方指责中方没按规定程序执行，中方埋怨美方没按会议要求办理。

结果，合练被迫中止，开会找原因。

可找来找去，谁都找不出自己有什么问题。扯了半天，越扯越乱，越扯越糊涂。直至后来，才恍然大悟：原来双方对“全区合练”的概念理解不同。中方理解的“全区合练”，指的是在中国领土范围内的合练，即从西昌—西安—北京—太平洋测量船的合练；而美方理解的“全区合练”，指的是“全球合练”，即从西昌到洛杉矶这个区间的合练。“全区合练”与“全球合练”虽一字之差，内涵却完全不同。由于一个用汉语讲述，一个用英语表达，原本简单的问题，就变得复杂了。

而到了真正发射卫星那天，翻译工作就更具风险性了。凡是与美方有联系的岗位，都有一个翻译；每个翻译的身边，都有一部红色的专用电话。在发射程序实施过程中，翻译除要把中方指挥员的口令用英语如实地传递给美方外，还要用专用电话同美方时刻保持联系，随时交流各种问题；若是在翻译过程中，哪怕译错一句口令，也会导致工作程序错乱。

尤其是在地下发射控制室的翻译，风险更大。发射控制室设有一间空房，如果发射前一旦出现意外紧急情况，需要中美指挥员进行协调，便在这间屋里进行。这就必须依靠翻译。想想，假设在发射前半小时或者十分钟出现问题，中美双方需要重新商定，若是翻译因为时间紧迫、心情紧张，将某个意思或者某句话译错了，甚至译反了，其后果将会怎样？

实事求是地说，西昌卫星发射基地的翻译人员，大都是走出校门不久的本科生或大专生。不少人员都是临时抽调出来的，并未经过发射基地翻译的专门训练，对航天技术尤其是对发射外星的情况并不完全熟悉；加上匆忙上阵，第一次参加国际性的发射任务，所以，尽管其中有部分人员的英语水平也相当不错，但就总体水平而言，若用一个现代化发射场的标准来要求，还有很大的差距。

这是因为，在过去近二十年里，由于发射场位于大山沟，一直处于自我封闭状态，与外界缺少联系与碰撞，与国外更无任何交往。虽然多数技术人员有一定的英语基础，也对英语有很大的兴趣，但后来现实生活告诉他们：外语与本身的日子并无多大关系，不懂外语照样活，照样干，照样晋职晋级，照样把卫星发射上天。所以随着时间的推移，对外语的兴趣也就渐渐淡下来；到了后来，甚至不少人把外语抛到九霄云外了。

但这次有了发射“亚星”的任务，因了美国人的到来，山沟的语言受到强烈的冲击；加上迫于工作的需要和形势的压力，西昌卫星发射基地的专家技术员们本来已经睡着或死去的外语意识，又开始复活了。

通过与美国人在工作中的直接接触与实际交往，他们第一次深切地感到了外语是那么的重要。就像一个山区的老农，第一次走到北京王府井大街上，当他急于要上厕所而四处打听时，别人却怎么也听不懂他的方言，这才感到普通话的重要。

不少人开始认识到，随着人类开拓空间文明的不断发展，地球将会变得越来越小，西昌卫星发射基地同世界各国的交往将会越来越多。英语这门全世界通用的语言，肯定是发射基地今后必不可少的交流工具。

有的年轻的技术员深有感触地说：“外语这玩意儿太重要了，不好好学，看来还真不行!”有的老专家也不无遗憾地说：“要是这次能用英语同美国人直接对话，工作效率至少可以提高一倍。”

于是，在清晨，或星期天，常常可以看见，基地不少人一大早便爬起来，独自站在小河边，或者菜地旁，面对高高的发射架或者黛绿色的大山，大声地朗读英语……

当然，中美语言的碰撞，唤醒的并非只是中国航天人的语言意识。

美国休斯公司一位通信专家说：“参加这次‘亚星’发射任务，我最感到头疼的就是语言问题。我会说英语也能讲法语。在法国参加发射时，我就讲法语；在西方别的国家参加发射时，我就讲英语。但在中国参加发射，中方的技术人员大都不会说英语，而我又不会汉语，所以合作起来非常别扭。甚至有时就连一根导线的事，也得拐上好几个弯，找到翻译才能解决。看来，这汉语是非学不可了。等回国后，我一定好好学习学习汉语!”

加拿大太列公司高级专家戈比回国时，在临上飞机前还谈到了语言问题。他说：“我这次来中国，只带了两个翻译，看来根本不够用。为了将来我们之间的长期合作，我回去，自己也得好好学习汉语。”

我在发射场采访期间，还亲眼见到，美国休斯公司一位老专家的一个小本子里一直夹着一张汉语拼音表。每次开会的空隙，他就拿出来一边看，一边用食指在膝盖上比画着，嘴里还不时嘀咕两句。

我问他：“您都这般年纪了，为什么还要如此刻苦地学习汉语?”

他说：“中国的语言是非常丰富而有趣的。再说了，既然要同中国搞空间合作，要与中国人打交道，不懂点中国话哪行？告诉你吧，我在西昌卫星发射基地这段时间里，已经偷闲记住了二十多个汉语词汇了!”

二十八、从要走，到再来

一切先进的东西都源于落后。

承认落后本身就是一种进步。

中国的通信与西方先进国家相比，是相当落后的。70 年代，在国内打一次长途电话，常常要苦苦等上好几个小时甚至一天——还未必能打通，这是大多数中国人都曾领受过的滋味。

西昌卫星发射基地，作为中国最现代化的航天发射靶场，照理说，通信应该是最先进的。

但，事实并不尽然。

“亚洲一号”卫星发射过程中，一开始遇到的最大问题，就是通信。据说，一位美国朋友在发射场的小宾馆向大宾馆打电话，拨了四五次都拨不通，气得扔下电话，冲着司机就喊：“走，开车，自己去!”

通信问题，几乎成了中美之间矛盾的焦点，搞得中方工作人员十分被动，也令美国人大为恼火。

于是，故事发生了——

美国人刚到西昌的第二天，中美召开第一次协调会。会议一结束，美国休斯公司工作队队长鲁·马克便给洛杉矶总部打电话，汇报情况。

电话挂得很顺利。马克站在宾馆服务台前，一手叉着腰，一手握着话筒，脸上洋溢着马到成功的喜悦。

“喂，洛杉矶吗?”

“是的，我是洛杉矶。”

“我是中国，西昌……喂，喂……”

马克刚讲了两句话，电话突然中断了。

“喂、喂、喂，我是中国，西昌！喂、喂、喂，我是中国，西昌……”

马克对着话筒，一个劲地“喂喂喂”，但“喂”了半天，“喂”出的却是一连串的“嘟嘟”声。

马克急了，“啪”地扔掉话筒，冲进宾馆经理办公室，对着经理就发了一顿脾气，还连连挥动手臂，大声叫嚷道：“差劲儿！差劲儿！简直太差劲儿了！”

经理是河南人，一急，就露出一句河南话：“咋啦?”

马克咆哮道：“咋啦？电话，电话，电话怎么回事?”

经理还是丈二和尚摸不着头脑，问道：“电话，电话咋啦?”

马克说：“咋啦，你说咋啦？我在问你，你怎么问我‘咋啦’?”

经理这才急忙改用普通话：“先生对不起，请您告诉我，电话到底怎么啦?”

马克说：“你们的电话不通！”

经理说：“不通？怎么会不通呢?”

马克更急了：“我是顾客，你是老板，你应该知道怎么不通，也有义务告诉我怎么不通，我怎么知道怎么不通！”

经理连忙说道：“对不起，对不起，我马上派人去修，马上派人去修！”

…………

接下来，电话不通的故事，在其他美国人的身上也接二连三地发生；几乎每一天，中方都会接到来自美方的关于通信的告状电话。

2 月 19 日晚，美国休斯公司的专家佩尔捷还找到中国长城公司的高先生，一见面就毫不客气地说：“对不起，我要马上离开西昌！”

高先生一听，忙问：“离开西昌？怎么回事?”

佩尔捷说：“我要回美国去！”

高先生说：“为什么?”

佩尔捷说：“我自 2 月 6 日到西昌后，你们的通信工作一直让我感到很失望。我曾多次去过法国、巴西等国的发射场，在通信方面从来没见过像中国西昌发射场这种情况。我们五六十名专家在这里工作，却只有三条 IDD 中继线路，而且就这三条线路还不能保证正常使用。

所以，我要马上离开西昌，回美国去！回去后，我再也不来中国西昌发射场了！”

高先生急忙道歉道：“对不起，佩尔捷先生，我们一定尽快想法解决，一定尽快想法解决！”

接着，另一位美国政府官员艾林·考梯斯少校也找到高先生，表示要离开西昌。考梯斯少校说：“即使今后再在西昌发射场发射休斯公司制造的卫星，这次来中国西昌参加‘亚星’发射的项目人员也不会来了。你们今后见到的将是一批新人！来过的美国人中，没有一个愿意再来！我提请你们注意，我反映的意见，是在这里绝大多数美国人的情绪和想法！”

这两位美国专家都明确表示，他们所说的情况，反映了在西昌绝大多数美国人的情绪和想法，特提请中方注意！

当晚，高先生向卫星发射基地和公司领导汇报了这一情况。

第二天一早，中方有关领导找到“亚星”项目经理歇尔·纽曼先生，首先对中方的通信问题表示了诚恳的歉意，然后说道：“西昌卫星发射场的通信目前之所以出现这么多的问题，有一个情况我们一直没有告诉你们。”

纽曼先生问：“什么情况？”

中方领导人说：“西昌卫星发射场在去年 9 月 4 日凌晨 2 点 30 分，遭遇了一场百年不遇的泥石流！”

“泥石流?!”纽曼先生顿感惊讶。

“是的，”中方领导人继续说道，“当时情况非常严重！只有半小时的工夫，我们通信团的房屋便纷纷倒塌，所有通信线路全部中断，甚至连公路和通信建筑物也发生了倒塌和崩溃！整整一个星期，我们的人不仅无法正常吃饭，甚至连喝水都困难。但就在这种情况下，我们用了整整一个半月的时间，赶在你们来之前，保证了通信线路的基本畅通。西昌与全球通信，这是第一次，希望你们能够给予谅解。”

纽曼先生听了后，很感动，连声说道：“可以理解，可以理解。”

于是，关于两位美国专家要回国一事，纽曼先生表示愿意和他们进行沟通，并答应协助、配合中方解决好通信方面存在的问题。

事实上，为了保证此次发射顺利进行，中方在通信问题上此前做了很大程度的努力，不光抢建了国际卫星通信地面站，还花高价租用了国际电联的四条国际通信专线。这四条专线可由西昌发往美国詹姆斯堡站，然后直通洛杉矶休斯公司总部；同时，还设有七条国际直拨电话线——四条由北京延伸到西昌，三条由成都延伸到西昌。但尽管如此，依然无法与美国的通信条件相比，依然无法满足美国人的通信要求。

于是，中方一方面立即着手解决美方提出的问题，一方面将情况急报北京国防科工委，请求邮电部速派人来协助解决。

按理说，西昌卫星发射场作为一个现代化的发射场，通信问题应该不成问题。但除泥石流这个因素之外，还有一个根本的原因，就是长期以来整个国家通信网络落后。因此，虽然发射场临时增设了一些现代化的通信手段，却缺乏现代化的布局、现代化的组织、现代化的管理以及通信方面的高级人才；再加上发射场是第一次实行全球性的通信，有的设备又太落后，自然就很难满足美国人的要求。

当然了，中西方在通信的观念上，也存在相当大的差异。西方人重视通信，把通信视为工作和生活中不可缺少的重要内容。比如，此前在中美关于靶场技术协调的过程中，美方几乎有一半的内容谈的都是通信问题。他们提出的要求是：住在宾馆里，拿起电话就要直通美国；一拨号码，就能同老婆孩子聊天。

这样的要求，对领先世界的美国来讲，实在算不了什么；但对西昌卫星发射基地来说，就困难了。不仅困难，有人对此还不理解，说："这美国人也真是的，毛病还不少！来发射卫星就好好发射卫星呗，还给老婆情人打什么狗屁电话。真有事，划拉封信，往邮筒一扔，不就完事了，打什么国际长途？我们在这山沟里，十几年没给老婆打过一次电话，不也照样过来了。"

是的，中国人能过得来，美国人却过不来。中国人打电话，第一次打不通，再打第二次；第二次打不通，再打第三次甚至第四次，直至打通为止。打通了，笑一笑；打不通，点燃一支烟吸上几口，或者拿起一张报纸翻一翻，接着再打，不会有一点脾气。但美国人不行，发射卫星，连一个电话都拨不通，这还了得！

当我赶到发射场时，因通信问题引起的风波已经平息了。中方经过好一阵艰苦努力，终于满足了美方的要求，让合作得以继续进行。

我听说，加拿大太列卫星公司高级专家戈比临上飞机时，对国防科工委张敏参谋长说过这样一段话："西昌卫星发射基地，如果通信技术能更好一点，如果能开设一个海关，如果能有一班直达香港的飞机，那这个靶场绝对是世界上第一流的发射靶场。"

我还见到了那位曾经要离开西昌的美国专家佩尔捷先生。佩尔捷先生后来回过一次美国，但很快又来了西昌。出于好奇，我决定采访一下这位美国的通信专家。

那是"亚星"发射的头天上午，我在小宾馆二楼娱乐室里同佩尔捷先生相会；替我担任翻译的，是航空航天部外交司副司长钱继祖先生。

佩尔捷三十七岁，络腮胡，蓝眼睛，宽宽的肩膀，厚实的胸脯，头发与肩几乎平齐，是一个女孩子一见便很容易喜欢上的男人。佩尔捷出生于波士顿，现为美国 MPI 计算机公司经理。别看他年纪不大，却已参加过国内国外二十二次卫星发射任务。

在两天前的一次会议上，我曾与佩尔捷并肩而坐。我穿一件毛衣；他穿一件短衫，胳膊上尽是又长又黑的汗毛。我俩的胳膊虽然有过几次摩擦，却只有目光的交流，没有语言的交集。他谈到通信问题时，态度真挚，声音轻柔，没有指责，没有呵斥，更没有咆哮，而始终是一种温和的调子和商量的口吻。每当中方人员说明情况后，他总会说上一声"OK"，或者微笑着点点头。

我俩落座后，出于礼貌，一开始我并没有提及他曾经要离开西昌的事，而是说："佩尔捷先生，西昌是月亮城，你喜欢这儿的月亮吗?"

佩尔捷说："我到过世界上许多地方，参加过许多任务，却从来没见过像这样美的山野风光。这儿空气清新、透明，月亮硕大、美丽，我非常喜欢。"

我说："有人说，外国的月亮比中国圆。你既见过美国的月亮，又看到了中国的月亮，不知道你更喜欢哪国的月亮?"

佩尔捷说："我住在洛杉矶，由于那儿污染厉害，很少看到令我喜欢的月亮。这儿的月亮非常清晰、明亮，几乎每晚都能看到；特别是站在发射场看月亮，又大又圆，别有一番诗意。"

我开玩笑说："这样说来，中国的月亮比美国的圆啰?"

佩尔捷哈哈大笑起来，连连说道："Yes，Yes!"

我说："佩尔捷先生，能谈谈你刚到西昌那段时间的心情吗?"

佩尔捷说："我这是第三次来中国，但，是第一次同中国合作。来到西昌后，我能同这么多中国朋友一起工作，感到非常高兴。但发射'亚星'，通信工作十分重要，也非常复杂，不光有生活通信、发射通信，还有各种全球性的数据传输，千头万绪，工作量很大；加上语言的障碍，又是和中国第一次合作，所以我的压力非常大。一遇到通信故障，电话打不通，担心完不成任务，脾气就上来了。"

我说："佩尔捷先生，你现在如何评价中国的通信?"

佩尔捷说："应该说，这儿的通信网设计是最好的，这是真话。这个通信系统是中美双方去年 11 月份共同设计的，从洛杉矶运到中国，只用了两个月时间。中国专家们很有效率，能力也强，帮了我很大的忙。特别是后来通过中国专家们的多方努力，这儿的通信状况有了很大的改善。可以说，没有中国方面的积极配合，我不可能完成这次任务。现在，我在宾馆里拿起电话，就可以打到美国，就能同老婆聊天。所以，我感到很满意。"

我说："你感到西昌卫星发射基地还有哪些地方需要改进的呢?"

佩尔捷说："这儿的人员分散，组织机构太多，每个人的责任不清，打起交道来特别的困难和麻烦，有些问题不知该找谁好。比如，有一份通信方面的图纸，从去年 8 月到现在，还没填好，不知什么原因。另外，我在这儿最大的不习惯，就是一下班，机房就关电。本来调好的设备，第二天又要重新调试半天。这是很叫人头痛的事情。"

我说："如果可能的话，下次你还愿意来中国吗？"

佩尔捷说："我非常愿意。并且，我愿作为一名经理或顾问来这儿工作。如果作为经理来，我就可以带一批美国朋友一起来。当然，将来若有机会的话，我还愿意带着我的妻子和女儿一起来。因为我非常喜欢中国这个地方，她们也一定会喜欢的。"

这位美国专家从要走，到还愿意来，说明什么呢？

二十九、西装·领带·先生和小姐

有人说，美国人钱多，中国人会多。

其实，不仅中国人会多，美国人会也多，中国人和美国人凑在一起，会更多。

在发射场，中美间每天都有技术方面的合作和生活方面的接触，所以每天都难免会发生这样或那样的矛盾和问题。一旦发生了矛盾，或者需要技术协调，怎么办？

开会。

自美国人到达西昌起，发射场每天都有一个会——上午 10 点一次，下午 4 点一次。固定在发射场附近的小宾馆一楼会议厅举行，风吹不散，雷打不动，如同法律一般。

这个会称为"中外首脑协调会"。

"亚洲一号"卫星发射准备过程中的所有大小问题——不管是发射卫星的重大决策，还是生活中鸡毛蒜皮的小事，全在这个会上协调商量，签字画押，拍板定案。

参加这个会议的，中外共有七方代表。中方是：中国卫星发射测控系统部、西昌卫星发射基地、万源公司和长城公司。外方是：美国休斯公司、亚洲卫星公司和加拿大太列公司。因此，有人又把这个会称为“中外七方协调会”。

在全国各地奔赴发射场的数十名记者和作家中，我是唯一参加了这个会议的人。在发射场为期一周的紧张采访中，我每天上午下午，都坚持参加这个协调会，所以有幸亲眼见到会议的种种内幕，并有机会同不少中外大专家和知名人物相识。

据说，中外七方协调会一开始，就很“热闹”。美方每天向中方提出的问题，竟多达数十个。双方每次一开会，就是扯不完的问题；而且常常一扯就是几个小时！会议从开始到结束，总能听到美国人响亮的“NO、NO、NO”的声音。有时就为某一个小小的技术问题，双方互不相让，吵得面红耳赤；甚至听说有一次，双方还拍起了桌子。

后来，情况逐步开始好转。由几十个问题，变成了十几个、五六个问题；由争吵变成了欢笑，由“NO ”变成了“YES”。等到我参加旁听这个协调会时，已经时过境迁，完全是另外一番景象了。

中外首脑协调会，的确很有意思。

中方说汉语，美方说英语。在经翻译翻译之前，谁也听不懂对方说的是什么。但常常是，一方用汉语或英语津津有味、侃侃而谈时，另一方却眼睁睁地看着对方，表示在洗耳恭听。虽然一句也听不懂对方在讲什么玩意儿，但脸上还得挂出微笑，不时点头迎合，始终装出一副句句都明白的样子。等到翻译译出后，这才恍然明白，原来对方讲的根本不是那个意思，甚至说的是反对意见或者对你表示不满。但当对方下轮发言开始后，需要微笑还得微笑，需要点头照样点头。因为实在听不懂对方到底讲的是什么——万一对方讲的内容应该微笑应该点头呢？

由于参加协调会的七方代表各自都代表自己的国家或公司，因此每位代表都相当注重自己形象的塑造。一旦置身于会场时，每时每刻，脑子里都会自觉或不自觉地升发出一些国家意识、民族意识或者公司意识。

特别是中方代表，过去发射国内卫星时，几十年来一直都是中国人同中国人打交道。虽说每次发射前也要召开无数次指挥部会议，每次与会者都是来自全国各地不同部门，但与会者毕竟都是中国人。穿戴可以随便，说话可以随便，风度举止也可以随便，甚至双方一见面，拍拍肩膀，逗逗乐子，开开玩笑，也没什么关系。若是遇到矛盾，碰上问题，我克服一点，你谦让一下，问题也就解决了；即使出现磕磕碰碰，激烈争吵，也无关痛痒——反正关起门来，都是一家人。

但“亚星”的协调会不行。中方每位代表，都是站在世界的舞台上，每时每刻推销、展示的，都是中国的形象。因此，中方的代表从服装穿戴到语言交流，从举止风度到礼节礼貌，从思维习惯到交往方式，都发生了根本性变化。

昨天的司令脱下了军装穿上了西服，往日的将军摘下了领章打上了领带，司令成了“先生”，将军变为“老板”。一夜之间，发射场变成了生意场，你、我、他，都干起了买卖的行道。

过去，中方人员在称呼上都习惯叫“同志”，现在则不同了，男的称“先生”，女的叫“小姐”或“女士”。刚开始时，有的中方人员，不仅别人称自己为“先生”感到别扭，自己叫别人“先生”也同样感到不习惯。但过上一段时间，多叫上几次，也就习惯了，并开始体会到，称“先生”或“小姐”，是比叫“同志”要“那个”一点。特别是把“女同志”与“女士”这两种称谓一比较，便不难发现，后者真的很有人情味。于是，自然也就成了习惯。

过去，中方人员一见面，总是习惯问：“吃饭了吗?”如果是熟人或老朋友，还会来上一句：“咋啦，又想老婆子啦?”要是分手道别时，也习惯说：“没事来耍!”“空了来玩!”“有事找我打电话!”

但现在不同了。中方人员每次与“老外”相见，不再说“吃饭了吗”，而是说“××先生，您好”“××小姐，见到您很高兴”，并且还特别注重“您”字的发音。或者，一见面便右手一举，干脆用洋腔来上一句：“哈啰!”道别时也不再说“没事来耍”“有空来玩”“有事找我打电话”，而是讲“××先生，再见”“××小姐，晚安”，或者微微一点头，潇洒地说上一句“古得拜”。

过去，发射场开会时，都是中国人，而且大都是老熟人老朋友老搭档，讲话时多说几句少说几句，讲得好一点讲得差一点，甚至“啊”“呀”“嗯”的来上几句，也没啥关系。

但现在不行，中方人员是面对世界讲话，这讲话还要翻译出去，如同一个人在大庭广众面前对着麦克风讲话，要求你必须思维清晰，语言流畅，逻辑性还要强。否则无法翻译，难以翻译；即使翻译出去，也很掉价。倘若你偶尔“啊”上一句“嗯”上一声，还情有可原；但如果你老是“啊”“呀”“嗯”的没完没了，翻译恐怕就很是为难了：译出去不是，不译出去也不是——鬼知道你那“啊”“呀”“嗯”的是什么意思?

因此渐渐的，每当中方人员讲话时，再没有拖泥带水的语言，也没有“啊”“呀”“嗯”的官腔，而是观点明确，见解分明，一字一句，言简意赅。虽然还是昨天那个中国人，但讲话风格，而今却判若两人。

中外首脑协调会，是相当严肃的会。

出于保密和责任的原因，凡参加会议者，无论是中国人还是外国人，每次入会都必须签上自己的姓名，我这个旁听者更不例外。

会议一般由休斯公司的人主持。程序大致如下：先互通情报，再由美方提出那些需要解决的问题。中方能当场答复的，立即给以答复；不能当场答复的，会后研究后改日答复。最后，中方再提出第二天的工作计划，双方展开讨论。若无异议，照章执行。

会议原则性极强。凡属重大决策，如新闻发布、发射日期等，一旦取得一致意见后，必须经过七方代表签字画押，方能生效；若一方不同意，便不能执行。

倘若涉及技术敏感问题，双方谁也不会吐露半句；如果有的技术问题必须共同讨论，双方先是兜圈子，然后才逐步涉入；一旦发现情况不妙，立即“撤兵”。

为防止卫星技术外流，美国政府专门派了国防部四位官员来到西昌，意在监督美方人员是否严格按合同执行。这四位政府官员每次开会，至少有一人肯定到场；若临时因故未到，会议暂时停止。

有一次，中美双方在会上讨论卫星与火箭对接中的某项技术问题。休斯公司一位技术人员刚说了一句较敏感的问题，政府官员立即要求会议暂停。然后将美方全体人员叫出会议厅，在外开了个短会。等统一了讲话的口径之后，再入会场，继续开会。

三十、 打赌：一只烤鸭

在我参加中外首脑协调会之前，想象中，这种会自始至终，一定都是枯燥的，板着面孔的，甚至是森严的。

其实不然。除了涉及个别技术保密问题，会议的气氛不仅大多是友好的，而且也是宽松活泼的。

尤其是在会议短暂的休息期间，中美双方专家常在娱乐室里打乒乓球。有时为了一个球是否擦边，双方会各自使用自己的语言，大吵大嚷一番。尽管谁都听不懂对方具体在嚷什么，但谁的心里都明白：对手绝不肯认输!

在最后一周的中外首脑协调会上，若不是我亲眼所见，无论如何也想象不到，如此严肃庄重、责任重大的会议，甚至连事关发射的重大决策，竟是在一片谈笑声中，甚至是在玩笑声中，商定拍板的。

可以这样说，几乎没有一次会不充满谈笑声和玩笑声。每当一个问题议定后，或中方人员风趣地说一句英语，或外方人员幽默地说一句汉语，总之非得玩笑一番之后，方才散伙收摊儿。

即便碰上棘手的技术保密问题，双方先是一阵严肃，一阵沉默，随之很快就有人——不是中方就是美方——甩出一句俏皮话来。于是大伙哈哈一乐，说："为了亚星，精诚合作!"再棘手的问题一下子就好办多了。

而打赌，是会上常用的一种玩笑方式。

最活跃的两个"赌徒"，一个是基地副司令员、发射"亚星"的副指挥长胡世祥，一个是亚洲卫星公司专门从加拿大聘请的高级顾问江·可达先生。而常常挑起两人打赌的"罪魁祸首"，则是上官世盘。当然，还有一位"坐山观虎斗"者，便是卫星发射中心的总工程师佟连捷。

上述四位人物，是会议的核心人物。

上官世盘精明练达，善于审时度势，且很能掌握外交分寸。他每次开会必到，但必到未必都讲话。一般问题，他极少发言，重大问题，他看准火候，抓住时机，然后出其不意，大谈一通。

每次会上，上官世盘的话并不多，却极有分量，常常起到一锤定音的作用。倘若遇有双方扯来扯去、一时很难扯清的问题，他便快刀斩乱麻，只需三言两语，便使问题一清二楚，是非了然。当然，他也不失风趣幽默，常把玩笑作为外交策略的一种手段。所以，外国朋友都十分敬佩他的智慧与才干。

佟连捷是西昌卫星发射基地的总工程师。他寡言少语，性格内向，既无大怒，也无大喜，会上的态度始终平静沉稳，不卑不亢。

佟连捷很少开玩笑，但偶尔甩出一句话来，也够人嚼的。他原则性强，对敏感的技术问题极为谨慎。每当他谈到技术问题时，不快不慢，一字一句，有顿有挫。由于他情绪不易外露，表情缺少变化，脸上始终是一副或沉思或微笑的样子，让对方很难摸透他内心的秘密。所以，每当他同对方谈到敏感的技术问题时，美国专家总是习惯紧紧盯着他，那一双双探测的目光似乎在说：这老先生葫芦里到底装的什么药?

胡世祥在中国航天界，可以说是卫星上挂喇叭——名声在外。他才思敏捷，有胆有谋，果断利落，说话办事，敢于拍板，勇于负责。他从西北到西南，从戈壁到山沟，在发射场上摸爬滚打了几十年，对发射系统的情况可以说是了如指掌。因此，在会上同外方的交涉中，一旦遇到什么问题，他当即便能给外方满意的答案，无须“研究研究”。

但，玩笑是要开的。

胡世祥是个极富幽默感的人。他襟怀坦荡，性情豪放，风趣幽默。甚至可以说，他的性格全靠幽默塑成。而幽默，是一个人智慧的最高体现。

或是大漠长年孤寂的生活，使他养成了喜欢调侃解闷的习惯；许是上帝的精心安排，使他全身长满了风趣与幽默的细胞。总之，玩笑成了他生命旋律中的另一插曲。他不仅喜欢开玩笑，而且还常常善于用玩笑的叙述方式，道出一个个极为深刻的道理。

“亚星”发射成功后，四川省科协请胡世祥到成都各大学讲演报告。面对数千名大学生，他不带讲稿，即兴发言，几乎每句话都充满了风趣与幽默，每句话都赢得了大学生们狂热的掌声。甚至一句幽默风趣的话，竟赢得掌声一分多钟，让女大学生们笑出了眼泪。于是，一位大学生当场便替他画了一幅漫画。画面上，他坐在讲台上讲话，背后是一枚巨大的火箭，火箭上写着这样一句话：幽默大师与中国火箭！

所以，在中外首脑协调会上，每当他与美方洽谈或者交锋时，他总是谈笑风生，潇洒从容，能侃善辩，既有指挥官的胆略，又有大老板的派头，因而深得美国朋友的敬重。他不仅喜欢用玩笑开头，还善于以玩笑结尾，其间还常常来上几句俏皮话，使会场的气氛显得既团结紧张，又生动活泼。特别是当双方遇到矛盾，相持不下时，他会突然甩出一句玩笑，使会场气氛一下便缓和下来。

当然，玩笑不是乱开的，也不是好开的。更何况，这是“国际玩笑”。因此，只要稍加留心，便会发现，在胡世祥的每一个玩笑里，其实都深藏着东方人的智慧与谋略。

可达先生也不失为西方的一位幽默大师，在中外数十名与会者中，他和胡世祥最爱开玩笑。开始，两人你一句我一句，礼尚往来；后来，越来越熟了，成了朋友了，玩笑便由初级阶段，发展到了最高形式——打赌！

在1990年3月上旬的一次协调会上，中外双方商定发射日期问题。中方提出，4月5日发射最好。其理由是：根据西昌卫星发射基地的气象预报，4月5日这天是个好天。

但这个意见说出后，不光美方不相信，可达先生也表示怀疑，说："西方的气象预报从来不准，你们中国的气象预报也未必就准；何况，现在离4月5日还有一个月左右的时间，你们怎么知道那天就一定是个好天呢？莫非你们中国的气象专家能掐会算，个个都是神仙?"

胡世祥说："可达先生，可以告诉您，气象是我们基地的专利，请您相信我们的预测。"

可达先生说："这是个遥远的神话，我无法相信。"

胡世祥整了整领带，笑眯眯地说："可达先生，如果4月5日是个好天，怎么办?"

这时，一直静坐一边冷眼旁观的上官世盘出场了。

卫星发射基地的气象预报不光外国人不信，一开始中国人也不信。上官世盘便是其中一个。几年前，西昌卫星发射基地发射一颗国内通信卫星时，因为气象预报问题，上官世盘曾和当时的司令员侯福打过赌，结果上官世盘输给了侯福司令员一只北京烤鸭。第二次发射卫星时，上官世盘仍然不服气，再一次同侯福司令员打赌，结果又输给了侯司令员一只北京烤鸭。但上官世盘用两只烤鸭换得了一个真理：西昌卫星发射基地的气象预报确实很准，不可不信。

因此，当上官世盘见胡世祥和可达先生较上劲儿后，一下便想起了自己曾经输掉的那两只北京烤鸭。于是说："两位先生敢不敢打赌?"

可达先生笑了："打赌？当然敢啰，我正想和他赌呢！"

胡世祥还是一脸笑眯眯的样子："打赌？好啊。"

"不过，赌什么呢？"可达先生问。

"就赌北京烤鸭怎么样？"上官世盘忘不了北京烤鸭。

"好，就赌北京烤鸭，我同意。"胡世祥欢叫道。

"不过，"可达先生摊了摊手，"赌几只呢？"

胡世祥笑了："可达先生，您远涉重洋，不远万里来中国发射卫星，一路辛苦，破费不少。我看呀，咱俩就赌一只，如何？"

"好！"可达先生一下站了起来，"君子一言——"

"驷马难追！"胡世祥也忽地站了起来。

于是，两根小指头紧紧勾在了一起。

在场的人全都笑了。

4 月 5 日到了。

这天，上午天气阴沉，发射场上空布满乌云。刚到 10 点，可达先生便找胡世祥来了。

"胡先生——"可达先生满脸微笑，看着胡世祥。

"怎么，想吃烤鸭啦？"胡世祥推了推眼镜。

可达先生望着天空，只笑，不说话。

胡世祥说："不过，发射时间应该是晚上，现在才上午 10 点。对不起，可达先生，烤鸭还没熟呢！"

下午，发射场上空，阳光灿烂，一片晴朗。刚到 3 点，胡世祥也找可达先生去了。

"可达先生——"胡世祥同样满脸微笑，看着可达。

"怎么，想吃烤鸭啦？"可达先生用手比画了比画。

胡世祥抬头望着天空，只笑，也不说话。

可达先生抬起头来，眯缝着眼，望着洒满阳光的发射场上空，突然放声笑了起来："胡先生，我认输了！"

说完，可达先生一手搂着胡世祥的脖子，一手掏钱包。

机敏的摄影师，“咔嚓”一声，抢拍下了这个镜头。

后来在胡世祥的办公室里，我见到了这张照片。照片上，胡世祥仰天长笑；可达先生则左手亲热地搂着他的脖子，右手掏着钱包；旁边，上官世盘等几位中外专家捂着肚子笑弯了腰。

三十一、“老外”采访备忘录

老，在中国文化中，表现为一种对人的尊敬。

中国人叫外国人，习惯统称“老外”。这除了称呼上的方便，是不是也出于这种传统文化的习惯呢？

我在发射场采访期间，除了采访了大量的中国人，还采访了十几名外国人。采访外国人是件极困难的事情。首先遇到的问题就是语言障碍；再就是外国人的时间观念强，几点干什么，几点不干什么，都安排得井井有条，极为紧凑；加之时间匆促，彼此不熟，采访便愈加艰难。

但外国人既然到中国来了，而且是开天辟地第一次来到中国西昌发射卫星，当然就应该留下自己的印记——特别是一些重要人物。否则，后人读到的，岂不是一段空白的历史！

江·可达（“亚洲一号”卫星发射主任）

六十一岁的可达先生是匈牙利人，现为加拿大太列卫星公司太空部高级技术项目经理。加拿大太列公司是世界上有名的卫星公司，它主要对世界各国承担代买、采购和组织发射卫星的任务，还可帮助各国培训航天技术人才。

为了发射“亚洲一号”卫星，亚洲卫星公司特用高薪从加拿大太列公司聘请了一个技术顾问团，负责“亚星”发射的组织计划工作。可达先生，便是这个技术顾问团的技术总指挥。

这是一个很有意思的老头儿。

可达先生戴一副银灰色眼镜，上身穿一件花格毛衣，外套一件羊毛背心，下穿一条灰色裤子，脚踏一双棕色皮鞋；虽已满头白发，依然精神朗朗。

可达先生是中外首脑协调会上引人注目的人物。他喜欢斜靠在沙发上讲话，并习惯借助手势来强调讲话的内容。讲到激动处，他会站起来，走到会场的中央，一边讲一边来回踱着步子。别人的特别通行证都是挂在胸前，唯独他的特别通行证别在领口。所以每次他一激动，领口的特别通行证便会与他的下巴互不相让地冲撞着，不时发出“咔吧、咔吧”的声响。可他毫不顾忌，依然一个劲地往下讲，直至讲到对方点头或者“OK”为止。

其实，可达先生不光输过一只烤鸭，还输过十瓶啤酒。

那是在4月4日上午的协调会上。因4月3日下午合练失败，会议决定在4月4日下午再进行一次大合练，也是发射前的最后一次大合练。

由于4月3日下午失败的原因在中方，所以在会议结束时，可达先生提请中方注意：“下午的合练，一定要确保成功!”

胡世祥拍着胸脯说：“保证没问题!”

可达先生说：“万一又出问题呢?”

胡世祥说：“您的意思呢?”

可达先生说：“要不，咱俩再打一次赌?”

胡世祥说：“又想打赌，好啊，我迎战。不过，可达先生，万一这次又输了呢?”

“愿赌服输!”可达先生站了起来。

于是，两根小手指又勾在了一年。

只是，这次的赌注不再是一只烤鸭，而是十瓶啤酒!

结果，下午合练成功，双方皆大欢喜。

只可惜，可达先生输掉了十瓶啤酒!

但在中外专家们的一片欢笑声中，可达先生乐呵呵地拍着腰包说："十瓶啤酒，换来一次成功，值得！值得！"

为了进一步认识这位老头儿，我绕了一个圈，先找到了可达先生的贴身翻译丹尼尔·王。

丹尼尔·王1942年出生于中国，祖籍河南。1949年，他去了台湾。在台湾大学毕业后，于1967年去了加拿大，并在加拿大攻读了硕士学位，而后留在了加拿大。丹尼尔·王这次已是第三次来中国了，用他的话说，每次来中国，都像回娘家一样。

丹尼尔·王首先向我谈了对西昌卫星发射基地的印象。他说："中国人非常愿意合作，非常愿意帮忙，工作精神特别好。对外国人既热情又诚恳，并且能办到的事情马上就办，效率很高。像上官世盘、胡世祥等，都是非常出色、非常能干的人物，外国人是非常敬佩他们的。另外，西昌发射场的发射条件完全具备国际标准，有的技术不比国外差。像长城公司、万源公司的服务水平和技术水平，完全是世界第一流的！我能参加加拿大与中国的这次合作，感到非常的荣幸。因为加拿大代表北美洲到亚洲，或者说是代表西方世界到亚洲进行航天合作，这在历史上还是第一次，是中西航天史上的一块里程碑。我们希望还有更多的机会，帮助亚洲各国发展卫星事业，因为亚洲地区的通信正在发展，非常需要！"

接着，丹尼尔·王告诉我说："可达先生是一位组织能力极强的人物，组织过世界上十二次卫星发射任务。他最大的特点是，工作中能突出重点，肯负责任，也敢负责任。"

最后，丹尼尔·王还向我透露了一个小小的秘密。他说："可达先生这次来中国时，专门带了一套褐色的花格子西服。这套西服是他夫人专门为他设计、制作的。每次组织世界性的卫星发射时，可达先生都会把这套西装带在身边，到了发射那天，他就换上这套西装；每次穿上这套西装，发射都成功。"

4月6日上午10点，我利用中外首脑协调会的间隙，同江·可达先生正式照面。为我担任翻译的，是张国东先生和王维亮先生。

我说：“可达先生，在这几天的会上，您给我留下了美好而深刻的印象。我想同您聊上几句，不知是否乐意？”

可达先生说：“谢谢！我非常乐意。”

我说：“您作为‘亚星’的组织指挥者，我想请您谈一点第一次同中国合作的看法。”

可达先生说：“中国人做事非常认真，非常的专业，也非常的友好。昨天下午的演习证明，中国、美国和加拿大是完全可以合作的，而且能够合作得很好。当然，第一次合作是很困难的，就像玩足球，需要有个互相配合的过程。因为中国的发射方法与其他国家有所不同。但一旦适应后，彼此了解了，就不再感到困难了。当然，开始我对中国的情况不太了解，坦白地说，心里没底，有一种担心，期望值是不高的。但通过这段时间的合作，我感到很不错，觉得同其他国家一样，比如美国的肯尼迪发射中心，法国的库鲁靶场等。”

我说：“可达先生，明天就要发射了，如果这次发射成功，您下次还愿来中国合作吗？”

可达先生说：“当然愿意！”

我说：“那如果这次发射失败呢？”

可达先生（愣了一下）：“我还是愿来，并且肯定要来。”

我说：“为什么？”

可达先生说：“我在中国度过的这段时间很有价值。我能代表亚洲卫星公司的技术负责人同中国合作，这是我感到非常荣幸的事情，因为这儿有一支可以信赖的技术队伍。同时，我喜欢干开拓性的工作。航天发射，是一项冒险事业，这项事业最激动人心之处，就在于它不同于干其他事业，有十分的把握。但它确是一件非常有意义而又惊心动魄的事业。这就是之所以我要当一个卫星技术的主任，而不愿当一个自行车经理的原因。”

我与可达先生道别时，可达先生掏出一张名片，又掏出一方大印，学着中国古人的样子，对着大印哈了一口热气，然后盖在了送给我的名片上。名片上即刻显出四个字来：江·可达印。

周围的人一下全笑了。

关于这方大印，有一个小小的故事。

去年，可达先生来西昌卫星发射基地时，在为他举行的晚宴上，上官世盘开玩笑说："可达先生，干脆我们替您取个中国名字吧！"

可达先生举着酒杯问："取个什么名字呢？"

"就叫可达吧！"上官世盘说，"可达的意思就是任何目的我们都可以达到。比如把'亚洲一号'卫星送上太空，这个目的我们也一定可以达到！"

可达先生说："好，我完全同意！"

这时，胡世祥先生举起酒杯，说："可达先生，这样吧，此事为郑重起见，我让我的部下专门为您去刻上一方大印，下次您来中国合作时，第一件事就是：接印！"

说罢，三人哈哈大笑，"咣当"一声碰响了酒杯。

事后，胡世祥果真派人去成都刻了一方大印。可达先生这次来中国后，胡世祥便将这方大印郑重地交到了他的手上。

所以，在中外首脑协调会上，每当举行重大签字仪式时，可达先生都要掏出这方大印，郑重地盖上一下。

我接过可达先生送给我的这张盖有大印的名片，像捧着一份厚重友谊。我当然明白可达先生的良苦用心，于是我掏出我的名片，飞快地在背后写下一句话，然后递到了可达先生的手上。我写的这句话是：

人类友情永存，空间文明万岁！

斯坦豪尔（美国休斯公司首席科学家）

这是一位巨人：两米左右的个子。

在一次中外首脑协调会上，斯坦豪尔渴了，起身倒开水。水瓶全都放在地上，又是压壶。他个子太高，弯腰实在困难，便将左腿跪在地上，右手按着水壶开关，好不容易才接了一杯水。而后，在众目睽睽之下，他端起茶杯回到座位，如同一位小学生，刚做完一道算术题。

这就是斯坦豪尔，美国休斯公司的首席科学家。

这是一位在国际航天领域有较高知名度的卫星技术专家，“亚洲一号”卫星便主要是由他设计的。他主持设计的这种通信卫星，在世界航天市场享有很高的声誉，已向各国出售了三十五颗。

斯坦豪尔对中国极有感情，他这已是第八次来中国了。据说，在当初“亚洲一号”卫星是否让中国的火箭发射问题上，他是持肯定态度的一位。很显然，作为首席科学家，他的这一票举足轻重，很有分量。

斯坦豪尔戴副眼镜，天生一副慈善的面孔，脖子上常常挂着一部相机；可惜常常不能随便照相。

在中外首脑协调会上，他主要是听，更多的是想。一般性的技术问题，他不发言，要谈就是关键的技术决策问题。他的话短，常常是反问句。提问的内容，用中国话说，特刁！

一次，中美之间进行大合练。合练程序进行过程中，美方突然向中方发出信号：卫星出现故障，正在排除！

这是美方为检验中方的应变能力而故意设置的“故障”。胡世祥一见信号发出，笑了，说：“这肯定是斯坦豪尔在‘捣鬼’！有来不往非礼也，咱们也给他来一下，看他们的应变能力如何?”于是，当程序进行到马上就要下达“点火”发射口令时，中方突然向美方发出信号：火箭出现故障，发射推迟十分钟！

只因斯坦豪尔太忙，迫于无奈，我只得采取突然袭击的方式访问斯坦豪尔。时间是 4 月 6 日上午 8 点 20 分。当时，离开会时间还有十来分钟，我和翻译张国东先生刚见斯坦豪尔走来，便在门口截住了他。由于是站立式采访，我和翻译几乎是仰着脸同他谈话。

我单刀直入，请斯坦豪尔先生谈谈这次合作最深的感受。

斯坦豪尔说：“我已多次来中国，最深的感受是这儿的人，特别是这儿的技术专家，他们人好、心好、专业好！尽管我们有不同的见解，不同的意见，不同的民族生活习惯，以及不同的文化修养，同时还有语言上的阻碍，但双方经过努力，我们还是达成了一致的意见。另外一点，你们国家是一个有着悠久文明历史的古国，比我们国家古老得多。中国的文化古迹，山川河流，田野风光，都给我留下了非常深刻的印象。”

我问：“您如何看待西昌这个发射场？”

斯坦豪尔说：“这个靶场是相当不错的。正因为你们这儿具备了发射条件，并且有一批素质较好的专业人才，我们才愿意合作；否则，是不会到这儿来的。当然，每个地方都有它的不同之处。发射中，你们有你们的原则，你们的指挥员在位置上配置不同，这是你们与其他国家的不同之处，或者说是你们的一个特点。总之，我对你们这个发射场非常感兴趣，给我留下了很深的印象。”

我说：“作为一名科学家，您认为这个发射场的主要缺点是什么？”

斯坦豪尔说：“我认为这个靶场不足之处，是交通问题。我们从美国到西昌，路途上要花去三天时间，这太浪费时间了，简直像旅游。你们能不能想办法，缩短这个时间？如果从美国到这儿只用一天时间，那就太棒了！因为我们到中国来是搞空间技术合作的，不是来旅游的……”

斯坦豪尔刚谈到这儿，会议就开始了。

兰国思（美国国防部官员）

这是一位最难接近的人物。

美国政府共派了四位国防部官员到西昌，兰国思是其中之一。因是政府官员，不易接近，不便接近。

但我想，美国政府官员既然在中国西昌印下了清晰的足迹，也该留下真实的声音；历史，不应该是个让后人胡思乱想的少女。

于是，在发射的头天傍晚，我还是冒昧闯进了兰国思先生的房间。为我担任翻译的，是粟小姐。

进屋时，兰国思先生正站在烤箱边上，不知是在烤猪脑袋还是羊屁股。我一看便知，兰先生是位性情温和的人。翻译粟小姐替我说明来意，他有些犹豫，说："还没吃饭呢！"

我执意坚持，说："抱歉，打扰了！但时间不长，一会儿就完。"

兰国思同意了。

我刚在他房间落座，他便盯着我胸前印有"CLTG记者"字样的特别通行证。我知道，无论是中国人还是外国人，对记者都很敏感。于是我忙解释说："请别在意，这不是我的本行。我是搞文学的。"

兰国思笑了，未等翻译小姐开口，便说："哦，你是作家！"

我暗自一惊：他会说中国话？

兰国思今年三十七岁，已是四个孩子的父亲了。他出生于美国加州，父亲是美国的海军军官。兰国思1956年去了台湾，并在台湾念了高中。1970年，他考入了美国空军军官学校。毕业后在太平洋司令部任参谋，后在空军大学演习中心工作了三年。三个月前，他被派往北京美国驻华大使馆任空军副官。

兰国思会说中国话，只是有些生硬；遇上较复杂的意思，便不知怎么表达。于是，他同我谈话时，中英双语，交替运用。

我说："兰先生，冒昧地问一句，听说你的身份很特殊，请问你们到发射场的主要任务是什么？"

兰国思说："我们到发射场的主要任务，是帮助休斯卫星公司执行中美两国政府所签订的合同，因为合同中涉及许多技术保密问题。另外，在卫星发射过程中，若出现一些矛盾，需要两国大使馆出面解决的，我们从中做工作；还有，在与中方的合作中，哪些话是不能讲的，我们要告诉休斯公司的工作人员，但不控制他们任何人员的言论、行动。"

兰国思接着说："西昌卫星发射基地不错，人员的态度很好，很愿意合作。像上官部长、胡先生等，科技知识非常渊博，科技水平相当高，非常好！休斯公司人员同中国技术人员的关系也非常好。中国的科技情况差一点，但能力不错，有的设备不是很好。这次中美双方最大的问题是语言不通，交流困难，休斯公司没有翻译。现在能发射商业卫星的只有美国、法国和中国。这也是经济上的竞争。‘亚星’如果发射成功，就架起了通信的桥梁，方便了中美的交往。中美两国的关系本来不错，通过这次空间技术的合作，关系就更好了。”

兰国思继续说：“中国最大的问题是法律制度不严。我们美国是非常注重法治的。但中国的文化非常好，希望两国之间多相互了解，也希望你们了解我们的政治制度。”

我几乎很少说话，一直听他说。但当他说到这里时，我还是忍不住说了：“尽管我们两国的种族不同、语言不同、社会制度不同，但通过这次合作，至少可以说明，有一点我们是相通的，这就是：进军宇宙，开发空间，为这个地球上活着的和将继续活着的人造福!”

兰国思说：“我完全同意!”

这时，有人叫兰国思先生吃饭了。

我谈兴未尽，但没时间了。

道别时，兰先生送我一张名片，上写：但愿北京见!

我也掏出一张发射“亚星”的首日封，在上面匆匆写下一句话：

我们都是地球人!

兰国思先生接过首日封看了看，然后甩出一个漂亮的响指，用英语惊叫道：“OK！我们都是地球人!”

第六章
跨越国界的飞行

历史的脚步，跨进了 1990 年 4 月 7 日。

这是一个惊心动魄的日子，也是一个创世纪的日子。

这一天，上帝把伟大与辉煌交给了中国，同时也留给了历史。

三十二、 人与上帝的较量

不到 7 点，西昌卫星发射基地气象处处长吴传竹便翻身起床了。

他衣裤尚未穿好，便一把推开窗户，忙着抬头看天。

天，灰蒙蒙的一片。仿佛什么都看见了，又似乎什么也看不清；但他还是反反复复没完没了地看。

习惯了，每次发射都是这样，不得不这样。何况今天。

今天，“亚洲一号”卫星就要起飞了！

自上月 15 日“长征三号”运载火箭从测试阵地转至发射阵地以来，已完成了加注、发射前的各项检查测试，并进行了两次火箭与卫星的电磁兼容试验。测试结果表明：“长征三号”运载火箭的各项技术指标符合要求，星箭相互兼容。

目前，加注等发射准备工作已经就绪，发射所需的推进剂和气体化验合格，跟踪测量控制和通信系统经多次联试和两次全航区演练，均处于良好状态。

在前天下午的中外首脑协调会上，中外七方代表明确表示，自己的设备和设施已为发射“亚洲一号”卫星做好了准备，对其他各方的发射准备工作也表示满意。之后，七方代表正式举行了关于“飞行准备证明书”的签字仪式。

万事俱备，只欠东风——关键就看今天的气象预报了。

然而，在各种各样的气象预报中，没有比航天发射的气象预报更难的了。

它难就难在：预报的时效太长。就是说，往往在一个月前甚至两个月前，就要报出一个月甚至两个月之后的天气概况；几天前就要报出几天后天气的具体情况；甚至，几日几时几分，有没有风，有多大的风？有没有雨，有多大的雨？有没有云，云中有没有电？都要求必须做出准确的预报！而这项预报非同一般的气象预报，责任大，风险大。因为一旦发出预报可以发射，举国上下，长城内外，陆地海洋，人间天上，纵横数万里，一动便是人山人海，千军万马！倘若发射因气象预报有误而导致失败，一枚火箭价值上亿元，头上还顶着一颗美国的星呢！

西昌卫星发射场，由于地处中亚热带滇北湿润季风气候区，又位于西藏高原向四川盆地过渡起伏地带，因而该地区既受翻越秦岭进入四川盆地由东向西推进的冷空气的影响，又受由西藏高原东移的高原天气系统的影响，还受来自孟加拉湾的西南季风的影响；再加上山高林密，地势险恶，这些外来天气系统在复杂的地形作用下，便使这里的天气复杂多变，难于捉摸，以致造成年平均雷暴日多达六十二天，成为全国雷电最多的地区之一。比如，人、畜被雷电击死，树木、房屋被雷电击中，还有建筑、设施被雷击受损，每年都时有发生；尤其进入 4 月后，是由旱季向雨季转变的时期，雷电和阵雨更加频繁。

同时，西昌全年无四季之分，只有雨季和旱季。雨季从 5 月下旬到 10 月中旬结束。雨季降水量大，雷电频繁，经常发生落雷、滚雷和引雷的现象。有一年一个滚雷破窗而入，当场就电死一个人。

仅从中美发射队伍进入发射场后的统计情况来看，在短短一个月时间里，发射场区下雨六次，阴天二十天。特别是 2 月 25 日，傍晚不但下起了雨，晚上 7 点还雷声大作，风雨交加。而进入 3 月以后，好像太阳每天都在休假似的，就没露过一次脸；3 月 7 日 6 点，一阵狂风之后，竟然还下起了暴雨！

因此，适合同步通信卫星发射的时间，就只有旱季，即每年的 10 月到第二年的 4 月。

为预防发射时火箭、卫星被雷电击中，中国专家们早在研制阶段就把防雷电作为专题攻关，做了大量准备工作。1981 年到 1982 年，火箭上主要的电子仪器和火工品等，在电力科学院就做过高压模拟雷击试验，从而形成了防雷电的措施。这次发射“亚星”，还特从北京请来了中科院空间中心的专家，并带来了测雷电设备——既有雷电定位系统，也有电场仪。电场仪可测得直径十公里内云层的电场强度，而且可以二十四小时连续监测。

由于“长征三号”火箭使用的是液氢液氧做推进剂，这就必须保证：从加注到发射这个时区里，周围三十公里内不得有雷电活动。因为发射时倘若云中有电，火箭穿过积云区、阵雨区或雷区时，由于高速飞行的火箭扰动了云闪电场，便会使场强发生畸变；而场强增加到一定值时，就会击穿周围空气介质而触发闪电，从而导致火箭爆炸。

因此，这就要求气象预报必须准确！

然而，人类在高深莫测的宇宙面前，毕竟还是个孩子，想让自然界完全听从人的摆布，无法做到。

目前，世界各国把所有最先进的科学技术都用于了气象，如计算机、雷达、红外探测器等，但仍无法达到准确预报。欧洲将各国的气象专家和最好的设备全集中一起；美国在本土上空有两个静止气象卫星和两个极地卫星，也有许多先进的地面监测手段，国家航空航天局还设有专门研究航天气象的机构。尽管如此，对一百公里范围的气象变化情况，也只能是监测而已，谈不上准确预报。

而翻开世界航天史，因气象原因而造成发射失败的，不乏其例。

以美国为例，仅从 1986 年 1 月至 1987 年 6 月的五次发射失败来看，均与气象有关。

——1986 年 1 月 28 日，“挑战者号”航天飞机点火升空后七十三秒爆炸，七名宇航员全部罹难。事后经调查认为，除助推火箭设计上存在缺陷外，另一原因是忽视和低估了气象的临界效应。由于“挑战者号”运输系统在发射台停放了三十八天，发射又是在零下二摄氏度的低温条件下进行的，因而固体燃料火箭助推器上的 O 形密封圈因受冻而发生裂变，使得向外喷泻的高压火流引燃外燃料箱，从而导致悲剧的发生。

——1987 年 3 月 26 日下午，美国宇航局从佛罗里达州卡纳维拉尔角空军基地发射一枚载有军事通信卫星的“大力神”火箭，由于发射时遇到大雨，刚启动约一分钟，便在离地面四千七百米的空中遭到雷击而爆炸，直接损失达一点七亿美元。

——1987 年 6 月 9 日，美国宇航局在瓦罗普斯岛发射场发射三枚火箭，因发射前一阵狂风暴雨突然袭来，火箭被雷电击中，并自行点火升空，随后很快坠毁于大西洋之中。

…………

由此可见，气象条件的保障，对卫星发射的成功，有着举足轻重的作用；倘若气象预报一旦有误，则一切功亏一篑！

想到此，吴传竹砰地关上窗户，大步朝门外走去。

远天，一片阴沉。几块云团，在发射架的头顶，若有所思地悬荡着，像一床床发潮的棉被；昔日望惯的山梁上，早该布满曙光，此刻却仍是一片晦色；太阳如同一个怕羞的村姑，就是迟迟不肯露脸。

吴传竹爬上一道坡坎，又爬上一道坡坎，一直爬到了半山腰。五十多岁的人了，竟没一点累意。他抬起头来，再次举目四望，天空依然乌云密布。他恨不得能长出一双长长的手来，将死睡的太阳一把拽出云层！

这位出生在四川大巴山中的黑脸汉子，从小就善于爬山走路。他刚满六岁时，便开始爬山打柴。上小学时，每天来回走十五公里。上高中后，每周来回走一百多公里。

1959年，他以优异的成绩考入北京大学地球物理系气象专业，成为系里的竞走主力队员，从此也与气象结下了不解之缘。

1970年，发射“东方红一号”卫星时，他是气象预报组的组长。那天，也是满天乌云。火箭加注前，司令员问他：“发射时能看到星星吗?”他年轻气盛，一副初生牛犊不怕虎的样子，胸脯一拍，说：“保证能!”火箭起火时，夜空果然星儿闪烁；而且航线四周都是云，唯独火箭飞行的航线上夜色朗朗。

为此，他立了三等功。

但随着发射预报次数的增多，他越来越感到，老天爷这家伙，实在太难对付了!

特别是西昌的几次发射，老天爷仿佛故意作对似的，每次发射前几乎都要碰上几个小时的多云或者大风，而且相当严重，搞得从上到下，十分紧张。

1984年4月8日发射第一颗同步通信卫星时，上午还是晴空万里，中午1点便云层滚滚，到3点已是乌云密布了。但在指挥部紧急会议上，吴传竹还是大胆做了预报：“晚8点云量将减少到六层以下，场区上空将出现云空。火箭穿云飞行时，云中电场强度不超过十伏/厘米，不可能出现扰动闪电。8点后完全满足最佳发射条件。”于是，指挥员果断下达了加注第三级火箭推进剂的命令。结果，发射时，场区上空真有一块很大的云空。事后有人说：“那是气象专家钻了老天爷的一个空子!”

1986年2月1日的发射也是如此。发射前的头一天，高空风速达八十五米/秒以上。为此，2月1日凌晨1点指挥部召开紧急会议，就风向问题研究讨论了一个多小时，等确定风向对火箭无大的影响后，才下了加注发射的决心。

1988年3月7日的发射，更为惊险。上午还是红日高照，下午便满天乌云，发射前几十分钟还下起了小雨。不少人都说："今晚肯定搞不成了！"现场的指挥员和工作人员也都心急如焚。但吴传竹和气象室的人员一起，经过周密分析、精确计算后，做出了"晚 8 点转少云"的预报。于是指挥员决定推迟卫星、火箭加电！火箭升空时，果然又是晴空万里。

然而，尽管吴传竹在发射场干了近三十年，和他的同事准确预报过十三颗卫星的发射日，可他深深感到，这次"亚星"发射的气象预报，比此前任何一次都更加艰难、更冒风险！

此刻，日出的时辰早已过去。吴传竹再次抬起头来，满眼除了失望，还是失望。

要是发射日不是选定在今天，而是选定在前天或者昨天呢？

前天晚上，他特意去了发射场。多好的"发射窗口"（即发射时机），没有云，没有雨，更没有雷，而是满天星斗。

昨天晚上，他又去了发射场。抬头一看，一轮圆月高挂在发射架的上空，仿佛正向他发出挑逗似的微笑。

是的，自 4 月 1 日选定 4 月 7 日为发射日后，气象预报便被逼上了一条绝路；而他和气象室的全体同事，也背上了一个沉重的包袱，甚至被压得喘不过气来。

吴传竹非常清楚，由于今年全国气候反常，给气象预报工作带来了非常大的难度。尤其是 3 月中旬，全国性的寒潮不期而至，致使西昌 3 月的多云日和雷暴日成为近二十年来最多的一次；而从 4 月 2 日起，全国性的寒潮又突然降临。两次寒潮间隔如此之近，强度如此之大，这在历史上的任何一个春天都不曾有过。而且，他们通过对十七年的历史资料的统计计算，4 月 7 日这天，十七年中有十一年都是坏天气！

果然，从 4 月 4 日晚起，内蒙古西部的冷空气南下，进入北疆，翻过天山，开始向西昌方向移来；同时，孟加拉湾的热带云团，随着西南气流东北上，叠加在冷风云系上，造成连续性降水，又让西昌的天气变得更加复杂。

吴传竹抬腕看表，表上的日子清晰可见：4 月 7 日！

如此重大的发射，为什么偏偏选择了今天呢？

三十三、发射日，一个留给明天的问号

选择哪一天为发射日，对一次发射的成功，起着决定性的作用。

“亚星”的发射日，为什么定在了 4 月 7 日，而没定在 4 月 5 日或者 4 月 8 日？或许这还是一个问号，一个留给明天的问号。

早在 2 月 27 日，西昌卫星基地气象部门根据各种气象监测设备获取的信息，以及西昌地区几十年的气象历史资料，对 4 月份的天气趋势和天气过程，就做过如下预测：

4 月 1 日至 4 月 3 日，有一次降温降水天气过程；

4 月 4 日至 4 月 6 日，天气较好；

4 月 7 日至 4 月 14 日，为阴雨多云天气，且有降水和雷暴。

为此，气象部门向发射指挥部建议：“亚星”的发射日，瞄准 4 月 5 日为好。

发射指挥部当即表示：发射日可以预选在 4 月 5 日。

但“亚星”发射日的确定，与过去发射国内卫星不同，它涉及美国和亚洲卫星公司等方方面面，须经中外双方共同商榷之后，方能最后确定。

于是，中外双方根据各自准备工作的进展情况及气象预测情况，经过共同协商后，将发射日预选在了 4 月 5 日至 4 月 9 日这个区间。就是说，4 月 7 日正负两天均为发射日；至于到时具体选定哪天，则取决于当时具体的气象条件。

对此，双方还举行了正式的签字仪式。

但是，“4 月 7 日正负两天”是个技术术语。严格说来，这个概念并不严格。因此，中方按 4 月 5 日准备，瞄准时间的最前沿，其好处是回旋余地大，万一 4 月 5 日不行，还可延至 4 月 6 日或 4 月 7 日。这显然是个上策。而亚洲卫星公司则按 4 月 7 日准备。虽然这个日子也在预定的时间范围，但显然不是上策。

之后，基地气象部门进一步做了分析，再次做出预报：4 月 5 日、6 日天气好，4 月 7 日至 4 月 10 日天气坏；并且中方还将这一情况及时通告了外方，建议将发射日选定在 4 月 5 日为好。

但没想到，当中方的气象预报传到外方时，外方却没一个人相信这个预报。认为目前世界上的短期预报，最高准确率才只有百分之六十，现在离发射日还有一个月，中国的气象预报却做出了 4 月 5 日是好天的预报，简直是天方夜谭，不可思议！

尤其是这一信息传到大洋彼岸的美国休斯公司总部后，不少人觉得很荒唐，甚至一时传为笑柄；而香港亚洲卫星公司方面有人则说，按香港的风俗，4 月 5 日这天是清明节，而清明节是鬼节。鬼节这天除了祭坟，最好别干其他事情。还有其他香港同胞也有反映，说最好不要在 4 月 5 日这天发射，因为好多年没给老祖宗上过坟了，想利用这个清明节，去老祖宗的坟上烧香磕头；但又很想看发射卫星。如果在 4 月 5 日这天发射，二者就会互相影响。

于是，关于 4 月 5 日是好天还是坏天，发射日到底选在 4 月 5 日还是 4 月 7 日，一时间在美国、加拿大和香港地区，传得沸沸扬扬，且众说纷纭，莫衷一是。

采访中，有人还告诉我，听说为了证明 4 月 7 日到底是好天还是坏天，中国内地有个老人在一个幽静的夜晚，特意翻出一本老皇历，戴着老花镜，将老皇历举在灯下连续查看了三遍。最后的结论是：4 月 7 日——出师不利！而与此同时，香港也有一位老人，在一个落日的黄昏，搬出一本老皇历，躺在睡椅上，认认真真地查看了四遍。最后的结论是：4 月 7 日——黄道吉日！

传说毕竟是传说。

我查看了当时的会议记录。其会议记录的显示是：在3月19日中午1点的中外首脑协调会上，中方提出：发射日按4月5日准备；在3月26日下午4点的中外首脑协调会上，中方又一次提出：将发射日定在4月5日；在3月28日上午10点的中外首脑协调会上，吴传竹对4月5日天气的可靠性做了明确分析后，中方再一次表明意见：先将发射日预定在4月5日；若4月5日不行，再往后顺延。

但亚洲卫星公司却仍然坚持在4月7日发射，其主要理由是：

第一，根据原协定，4月7日也是发射日；

第二，香港卫星通信站尚未完全建好；

第三，他们各方面工作计划，都是按4月7日准备的；

第四，4月5日是清明节，按香港的风俗，人们这天不出门。

为此，中方指挥部专门召开了会议。经研究，一致认为：发射日定在4月5日最好。如果对方一定要坚持4月7日发射，到时因天气问题不能发射，其后果将由对方负责！

会上，任新民老总说："如果他们硬要坚持4月7日发射，我们可以冒点风险；但现在就要把话讲到前面，到时打不成，就要赔款！"按合同规定，任何一方，若因主观原因推迟一天，赔款十万美元！

上官世盘也强调说："今晚就写信，坚持4月5日或4月6日发射！如果他们要4月7日发射，把任总的意见写上，明确提出要对方赔款！4月7日如果天气不好，决不发射！"

沈荣骏副主任最后拍板："马上给亚星公司发份传真，内容是：根据天气预报和按原双方确认的前提，4月5日和6日好天的可能性大，7日和7日后天气可能转坏。因此，我们的意见是4月5日发射。考虑到你们的意见，可以放在6日；如果非要7日，尊重你们的意见。但由此而造成的损失和拖延，将由你们负责。至于7日以后能否发射，要根据天气条件再定。"

3月31日，卫星中心气象部门又对外发布了4月份逐日天气预报，仍认定 4 月 5 日和 4 月 6 日是好天，晴间多云，“发射窗口”满足最佳气象条件；4 月 7 日至 10 日多云间晴，有小雨，只具备最低气象发射条件。

但是，直到 4 月 1 日的中外首脑协调会上，亚洲卫星公司才明确表态：他们已将发射日定在了 4 月 7 日，而且邀请的几百名外宾来西昌参观发射的请柬均已发出，所有的包机也全部定好。希望中方能谅解他们的这一难处。

至此，中方为顾全大局，只好被迫做出让步，将发射日定在了 4 月 7 日；但明确强调：倘若 4 月 7 日和 4 月 7 日后不能保证发射，其后果概由对方负责！

于是，便有了今天的风风雨雨。

三十四、 紧急气象会

这是一次事关重大的紧急气象会。

昨晚，“长征三号”火箭的第一级和第二级的常规燃料已经加注完毕。再过一个小时，第三级火箭的低温燃料就要加注。但“长征三号”火箭的低温燃料到底加不加注，4 月 7 日这天都已经临近中午了，还无法确定下来。原因是要看老天爷最后的脸色，才能最后拍板。所以指挥部决定召开紧急气象会。

由于这天从早上到中午，中外专家们一直都被气象问题压得喘不过气来，所以接到开会通知后，有的只草草扒拉了几口饭，就急忙来到会场；有的实在太忙，连饭也没顾得上吃就匆匆赶到会场；而气象处处长吴传竹，则是到会最早的一个。

老吴刚坐下，翻了几下资料，就坐不住了，赶快趴到窗前看天。看了一会儿，又回到座位上，身体虽然一动不动，脑子还是在不停地琢磨天气情况。

老吴的右边，坐的是气象专家张增正。这也是一位同老天爷较量了一辈子的老专家了，今天仍然难以保持镇静。老吴的右边，是年轻的气象处副处长李发忠。或许是好几个夜晚没睡觉了，眼里明显布满了血丝。

三位“神仙”坐在会场的中央，静静地等着会议的开始。虽然各自的脸上都是“阴间晴”；但每人的内心，都是“雷声滚滚”。

12 点 30 分，副总指挥胡世祥风风火火地走进了会场。一进会场，胡世祥就忘不了开玩笑：“老吴，现在可是万事俱备，只欠东风啦！我告诉你，军中无戏言，你今天要报不准，我就送你回老家种地去！”

基地总设计师佟连捷笑眯眯地说：“老吴，好好报，报准了有功！”

任新民老总也说：“老吴，你们的预报一贯很准，但今天我希望你们的预报犯个错误！”

接着，航空航天部部长林宗棠、副部长孙家栋，以及指挥长曲从治等都匆匆赶到了会场。凡到会的人员，一进门，就望着坐在会场中间的吴传竹，仿佛他的面孔，就是一张天气预报表！

这一来，老吴就更紧张了。

老吴是个老实人，也是个很朴实的人。平常在穿着上从不讲究，甚至说多少还有点邋遢样。但由于今天是发射美国卫星的日子，所以他特意换了一身蓝色的毛料西装。可惜的是，也许是心情紧张，也许是过于匆忙，总之他穿了西装，却忘了系领带！

这个细节，胡世祥刚一落座就看见了。为了缓解一下紧张的气氛，一向风趣的胡世祥对老吴开起了玩笑：“老吴，你检查一下，看有什么东西忘带了？”

老吴听胡世祥一说，以为是自己忘带什么气象资料了，一下就紧张起来，忙打开自己装满各种气象资料的手提包，翻来覆去地找。

胡世祥说：“别找了，你丢的东西不在包里。”

老吴问：“在哪里？”

胡世祥说：“在脖子上。”

老吴更加摸不着头脑了，问：“脖子上？什么东西？”

胡世祥说："你先摸摸你的脖子再说。"

老吴摸了摸脖子，还是莫名其妙："脖子，脖子怎么啦?"

胡世祥这才笑道："领带，领带！你看看你的领带去哪儿啦?"

老吴低头一看，这才忍不住笑了，连连说道："对不起，对不起，都怪老婆忘给系上了。"

在场的专家们一下全笑了，这一笑，会场的气氛顿时轻松了不少。

这时，国防科工委副主任沈荣骏最后一个气喘吁吁地赶到了会场。

主持会议的胡世祥这才宣布："会议开始吧!"

第一个发言的，就是吴传竹。

老吴经过刚才一番玩笑，紧张心情似乎比初进会场时轻松了许多，但仍让人感到多少还有点紧张。他站起来，扶了扶眼镜，扫了一下会场，然后指着贴在墙上的气象图，不紧不慢地说道："今晚从 7 点 49 分到 10 点 45 分，共有三个'发射窗口'可供选用。从'发射窗口'来看，对今晚的发射是有利的。"

有人轻轻吐了一口气。

"但是，今天的天气很糟糕!"老吴转而说道，"根据综合资料分析，位于内蒙古西部的冷气团正南下，现已翻过秦岭进入四川，于今日早上影响到西昌。因此，今晚 6 点前，有积雨云；6 点左右，有小阵雨；至于 6 点后的情况，现在还难说。"

"什么？还难说?!"有人情不自禁地问了一句。

会场出现了一点小小的骚动。有几位专家小声议论起来；指挥长曲从治和另外几位专家则起身趴在窗前，忙着抬头看天。

"怎么办？第三级是加注还是不加注?"胡世祥又问了一句，像是问大家，又像是问自己。

会场出现了短暂的沉默。

第三级火箭的低温燃料能不能加注，这是发射中关键的第一步。如果第三级没有加注，后面的问题好办；但如第三级一旦加注了，除极特殊情况外，就必须要在“发射窗口”内发射。

指挥长曲从治用铅笔在本上匆忙地记下点什么，然后又将目光投向吴传竹。

老吴看了看指挥长曲从治，又看了看副指挥长胡世祥，屁股刚抬起来，又坐了回去，一副欲言又止的样子。

胡世祥站起来，指着吴传竹问：“老吴，你表个态，今晚8点后，天气到底能不能好转?”

老吴也站了起来，迟疑了一下，想了想，而后提高嗓门说道：“可以保证!”

胡世祥转过身，望着现场总指挥沈荣骏：“我看可以考虑加注。”

沈荣骏问了问另外几位气象专家的几个细节，然后说道：“我看可以下这个决心!”

“对，我同意!”指挥长曲从治首先表了态。

“怎么样?”胡世祥又问几位老总，“你们的意见？谈谈!”

“干！可以干!”几位老总异口同声。

胡世祥这才侧过身去，问身边的一位老人：“老司令员，请谈谈您的意见。”

有人这才注意到，老司令员侯福今天也来了。侯福去年已经退居二线，这次被请来做高级顾问。“气象是我们的专利”这句如今流行海外的话，就是几年前他拍着胸脯吹牛“吹”出去的。应该说，西昌卫星发射基地的气象预报如今知名度不小，与他当年的重视大有关系。近几天，气象问题同样搅得他心神不安。上午，他还迈着一双在朝鲜战场受过伤的腿，在发射场附近转了半天。他说，在他三十年的航天发射生涯中，还从未遇到过这么复杂的气象情况。

“我同意干。”老司令员侯福说，“但天有不测风云。今天天气特殊，等燃料加注完了后，每一步工作，一定要慎之又慎!”

“对!”胡世祥接着说，“‘不见鬼子不拉弦’，不到时候不点火！不管有多大压力，我们一定要咬牙顶住！既然决心已下，就不得以任何理由，干扰现场指挥!”

“如果到时出现小雨，也不能动摇决心!”任新民老总说。

“对!”沈荣骏说，“第一，我们先瞄准第一个‘发射窗口’的前沿进入程序。如果不行，再瞄准第二个‘发射窗口’。第二，第三级火箭按时加注。第三，如果天气到时出现突变，最后三十分钟口令推迟下达。总之，大家要沉着、冷静，一切按原计划进行!”

“对，就这么干，第三级火箭可以加注!”林宗棠、刘纪原两位部长一起站了起来。

所有专家，也一下全站了起来，说：“好，就这么干!”

三十五、加注！加注！

下午 1 点 30 分，当加注人员进入岗位，开始对第三级火箭实施低温燃料的加注时，整个发射场的气氛顿时变得紧张起来。

在航天发射中，使用液氢液氧这种低温燃料做火箭的推进剂，这在当今强手如林的世界航天领域，除美国和欧联外，只有中国!

这种零下两百多摄氏度的低温燃料具有极大的危险性。加注时，受一粒沙子从一米高的空中掉在地上所产生的能量，或者头发丝摩擦所引起的静电，都有引起爆炸的可能。因使用这种低温燃料而造成箭毁人亡的，在国外不乏其例，绝大多数国家只能望而却步。

因此，此刻最紧张最危险的，是活跃在发射场上的火箭加注兵。如果这时你在发射场，便会看到，加注兵们个个头戴防毒面具，身穿静电防护衣，一举一动，都特别地小心翼翼，仿佛每一个步点，随时都会踩响死神布下的地雷。

这绝非危言耸听。液氢液氧不仅易燃易爆，而且还对人体有害。这种燃料从远地运至发射场，经一系列处理后，再加注到火箭肚子里；其间若有任何一个细小环节出现问题，必将酿成大灾大祸!

值得称道的是，西昌卫星发射基地有一支骁勇善战的火箭加注队伍，在过去七次卫星发射中，每次都保证了加注的顺利成功。但今天，从指挥员到每个加注队员，心里似乎都有一种异样的感觉；虽然今天加注的内容和程序与过去别无二致，可加注的燃料毕竟是发射美国卫星的燃料啊！

更何况，从午后 2 点起，云层便开始涌向发射场的上空。刚到 3 点，又下起了毛毛雨，且远处偶尔还隐隐传来声声闷雷。所以今天的加注一开始，便比以往任何一次都显得紧张。

当第一声惊雷在发射场的上空轰然炸响时，发射场区的所有中外人员，一瞬间全都愣了！

此刻正是 3 点 40 分，发射程序已进入最后四小时准备。液氧助推剂刚刚加注完毕，液氢燃烧剂正处于紧张的加注之中。不料发射场的上空，骤然乌云滚滚，电闪雷鸣，紧接着便下开了小雨。

怎么办？

发射架上最顶端的四层工作平台已经全部打开，头顶着“亚星”的“长征三号”运载火箭的半截身子已裸露在苍穹之下。尽管雷声在一千八百米的高空滚动，但万一出现云地闪，一个惊雷落地，后果不堪设想！

发射站地面设备营营长曾道平，此刻急得拳头攥得嘎嘎响。这位当年的重庆知青，在发射场已度过了十五个春秋，如今依然虎气十足。当他愤怒地抬起头时，只见西北方向的云团正野马般奔涌而来，一阵猛烈的雷阵雨眼看就要铺天盖地。

曾道平几步跑到电话间，迅速拿起了电话：“喂，01！01！我是曾道平。现天气发生突变，请求关闭发射平台！”

“请稍等。”话筒里传来 01 指挥员的声音，“等我请示后立即答复！”

曾道平放下话筒，下意识地抬了一下头，一个惊雷便在头顶炸响，他身子猛地一颤！不好，再也不能等了，必须采取紧急措施！

“快！立即关闭发射平台！”就在这时，副指挥长胡世祥从山洞里风风火火地冲了出来，果断地下达了命令。

一位叫陈家兴的排长，带着四名操作手，立即向发射架奔去。接着，曾道平、胡世祥和佟连捷总师也跟着冲向了发射架。

于是，同一时空里，在十一层楼高的发射架上，出现了四组人物的画面：

身轻如燕的操作手；

满脸通红的曾道平；

气喘吁吁的胡世祥；

步履沉沉的佟连捷。

本来，平时上发射架，一般都使用电梯，但此刻因加注正在进行，启动电梯容易产生静电，所以只能靠双腿爬！

爬发射架对胡世祥来讲，如同山民爬山，渔人下海。年轻时，他就喜好体育锻炼，尤其喜欢花样溜冰，甚至1960年饿着肚子也溜！所以他早就练就了一副强壮的体魄。当年在戈壁滩的一次发射中，离发射只有七分钟了，为排除一个故障，他竟一连爬了五次发射架！可而今，毕竟是五十岁的人了。当他冲到发射架的第五层时，连气都有点接不上了。

毫无疑问，此刻在发射架上的人，是最危险的；倘若发生雷击，最先遭难的便是他们。但此刻的胡世祥，什么也顾不上想了，心里只有一个念头：赶快关闭发射平台，保住火箭、卫星！

说来难以令人置信，不知靠着一种什么样的力量，十一层楼高的发射架，胡世祥竟然只用了三分多钟，便一口气冲到了顶端。

刚打开的发射平台，又匆匆关闭了。

胡世祥站在发射架的顶端，长长地出了一口气。然后，他仰对苍天，挥动胳膊，竟忍不住扯着嗓门大声喊道：“今晚我们一定要成功！一定要成功！”

胡世祥粗犷的吼声顿时回荡在群山峡谷之中。而恰在这时，一声惊雷，横空炸响；接着，瓢泼大雨，倾天而至！

加注，在雨中进行。

这是一场人与自然的较量，也是一场生与死的搏斗！

尽管发射平台已经关闭，美国的卫星和中国的火箭暂时得到了保护，但危险依然潜在。因为，这时地面的温度只有十五摄氏度，管内的液氢是零下两百摄氏度，二者温差太大。一旦遇有静电火花产生，或者一个惊雷落地，即刻便能将发射场引爆！

此刻，发射场上已积满雨水，身着米黄色静电服的数十名加注人员，冒着生命危险在做着最后的冲刺；指挥员沈荣骏、胡世祥、唐贤明、唐仕镒等，则奔忙于各个岗位之间，紧张地进行着组织指挥。雨水，汗水，早已打湿了他们的衣服，但所有人员只有一个信念：加注！加注！

加注，终于顺利结束！

发射场上紧张的气氛，出现了短暂的缓和。

然而，当发射程序进行到最后八十分钟时，老天更加肆无忌惮地撒起野来。团团乌云，铺天盖地；阵阵雷涛，滚滚而来。风声、雨声、雷声，声声震撼着人们的心弦！

怎么办？发射程序是中止，还是继续进行？

胡世祥两手叉腰，站在发射场中央的水泥地上。这位从大西北走来的铮铮铁骨汉子，发射场生涯几十年，向来气吞山河，无所畏惧。但今天，在大自然强大无比的威力下，一颗狂跳的心也禁不住阵阵发颤。当他再次将目光投向乱云飞渡的天空时，一向开朗的他，额头上似乎也第一次裂开了焦虑的皱纹。

“老胡！”任总这时从发射场西边急匆匆地跑了过来，七十五岁的他步子在雨水中一颠一颠。

“任总！”胡世祥几步迎了过去。

“我的意见，马上中止发射程序！”任总挥了挥干瘦的胳膊，非常果断。

“好！我同意！”胡世祥转身跑向发射场气象预报工作间，拿起电话，匆匆拨通了地下指挥所，“喂，01，我是胡世祥，立即中止发射程序！”

“明白！”

胡世祥啪的一声扣掉电话，仰天一声长叹，大步朝地下指挥所走去。

喧腾一时的发射场，顿时陷入一片沉静之中；唯有阵阵凶狠的雷鸣，伴着无情的雨水，还在天边隆隆滚动、滚动……

三十六、中国，敞开了汉唐的胸怀

此刻，距发射场约六公里的指挥控制中心，早就宾客满座。

指挥控制中心坐落在一个群山环抱、溪水缠绕的山坳里，与发射架对峙相望。指挥控制中心主要担负火箭和卫星发射时的指挥控制、数据计算、数据传输、时间统一和安全控制等多项重大任务，号称西昌卫星发射基地的“大脑”和“心脏”。

指挥控制中心内设有一个相当豪华的指挥控制大厅。大厅的正面，装有一个长五点三米、高四米的大型彩色电视屏幕；屏幕的两侧，设有无数个像大火柴盒似的信号显示板。通过大屏幕和这些显示板，发射指挥官们和各个系统的专家以及中外来宾便可随时直观地看到发射场区的现场工作情况，以及火箭、卫星的各种参数和各系统设备的运行状态。而中外高级指挥官们，均在此运筹帷幄，发号施令。

指挥控制大厅的后方，是外宾观礼台。观礼台上的数百名外宾早已热血滚滚，拭目以待。可由于发射程序突然中断，他们开始变得焦躁不安。他们一看大屏幕就知道，发射场肯定发生了异常情况，但又搞不清到底发生了什么异常情况。于是三三两两，交头接耳，小声议论起来；有的则索性离开观礼台，爬上楼顶，站在风雨中，面对发射架，仰望苍天，为今晚的发射默默祈祷！

江·可达先生是下午5点40分进入指挥控制大厅的。他自然穿上了那套他夫人特意为他精心设计、制作的褐色的花格子西服。然而，当他匆匆冒雨跨进大厅时，这套富有传奇色彩的西服，似乎也失去了往日的风采和惯有的神韵。

尽管如此，坐在前排位置的江·可达先生仍不失大将风度。与他身边的几位同僚相比，其表情的老练程度非同一般。不过，当发射程序突然中止后，稍加注意还是可以看出，在他镇静的外表上，惶惑与不安还是显露无遗。

是的，尽管这位国际航天界的风云人物曾成功地组织过世界上十多次卫星发射，但碰上今天这种倒霉的气象，这种恶劣的发射条件，恐怕也是第一次。何况，这是他第一次代表加拿大来中国参加组织卫星发射，即便再神通广大，也无法预料今晚究竟能不能发射，到底能不能成功，更没想到发射程序会突然中止。因此，此刻的他一边专注地凝视着大屏幕，一边不时地转过头去看看坐在观礼台上的各国贵宾，一双忧虑重重的目光似乎总想传递点什么。

坐在江·可达先生旁边的，是亚洲卫星公司技术总负责人邱雅惠。

邱先生是台南市人。1971年毕业于台湾大学物理系。1973年去美国攻读物理博士学位，去年初应聘去了香港亚洲卫星公司。大学毕业时，邱先生曾在台湾金门岛当过两年兵。不难想象，十几年前的某个雨夜，当邱先生身披雨衣、端着步枪直挺挺地站在金门岛上，用一双警惕的目光注视着大陆时，肯定不会想到十几年后的今天，他会与大陆的同胞一起坐在指挥控制大厅发射卫星。

一阵骚动过后，邱先生焦虑的心情似乎比刚才稍稍平静了一些，他推了推眼镜，望着坐在身边的亚洲卫星公司大老板薛栋先生。

薛栋先生是今天中午才乘坐飞机赶到发射场的。此刻，他的手指在沙发的扶手上不停地敲击着，面部表情比任何人都显得更为严峻，更为焦急，更为不安。

邱先生与薛先生的目光短暂对视后，邱先生拿起了直通发射场胡世祥的电话。

邱先生："胡先生，现在天气情况怎样?"

胡世祥："邱先生，老天不讲理，情况很不妙啊!"

邱先生："胡先生，我们老板很着急啊！你知道，本公司邀请的客人全都到了，今晚要发射不成……"

胡世祥："是啊，我早就说过，中国的气象专家不是吃干饭的。邱先生，现在你们相信了吧?"

邱先生："胡先生，这毕竟是第一次嘛!"

胡世祥："邱先生，请转告你们老板薛栋先生，我们会尽最大努力的，叫他放心吧!"

邱先生："好的，我们很期待你们的好消息!"

胡世祥："不过，你告诉薛先生，今晚我的火箭要是点不了火，我可要他赔我十万美元哟!"话音刚落，话筒里便传来胡世祥爽朗的笑声。

胡世祥的每一句话，坐在边上的薛栋先生都听得清清楚楚。尽管他知道，这位爱开玩笑的胡先生刚才给他开了个小小的玩笑，但他身为亚洲卫星公司总裁，心情无论如何还是轻松不起来。两年来，亚洲卫星公司苦心经营，历经艰难，耗资一亿多美元，好不容易走到今天。自去年初，他从香港专程赶到北京签署了用"长征三号"火箭发射"亚洲一号"卫星的正式合同后，公司的全部资产以及前途命运便与"长征三号"火箭紧紧绑在了一起，而他自己也背上了一个沉重的包袱。很显然，成败在此一举。万一今晚不能发射，或者发射出现万一，不仅他个人的声誉受到影响，更重要的是，按合同规定，公司必须要赔十万美元!

想到此，薛栋先生坐不住了，起身向指挥控制大厅门外走去。

走到门口，他刚一抬头看天，天空突然响起一声雷鸣。不知怎么搞的，西装革履、一脸斯文的薛老板竟脱口骂了一句：

"他妈的!"

指挥控制大厅旁边的休息室里，人大常委会副委员长、中国国际信托投资公司董事长荣毅仁先生，此刻正饶有兴致地在听著名航天专家孙家栋翻来覆去地讲，什么叫"发射窗口"。

荣毅仁的旁边，是新华社香港分社社长周南等人。

采访荣毅仁先生不易。但几经争取，荣先生还是接受了我的采访。

荣先生披一件灰色的呢大衣，身材魁伟，满面红光，虽然已是七十四岁的老人了，精神依然饱满旺盛。

六年前，中国国际信托投资公司刚刚成立时，邓小平便送去八个字：开拓创新，多作贡献！但如何开拓创新、怎样多作贡献，是作为公司董事长的荣先生，一直挂在心上的一件大事。

1987 年初，当投资问题成为能否发射"亚星"的重要条件时，经中信公司技术开发部与有关部门口头商谈，荣先生决定：由中信公司同香港和记黄埔公司和英国大东电报公司合资创办亚洲卫星公司，然后购买、经营"亚洲一号"卫星，并由中国的火箭发射。

显然，荣先生要用行动来向世界证明：中国的火箭不仅能发射自己的卫星，也能发射外国的卫星！

然而，正当中信公司积极参与筹划此事时，去年春夏之交那场震惊世界的政治风波发生了。西方某些国家因此对中国实行了所谓的"经济制裁"，使中信公司的筹措资金工作一下陷入困境。于是，有的国外客商乘虚而入，企图迫使中信公司退出亚洲卫星公司，以便从中挖走"亚洲一号"卫星。

面对如此困境，中信公司怎么办?

退出去，国家的利益，必将受到损害；不退出去，一大笔巨款筹备不起来，怎么办?

荣先生思量再三，最后向香港和记黄埔公司和英国大东电报公司明确表示：中信公司参股，就是要让中国发射"亚洲一号"卫星，绝不能让其他人挖走这颗卫星！接着，荣先生四处奔波，八方活动，在同事们的共同努力和各界友好人士的鼎力支持下，终于克服重重困难，解决了筹资问题。

因此，今晚的发射成功与否，对荣先生来说，同样事关重大。难怪他总是反复问孙家栋，什么叫“发射窗口”。

荣先生问完了“发射窗口”，我问荣先生：“‘亚洲一号’卫星的成功，对中信公司意味着什么？”

荣先生笑了笑，说：“我作为股东之一，非常希望国家的科学技术发达兴旺。我今天来看发射，很高兴！‘亚洲一号’能有今天，非常不易，是国内外朋友们共同努力、合作的结果。我想，‘亚洲一号’今晚一旦发射成功，就能沟通亚洲和世界的联系，这是很有价值、很有意义的一件大事情！”

这时，西昌卫星发射基地一位领导递过一张发射“亚星”的首日封，对荣先生说：“荣先生，我们这儿有一位孕妇，现在岗位上下不来。听说您来了，她想请您给她签个名。”

“好，我签，我签！”荣先生急忙掏出笔来，工工整整地在首日封上，写下“荣毅仁”三个字。看得出，荣先生很为这位孕妇如此坚守岗位而感动。

这时，窗外忽然响起一声雷鸣。荣先生慌忙提着笔，几步走到窗前，趴着望天。

指挥控制大厅的楼顶上，站着香港著名大亨李嘉诚。

六十二岁的李嘉诚先生是香港知名爱国人士、著名企业家，也是著名的亿万富翁。他是今天上午，从香港乘专机赶到西昌卫星发射场的。

作为亚洲卫星公司的股东之一，李嘉诚先生对这次“亚洲一号”卫星的发射，自然也是再关心不过了。一到西昌，他便怀着急切的心情，要去观看卫星发射场。以至于我想多和他聊上一会的时间，都被打了折扣。当他迈着微颤的步子走进发射场，抬头凝望着那高高矗立的发射塔和发射塔上那银光闪耀的“长征三号”火箭时，一种豪情似乎顿时溢满老人的胸间。接着，他又观看了卫星测试大厅和其他发射设施，并不时关切地向有关人员打听航天发射中这样或那样的问题。下午，当发射程序进行到最后两小时时，他才来到指挥控制大厅就座，等着观看火箭那腾飞的壮美景象。

然而，没想到发射程序突然中止。当身边工作人员告诉了他这一消息时，他一下急了，显得难以置信：“怎么会呢？刚才还是好好的，怎么会呢？怎么会呢？”

当他冷静下来后，面对现实，不得不沉默了。他坐在那儿，愣了半晌，才慌忙站起，在陪同人员的搀扶下，匆匆登上了楼顶。

此刻，天空仍不停地飘洒着毛毛细雨，头顶不时有雷鸣阵阵滚过。站在雨中的李嘉诚先生，焦虑不安。他举着雨伞，在湿漉漉的楼顶上来回走了好几趟，然后才停下脚步，目光穿过雨幕，投向约三公里之外的发射场。

此刻，刚才轰轰烈烈的发射场已显得异常的平静，除少许人员仍冒雨在发射场上跑来跑去外，几乎见不着什么动静。或许是李嘉诚先生不忍心看到如此冷清的场面，忙将焦虑的目光转向左侧的荒山野林。

一阵山风裹着雨丝刮来，李嘉诚先生不由得打了个冷战。他索性放下雨伞，仰面抬头望天。天，依然乌云滚滚，细雨纷飞。他推了推已被雨水浇湿的黑框眼镜，禁不住发出一声长长的喟叹，仿佛积蓄了几十年的报效祖国的滚烫热情，今天全被这雨水给浇凉了。

李嘉诚先生出生于广东潮州的书香门第。1940 年，他随父母举家流落到了香港。只上过两年学的他，从工厂的一个推销员做起，经几十年的苦苦奋斗，惨淡经营，终于成为“20 世纪的香港风云人物”“最有敏锐政治眼光的经济学家”“气势如虹的超级亿万富翁”！

据香港 1986 年公布的统计数字表明，在 1986 年香港的十大财团中，李嘉诚先生排名第一，成为香港十大财团的首富。他所控制的长江实业有限公司、香港和记黄埔公司、香港电灯有限公司、香港水泥有限公司的总市值，已高达三百四十二点八八亿港元，从而成为香港地区第一个控制英资财团的中国人，故有“天皇巨星”“商界巨子”之称。

然而，“发达不忘家园，作为炎黄子孙，必须奋斗自强，报效桑梓”是李嘉诚先生的家教和他人生的信条。他并不希望以自己的家财去荣耀祖宗，福荫儿孙。他的大儿子在美国留学期间，还利用业余时间勤工俭学，给人家拣高尔夫球；而他自己脚上穿的鞋子，也只有三十港元。用他自己的话说，“我是炎黄子孙，永远是一个脚踏实地的中国人”。而对内地同胞，他却慷慨解囊。据统计，他对家乡潮州市的捐赠已达三百三十万港元。而且为创办汕头大学，他先后七次捐资二点四亿港元，把汕头大学建成了东南亚一流的校园。

尤其是听说自己国家的火箭要发射美国的卫星，李嘉诚先生更是激动难抑。当美国特雷公司和美国泛美公司先后倒闭后，他和荣毅仁先生一起，共商大计，决定为改变亚洲地区落后的通信面貌再助一臂之力。

于是，他的香港和记黄埔公司和中信公司以及英国大东电报局，三家很快联合组成了亚洲卫星公司；并不惜巨资，购买了美国生产的“亚洲一号”卫星，还明确表示：就是要让这颗卫星由中国的火箭发射！

然而，此时此刻，当李嘉诚先生望着前方南山坡上成千上万冒雨观看卫星发射的人时，脸上的表情更加凝重起来。

指挥控制大厅背后的南山坡上，是历次群众观看卫星发射的地方，人们把它称之为“参观台”。

其实，参观台就是一块高高的荒坡地，距发射场大约三公里。参观台与发射架对峙相望，又是居高临下，故火箭腾飞的情景可一览无余，尽收眼底。

当我气喘吁吁地爬上参观台时，发射场的四周，漫山遍野，早已挤满了人；参观台上，更是拥挤不堪，人满为患。且弯弯的山道上，仍有滚滚人流从四面八方不断涌来。

早在一个月前，西昌不少市民便用书信的方式，向天南海北的亲友们传递了西昌要发射美国卫星的信息；特别是4月3日晚，当中央电视台正式发布了这一重要新闻后，西昌，便成了全国乃至整个亚洲地区的热点。

于是，外地各界人士，昼夜兼程，纷纷赶往西昌。有亲戚的投靠亲戚，有朋友的依赖朋友，想方设法，寻求参观发射证；无亲无友的，便四处"流浪"八方转悠，到处找关系、托门路。一位从宜宾来的退休工人，为了敲开进发射场的"后门"，还专门带来两瓶五粮液。可他在西昌转悠了两天，最后两瓶五粮液也不知道该送到谁的手上。

于是，西昌市所有的旅馆，在两天前便挂出牌子：客满！

于是，从这天上午10点起，从广州、香港和北京等地起飞的专机，开始一架接着一架地在西昌机场降落。美国麦道公司和回声公司代表团，阿拉伯卫星组织代表团，以田上将为首的泰国代表团，以美国驻华大使李洁明为首的美国代表团，还有投资界代表，香港知名人士，香港和记黄埔公司董事及总经理马世民，以及英国、新加坡、蒙古、缅甸等二十多个国家和地区的政府、商界、保险界和科技界知名人士等三百多名来宾，怀着激动的心情，纷纷踏上了西昌这片热土。

于是，从这天下午3点起，五六百辆大小汽车载着数千名观众，如同潮水般涌进了"神秘的大峡谷"；而另一支没有车证和参观证的"游击队"，则以步当车，争先恐后，从四面八方奔向发射场。为躲过哨兵的检查，不少人竟忍着饥渴，不辞辛苦，翻山越岭，绕道而行。

此刻，天空依然细雨霏霏，乌云滚滚。黑压压的人群里，有的抱着大衣、雨布，有的提着干粮、小凳，有的搀扶着白发苍苍的老人，有的搂抱着牙牙学语的孩童。尽管风雨交加，冷风嗖嗖，不少人的衣服已被雨水浇湿，冻得瑟瑟发抖，但还是坚持眼睁睁地望着发射场，谁也不肯离去。

“完了，今晚肯定搞不成了！”一位中年教师仰天长叹。

“看来老天爷今晚是在故意作对。”一位小伙子一边捂着照相机，一边发着牢骚。

“哎呀，万一今晚发射不成，咋办呀？”一位女大学生急得用手搓着自己的辫子直跺脚。

一位七十多岁的彝族老人刚爬上来，还在呼哧呼哧地喘气，人们呼啦一下便围了过去，七嘴八舌，问这问那——

“大爷，你说这天会晴吗？”

“大爷，头上这片云，待会儿还能挪一挪吗？”

“大爷，你看晚上还会不会打雷呀？”

好像今晚的希望，全都捏在这位彝族老人的手上。

彝族老人很老练，不慌张，不着急，只顾喘气，谁也不理；等气喘匀了，再从布袋里摸出一块烤土豆，在袖口上熟练地抹了几下，然后塞进嘴里咬了一口，这才慢悠悠地吐出一句话来：“等等看吧，我也说不清楚！”

人们大失所望，只好无趣地散去。

忽然，一个小伙子穿着西装，提着篮子，从人群中冒了出来：“喂！快来买嘞！鸡蛋，刚刚煮熟的鸡蛋！每个只要五毛，吃饱了好看发射卫星！”

人们似乎这才想起，从早上到现在，不仅没吃饭，连一口水都没喝上，饥肠辘辘的肚子早该“加注”了。由于今天涌来的人太多，当地服务社里凡能进嘴的东西，都被抢购得一干二净。所以，明知小伙子的鸡蛋是在乘机抬价，但为了看发射卫星，也不得不忍痛去买鸡蛋。

我又见到了本文一开始就写到的那个从遵义赶来的个体户的小女孩。我简直无法想象，他们全家是通过什么办法“混”上参观台的。小女孩依偎在妈妈的腿上，软软的身子，明显已经很累了，但一双纯真美丽的小眼睛依然死死地盯着发射塔。她的衣裤淋湿了，头发也淋湿了，一张粉红色的手绢系在她的头发上，在山风的吹拂下，像一面飘动的小旗。

我走过去，把一瓶矿泉水和一袋方便面递到了小女孩的手上。

指挥控制大楼左侧的一块草坪上，是“亚洲一号”卫星直播现场临时指挥部。

担任现场直播的全体工作人员，此刻也正处于紧张的忙碌中。

直播卫星发射实况，这对中国来说，是开天辟地第一次。

众所周知，中国在过去几十年的发射史中，无论是发射导弹，还是发射火箭、卫星，都是在秘密的面纱掩盖下进行的；不仅外国人不能观看，就连中国人自己也同样不能光顾。特别是在 50 年代、60 年代和 70 年代，参加发射试验的人员对自己的妻子儿女也是绝对保密的。部分中国人有幸去发射场观看发射实况，则是近两年的事情。

如果我们稍加回忆，还会记起这样一段历史：1969 年，美国发射“阿波罗”载人飞船时，向全世界进行电视实况直播。那天，这个星球上至少有十亿人坐在电视机前兴奋地观看了人类的脚步如何从一个星球跨上另一个星球。但全世界有四个国家没有转播这次实况：中国、越南、阿尔巴尼亚和朝鲜。

而今天——90 年代的第一个春天，中国第一次发射美国卫星，便要进行现场实况直播；而且直播的范围不仅是中国内地，还包括香港地区——纵然失败，也要面对世界！

这是一种胸怀，也是一种气魄。

当然，事情走到今天，很不容易。

两个月前，在北京龙乡饭店召开的关于“亚星”发射的工作会议上，有人提出一个建议：这次“亚星”发射，建议进行一次电视实况直播。

这个建议激起与会者强烈的反响。国防科工委、广播电影电视部、航空航天部、通信部、邮电部等，当即纷纷表示支持。

但是，西昌卫星发射场地处偏僻的西南大凉山峡谷，距离遥远，环境闭塞，要把发射时的图像和声音高质量地传输到北京，再发射到全国包括香港地区，技术难度之大，前所未有；同时，中央电视台当时正忙于七届人大及亚运会实况转播的准备工作。因此，若是真要下决心搞实况直播，为保证各方面的通力合作，就必须得有一个经中央正式批准的红头文件。

于是，国防科工委和中国广播电影电视部当天便联名起草了《关于发射“亚星”对外现场直播问题的请示》报告，随即呈送中央。

很快，经中央军委、国务院批准的红头文件下发了。于是，一支由中央电视台和四川电视台联合组成的五十多人的“亚星”直播队伍，于半月前匆匆赶到了西昌。

为了让亿万观众看清发射场面，直播组在发射场附近想方设法安置了八个机位，使观众可以从八个角度看到火箭发射的真实画面。

为了防止各种意外情况发生，直播组还制定了六套直播预案：正常发射如何直播，推迟发射如何直播，发射失败又如何直播……

此时此刻，一张巨大的电视直播网已经缓缓张开，担任发射现场解说的中央电视台播音员张宏民，已坐在了属于自己的位置上。

远离发射场的北京、天津、南京、上海等全国数亿观众，也围坐在了电视机跟前。有的百货商店中断了正常营业，售货员和顾客一起围在柜台前等候观看；有的街道因民众太多，还造成了交通堵塞。

而香港会议展览中心，在一幅专门设置的巨型彩色电视屏幕前，亚洲卫星公司邀请的政界、金融界、工商界、新闻界和文化界等四百多位名流也早已入座；甚至香港电视台还中断了正常广播，专门转播今晚火箭升空的壮丽实况！

但此时此刻，谁也不知道载有美国卫星的中国火箭，今晚到底能否起飞。

三十七、 推迟打开“发射窗”

暮色降临了。

“月亮城”失去了往日的温柔。发射场陷入一片沉静。

气象处处长吴传竹拖着沉重的步子，踩着湿漉漉的发射场坪，朝着地下指挥所匆匆走去。

他去参加指挥部召开的紧急会议。“我当时只有两种想法：一是与发射场共存亡，二是打一份辞职报告。”他后来说。

是的，刚才一声声雷鸣，如同重锤一般，重重地敲击着吴传竹的心。一切都太突然、太意外了！

本来，中午时分，太阳已从云被里钻了出来；1 点左右，发射场上空的云团也开始迅速消散。老天展现给人们的是缕缕温和的阳光和一片淡蓝色的天空，一切的一切，仿佛都在按照人们美好的意愿发展。

但，人类与自然之间似乎永远难以和谐相处。正当观看者们的乐观情绪开始上升时，气象专家们却痛苦地感到，一场老天早已安排好的阴谋正在逐渐展开——他们从卫星云图上看到，影响发射场区的云层虽然正在东移，并逐渐减弱、消散，但在发射场区的上游，突然又荡来一片中尺度对流云团！

当时在现场的国家气象局研究所所长方宗义先生说，这种对流云团是目前世界天气预报中的一大难点。它的空间范围不大，生命史不长，目前的常规探空网站还捕捉不到这类天气系统；对它的发生、发展和演变的物理机制，也搞不清楚。所以更谈不上对它的准确预报。

因此，直到雷暴降临前三十分钟，各种地面监测设备还显示正常。但三十分钟后，阵阵惊雷，突然隆隆滚动在发射场上空！吴传竹等气象专家们这才又一次感到，人在大自然面前是何等的无能与渺小！

庆幸的是，加注中可怕事故没有发生。一阵雷雨之后，老天像玩游戏似的，又在人们面前显露出了一缕缕淡红色的阳光。

但，这又是一个迷惑人的假象。气象专家们从卫星云图上观测到，在这个对流云团的西面，紧接着又发展出一片直径约一百公里的云团，而这片云团将在今晚 7 点至 8 点移经发射场区的上空，正好挡住第一个“发射窗口”。

此刻，当吴传竹抬头望天时，这片直径近一百公里的云团正由西向东，向着发射场方向缓缓移来。

不过，让吴传竹可以稍稍松一口气的是，刚才他和气象处的同事与三位外协气象专家方宗义、黄福钧、姜洁喜一起，根据最新时次的云图、实况和雷达回波资料，再利用数十年积累起来的当地天气预报经验进行周密分析后一致认为：经过下午 4 点前后的雷雨，大气中贮存的不稳定能量已经释放了相当大一部分；加之入夜后山区地面降温明显，不利于对流云的发展，所以这个直径约一百公里的云区在东移过程中是减小的，在晚上 9 点前可以移过发射场上空；并且，这块云区的背后，还有一块约一百平方公里云空。根据对这块约一百平方公里云空的动态演变情况和高空流场形势的分析，预计这块云空在 9 点左右可以移至发射场区，持续时间为一小时左右。因此，倘若能抓住这块约一百平方公里的云空，今晚卫星便可发射升天。

然而，这毕竟是理论上的分析预测。头顶的这片云区能否如期移动过去，后面的云空能否按时到来，这都还是一个大而又大的问号。

吴传竹注视了一会儿滚滚而来的云团，长叹一声，这才一步跨进了山洞地下指挥所的大门。

山洞地下指挥所。这是一间简单得不能再简单的小屋。

中方指挥部所有成员，几乎全都一路小跑跨进了这间小屋。

许是山洞里太沉闷，许是情况太紧急，小屋里的空气显得异常紧张，紧张得简直让人透不过气来。

今晚还发不发射？怎么发射？何时发射？一切都将在这短短的紧急会议上决定。

通信卫星的“发射窗口”，每晚只有一百分钟左右，一旦错过了这个“发射窗口”，就得取消当日发射，坐等二十四小时之后，重新选择下一个“发射窗口”。

原计划是今晚 7 点 50 分发射，现在只剩下四十分钟了！第一个“发射窗口”眼看就要过去，而发射程序早已中断。

下一步咋办？是选择第一个“发射窗口”发射，还是选择第二个“发射窗口”发射，或者是第三个“发射窗口”发射？

关键的关键，取决于气象！

“老吴，你先谈谈气象情况吧!”发射指挥长曲从治主持会议，首先打破了沉默。

人们的目光一齐投向吴传竹。

“现在的情况是这样……”老吴刚说了一句，便打住了话头。由于心情太紧张，他的声音有些异样。

“随便讲吧，老吴，没关系。我们现在都听你的了!”发射副指挥长胡世祥微笑着，轻松地插了一句。

“中午预测的那团云层，刚才已经移过了场区。”老吴接着说道，“但是，现在又有一片云团向我们头顶移来，使刚刚变薄的云层再度加厚。这片云团估计要在今晚 9 点左右才能移过发射场区。”

“那 9 点后是什么情况?”沈荣骏副主任忙问。

“根据我们的预测，在这片云团的后面，有一个一百平方公里大小的云空，现正以每小时十三公里左右的速度向发射场区移来。这个云空在 9 点前后可能到达发射场的上空。”

“这个云空到时肯定能到达吗?”有人问。

“目前还不能肯定。”老吴说。

“那啥时才能有确切的答复呢?”沈荣骏又问。

老吴刚要回答，又停住了。但当他的目光与老总们齐刷刷的目光相碰时，心一横，脱口而出：“一小时后，可以做出肯定的答复!”

“一小时后?”整个小屋一下沉默了。

是的，一小时后这个云空若能如期而至，当然是太好了；但一小时后，万一这个云空就是不来或者姗姗来迟呢？

眼前该如何决策呢？

沈荣骏急切地在山洞里踱起了步子。片刻，他才停住脚步，抬起左腕，盯着指针“嚓、嚓”走动的手表，一动不动；而大脑却像一部计算机，刷刷地运转着。

时间，在一秒一秒地走着。

第一个“发射窗口”过去了。

第二个“发射窗口”眼看又要过去了。

一向有些性急的胡世祥有些憋不住了，他匆匆抬腕看了一下表，然后对沈荣骏说道：“我先说一个意见，行，就这么干；不行，再考虑别的意见。”

沈荣骏说：“好，听听你的意见。”

胡世祥说：“我的意见是，气象问题，先暂时不去考虑它，我们现在就瞄准第三个‘发射窗口’的前沿。因为第三个‘发射窗口’是从9点24分到10点45分，足足有八十分钟时间可供我们选择。我们在这八十分钟内做好发射的一切准备，一旦云空出现了，我们抓住老天这个空隙，就可以打出去！”

为了争取时间，胡世祥刚一说完，就征求各位老总的意见：“你快说说看，这样行不行？”

“行！”

“可以！”

“万一天气……”

“再想想吧！”

胡世祥急了，又忙补充了几点理由，然后紧紧看着沈荣骏。

沈荣骏一向果断利落，颇有魄力。胡世祥的意见自然也在他的考虑之中。作为发射场的最高指挥官，他当然深知“战机”的重要。现在，第一个“发射窗口”已经过去，第二个“发射窗口”又太短，唯一之举，只有抓住第三个“发射窗口”打出去！

他看了一下表，稍加思索，便果断拍板：立即启动发射程序，瞄准第三个“发射窗口”！而后，拿起电话，向北京指挥所作了报告。

接着，曲从治和胡世祥又组织召开了各分系统指挥员紧急会议，决定发射程序从最后八十分钟切入！

01 指挥员很快重新下达了“八十分钟准备”的口令。

沉寂一时的发射场，又进入腾飞前的兴奋状态之中。

三十八、 壮怀激烈

还有一小时，火箭和卫星就要起飞了。

此刻的发射场上，明灯高悬，如同白昼。墨绿色的发射架在风雨中巍然矗立；头顶“亚星”的“长征三号”火箭，如同一条昂首欲飞的神龙，面对夜空闪射着迷人的光芒；箭体的中央，两面五星红旗和“中国航天”四个大字，经一阵风雨的洗刷后，显得更加鲜艳夺目。

然而，夜色沉沉的天空，仍乌云滚滚，雷声阵阵；冰凉的雨水，淅淅沥沥，飘飘洒洒。在数十盏金灯的辉映下，整个发射场笼罩在一片雄伟悲壮的氛围之中。

沈荣骏已在发射场上站了十分钟。

他的目光一直注视着夜空：一会儿南，一会儿北，一会儿西，一会儿东。

雨，早已浇湿了他的头发和衣服，他却浑然不觉。

这是一位胸怀大略、颇有远见的高级指挥官。几十年来，他一直关注着中国航天的发展与命运，曾多次率领中国航天代表团出国考察访问，目光始终瞄准的是世界科技的前沿。自中国首次提出发射外国卫星到今天整整六年，六年来，从重大决策到组织实施，每一步工作无不渗透了他的智慧与心血。到发射场半个月来，尽管工作千头万绪，纷繁复杂，困难重重，但总算一步步走到了今天，总算迎来了这个举世瞩目的日子。中国火箭能否一举成名，关键就看今晚最后这一下子了。

作为航天靶场一名经验丰富的专家和指挥官，沈荣骏当然深知气象条件对发射的重要。如果说此刻他的心上还压着一块石头的话，那么这块石头就是气象！

刚才，国家气象局、总参气象局、四川气象台有关专家和卫星中心的气象人员一起，又对天气进行了紧急会商。气象处处长吴传竹向指挥部报告的结论性意见是：9 点之前有零星小雨，9 点开始天气转好，云层变薄；此后云层裂开，可以看到星星，有近一小时的云空。

如果此预报准确，今晚发射完全可以；但预测并不等于现实。万一预报出现失误，万一云空不能按时到达，万一到时风云突变，还有意外发生，怎么办？

更何况，据测，在那一百公里云空的后面，现在已经发现还有一大片云团正向发射场方向缓缓移来！很显然，这一小时的云空是今晚唯一的战机，倘若抓不住，今晚的“发射窗口”则会完全丢失！

是的，必须慎之又慎！沈荣骏心里非常清楚，今晚发射的是美国的商业卫星，而不是国内的试验卫星。过去，执行国内试验任务时，允许成功，也允许失败，因为试验本身就是对成功的探索；而且每次发射试验时，都有备份的火箭和卫星。就是说，如果第一枚火箭发射失败了，还有备份的火箭，可以再发射第二枚火箭。但这次是商业性发射，只买了美国一颗卫星，所以只许成功，不能失败！其实也不是不能失败，而是失败不起。因为一旦失败，中国人民保险公司就要向外商赔偿巨款，国家将受到重大损失。不仅如此，中国火箭就会失去信誉，失去用户，失去打入国际市场的竞争能力，甚至还会因此而夭折！

所以，只能一箭成功，必须一箭成功！

发射场的两边，有一个老人在雨中徘徊；还有一个老人，也在雨中徘徊。

两个老人，一个胖，一个瘦。胖的是谢总，瘦的是任总。

两位老总，都在观天。

雨，还在一个劲地下个不停。两位老总全身都淋湿了，甚至连花白的眉梢上，也挂着点滴水珠；两颗怦怦跳动的心，在冷风中微微地颤抖着。

任总望着东方，手指在没有胡须的下巴上不停地抓来抹去。

谢总看着西天，两个手掌反反复复地搓了又搓。

最后，两位老人的目光，不约而同地停在了高高矗立在发射架上的“长征三号”火箭。那是一枚凝聚了两位老人一生心血的火箭。箭上“中国航天”四个大字，让两位老人感到自豪，也让两位老人感到沉重！

这推迟的起飞，今晚能如愿以偿吗？

这走过了千年历史的火箭，今晚能打入世界吗？

雨，越下越猛了。雨水顺着两位老人的鼻梁，默默地往下流着。但两位老人凝望着即将起飞的“长征三号”火箭，一动不动。渐渐的，不知是雨水还是泪水，完全浸透了两位老人的眼眶。

忽然，一声雷鸣从东南方向上空响起。

两位老人的身子猛地一颤，然后对着夜空，孩子似的自言自语道：“怎么还打雷呢？怎么还打雷呢？……”

胡世祥双手叉腰，站在山洞的门前。

他环顾了一下云层遮挡的夜空，顺口便骂了一句：“他娘的！”

他松了松领带，又解开衣扣，顺手撩了一把脸上的雨水。当他的手指触碰到下巴时，才恍然想起，今天忘刮胡子了！

二十多年来，胡世祥打了几十发导弹，放了二十三颗卫星，每次在发射前的头天晚上，他都要刮一次胡子。这是他不知不觉中养成的一种习惯，也是一种礼仪，甚至是一种规矩。

但这一次，也许是匆忙，也许是紧张，居然省略了。

二十年前，中国发射“东方红一号”人造卫星时，他就是揿动发射电钮的操纵员。从那时起，每次发射一进入程序，他的脑子便像计算机一样，开始不停地运转：某系统出现A问题怎么办？第一预案是什么？第二预案是什么？某系统出现B问题又怎么办？第三预案是什么？第四预案又是什么？直到把火箭、卫星安全护送上天。从来没有解决不了的难题，从来没有排除不了的故障。

但今天，他却感到了一种从未有过的压力。

是的，打了二十三颗中国星，还从未打过“洋星”。更何况，这是一颗连美国人自己的航天飞机都没有送入轨道的“洋星”！今天，站在黄土地上的黄皮肤的中国人，能成功地将它发射上天吗？

胡世祥是铁路工人的儿子。这位从小在煤炭碴里滚大的发射指挥官，天生就有一种狂放不羁、自强不息的性格。1965年，他从哈军工导弹控制系毕业后，带着旋风般的活力，闯进了西北酒泉卫星发射场。他信奉人类生命力的伟大，崇拜人类智慧的太阳。自那时起，他个人的命运便同国家的强盛、民族的荣耀，紧紧连在了一起。

可放卫星毕竟不是放风筝。近两月来，美国和法国在发射中发生的一系列大爆炸，给世界航天发射市场造成了莫大的惊恐，也在他心里留下了厚重的阴影。

但胡世祥就是胡世祥，无论再苦，也笑得出来；哪怕天塌下来，也敢顶住！为了让中国的火箭打出军威、打出国威，这位少见的硬汉将一生的心血几乎全都倾注在了航天事业上。他的生命好像只有在发射场才有意义，他的个性好像只有在发射场才能得以完美塑造，他征服的欲望好像也只有在发射场才能获得满足。仿佛只有发射场，才是他生命的战场和情场，也是他生命的坟场。

他抬腕看表，离预定发射时间还有五十分钟。

他挥了挥胳膊，撩了一把脸上的雨水，又转身回到山洞地下指挥所。

指挥控制中心的大楼前，此刻也有两个人在观天。

一个是西昌基地司令员、发射“亚星”的指挥长曲从治，另一个是西昌基地政治委员王永德。

曲从治是一位标准的知识分子型军官。他性格内向，寡于言谈，外表看似沉静，内心却炽热似火。他大学毕业后，一直从事发射场的设计工作。无论是导弹发射场，还是卫星发射场，或者其他发射试验场，总之中国的所有发射场，几乎都渗透着他设计的心血。来西昌卫星发射基地之前，他是北京某特种工程设计所的所长，去年初才到西昌走马上任。他当然不会想到，二十年前他亲自参加设计的西昌卫星发射场，二十年后的今天，会让他自己来管理使用。

设计发射场，对曲从治来说是轻车熟路。可指挥发射卫星，却是第一次；而这第一次指挥发射的，又是美国卫星。他心头的压力有多大，便可想而知了。

还有十分钟，他就要下达“三十分钟准备”的口令了，这是一个至关重要的口令，也是一个牵动全球的口令。如果十分钟后气象条件仍不满足发射要求，他则无法下达口令；但假若口令下达后，天气又突然变坏，后果更是不堪设想!

因此，当他反复望着云层游荡的天空时，一颗向来沉稳的心也禁不住怦怦跳动起来；仿佛那每一团云层，都在牵动着他的全身。

而王永德政委此时的感情，似乎来得更复杂一些。作为一个政治家，一个现代化卫星发射基地思想政治工作的最高长官，他除了要考虑今晚发射本身的诸多问题，还必须想到发射之外的方方面面。

王永德已记不清这是第几次出来看天了。从上午到现在，他已连续不断地负责接待了一批又一批的外宾。当下午天气突然发生变化时，本来就有些性急的他，便愈加显得有点着急了。他虽然不直接指挥发射，但作为一位有着三十余年发射场经历的航天人，当然懂得气象条件与发射卫星的关系。因此，他一边忙碌于处理和协调各种事务，一边不时地跑出门来观看气象变化情况，甚至就是坐在车里来回奔忙的途中，他也总是趴在车窗上反复望天。

这是一位正直廉洁的学者型领导。三十一年前，他第一次踏进西北酒泉卫星发射中心时，还是一个浑身上下都洋溢着青春气息的高中生。他本是专门从学校选拔到计算机中心进行培训的骨干，因组织的需要，最终还是未能成为一名技术专家。他先当文化教员，后又做政治工作，在戈壁滩一待就是十六年。1976 年，他从大戈壁来到西昌。就在这座指挥控制大楼里，他同这些科技人员一起生活、工作过好几年。为保证每一次发射的成功，他和其他政工干部以及后勤人员一样，做了大量难以描述的思想和后勤保障工作。虽然指挥控制台前没有他们的位置，发射电钮上没有留下他们的指纹，大小报纸上见不到他们的名字，电视屏幕上看不到他们的身影，但每当火箭腾飞时，他们打心眼儿里发出的，总是祝福的微笑。

此刻，大片的云团已经开始移动，但发射场上空仍有云层笼罩，本来刚才已经停息了的雨水，现在又悄然飘落下来。王永德再也难以控制自己的感情了，他几步走下台阶，站到草坪的中央，伸手试了试雨量的大小，然后又急切地朝发射场方向的上空望去，一种悲怆的情感搅得他心口发疼。雨点飘洒在他的脸上、身上，他竟然没有丝毫的感觉。朦胧夜色中，他那张被雨水打湿的脸，让人感到仿佛突然瘦了一圈。

美国休斯公司首席科学家斯坦豪尔是在离发射还有四十分钟时走出指挥控制中心大楼的。此刻，他也站在大楼前的草坪上，认真地观望着天气的变化情况。他这已经是第三次忙里偷闲离开指挥岗位出来观天了，不戴任何雨具，也顾不上戴任何雨具，就那么随便往草地上一站，任凭雨水淋湿衣服，也毫不在乎。

作为一位世界航天大国的科学家，作为“亚星”的主要设计者，斯坦豪尔一直不相信“亚星”是一颗“灾星”的说法。可此时此刻，他似乎也陷入了一种说不清道不明的迷惘之中。美国的航天飞机载放卫星上天的成功率应该说是够高的了，但偏偏载放这颗“亚星”时失败了。后来“亚星”之所以最终能让中国发射，其他人或许主要考虑的是价格便宜，而他更多考虑却是技术能力。在与中国火箭专家的多次接触中，他的确感到了中国火箭专家们的分量，同时也感到了这个民族的巨大潜力，尤其是近期中美在发射场上的合作，更让他体会到了这一点。

因此他坚信，只要中国人下决心要干的事情，一定能干成！中国的火箭，也一定能将他亲自设计的卫星送到太空。但这该死的天气问题，他怎么也没想到。

夜色越来越浓了。斯坦豪尔的眼前已一片模糊。他摘下早被雨水模糊的眼镜，在袖口匆匆抹了抹，又戴了回去。就在这时，他猛然发现，他的四周已站了许多许多的中国人，而且每个人的表情都是惊人的一致：正焦急地望着天空！

突然，斯坦豪尔看见，就在他右前方的一个花台前，笔直地站着一个大约五岁的小女孩。小女孩很瘦弱，双手并在胸前，望着夜空，一脸虔诚，像是在默默地祈祷着什么。冷风吹乱了她的头发，雨水浇湿了她的脸蛋，她竟全然不顾。

斯坦豪尔的心颤了一下，竟不忍心再看第二眼。他转身将目光投向远处，一幅更为惊心动魄的画面，将他震得目瞪口呆：漫山遍野，密密麻麻，拥挤着成千上万的人，有青年，有老人，有妇女，有儿童。他们手中高举着的一束束用松枝做成的火把，在风雨中飘飘闪闪，熊熊燃烧，把黑沉沉的峡谷映得一片辉煌；在火光照耀下，一张张闪着黑眼珠的黄色面孔，齐刷刷地望着发射场的方向。

面对眼前这真实得如同神话般的图景，这位来自异国的科学家的心被震撼了。为了这颗卫星能上天，他曾八次来到中国，但似乎只有在这一时刻，才真正认识了中国。他后来说：“那晚我看到的，仿佛不是一束束闪光的火把，而是一个民族熊熊燃烧的灵魂。我相信，这个星球上有如此虔诚而执着的人们，上帝的心就是铁打的，也会被感动的。”

三十九、 升起了， 二十五亿人的卫星

8点50分，雨渐渐小了。

8点55分，发射场开始转南风。

雷息了，风小了，雨也停了。

9点整，发射场上空星儿闪烁，月色朗朗，牵动着亿万双目光的“发射窗口”，终于打开了！

漫山遍野，一片片黑压压的人顿时活跃起来。熊熊的火把高高擎起，如同一颗颗燃烧的心。目光、火光、烛光、手电光，在夜幕下交汇、闪烁，似乎要把那通天的道路照个透亮。

“三十分钟准备!”

指挥长曲从治一声令下，从西昌到太平洋，七千多公里的航线上，分布于全国若干地区的成千上万台跟踪测量设备，全都进入了最后决战的状态。

这时的山洞地下指挥所，成了全航区瞩目的中心。

氖灯闪烁，人影绰绰，打印机在飞速地打着一串串数据；各种口令声交替回荡，小小的屋子，笼罩在大战前紧张的焦虑气氛中。

美方技术人员，神情专注地坐在自己的设备跟前，随时准备应付突然出现的故障，仿佛每一个汗毛孔里，都渗透了紧张。

而中方的火箭专家们，也几乎全都云集在了这沉闷的山洞里。沈荣骏、任新民、谢光选、上官世盘、范士合、王之任、龚德泉、胡世祥等，紧紧盯着显示板上的信息数据，各自的脑子都像计算机似的在运转。

胡世祥的面前放了三部电话。他下巴夹着一个话筒，右手掌还按着一个话筒，随时同江·可达和中心指挥所的曲从治指挥长保持着紧密联系。

坐在发射控制台正中位置的，是01指挥员穆山。这是一位性格内向、少言寡语的指挥员，曾连续四次担任通信卫星发射的01指挥员。他双唇紧闭，沉思不语，忧郁而自信的目光里充满着复杂的感情。尤其是缠绕在他左臂上的那块黑纱，更为今晚的发射增添了一种悲壮的气氛。

两个月前，他七十高龄的母亲病危，家人发来电报催他火速赶回。可当时正值卫星发射前夕，他无法脱身。结果，卫星上天之时，正是他母亲下葬之日。

祸不单行。就在前几天，他岳父又突然病故，来电催他回去料理后事。但他是这次“亚星”发射的01指挥员，显然更不可能离开。于是，他每天用拼命地工作，来减轻失去亲人的痛苦；当夜深人静之时，他才拧开台灯，悄悄捧起母亲的照片……

此刻的穆山，依然默默无语。他看了一下挂在脖子上的秒表，然后用短促有力的声音下达了口令：

“十五分钟准备！”

发射场上，尖厉的报警器骤然鸣响。最后一批加注人员迅速撤离，火箭开始自动补加燃料。当最后一名加注队员匆匆跑进山洞时，沉重的铁门“咣当”一声关闭了。

灯火通明的发射场上很快空无一人。唯有地下指挥所，成了全航区关注的焦点。

此时，数千公里之外的南太平洋海面上，“远望一号”“远望二号”两艘航天测量船早已悄然驶进了赤道附近的预定海域，正严阵以待，迎候“亚洲一号”卫星的随时到来。

凶险的海面上，风高浪急，波涛汹涌，唯有头顶的星空，显得格外明朗。汹涌的海涛将“远望号”一次次地抛起，再一次次地扔下，大有要一口吞掉之势。但两艘“远望号”依然屹立海面，如同两座礁石，任凭海涛的冲刷、风浪的拍打。

这是两艘非同一般的航天测量船。1978 年底，当它在上海江南造船厂诞生时，老将张爱萍便为它取了一个意味深长的名字：“远望”。于是，后来大家都叫它“远望号”测量船。

利用大海宽广辽阔的面积，进行运载火箭试验、载人飞船溅落、卫星发射测控等，这是人类在空间技术发展进程中一项聪明的选择。早在 60 年代初，美国的“阿诺德将军号”和“范登堡将军号”两艘万吨级航天测量船便已相继投入使用。美国在发射“阿波罗”宇宙飞船时，其“红石号”航天测量船就起到了重要的作用。苏联也在 60 年代便开始了航天测量船的制造。1967 年，苏联一艘排水量为一万七千吨的“科玛洛夫号”测量船建造成功，并很快用于跟踪人造卫星和载人飞船。

1965 年，周恩来向主管航天的七机部提出建造两艘两万吨级的高级测量船的设想。但因“文化大革命”的冲击，这一设想未能实现。直到 1976 年，张爱萍将军亲临上海督战，这两艘航天测量船才得以研制成功。

两艘“远望号”测量船具有无线电遥测、远距离通信以及气象探测、高空测风和天气预报等多种功能。它自身的发电能力可满足一个三十万人口的中等城市的生活用电需要，它的自给能力为一百个昼夜，可在海上连续航行三个多月。

迄今为止，两艘“远望号”测量船已九次南下太平洋，十八次跨越赤道线，总航程高达二十余万海里，比绕地球八周还多。这次发射“亚洲一号”卫星，按照火箭飞行的理论轨道计算，“远望号”测量船的有效测量段落时间只有二百二十秒左右。运动的地球，运动的星箭，运动的船只，要在运动中准确无误地捕捉运动中的火箭和运动中的卫星，还必须要在短短的二百二十秒中获得成百上千的数据，当然极其不易。而且按照这次美方的要求，中国必须在卫星入轨后三十分钟内把卫星定轨等重要数据传给他们。这对第一次执行跟踪外国卫星任务的“远望号”来说，更是难上加难。

此刻，一级测量部署的战斗警铃已在太平洋上空鸣响，船上数百台光学、遥测、雷达等先进的测量设备和计算机均已启动，所有测量仪器都“瞪”大了“眼睛”，张开了电子的巨网，随时准备“捕捉”飞来的火箭与卫星。

西昌。地下指挥所。

离发射还有最后八分钟。

这时，中方指挥员全都守在发射控制台前，紧紧盯着显示板上一个小小的信号灯。

按中美双方事前约定：离发射最后七分钟时，如果显示板上的信号灯亮，说明美方卫星工作正常，中方可以点火发射；假若显示板上的信号灯不亮，则说明卫星出现异常，中方不能按时发射。

因此，发射控制台上的信号灯，此刻便成了中方指挥员关注的焦点！

突然，发射控制台上的信号灯亮了！

“好！”中方所有专家，禁不住全都欢叫起来。

时间在一分一分地逼近。各系统设备，均显示正常。

此时，高高的发射架上，所有的发射臂全部张开了。头顶“亚星”的“长征三号”火箭，一丝不挂地裸露出了雄健的身姿；星光下，它仿佛在做着最后的挣扎，急于摆脱人类的束缚，奔向另一个比地球更为广阔、更为自由的空间世界！

01 指挥员穆山，此刻已经坐不住了。他一下站起，正了正帽檐，看了看手中握着的秒表，然后又一次下达了口令：

“各号注意，五分钟准备！”

“五分钟准备！……五分钟准备！……”

口令声通过无线电波，传向西安，传向北京，传向太平洋，传向数千里航线的每个岗位，将人们的心一下悬吊起来。

于是，历史在这一时刻，留下了无数真实而难得的镜头——

镜头之一

指挥控制中心。

数百名中外来宾涌出大厅，匆匆登上楼顶；担任现场直播的各种摄像机，纷纷打开了镜头。

镜头之二

发射场。南山坡上。

夜幕下，冷风中，几十名衣服单薄的少先队员紧紧抱成一团，个个冻得瑟瑟发抖。但一双双天真好奇的眼睛，始终紧紧盯住发射场上那个庞然大物。

镜头之三

发射场。东山顶上。

一个四岁左右的胖男孩，骑在父亲的脖子上，两手抓住父亲的两个耳朵。父亲站在一个坡坎上，龇牙咧嘴地盯住发射场。忽然，小男孩叫了起来："爸，我要撒尿！我要撒尿！"

父亲："儿子，马上就要发射了，你再憋一会，回去爸爸一定给你买美国巧克力！啊？"

儿子："爸，什么叫美国巧克力？"

父亲："哎呀！我的小祖宗，别说话了，火箭马上就要点火了！"说着，在儿子屁股上拧了一把。

儿子"哇"地哭了起来。

镜头之四

西昌。小庐山。

一座古老的寺庙前，十几个和尚和尼姑围作一团，眼睛全都痴痴地望着发射场的方向。一位八十多岁的老尼姑，双手合十，举在胸前，嘴里轻声地念着："阿弥陀佛！阿弥陀佛！"身边，几炷香火在晚风中轻轻摇曳，缓缓升腾着出家人善美的祝愿。

镜头之五

辽宁。鞍山。

一位曾在西昌卫星发射基地生活了八年的退伍女兵，正在家里目不转睛地看着电视上的实况转播。看着看着，她的身子不知不觉便从沙发上滑落下去，然后双膝跪在地上，直愣愣地望着电视屏幕上的发射现场，滚烫的泪水忍不住涌满眼眶……

镜头之六

北京。中南海。

邓小平坐在电视机前，一边收看着发射实况，一边大口大口地吸着香烟。突然，屏幕上推出一个特写：烟雾缠绕的火箭上，"中国航天"四个大字赫然在目！邓小平马上紧紧盯住屏幕，夹在手指的香烟悬在半空，一动不动。

镜头之七

北京。国防科工委指挥中心。

国务院总理李鹏、国务委员邹家华以及来自各方面的专家和负责人等，端坐在指挥大厅，屏住呼吸，全神贯注地凝视着大型显示屏幕。

镜头之八

香港。亚洲卫星公司会议展览中心。

几百名中外人士再也坐不住了，全都纷纷站了起来，伸长脖子，焦急地望着巨幅屏幕上裹着烟雾、托着卫星的"长征三号"火箭；旁边，几十桌等着庆贺“亚星”成功发射的宴席，早已准备就绪。

镜头之九

美国。洛杉矶。休斯公司总部。

几十位美国专家坐在灯光柔美的测控大厅，焦急地等候着东方峡谷中那辉煌的一瞬。

忽然，麦克风里响起斯坦豪尔从中国西昌发射场传来的声音：“洛杉矶，我是西昌。卫星将按时发射，请做好跟踪准备！”

一位美国专家激动地回应道：“西昌，我是洛杉矶。一切准备就绪！”

地下指挥所。

电子倒计时计算器在默默地走着，走着。

发射，在迫近，迫近！

“各号注意，一分钟准备！”

01 指挥员穆山站在发射控制台前，声音洪亮而豪迈。

最关键的时刻到了，专家们全都站了起来。

任总的手指又在下巴上抓来抹去。

谢总的双手也在胸前搓揉起来。

胡世祥推了推眼镜，眼里像喷着一团火。尽管他反复在心里叮嘱自己：镇静！镇静！但一颗仿佛燃烧的心还是禁不住微微颤抖起来。

计算机启动了自动点火程序。

倒计时计算器变幻着绿色的字码：二十五秒……二十三秒……二十一秒……

“牵动——”

“开拍——”

所有跟踪设备全部启动！

离点火发射还有最后十二秒。

当穆山抓起话筒，运足底气，正要下达“点火”口令时，一个谁也意想不到的情况出现了：火箭上方的一个部位上，正往外冒着缕缕白烟！

于是，坐在电视机前观看发射的所有观众，这时都心惊胆战地听到了一个胆战心惊的声音：“怎么办?”

问“怎么办?”的人，便是胡世祥。

胡世祥发现火箭突然冒烟时，每根头发丝仿佛全都竖了起来。打了大半辈子的火箭，临近发射只剩十二秒钟了，竟突然出现这种情况，这还是头一回！

胡世祥非常清楚，如果是液氢出现了渗漏，与外面的空气发生触碰，就会以八百倍的比例速度迅速扩散、膨胀；一旦遇上丁点火星，立即便会引起爆炸！所以他情不自禁地便问了一句：“怎么办?”

怎么办？只有两种选择：一是按原计划打出去；二是立即中断发射程序，推迟或取消发射！

两种方案在沈荣骏、胡世祥和几位老总的脑子里飞快地运转着。

但，他们很快发现，第三级火箭的增压是正常的，这说明液氢贮存箱没有问题；而且，正往外喷发的白烟在逐渐减弱……

于是，当胡世祥的目光与沈荣骏以及其他几位老总的目光短暂的会视后，凭着一种科学的推断，同时也凭着几十年的发射经验，胡世祥一拍大腿，便大胆而果断地向 01 指挥员穆山下达了命令：“点火！”

穆山立即抓起话筒，发出了一个气吞山河般的声音：

“点火——”

“起飞——”

随着一声巨响，火箭腾空而起，熊熊燃烧的火焰，映红了半个天空！

十秒钟后，火箭开始拐弯，向着东南方向越飞越快，越飞越远；尾部熊熊燃烧的火焰，横空蹚出一条血路——那是人类通天的轨迹！

这时，漫山遍野，人群沸腾了！人们高高擎起的熊熊火把，如金蛇般狂舞起来；掌声、鞭炮声和欢呼声，汇成一股狂喜的热潮，在山谷久久回荡。

山坡上，数十名外国朋友相互搂抱着，一边在坡地上疯狂地跳起了迪斯科，一边挥动着双臂，对着夜空高声欢叫："OK，中国！中国，OK！"

百里之外，西昌卫星发射基地总部大院的家属和孩子以及西昌市成千上万的市民们，推开窗户，打开家门，纷纷奔跑出去，向着夜空，高声呼喊："成功啦！成功啦！"而在基地大院的宿舍楼前，十几位丈夫正在发射场的家属，则每人拿着一个脸盆围在鸡窝棚前，一边使劲地用手敲打着脸盆，一边忍不住呜呜地哭了起来……

整个月亮城，沉浸在一片狂欢之中。

此刻的指挥控制大厅，掌声和欢呼声更是响成一片。中外专家们相互握手、拥抱，热烈祝贺！

当沈荣骏、任新民、谢光选、胡世祥等专家们从发射场地下指挥所匆匆赶到指挥控制大厅时，全场报以热烈的掌声！

但是，我稍加留意便发现，他们每个人的脸上，似乎都隐藏着某种焦虑；尤其是胡世祥，神情严峻，一脸阴沉。

狂欢的人群并不知道，虽然火箭已经上天，但这还只是万里长征的第一步。火箭上天后，一级、二级能否正常分离，第三级火箭能否在空中二次点火，火箭和卫星能否按时起旋，起旋后的火箭和卫星能否成功分离，这每一个环节都还悬在空中；只有这每一个环节都顺利完成后，中国的这次发射才算大告成功！

因此，当不少人都在欢呼成功时，沈荣骏、胡世祥等人的脸上仍不见一丝笑容。沈荣骏两眼平视，凝视着大屏幕，一动不动，其思维仿佛始终沿着火箭的轨道在滑行；胡世祥的衬衫早被汗水湿透了，他直愣愣地盯着大屏幕上缓缓蠕动的火箭飞行理论轨道曲线，同样全神贯注，一动不动。

而偏偏就在这个时候，求胜心切的江·可达先生再也坐不住了，兴冲冲地站起来要与胡世祥拥抱。胡世祥急忙伸出手来，把可达先生按回座位上，而后有些哭笑不得地说：“别急，别急！再等一等，再等一等!”

“三级火箭二次点火成功!”

调度指挥员的声音刚一响起，可达先生又急忙站了起来，要同胡世祥拥抱。胡世祥再次将可达先生按回座位上，并小声说道：“快了，再忍一下!”

“火箭起旋!”

“星箭分离!”

调度指挥员话音刚落，大厅顿时爆发出一阵狂热的掌声!

直到这时，沈荣骏、任新民、谢光选、胡世祥、上官世盘等，脸上才露出了开心的笑容。中外专家们紧紧拥抱在一起，滚烫的热泪，让一切话语都显得多余。

片刻，发射指挥长曲从治正式宣布：

> 根据西安卫星测控中心的测量数据表明，卫星已进入转移轨道。这次发射，完全成功!

接着，中外几方代表，在现场发表讲话。

亚洲卫星公司首席执行官薛栋说：

> 我们刚刚看到了“亚洲一号”卫星的成功发射，这是我们两年多来筹划的顶峰，是由一个香港公司承担的最具有雄心的远距离卫星通信的成功。这一时刻是通过一系列大胆的、真正破天荒的首创精神才可能达到的。
>
> “亚洲一号”卫星是由亚洲卫星公司经营的专门用于亚洲

地区的第一颗通信卫星。它是中国和西方公司在空间方面的第一次合作。它第一次创造了简易的、低价的手段，使二十五亿亚洲人能够互相通信，并与全世界通信。

我们完全可以恰如其分地说，一项向许多人做出了许多承诺的冒险事业，应该靠全世界范围内的合作精神与目标一致来实现。这是由香港的倡议和眼光形成的一次真正的国际合作，它是认清这一商业机会的第一家。

美国休斯公司负责人说：

我们所走过的这条合作之路，并不总是平坦的：通信联络和后勤服务、语言障碍、背景和习俗的差异等，都需要加以解决，这要求有关各方有良好的愿望和耐心。在这里，我可以告诉大家，中国朋友是友好的、好客的，经过长城公司、万源公司、测控系统部和西昌卫星发射基地等中国有关部门人员的努力，这些障碍已经克服。我向他们表示祝贺！

现在，火箭发射任务已经完成，初步数据表明，火箭性能是令人满意的，到我讲话的时候，一切都非常好。然而，只有当卫星自行变轨进入其特定的轨道并验证其性能时，才能宣布我们的卫星也圆满成功。我们有一切理由对此表示乐观。

中国长城公司总经理唐津安说：

“亚洲一号”的发射成功，标志着中国航天技术开始进入国际商业发射市场。长城工业公司同亚洲卫星公司签署的发射服务合同已经胜利完成。从合同签订到今天成功地发射只有十四个月，它证明中国长城工业公司及其合作伙伴有为国际用户提供发射服务的能力……我们将信守合同，改善服务条件，提高服务水平，为用户提供更满意的服务。

各方代表讲话刚一结束，一个突然而至的消息又把人们的情绪推向高潮：邓小平从家里打来电话，祝贺今晚发射成功!

接着，中央和军委多位领导人也纷纷打来电话表示祝贺!

雷鸣般的掌声，一次又一次地在大厅轰然鸣响。

这时，中国卫星发射测控系统部的张友根先生，兴冲冲地从一间小屋里走了出来，将一份刚刚从西安卫星测控中心传来的星箭分离时的卫星姿态和六个初始轨道根数的传真件，郑重地交在了斯坦豪尔先生的手上。

斯坦豪尔看了后，兴奋地在传真件上挥笔签下了自己的名字。

至此，标志着“亚洲一号”卫星发射任务圆满完成。

四十、 月光下的宴会

当晚。12 点。

西昌腾云楼宾馆。亚洲卫星公司在此举行盛大的庆祝宴会。

月色溶溶，晚风习习。此时的月亮城经过巨大的阵痛后，显得更加美丽而温柔。

宾馆宴会厅前，三百多名中外来宾，喜气洋溢，欢聚一堂。人们说着，笑着，蹦着，跳着，唱着，喝着，用各种各样的方式，尽情地抒发着自己内心的激动与狂喜。

我随同翻译小姐，匆匆穿行在不同肤色的人群中间。相互握手拥抱，彼此倾心交谈，没有了任何隔膜，没有了任何障碍，也没有了任何戒备。中国人，美国人，彼此都是航天人，大家都是地球人。

人们站在走廊上，拥在客厅里，五人一群，十人一堆。不管是中国人，还是美国人，无论是白人、黑人，还是黄皮肤人，也不管是男人还是女士，是黑眼珠还是蓝眼睛，认识的也好，不认识的也罢，只要相互一见面，便是点头，便是欢笑，便是握手，便是拥抱，便是祝贺与赞美，便是说不完的中国箭、道不完的美国星。

我发现，刚刚亲眼见到了火箭腾飞的人们，如同刚刚经历了一场生与死的战争。尽管大家国籍不同、种族不同、肤色不同、文化不同、语言不同、习俗不同，但通过今晚观看发射，好像每个人的心胸都变得更加宽阔了，眼光变得更加高远了，情感变得更加真诚了，生命变得更加年轻了，心灵变得更加纯洁了。那腾飞的火箭，似乎不仅让人们看到了人类的伟大，感到了自身的渺小，同时还将人们引入了另一个更为广阔的世界，并真切体会到了携手并肩、抱团取暖的重要。

此时，尽管餐厅的宴席早已准备就绪，热饭热菜已经开始变凉，但无论是中国人还是外国人，谁都迟迟不肯入席。他们就那么随便地围在一起，随便说，随便聊，随便由记者们提问，随便让记者们拍照，一个个高兴得全都忘了时间，也忘了自己。

“长征三号”火箭的总设计师谢光选满面红光，兴奋不已。他说：“现在我非常非常的高兴！两年来，我们做了大量的工作。现在，一打就成，把‘亚星’送上了天，一步跨进了国际市场，今后还要箭箭成功！”

由于心情愉悦，荣毅仁先生一下显得年轻多了。他说：“我今晚非常高兴，因为我们中国的空间技术终于打入了国际市场，‘亚星’公司是由英国、香港和内地的中信公司投资组成的，卫星又是美国休斯公司制造的，但这次国际合作很成功，说明中国的开放政策取得了了不起的成果。”

荣毅仁先生刚一说完，新华社香港分社社长周南接着发言。他说：“今晚的发射成功意义非同小可。第一，它说明中国的火箭是世界第一流的。第二，它说明我们与美国及其他地区和国家在航天技术合作方面取得了成功。今后的潜力很大，前途也很广阔。第三，它说明我们还将继续坚定执行对外开放政策。我希望今后能更多地看到这方面的国际合作。”

亿万富翁李嘉诚先生脸上的肌肉，此刻也松弛多了。当我问他当初投资亚洲卫星公司，是否考虑到风险问题时，他的回答非常坚定：“不，让中国来发射这颗卫星，我是充满信心的。今晚发射成功，是我们中国人的光荣，大长了中国人的志气，也可以说这是中国航天工业的一个新的里程碑。这对稳定香港的民心和局势有着重要的作用。”

在客厅的另一侧，几十名外宾也围在一起，说着、笑着、比画着。谈论起各自的观感时，更是无拘无束。

瑞典空间公司总裁伦诺特·吕贝克说：“今晚发射成功，表明了中国空间技术的水平，使中国在世界卫星发射市场确立了自己的地位。我们对中国空间技术的可靠程度是有信心的，今后更加充满信心。我们期待着同中国在空间技术方面进行更多的合作。”

巴基斯坦科技部常务副部长塔利克·穆斯坦发先生更是兴奋不已，他一边抹着额头上的汗水，一边比画着说：“中国这次成功的发射，打破了西方大国垄断国际商用卫星发射市场的状况，对第三世界国家具有重大的意义。”

这时，中国长城公司的副总经理陈寿椿兴冲冲地跑了过来，急不可耐地告诉了大家一个最新消息：休斯公司副总裁刚才向他透露，现在天上的卫星工作正常！

人们欢呼雀跃，热烈鼓掌。

而与此同时，发射场的人们并不知道，在这激动人心的夜晚、激动人心的时刻，发射场之外四面八方的人们，同样在以不同的方式为这激动人心的夜晚而激动不已——

香港。当“亚星”发射成功时，数百人的掌声久久滚动不息。掌声中，某国空间公司亚洲开发部的一位主任，悄悄离开狂欢的人群，乘车匆匆赶回住地，然后向本公司总部发回一封电文：

今晚中国“亚星”的发射成功，将美国、法国垄断的商业发射的局面变为过去式。中国正以不可阻挡之势挤入这个领域。不难预料，由美、法、中形成的三足鼎立之势，已为期不远了。

山东。一位当年在西昌创建卫星发射基地而负伤致残的退伍军人，当他从电视里看到“亚星”发射成功后，马上驱动自己的轮椅车，飞快地冲出家门，要去为自己曾经生活、战斗过的卫星发射基地发一封贺电！然而，当他大汗淋漓地赶到小镇邮局时，邮局早已熄灯关门了。这位铁血男儿竟在夜风中望着西南方向掩面而泣。

北京。著名电影导演谢铁骊在家认认真真地看完发射实况后，失眠了。后来，他披衣起床，坐到写字台边，拧开台灯，在一个精致的日记本上激动地写了起来：“这是一个激动人心的时刻，这是无比辉煌的一瞬！我们的科研人员、工人和战士，是了不起的英雄！他们常年工作在艰苦的条件下，做了大量默默无闻的工作，我们文艺工作者应该责无旁贷地去宣传他们，让更多的人了解他们，学习他们！”

北京。北师大附中三十多名男女学生，看完电视转播后，激动、兴奋得无法入睡。他们很快串联起来，一起坐上公交车跑到天安门广场，一边望着头顶迷人的星空漫步，一边敞开胸怀尽情歌唱。

上海。一位满头白发、曾在海外漂泊了半个多世纪的华侨老人看到发射成功后，立即叫家人拿来茅台。他已多年不喝酒了，可这个晚上他却一杯又一杯，一杯再一杯。他一边喝，一边抹着热泪喃喃自语：“中国啊，中国……”后来，由于喝得太多，竟被送进医院抢救！

…………

12点10分，宴会开始，各位宾客纷纷落座。

美国驻华大使李洁明先生举起酒杯，首先致祝酒词，他说；

这次“亚星”发射成功，是各方人士共同努力的结果。我为美方人士受到的盛情款待表示感谢。休斯公司及美国政府官员都高度评价了你们的努力。我相信美中双方在航天方面建立的合作关系，对我们两国及世界的和平，都是至关重要的。它体现了美中关系中的积极因素。这颗卫星的发射成功，将为亚洲地区那些从前没有现代化通信的千千万万的人们带来一场通信革命。让我们为美中首次合作成功干杯！

上官世盘举起酒杯，环视了一下四周，然后笑了笑说道：

我们永远忘不了各界朋友对这次发射“亚星”的鼎力支持。“亚星”的成功发射，说明中国具有发射商业卫星的能力。当然，我们深知我们的对外发射服务还有许多不尽如人意的地方，但是，请朋友们放心，将来这一切都会改变的。让我们为将来干杯！

亚洲卫星公司首席执行官薛栋高高举起酒杯，显得异常激动与兴奋，他说：

为了感谢中国的支持，我们亚星公司将无偿地提供六个卫星转发器，供各国收看 9 月份在北京举行的亚运会实况！让我们为下一次的合作干杯！

掌声四起，觥筹交错。人们吃着、喝着、谈着、笑着，神采飞扬，激动难抑，满桌子谈论的，不是中国的火箭，就是美国的卫星。

席间，美国女安全警官玛格丽特小姐端着一杯红葡萄酒兴冲冲地走了过来，挽起“黑脸翻译”许建国先生的胳膊，要同他合影留念。于是在梦幻般的灯光下，一个黄皮肤的中国男人和一个蓝眼睛的美国女士站在一起，肩膀靠着肩膀，胳膊挽着胳膊，手上举着中国红葡萄酒，脸上露出欢快的笑容。

许建国说："玛格丽特小姐，我们这样照相，是不是像举行婚礼？"

玛格丽特小姐豪爽地笑了："对对对，中国的火箭和美国的卫星今晚在太空联姻，而我俩在人间'结婚'！"

玛格丽特小姐刚一说完，中外朋友们全都哈哈大笑起来。

著名摄影家张桐胜"咔嚓"一声，按动了快门。

这时，宾馆门前，鞭炮齐鸣，笑语声声，几位美国朋友用竹竿高高挑起几串五颜六色的鞭炮，个个乐得像个小娃娃。

中外朋友们，手牵着手，肩并着肩，纷纷涌向宾馆门外。

月华如水，星光灿烂。子夜的月亮城，已是一片欢腾的海洋。人们望着星星，望着月亮，望着那人类共同拥有的茫茫宇宙，一颗颗壮怀激烈、豪气冲天的心，仿佛随着天上的卫星也在同步飞行！

尾　声
走向新大陆

一个月后。

美国洛杉矶长滩。休斯公司总部大楼。

这是一个阳光温和的上午。孙家栋和乌可力款步走进休斯公司副董事长鲍夫曼先生的办公室。鲍夫曼先生急忙迎出，张开热情的臂膀，同两位中国友人紧紧拥抱。

鲍夫曼："孙家栋先生，祝贺你们啊！"

孙家栋："鲍先生，也祝贺你们啊！"

鲍夫曼："你们打上天的卫星，现在工作得很好！"

孙家栋："是吗？那太好了！鲍先生，您对中国的这次发射，不知有何评价？"

"太棒了！"鲍夫曼伸了伸大拇指说，"我个人认为，中国这次有三点干得非常漂亮。"

"哦，请问有哪三点？"孙家栋问。

鲍夫曼说："一是气象预报准确；二是发射时间准，说九点半发射就九点半发射；三是卫星入轨精度高。而且，发射成功后，向我方报轨道参数也非常及时！"

孙家栋问："卫星入轨的偏差数测算出来了吗？"

鲍夫曼说："测算出来了。本来按我方原来的要求，不能超过一百公里，但经我们的测量结果表明，只偏差了五十四公里。后来我们又做了进一步计算，实际只偏差了九公里！这个数据，是我们休斯公司打了八十多颗卫星，入轨精度最高的一次！”

鲍夫曼一说完，便激动地站了起来，来回地踱开了步子。

这时，休斯公司另一位主管卫星工作的高级助理也兴奋地说：“休斯公司自从 1962 年开始发射第一颗卫星到今天，我一直是参与者。这么多年来，还从未打过这么高精度的卫星。方才董事长说到的三个方面的情况，已在我们公司传为佳话！”

“是吗?”孙家栋站了起来。

“是的，是的！”鲍夫曼先生接着说道，“这些日子以来，我们一直在兴奋地谈论着中国的这次发射。有人说，中国是个神秘的国家，也是一个很奇怪的国家。有些看起来很容易办的事情，就是办不好；但有些很复杂的事情，比如像这次发射‘亚星’，条件这么差，时间如此仓促，却居然又干得如此漂亮！而且速度之快，效率之高，令人吃惊！甚至在计划上还撵着美国人走，逼着美国人提前。过去，我们是竖一个大拇指；现在，我们是竖两个大拇指！”

鲍夫曼先生说完，双手伸出大拇指，比画着走到二十层楼高的窗户前，“哗”地拉开了天蓝色的纱幔。

窗外，人流如潮，云层似海。孙家栋仿佛看见，一轮鲜活的太阳，正从东方的地平线上缓缓升起。

是的，历史记住了 1990 年 4 月 7 日。

在中国“长征三号”火箭腾飞的一刹那，全世界都感到了远东中国的分量，同时也感到了人类智慧与力量的伟大。在世纪末的惶惶岁月里，中国以自己的实力，又一次显示了自己的存在；中国以新的形象，再一次受到世界的瞩目！“亚洲一号”卫星的冲击波，很快就传遍了地球这个小小的村落。

美国休斯公司一位负责人说：“这次发射成功，是美中在太空方面长期合作的开端，并将成为继续改善美中两国人民关系的基础。”

联邦德国的德新社驻京记者报道说：“这次卫星发射意味着，中国以其经过考验的运载火箭进入国际卫星商业市场，与美国人和欧洲人竞争的努力取得突破。中国的卫星发射技术被外国专家认为是可靠的。中国的口袋里已经装着另外一些外国卫星的发射合同。”

泰国《中华日报》发表社论说：“事实证明，中国发射卫星技术优异，而收费比西方国家便宜，将有更强的竞争力。”

英国《泰晤士报》报道说：“中国火箭将美国卫星送入太空轨道，这表明中国已经成为国际航天工业中的一个重要的商业竞争者。”

美国《基督教科学箴言报》报道说：“对中国来说，‘亚洲一号’卫星的成功发射，不仅是一项技术成就，而且也是一项重大的外交成就。”

日本东京消息说：“中国发射的‘亚洲一号’卫星，作为一颗超越亚洲各国和地区间的‘政治篱笆’、象征信息国际化的卫星而引人注目。”

苏联《消息报》发表评论说：“中国第一次把美国卫星送入轨道，说明中国长城公司终于开辟了这条通往国际商业服务市场的艰难道路。开启了亚洲远程通信和通信发展的新阶段。亚洲问题专家相信，‘亚洲一号’今后将于亚洲国家生活的各个方面——社会方面、实业方面和经济方面产生影响。”

台湾《台湾时报》报道说：“事实上，此次中共‘亚洲一号’卫星的发射，其值得注意的并非卫星本体，而是中共发射技术之精良。‘长征三号’火箭自1984年成功发射了第一颗通信卫星以来，至今已六次发射通信卫星，次次奏捷，使得科技水准迈向先进国家之列，甚至有超越欧、美的趋势。海峡两岸的政治较量从海上到天空，从无形到有形，明显的在科学方面台湾确实是紧追在后。中共能，台湾为什么不能？眼看中共成功地发射了首枚商用卫星，台湾的科学界在跳脚之余，怎能不反思自己呢？”

一位香港人士说：“这次发射终生难忘。这不单是一次技术性发射，它提高了中国的威望，使人们看到了中国的高技术形象。国内有这么好的技术，我们要研究投资的可行性问题。比如在香港搞卫星制造业，利用内地的技术人才，利用香港的地位和资金，搞合作。”

…………

然而，中国火箭发射国外的商业卫星，东方与西方携手架设空间桥梁，这毕竟还是第一次。严格说来，在通向国际商业发射市场的道路上，中国才刚刚迈出了一小步。一切还刚刚开始，也仅仅是开始。

美国让中国发射卫星，除信任中国的航天技术外，还有诸多的原因——比如价格便宜。如果我们就此关起门来，夜郎自大，顾盼自雄，只见长城，不见世界，甚至将此事作为一种民族的炫耀，满足一下民族自豪感和虚荣心，那未免也太浅薄了！

离21世纪还有十年！

已故现代航天之父布劳恩在二十年前曾大胆预言：“21世纪，将是在外层空间进行科学活动和商业活动的世纪，是载人星际飞行和开始在母星地球之外建立永久性人类立足点的世纪。”

是的，下一个世纪，不再是一个民族可以自己把握自己命运的世纪。原子弹早把人类的命运紧紧绑在了一起；通信卫星的升天，已把偌大的地球变成了一个小小的村落；当第一枚威武的火箭撞开通向宇宙的大门后，人类便开始发现，自己赖以生存的这个星球，原来竟是如此的孤独、渺小和可怜！

而地球——这个人类的母球，如今已是遍体伤痕，岌岌可危。人口、资源、环境、粮食、能源，如同五条粗壮的绳索，紧紧勒住了人类的喉咙。生存与发展，将是未来的主题。战争，已不再是人们重视的热点。人们着眼关注的，是未来历史进程中，人类如何在新的世界和新的生存空间中和谐共处，生存发展。

于是，开拓天疆，造福人类，已成为世界响亮的口号，成为历史赋予人类神圣而伟大的使命。尽管我们只有一个地球，但生活在这个地球上的五十亿同类，却有一个共同的未来！因为宇宙空间将是人类另一个美丽的家园，随着航天技术的不断发展，人类走进宇宙母亲的怀抱，将越来越近，越来越近。

所以进军宇宙，开拓空间的战略，早已受到世界各国的关注，更受到美国政府的高度重视。早在1984年初，里根总统在国情咨文中，便首次将开拓宇宙空间列入国家的战略目标，并命令建立一个永久载人空间站，计划于1992年送入太空。

1985年，里根总统还宣称：开拓和利用太空，是美国的第二次革命，是一场把知识和空间的边疆向后移，从而使我们达到进步和新高度的革命，更是一场把世界和平和人类自由的美好希望带到我们的国界之外的革命。

当然，探索宇宙、开拓空间的伟大事业，绝非是一个民族、一个国家的事情，也不是一天、一年或者一个世纪的问题，而需要的是全人类世世代代的共同合作与奋斗！

今天，中国与美国，西方与东方，第一次成功地在二十五亿亚洲人头顶的上空，架起了一座空间文明的桥梁。相信在世界的明天，全人类也将一起携手并肩，踏着阳光的阶梯，向着宇宙隆隆挺进！宇宙间一切的一切，时空中所有的所有，都将在地球纪元2000年后，逐一向人类全部展现。

那时，太阳将不再是红色，月宫将不再会清寒。经地球数十亿年进化过的人类，大踏步走进的，必将是一个远比地球更加美好的大同世界！

1990年5月—9月写于北京魏公村

后　记
天空让人想起使命

李鸣生

一

我要说的，是天空。

先做一个假想：假如有一天，天空突然坍塌，世界将会是一副什么模样？假如有一天，天空突然消失，人类又会是怎样的惊慌？

也许，人类真的有过天空坍塌的日子，不然怎么会有“女娲补天”的神话？也许，世界真的有过没有天空的岁月，要不怎么会有“盘古开天地”的传说？

没有天空的日子，人类究竟熬过了多少世纪，而今恐怕已经没人说得清了；但没有天空的日子一定很悲惨，我想应该是可以肯定的。想想吧，莽莽苍苍，混混沌沌，江河泛滥，群山倒立，空间爆炸，时光倒流。没有云彩，没有太阳，没有星星，没有月亮，当然也没有足够的空气。人类在黑暗中爬行，在冷风中哭泣，在洪水中挣扎，在地火中呼喊……昏暗中一切的一切，没人看见，无人知晓，甚至连上帝也装聋扮瞎。于是可怜的人类哟，从此落下了孤独、郁闷、痛苦的病根。

好在后来有了天空。

有了天空，人，才从天地间站了起来，伸直了腰，抬起了头，睁开了眼，迈开了步，从此得以顶天立地，结束了如动物般爬行的历史。

于是，因了天空和天空下到处乱窜的人，孤独的地球才开始变得有意思起来。

二

我第一次见到天空，是三岁。

那是一个后来才知道叫“漆黑”的夜晚。我想吃奶了，便独自跑到路口，望着黑色的远方苦苦盼望着母亲的归来。后来我睡着了，再后来又醒了，这才发现自己歪倒在地上，小屁股下竟长出一朵朵野花和一棵棵小草。就在这时，我睁开眼睛，看到了一个从未看到的世界：迷迷茫茫的夜空，像个好大好大的锅盖；一颗颗挂在上面的星星，就像母亲的奶头。

这是大自然赐予我的第一个想象，也是我对星空刻骨铭心的初恋。从此，我与星空便有了不解之缘。所谓“情结”这东西，便在我的心底根深蒂固地埋藏下来了。

我的童年，便是在天空的引诱下度过的。那时的我，最喜欢看的便是天空；而我能够和可以看到的，亦只有天空。因为天空慷慨大方，天空大公无私，天空看者不拒。富人可以看，穷人也可以看；大人可以看，小孩也可以看。天空不讲特权，不开后门，白天夜晚，人人平等。而最关键、最划算的是，看天空既不要门票，也不查证件，还不掏一分钱。这对我这个身无分文而又调皮捣蛋的孩子来说，自然是再幸福不过的事了。

儿时的天空在我的眼里像本童话，一有空闲我就会抓紧阅读。虽说这本“童话”于我只是一种兴趣、一种依恋，但感觉还是有的。比如，早上的天空我读到的是清新，中午的天空我读到的是温暖，晚上的天空我读到的则是梦幻。至于天空那些变幻莫测的传奇、稀奇古怪的故事，我就怎么也读不出来了。

许是上帝的意思，我刚刚告别少年，便穿上军装，神使鬼差地闯进了而今闻名天下的中国卫星城——西昌卫星发射基地！

天空，离我似乎一下近了。

但，那时的西昌发射场还是一片原始的荒凉。我年轻的生命在那原始的荒凉中熬过了十五个春夏秋冬。在那十五个孤独苦闷、苦不堪言的春夏秋冬里，有足够的理由让我坚持活下去的，便是天空。

记不清了，不知有多少个失眠的夜晚，我或坐在树下，或靠在岩壁，或躺在草丛，或站在发射场——通向宇宙的门前，望着星空，久久犯傻：悠悠时空，人类从何而来？茫茫宇宙，人类又将何往？这天，这地，还有这人，究竟他妈的是怎么回事啊？

后来，随着日子的流逝，火箭的升腾，天空在我眼里不再是一本童话，而像一册厚重的历史，一本自然的原著，一部神秘的天书。渐渐地，我开始读出点内容来了。

我曾无数次注视高山、草原、森林、大海，然而诸如此类的任何一次注视，都远不如仰望天空来得痛快，来得复杂。在我的感觉中，天空如同一个迷宫，锁藏着不可传说的故事；天空像一座大坟，埋葬着永不外露的神秘。天空让我感到无比亲切，又不可把握。她既复杂，又简单，简单得就像一个大〇。而大〇就是大无，大无就是大有。——这是怎样一种大哲学和大境界哟！

于是，每当我伫立于星空之下，仿佛不是在看天，而是在与上帝对话，在和外星人约会，在对宇宙审美。天空宏阔辽远，天空意象沉雄，天空深情而伟大，天空高贵而富有。望着天空，我仿佛能触摸到生命的宽广、人生的悠长；能感受到时空的流逝、万物的生长；还能听到大自然的箫声从远古的岸边徐徐荡来，久久在耳边回响。天空既让我体悟到一种男人的博大精深，又让我享受到一种女人的万种风情。只要一望着她，我就感到好像自由没有限制，美丽没有边缘，人生没有死亡。于是浑身战栗，血液奔流，恨不得一头栽进她的怀里，甚至连灵魂亦忍不住要为她下跪。

不信你瞧，天空就那么大大方方地挂在那儿，任你观望，任你玩味，任你探究，任你欣赏。面对天空，你可以哭，可以笑，可以喊，可以叫。总之，无论你怎样，天空都会宽容地接纳你的一切——哪怕是粗暴的爱乃至敌对的仇视，她都不会有一点脾气。只要你用心去看，相信总有一天你会忍不住说，天空长得真有风度，天空大得真有内容。

感谢上帝的馈赠，十五年的发射场生活，使我比一般人更有条件看到天空，也更有机会随着火箭卫星的一次次升腾，对我们居住的这个星球以及顽强地活在这个星球上的同类进行立体地思索，从而改变了我跪着看待人生的姿势，获得了一个与众不同的审视世界的角度。

三

的确，天空再伟大不过了。

天空苍苍茫茫，万古不语，她留给人类的遗产，全是一个个闪着金子般光芒的谜团。从古至今，人类一直为她所吸引、所困惑，也为她所倾倒、所迷醉。她那无边无际的天幕上挂满的，尽是祖爷爷们无数个大大小小的“天问”!

难怪有人说，当人类的眼睛与天上的眼睛（星星）相互注视时，人类智慧的火花便诞生了。

是的，大自然想了解自己，便把这个任务交给了人。打开人类发黄的历史，不难发现，各民族的古代神话、古代农业文化、宗教文化以及各类艺术文化，无不源于对天空的注视。一册《周易》千古流传，辉煌不衰，是作者观天取相的结果；一部《天问》惊心动魄，流芳百世，是屈翁倾心天国的收获。正是大自然的神明之光，孕育了人类辉煌的古代文明；亦正是天空热情的太阳，温暖了人类沉郁的思想。难怪两百年前德国著名的思想家康德说：“世界上有两样东西深深震撼着人们的心灵，一是我们头顶灿烂的星空，二是我们心中崇高的道德准则。”而一百五十年前德国著名的哲学家费尔巴哈也同样深有感触，他说："人只有靠眼睛才升到天上。因此，理论是从注视天空开始的。最早的哲学家都是天文学家。天空让人想起自己的使命。"

然而，随着人类文明的发展，科学技术的提升，人类的诺亚方舟渐渐背离了自然沉静大同的港湾，驶向了物欲横流的肮脏世界。

千百年来，纷争四起，炮火连天。人类俯首于尘世的喧嚣，纠缠于地产的占有，迷醉于计谋的玩耍，沉湎于权力的争斗，忙累于财钱的侵吞，贪婪于肉色的享受……渐渐地，自然的箫声隐去了，纯真的梦幻消失了，精神的境界萎缩了，神圣的信仰废弃了，甚至连头顶那片灿烂迷人的天空也视而不见了。人类被滚滚而来的物质文明压得喘不过气来，既直不起腰，也抬不起头，眼睛开始从天空跌落到了地上。

于是，人类开始变得心胸狭窄，鼠目寸光。而且，越来越远离自然，越来越自大狂妄，甚至目空一切，肆无忌惮，连自己居住的小窝——地球，也被折腾得破烂不堪，遍体鳞伤！

所幸的是，在我们这个地球村里，一直有人注视着天空。

四

人类飞天的梦想，一定是注视天空的结果。

因为人区别于猪的地方在于，总会不时地抬起头来仰望天空。

然而，地球每天自转一圈，对人类来说相当于每天行程八万里；同时地球又以每秒约三十公里的速度绕着太阳旋转，对人类来说又相当于每天行程二百六十万公里；而太阳系每天又以每秒二百五十公里的速度围绕着银河系中心旋转……那么想想看，载着人类的地球如此匆匆不停地旋转下去，有谁知道，这个既没出生证明又无固定住址的"宇宙流浪儿"，有一天会把人类抛到哪个角落？

幸好我们的头顶还有天空。天空中还有别的星球。

而人之所以为人，就在于敢向陌生、敢向无知、敢向神秘、敢向任何不可能进发的领域进发；就在于敢用智慧和力量去寻找、创造一个新的家园；而寻找、创造一个什么样的家园，当初上帝把地球交给人类时，没有文件。

1957年，苏联的也是人类的第一颗人造卫星上天，拉开了人类寻找新家园的序幕，让人类看到了明天希望的太阳。而人造卫星上天这一伟大壮举恰好证实了爱因斯坦那句名言："宇宙中最不可理解的事，就是宇宙是可以理解的。"于是，人造卫星上天这一伟大壮举向人类展现的，已不再是一个事实的世界，而是一个无限可能的世界。

因此，从区域文明到地球文明，从地球文明到星际文明，从星际文明再到地球文明，应该是一个无法抗拒的自然规律。航天时代带来的宇宙意识，导致了人类认识的飞跃，从而把人类的思想与情感引升到一个辽远而广阔的大境界。在未来的某一天，人类完全有可能在太空开拓自己的殖民地；甚至当地球文明与宇宙文明最终达到沟通与融合后，人类的脚步会荡遍整个宇宙！

到那时，我想人与自然已复归本体，宇宙文明的时代已经降临，航天飞机不过是人们手上的小玩具。人类已从自我设计制造的枷锁中挣脱出来，将那些写进现代哲学本本里的"孤独""忧郁""痛苦""无聊"等，统统一扫而尽。也许，宇宙公民们还会从各自的星球走来，手牵着手，肩并着肩，欢聚一堂，嬉笑打闹，谈天说地。而地球人回忆的话题一定是：在很久很久以前，我们如何艰难、痛苦地挣扎在地球上。

可见，开拓天疆，走向宇宙，是人类再聪明不过的选择。这不仅是为今天活着的人们找到了一条希望之路，亦为后辈儿孙们留下了能继续生存的机会。因此，从这个意义上说，在通向宇宙的路上，航天人的每个脚印，远比总统伟大！

1992年夏于北京平安里

附　录

星空乡愁与航天文学

——序李鸣生《飞向太空港》

朱向前

这是一个魅人的梦想；一个辉煌的梦想；一个推断人类昨天从何处来，明天向何处去，以及记录人类企图离开地球努力开拓天疆的壮丽历程的大胆而又神奇的梦想。

这是来自四川的李鸣生脑袋瓜中的一个奇梦异想。

1990年夏日那个晴朗的中午，我在解放军艺术学院文学系学员李鸣生的宿舍里第一次听他两眼放光地描述他的梦想时，我为之迷惑，为之感染，亦为之惊讶：在这个小个子的体魄内，竟然蕴藏了如此浪漫无涯的想象力和炽热灼人的激情。我们当即拍定，他写完书，我来接着写序。

现在，我刚刚翻完这部名为《飞向太空港》的约二十万字的书稿，脑海里“星”“箭”乱飞，满眼皆是黑白。我不得不闭目凝神，企望以此来进入一种“思想”的境界。然而……

又是那个夏日。那个夏日的中午。

灿烂的阳光折射在布满了李鸣生那床头墙角的关于火箭卫星的彩色图片上，氤氲出几许“高科技”的气氛。李鸣生在递给我一个雪花梨的同时，抛出了一个新鲜名词：星空乡愁。他脸上随即浮现出迷茫而遥远的神色。他回忆说：大约是在我三岁的一天傍晚，我肚子实在饿了，可妈妈迟迟不见回家，我只好到路边去等。等呀等呀，天渐渐黑了，星星们一个挨一个地亮了起来。我抬头望着，突然觉得它们就像妈妈的乳头，在不停地向我闪着诱惑的眼睛。我顿时产生了一种强烈的想亲近它们的冲动，就像一个孤苦伶仃的孩子渴望投入母亲温暖的怀抱的那种感觉。从此，在我和星空之间就滋生出了一种莫名其妙但又深刻有力的情感维系。我常常喜欢独自一人仰望星空。望着星空，我的心中马上就会被一种遥远而又亲近、陌生而又熟悉的情愫涨满，既有怅然迷惘的失落，更有刻骨铭心的神往。似乎冥冥中有神在召唤：回到这儿来吧，这儿是你最古老的故乡。在我听来，这是对整个人类的呼唤。我记得有个外国人就说过这样一句名言——我认为差不多也是一句神谕——他说“人不同于猪的地方在于，总要不时地抬起头来仰望星空”。我把人们凝眸星空时所生发的这种难以名状的柔情愁绪称为“星空乡愁”。这种概括也许不准确，但这种情绪我认为是人类共有的，只不过是有人意识到了而有人没意识到或意识强弱的程度不同而已。你有过这种体验吗？

（我翻动眼睛，略做回忆之后，似是而非地晃了晃脑袋。）

我由此进一步联想起另一个问题——李鸣生接着说——我的问题是，当第一只猴子从地上站立起来时，地球上便有了人；有了人，便有了梦；那么，人类的第一个梦又是什么呢？当然，这是个荒谬的问题，但确实又是个迷人的问题，让我很费了一阵琢磨。在一个似睡非睡的夜晚，我终于以梦的形式完成了对这个关于梦的难题的猜想。我梦见一位远古人类祖先仰面躺在夏夜的林中草地上目醉神迷于那满天繁星和一钩明月。突然，一只美雉呼啦啦冲天而起，华丽的彩羽也就扇动了这位人类祖先想象的翅膀。他的肉体沉沉睡去，他的思想却缓缓起飞……他做了一个梦——一个飞天梦！

（这真是一个天方夜谭式的梦中梦，玄而有味。我赞曰。）

玄吗？其实也不玄。李鸣生继续发挥。全人类各民族的远古神话都是人类飞天梦的文字表述。几千年来，人类飞天梦不仅不死，而且一天比一天更生动、更现实。1957 年 10 月 4 日，苏联第一颗人造卫星上天，标志人类第一次挣脱了地球的束缚，跨进宇宙的大门，从此开始了神奇而迷人的航天时代。

李鸣生激动地站起来，伸出手臂列宁式地比画了一下，做划时代状，转而用更连贯流畅更专业化的语言侃下去——迄今为止，在我们头顶上空昼夜飞旋的卫星已多达三千四百四十二颗。真可谓茫茫宇宙，星满为患。已故现代航天之父布劳恩早在二十年前曾预言："21 世纪，将是在外层空间进行科学活动和商业活动的世纪，是载人星际飞行和开始在母星地球之外建立永久性人类立足点的世纪。"事实上，美国总统里根在 1984 年初就将开拓宇宙空间列入国家战略目标，并命令建立一个永久载人空间站，计划在 1992 年送入太空。实践证明，随着航天技术的发展，人类离宇宙母亲的怀抱已越来越近。这还只是问题的一个方面。问题的另一方面是，我们赖以生存的母星——地球已伤痕累累，岌岌可危而不堪重负。人口、资源、环境、粮食、能源五大绳索已深深勒进它的脖子。全人类的生存与发展已成为未来的急迫主题。开拓天疆，走出地球村，是五十亿人的共同使命。宇宙空间必将是人类明天的归宿，更加美好的第二故乡。这是毫无疑问的，我对此深信不疑。你呢？

（李鸣生突发提问，我猝不及防只好如实招来：我对此毫无研究，我对此半信半疑。）

李鸣生并不在乎我的信与不信，继续在他的思维轨道上做惯性滑行。他开始踱来踱去。他说，于是，我就老在想，自从人类在地球上站立起来以后，就开始从这一端走向那一端，从地面走向地下，走向海洋，走向高山；不管走到哪里，足迹到处，几乎都有了文学的反映。那么，人类走向太空走向宇宙这一革命性的关乎人类明天的伟大壮举是不是也应该或者说更应该有文学的反映呢？就譬如说在我国，可以有乡村文学、都市文学、军事文学等等，可不可以再来一个“航天文学”呢？而且，作家们都在寻根，寻找自己的优势或寻找自己的位置，那么我的位置又在哪里？我想是不是就在这里，我这一辈子就来做好这一件事，做好这一个梦，一个航天文学之梦。

说完了，李鸣生也平静了，坐下了，两眼直怔怔地望着我，像期待着什么。

这下轮到我站起来了，我奔到他跟前比比画画地侃开了。具体侃了些什么现今已记不清了，只记得把那天明媚的阳光侃得渐渐暗淡下去了……

是的，相比较而言，“星空愁”也罢，“飞天梦”也罢，都不仅仅是属于李鸣生的。而且，我在这两方面的知识和研究都等于零——人置于星空下的情感究竟如何，我从未细察过，还有待于在某个月明风清之夜去仰望一番、体验一番。至于人类的航天活动到底仅仅是出于人类永无止境的求知欲和好奇心的驱动的一种纯科学实验与探险行为，还是果真关涉到明天全人类的星际大迁徙的革命性壮举，我不敢妄加臆测，姑且存疑。我比较有把握可以说的是，航天文学是一件实实在在的事，也是一件能引起我极大兴味的事。单单就生活层面与文学题材拓展的意义论，航天文学就是站得住的。何况我们已经习惯了那么多内涵和外延都不甚精确严谨与科学的文学旗号，再扯起一面航天文学的大旗又有何不可？当然是可以的。而且无论怎样说，航天事业都是迄今为止整个人类最尖端的高科技活动，它集中体现了全人类的聪明与智慧，最大限度地代表了人类对大自然的征服和挑战的勇气与努力。它将可能造福于人类的广泛性、深刻性、当代性与未来性，恐怕都是别的事业所难以比拟的。它的重要性、超前性与神秘性在当今信息社会的时代里已越来越显示出它（作为文学题材）的分量与价值。现在摆在我们面前的问题不是要不要写它，而是如何写好它和由谁们来写的问题。

李鸣生当然可以而且应该是这个行列中的一分子，或者说已经是一个捷足先登者了。航天文学的梦想首先就是属于李鸣生的，而李鸣生也是属于这个梦想的。他们之间的双向选择关系可以追溯到很久以前。

十七年前，当一列军车拉着那个年仅十七岁的四川小伙儿隆隆驰向西昌那块土地的时候，一个神奇的梦和它的梦者就已经遇合。

十七年来，李鸣生的航天文学之梦和着西昌这座中国的航天城一起长大成熟。十七年间，他在那里打过山洞，当过计算机技术员和宣传队创作员。他是西昌航天事业飞速发展的目击者、建设者和讴歌者。80年代以来，他就陆续发表了《用生命编写程序的人》《独腿高工》《航天情》《航天女》《月亮城的风采》《火箭今夜起飞》《中国卫星司令》《燃烧的翅膀》等“航天人”系列报告文学、小说数十万字。如果说，在报告文学作家当中有一类是专靠采访写作，而还有一类则是与他所报告的对象具有某种“血缘”联系的话，那么李鸣生正是后者。他是一个有“根”的报告文学作家。他首先是一个航天人。他对航天人的那种理解、对航天事业的那份挚爱，仅仅靠采访是得不到的。这就保证了他能敏锐地及时捕捉住任何一次成功的机会。于是，当我国定于1990年4月7日将在西昌运用“长征三号”火箭首次为国外发射“亚洲一号”卫星的消息一经发布，他立刻就进入了“临战状态”，兴奋得不可遏止。我还清楚地记得他当天来系里请假时斩钉截铁地说过一句话：我家里出了天大的事我都可以不请假，但是这次的假，我请定了！

于是，他感动了我们，他成功了——“1990年3月30日上午，我从北京气喘吁吁地登上了飞往成都的飞机；当晚10点，又爬上了成都去西昌的91次特快列车，开始了闪电式的采访。”

于是，时隔半年，我读到了这部长篇报告文学《飞向太空港》。

可以预见的是，这部作品将以它新锐的观念、崭新的题材、密集的信息和流畅简练的文笔，以及起伏跌宕的情节和富于传奇色彩的人物，引起读者的极大兴趣和社会的广泛关注。关于它可能得到的种种好评，我想在不久的将来我们就可以听到。在这里我只想指出一点，那就是较之于李鸣生过往的全部创作，《飞向太空港》无疑实现了一次新的飞跃。这主要表现在两个方面：一是李鸣生首次成功地对一个大型事件进行了全景式的驾驭与表达；二是李鸣生突破了事件本身的局限，力求运用一个超越事件的“高视点”对事件本身进行观照与思考。前者保障了扫描的广度，后者提升了立意的高度。

应该说，我国运用“长征三号”火箭发射美国卫星“亚洲一号”，确实是1990年度中轰动中外的重大新闻，它标志着我国航天技术已经拥有了打进国际卫星发射商业市场的雄厚实力与尖端水平。但它的意义又决不仅止于航天领域与科技方面。它的影响力还反射与波及国内外的政治、经济、外交与军事诸多方面。从中西方最高决策人，到西昌地界少数民族的平头百姓；从“发射窗口”的气象拼图，到国际舞台的政治风云；从乌可力诸君往返穿梭的洲际游说，到“亚洲一号”的总统待遇的远行；从火箭发展的“欧亚大陆怪圈”，到“中国箭”与“美国星”的苦恋与结合……真是上下三千年，纵横九万里，千头万绪，纷纭复杂，要理出个子丑寅卯何其难哉！

波澜壮阔的大画面迫使李鸣生不得不升高视角，第一次从他的生活基地——西昌发射场跳出来（他此前的全部创作基本上都是拘囿于西昌地域上的“区域作业”），从对“亚洲一号”的仰视到平视再到俯视，广泛采访，大量占有资料，了然于胸，烂熟于心；再以“亚洲一号”为织梭，牵引着千经万纬，流贯而出，一气呵成；不刻意于结构，却把一幅长卷的布局处理得自然顺畅，从容舒展，疏密相间，张弛有致。这充分表露了李鸣生吞吐与消化大吨位题材的气魄与潜能，是他不断实现宏伟的“航天文学”梦想的一个好兆头。与这种大构架、粗线条基本相适应的是他的简练的不拖泥带水的跳跃的行文。尤其是作为序章的“本文参考消息”，寥寥几则简讯便把当今世界的航天大态势和“亚洲一号”的发射大背景做了一个强劲的推出，真可谓开篇不凡，先声夺人。可惜的是，这种创意与气势并未能贯彻下去，否则，我们读到的这部作品，从内容到形式都将会是另外一副更加令人耳目一新也更加卓尔不群的魅人面貌。而且，行文也“粗”，忽略进行一些更精细和更见文采的局部描写，以致缺少了一些不应该缺少的精雕细刻的华彩乐章（譬如说发射景观的壮丽图画）。

要看清一个大事件，需要有一个相应高度的观察视角；而要想清一个大事件，同样需要有一个相应高度的思想视点。李鸣生清楚地意识到，面对着“亚洲一号”跨国界的飞行这样一次国际性的高科技合作行动，仅仅驾轻就熟地沿用自己惯常的或歌颂奉献精神，或弘扬艰苦创业精神，或升华爱国主义精神等思路来进行观照与涵盖，都恐怕是不能够全面和有深度的。他肯定是在对事件的不断介入与不断思索的过程中逐步唤醒与沟通自己的“星空乡愁”和飞天梦想的玄思，最终豁然明朗和树立起簇新的意识或观念，即“我们都是地球人”，也就是一种超越“地球村”的所谓“宇宙意识”，一种终极关怀于人类明天的生存与发展的超前观念。从这样的意识与观念出发，也就顺理成章地把航天事业看成是全人类的共同事业，把开拓天疆视为全人类的共同使命。中国箭与美国星经过漫长而曲折的历史弯道终于走到一起来了，无疑是一种社会的进步，人民的福音。“亚洲一号”的联合发射，不过是东西方人民携手合作创造空间文明，走向明天的一支小小的序曲。当然，今天距离明天，实际上还是十分遥远的，简直可以不夸张地说，遥远如天上的星辰。关于这一点，在作品的第五章《我们都是地球人》中尤为见得分明。从西方专家在中国西昌的土地上发生的那些诸如“伦巴、探戈与辣椒、蒜苗”“有车不坐要骑车”和稀里糊涂地用汉语唱“跑马溜溜的山上……学习雷锋好榜样……”等等故事中，人们不难感受到，双方在文化积淀、行为方式、价值观念等方面又有着多么巨大的迥异与落差。这也是作者的一种隐忧，和他面对世界发出的一种警示。

簇新的视点和超前的观念就这样将“亚洲一号”的发射不单单看作是东西方空间技术的一次合作，而同时也把它看成两个民族、两种文明、两种情感之间的交流与沟通、碰撞与融会，从而升华出一种超越了事件本身的更为广远和恒久的情思与启迪。但是，我仍然要遗憾地指出，这种观念和意识在整部作品中充其量只实现了一半。它并没有水乳交融般地渗透于事件的全过程和全部作品的字里行间，它只是在诸如“我们都是地球人”等少许章节中进行了适当的传达；在更多的地方，这种观念与材料之间是游离或脱节的，观念是靠作者直言不讳地喊出来的。这就减弱了思想的穿透力与感染力。之所以出现这种现象，我认为除了作者思想水准的主观原因外，恐怕更与超前的观念和沉重的现实之间的巨大落差有关。这也许是我们苛求于作者的。

关于《飞向太空港》本身，我想说的就是这些。

我不作更多的说长道短，是因为一方面我觉得应该把更多的话留待作品问世以后让广大读者去说，那样会更客观一些、更公正一些；另一方面也许是更主要的，我觉得把这部作品与整个的“航天文学”的梦想相比，毕竟是后者更重要——它不仅有可能让李鸣生长其所长，真正在文学上找到自己的位置，而且还有可能为我们的文学大家族贡献一个新的成员。因此我要说，《飞向太空港》只不过是“航天文学”大厦中第一块比较具有规模和质量的基石，李鸣生也不必对它抱有过高的期望值，而应该把更大的精力与心血投放到第二块、第三块基石的锻造上——譬如他已开笔的长篇报告文学《走出地球村》。至于“航天文学”的创造，我再提一条建议：我们必须充分注意到它区别于其他文学的特质——“航天”——高科技，如果钟情于它的作者不在加强文学修炼的同时下大气力广采博收，好学深思，使自己日渐学者化、“科技化”，要写好“航天文学”恐怕也难哉。顺便说说我对“航天文学”的预测——可以套用一句名言来表述：梦想是辉煌的，道路是艰难的，前途是光明的。

祝李鸣生好梦成真！

1990年11月18日

壮哉！中国的航天画卷

——评长篇报告文学《飞向太空港》

冯立三

一个积弱既久，备尝落后之苦的民族的任何图强之举，都不会不引起该民族中一切未曾麻木者特别是敏感的知识分子的兴奋，都不会不引起该民族中那些专注于社会兴奋点的捕捉的作家尤其是报告文学家的创作冲动。中国的导弹、原子弹、氢弹、火箭、卫星，已有或长或短的历史，然而有功者的身影，却极少甚至从未曾在景仰他们的世人面前闪现，从而，如同专攻报告文学批评的评论家李炳银所说，航天领域成了一个人们极想见识却无从领略的神秘所在。也许这是一种 20 世纪的卧薪尝胆，一种秣马厉兵于无迹的东方的隐忍和智慧吧。

然而，封闭条件下的发展终究束缚太多，代价太大，速度有限，成就有限。我进一尺，人进一丈，何时方成翘楚？故改革开放，公开竞争；对内动员整个社会，对外参与国际循环；整体落后，局部争先，决胜一隅，徐图全盘，确为强国之上策。于是，一个原只属于中国的封闭、孤独、冷清、神秘的大凉山峡谷一下成为向世界开放的、西方人纷纷奔聚的、中国人因之而更加奋发有为的高科技竞技场。于是，我们看到了文学叨光而得与航天结缘的机遇，看到了一个年轻人以异乎寻常的勇敢、热情、智慧和毅力开辟崭新的文学天地——不妨接受部队批评家朱向前的意见，就名之曰航天文学——的令人感佩的进取精神，看到了一种吞吐时代风云，勾勒航天历史，有功者传其名，助我者感谢之的史家与作家融为一体的胸襟、眼光、抱负和气概，看到了一种呼吁人类团结合作以开拓空间文明，为自身探寻开阔、和谐、自由、幸福的未来新家园的布道者的热忱。

航天文学是个题材性概念，不是体裁性、主题性、方法性、流派性、风格性概念。《飞向太空港》是报告文学，当然只能以中国人及整个人类的航天实践为本。然而，这个题材就其可以容纳、可以折射的人类社会生活的本质内容而言，几乎没有什么限制。它有极大的涵盖力和辐射力。它可以引导作家去观察和思考人类的历史、现实和未来，观察和思考对人类的现实与未来具有重大影响的一切政治、经济、军事、外交活动，观察和思考人类赖以发展或因而萎缩的一切生产方式、生活方式、思维方式和价值观念，观察和思考人类无穷无尽的智慧和历史首创精神。李鸣生着魔一般、如痴如狂、日夜兼程奔往西昌，席不暇暖、卧不安枕，对中国的“长征三号”火箭发射美国的“亚洲一号”卫星作闪电式、跟踪式、综合式采访，并自信其作品将超越同时奔赴西昌的百余位同行，那原因首先即在于他对航天文学这一概念可能具有的内涵和外延，已有或清晰或朦胧的认识。《飞向太空港》不是拘于一隅的成就报告，不是浮光掠影的英雄报告，它是在“长征三号”照亮世界的火光中对人类航天、中国航天的悲壮历程所能容涵的丰富深刻的社会历史人生内容的一次顿悟，是将文学从一向表现人类自身的关系向同时表现人类与宇宙的关系并重点表现这一关系迈进的一次文学的远征。

有两幅悲壮而巨大的画面一起构成中国当代航天英雄活动的积极背景，一幅是世界航天史，一幅是中国航天史。作品因而显示出格局上的恢宏性。《飞向太空港》以对发生在 1990 年 2 月 23 日到 3 月 14 日期间美国和欧洲航天发射连遭三次惨败，西方人因而惊呼 1990 年是世界航天史上的灾星年的电文式引述为其开端。这不是幸灾乐祸，更不是暗示西方已经落后，我们已经领先。这种描写的价值不只在于甚至并不在于为“长征三号”提供反衬，而是为作品奠定悲怆的基调。在作品中我们还看到自1986年1月至1987年6月美国的航天飞机和火箭先后五次因天气等原因而爆炸的惨剧。人类航天史是一部充满艰险和牺牲的悲怆的英雄史诗。面对人类航天史上的任何灾难，我们所应怀抱和由此激发的感性只能是肃穆和崇高。《飞向太空港》对几个航天大国所作的精神性评价颇堪咀嚼。作品中有这样一个细节：

在一个偌大的集装箱上，还贴有一幅耐人寻味的漫画：画面是一张国际象棋棋盘，棋盘的一端是苏联国旗，另一端是美国的星条旗。两端旗帜数目相当。而在棋盘的“界河”处，则用英语写着一行字：We are facing the challenge!（我们面临挑战!）

这幅漫画不属于嘲讽性质，不是用来嘲讽中国不在航天大国之列的，对苏联也毫无轻视之意。它所表现的是美国人对竞争环境所抱的清醒态度，是身处先进而犹恐落后的一种自我激励。看来，我们除了应该理解落后民族几经奋斗仍难望人项背，有大智者胸藏补天之策而难于为世所用的忧患意识之外，对不敢自恃强大，善自惕厉的强者的忧患意识也有必要予以理解。《飞向太空港》多次写到法国人倾尽全力以争夺乃至控制世界卫星发射市场的情景。一国力量不足便联合西欧诸国，一次较量失败便积蓄力量卷土重来，“阿里亚娜—3”威势尚存，“阿里亚娜—4”已经取而代之，“亚洲一号”已交中国发射但一有风吹草动便又垂涎不已，直到木已成舟方才调头西顾，称得上是意志顽强、锲而不舍、雄心勃勃、不屈不挠。比之较为单纯的对于美法航天事业的成就及其竞争意识的叙述，作品对苏联人的描写要来得复杂些。苏联是第一个将人造地球卫星送入太空的国家，尽管至今未能掌握氢氧发动机技术，但其“质子”号火箭的运载能力仍然足以将任何卫星送达预定目标且收费之低甚于中国，然迄今未能进入世界商业发射市场，何哉？“多年来实行的不是开放政策”也。西方出于偏见、私利、恶感和恐惧而封锁苏联，苏联本应以改革开放打破之，结果却反其道而行，自我封闭，焉能不自食其果。火箭技术应该保密，但保密到让人对其可靠性抱有疑虑，那就只好自家把玩了。

《飞向太空港》是旨在表现中国人航天业绩的报告文学，对于世界航天历史应该也只能选取其中对中国人的航天事业具有更为直接的意义的部分予以介绍和评说。如果说《飞向太空港》对于外部环境的描写重点在于引他山之石攻我之玉因而言而不详、勾而不描、不多发挥，那么对于内部环境即中国航天史的描写便是情思汹涌、百感交集、重大事件无一遗漏，既不吝情又不惜墨了。于是，在我们面前展现出一幅时间跨度近四十年，气势磅礴的、光芒逼人的、可歌可泣的中国航天画卷。画卷起自著名科学家钱学森1956年初呈递《建立国防工业意见书》，终于1990年4月7日备有当代最为先进因而被誉为“火箭皇冠”的液态燃料发动机的中国“长征三号”火箭以破世界纪录的精确度将美国“亚洲一号”卫星送入太空。虽不能说这是世界性的创世纪的奇勋，却是中国划时代的事件。它是一个象征：中华民族渴望腾飞也有能力腾飞，任何历史泥沼，任何现实羁绊，都不能阻止中华民族摆脱贫弱走向强大，摆脱残缺走向完全！

《飞向太空港》对中国领导人、中国人民、中国火箭部队官兵在饥荒年月相濡以沫的情景的描写是个动人的章节。事件典型，氛围浓重，声情并茂，角度极佳。这是中国翻译官许建国为回答美国科学家斯赖尔先生如下的发问：“听说西昌卫星发射基地的人已在这山沟里生活了二十年，我一直很难理解，这批了不起的中国人究竟是靠一种什么力量活过来的？而且，他们在如此艰难的条件下，竟能为你们的国家创造出惊天动地的奇迹！”所讲的一个真实的故事。酒泉基地官兵宁以沙枣叶充饥亦不求赈亦不停止发射的情景，周恩来以总理身份含泪向各大军区化缘以解火箭部队燃眉之急的情景，在人类航天史中只怕是空前绝后的。艰难如此，坚毅如此，奋斗如此，牺牲如此，风雨同舟如此，众志成城如此，那就不能不预示这个民族未来的胜利。这段描写的价值不仅在于生动地揭示了中国人的民族精神的坚韧耐磨、伟大崇高的性质，而且在于深刻地表现了中国人对于自己的民族精神在理解上的深刻性。没有精神力量的民族必定是孱弱的民族，一个对于自己的民族精神缺乏理解不知养育的民族是可悲的民族。民族精神、爱国主义、进取之心、忧患意识，不是无须加以爱护、可以任意摧残的东西，如加伤害，必遭报应。这就是轰轰烈烈的“文化大革命”不但不能使我国的航天事业长足发展，反而使其停滞，拉大了我们与世界先进水平的差距的根本原因所在。此间成就固多，导弹发射成功，氢弹试验成功，“东方红一号”卫星上天。作者没有回避这个成就，因为这与“文化大革命”无关。十年浩劫，何功之有？李鸣生如果有兴趣以“东方红一号”为题写一部作品，我们必会看到颠簸沉没、悲天悯人的中国火箭专家欲干不能，欲罢不忍；攻坚于前，防患于后；动辄得咎，忍辱负重这种光怪陆离的外在与内在的世界。作品有关于“文化大革命”摧残既有的和未来的航天人才的描写，一是对于当年曾聆听过周恩来教诲的王之任因有留苏经历而被当作苏修特务予以惩办在牛棚依然做着她的航天梦的介绍，一是对于未来有大功于中国航天事业的乌可力因系乌兰夫之子而被牵连入狱饱尝铁窗之苦但终不能折断其雄鹰之翅的叙述。引进这种内容是必要的。这不但是因为它是我们航天英雄实有的经历，而且是因为这种经历与他们日后的性格和作为关系甚大。狭窄的牛棚中的航天梦与开阔的发射场上的航天梦，色形自当有别；振翅于长空比之爱惜羽毛于樊笼，感受也将不同；充分而又极富讽刺意味地显示“文化大革命”愚昧、落后、封闭、倒退的本性的笔墨，要属对于1969年中国电视台拒绝转播“阿波罗”宇宙飞船登上月球那件事的勾画。与当时的中国采取同样态度的还有一些自命为领导世界革命新潮流的国家。掩饰落后是典型的阿Q作风，结局自然应该和阿Q相仿佛。

《飞向太空港》的重点、难点、最具艺术光彩之处，是对“长征三号”发射“亚洲一号”整个过程的画卷式描写，是对完成这一过程的航天英雄的群体性刻画，是对凝聚于这一过程的火山般爆发的不甘于平庸不甘于迟慢渴望振兴渴望强大的民族心声的整体性抒发。在这里，情节与人物交相辉映，场面与细节相互依存，作者与作品融为一体，为探索大型的、事件性的、综合性的报告文学之报告与文学的统一，提供了新的经验。

将毕生精力全部奉献于中国航天事业，对世界航天形势了如指掌的宋健，深知中国火箭打入国际市场的必要和艰难。他期待着不辞艰难堪当重任者万里请缨。请缨者终于叩门言志，老人于是怆然泪下。老骥之泪，感时忧世，寄望远矣，于是乌可力、陈寿椿、上官世盘、沈荣骏、胡世祥们义无反顾，踏上征途。以宋健落泪标志这个艰难过程的发端，这是很懂文学的写法。

《飞向太空港》的主体结构呈两大板块交叉递进状。一块是外交斡旋，一块是科技攻关。两支大军遥相呼应，成掎角之势，胜景迭出。他们是科学家和企业家，但不乏政治家、外交家的风度。在他们身上，民族传统、革命传统体现得十分鲜明，又能接受八面来风，将这种传统提升到与当代生活相适应的高度。他们勇于为民族建功立业，却不居功自傲；他们善于自勉，也善于励人；他们甘苦备尝，却自奉甚俭，他们羞于内部摩擦，却善于化干戈为玉帛。作品曾这样介绍乌可力，虽欠生动，仍可惊人：

> 五年来，为了把中国的火箭打入国际商业市场，乌可力的足迹几乎踏遍全球。从亚洲到美洲，从美洲到欧洲，他跑了三十多个国家和地区，光乘坐飞机的时间就多达四千两百多个小时，共计行程九十多万公里。去年（1988年），为了卫星等谈判之事，有一次他从中国飞到洛杉矶，再从洛杉矶飞到巴西；从巴西飞到联邦德国，再从联邦德国飞到伊拉克；从伊拉克飞到巴西，再从巴西飞回到中国。连续一个星期，几乎全是在上万米的高空度过的……

在中国，在目下，出国是一种地位，一种荣誉，一种资本，一种骄傲，一种报答，一种犒劳，一种补偿，一种引诱，一种激励，一种平衡，一种机遇，一种心理需要，一种行政手段。像乌可力这样出国的能有几人？如果将乌可力的出国化为一种尺度，一种要求，出国这种趋之若鹜的时髦和追求，有可能会变成一种惩罚、一种畏途吧？上官世盘谈判桌上力挽狂澜的形象给人印象殊深。思维缜密，绵里藏针，彬彬有礼，善于辞令。暂避分歧而申明大义随后词锋一转化分歧为一致，手段极为高明。他并不浮夸地炫耀我们的力量而让人讨嫌，只是以为人类作一点力所能及的贡献这种谦虚自量其力的态度赢得他人的好感。上官世盘民主作风极好，听其批评亦如沐春风。作者引用宋健老人誉他“浑身是金”，诚有以也。我因此又颇表欣赏于作品对谢总谢光选家中待客的绘声绘色的描写。谢总言及“长征三号”并说“发射‘亚星’可以为我们社会主义祖国争光，为中国人民争气!”朋友们说:“你这个说法可不可以改一改？”“我们在美国，而美国不是社会主义国家，你能不能把‘为社会主义祖国争光’，改成‘为祖国争光’？另外，你们的‘人民’的定义很严格，能不能把‘为中国人民争气’改成‘为炎黄子孙争气’？”谢光选听了大为感动，连忙说：“可以改，可以改，现在就改！”——这种察纳雅言、从善如流、当守则守、当改则改的胸怀和气度，多么令人感佩！所作改动并不伤害事物的本质，却因此而获得更多的同情。海不捐细流，故能成其大；人不辞友情，方可成其事。以僵硬为坚定，虽忠诚而无可用。

科技攻关不像外交斡旋那样富于戏剧性，《哥德巴赫猜想》那样出之以象征手法的精彩描写也只可表赞叹，不好步其后。急就的报告文学也难于细究科学家属于科技领域的思维过程，可以描写的是科学家们的争雄世界的志向，以身许国的情操，只作贡献不图富贵的品格和临难不苟的牺牲精神。任总任新民是《飞向太空港》重点描写的人物之一。他是中国氢氧发动机的奠基人。还在只鼓励政治冒险而不鼓励科学探险的 1974 年，任总就提出研制氢氧发动机的建议；1978 年有关领导将氢氧发动机的研制降为“另一种方案”，任总闻讯，夜不成寐，匆忙归国，登门进谏，诚恳直率，忧国忧民，感动上峰，收回成命。后来需要连续试车但风险极大，又是任总签字画押：“就这样写上：任新民决定试车。出了问题由任新民负责！”这是一句气概非凡的台词，环境与人物同时浮现。任总平日讷讷少言，谦逊自处，临会常居角落，必要时却能虎啸龙吟。这是有大才能、大决断、大气魄者才有的风度，与汹汹然争名于朝争利于市者相去有如霄壤。至于对任总目光的描写，那就不但更合文学的要求，简直就是作者的一种发现了：“看上去似乎在运筹帷幄，又好像什么也没想……一双深邃平静的目光给人的感觉，有时显得纷繁复杂，有时又显得惆怅空茫。”我们无法确切分析任总目光中的丰富内涵，只是由此而想到在人类历史长河中一切贤者智者的沉浮，一切贤者智者的可以理解和难以理解、无从理解的奋斗和局限，成功和挫折，光荣和屈辱，超然和孤独，未了的恩怨和不死的梦想。能与任总的目光媲美的，是范总范士合的背影：

> 我送范总出门。范总右手推着自行车……左手还是习惯托着唯恐要掉下来的胃。……范总微驼的背影还在人群中缓缓移动着。……在夕阳笼罩的茫茫人海中，谁也不知道范总姓什么叫什么……更不可能有人认得，他就是震惊世界的中国“长征三号”火箭的副总设计师。

注目这个背影，人们会有怎样的感想呢？难免有些敬佩，有些羞惭，有些不平，有些心酸，有些过意不去吧！——从任总形象和范总形象的塑造，可以总结这样的经验：旨在讴歌非凡业绩和英雄气概的作品，应该和能够容纳繁复的人生内容；人生的壮丽感和苍凉感有可能矛盾，也有可能统一。

天赐良机于鸣生，使他在《飞向太空港》中得以富有特色地展开中西文化在当代的激撞和交融的描写。近几年来有关中西文化的讨论不是徒劳无益之举。数典忘祖，自我羞辱，虚无主义，强不知以为知，诚然矫情、浅薄、轻浮、有害；如果不这样，而是经分析而择取，化腐朽为神奇，使我们少一点夜郎自大、中庸之道、特权思想，官僚主义、平均主义、繁琐哲学，却应该看成是一种功德。作品在描写中西文化交流这一内容的时候，是兼及摩擦和互补这两个侧面而以互补关系为着重点的；在互补关系中似乎对我们应该更多地表现出对于对方的理解又有所侧重。此次合作，我为主，人为客，应该这样安排；从更大的环境看，这样安排也大体不差，何况这又来自于实际考察。

同一世界，两种活法。的确如此。我们想老婆孩子，划拉封信，贴上邮票，往邮筒里一扔完事，人家却非要以能与老婆孩子随时电话聊天为满足；我们以吃会议伙食为乐事，人家却因个人无法选择而愤愤然；我们在周末做饭、洗衣、种菜、辅导孩子功课，人家却在你为他开设的酒吧中喝酒、聊天、搂着最早是你为他们请来的后来是不用请自会来并打扮得花枝招展的中国年轻姑娘跳舞；我们早就看倦看厌了周围的穷山恶水，人家却被这原始的苍茫山水所倾倒；我们出自安全考虑禁止人家骑车上山，人家却说这是限制他们的自由；我们遇到事故总会以排险为重生命在其次，人家却是没有逃逸装置死活都不上发射架。生活方式、价值观念确有不同。机械地比较优劣无益而有害，但可以这样说：有些问题并不是观念问题，而是物质问题；当我们足够强大的时候，有些问题将不复存在。

难得的是描写出了交流中友谊的深化，人的素质的提高，把交流的价值生活化、文学化。我们读作者描写双方一起开会的情景会感到极大的兴味。对方讲英语，我们不懂，但中间不作任何表示又恐失礼，于是便微笑，便颔首，便摇头，便诧异，待翻译成汉语，才知道南辕北辙，于是又现尴尬状。这尴尬，最有趣，但不应该哂笑，毕竟是进步中才会有。没有“首脑会议”，你自然也会照样厌恶那种“嗯——”“啊——”不断难解其意的表达方式，但你毫无办法。有了这种会议，他又离不开翻译，他的这种习惯就非改一下不可。他果然也改了，由临场即兴发挥变得事先有所准备，变得语言简明、逻辑清楚了。做派也改了。从前你在会议上是大可以随便的，可以衣冠不整，可以斜倚在沙发上，可以吸烟、喝茶、随意插话；可以不管有理没理行得通行不通，讲出来就是指示，不照办就是错误。现在行吗？现在你要西装革履，正襟危坐，细听别人发言，讲话要有根据。没有美国人来西昌，我们胡世祥的幽默才能有可能锤炼成一种外交智慧吗？有些事情当场不能争论出所以然，是继续无意义的争论好呢，还是停止好呢？是将自信显示于理论说让实践去检验好呢，还是将自信戏托于运气说敢不敢打赌好呢？打赌，赢了不伤人，输了不丢人，输赢都会增进感情。

外国人不来西昌，对中国不会有今天这样的认识。美国科学家对中国科学家的认识、理解、尊重和友谊在作品中有动人的描写。中外协调会上，江·可达先生从怀里掏出胡世祥送他的印章，像中国人一样用嘴哈一哈，然后郑重地盖在协议书上的细节，玛格丽特小姐与许建国翻译以令人感动的真挚合影留念的细节，内涵极为丰富，说这是中、美两个伟大的民族团结的象征都不为过。他们对我国人民在近乎作坊式的生产方式下创造现代文明的业绩深表敬意。他们对我们的科学家的精神、品格、知识、才干佩服得五体投地。他们在中国人取得辉煌胜利的时刻像中国人一样激动得热泪滚滚。他们含泪告别中国，临行不忘赠言："西昌卫星发射基地，如果通信问题能更好一点，如果能开设一个海关，如果能有一班直达香港的飞机，那这个靶场绝对是世界上第一流的发射靶场。"我们不要仅仅看到他们对自己的物质文明、自由精神自豪自得的一面而看不到他们把中国人衬托得光芒四射的另一面！我们有过对朋友要求太高结果弄得自己落落寡合、离群索居的教训，我们不能重蹈覆辙。

中国"长征三号"火箭于 1990 年 4 月 7 日发射美国"亚洲一号"卫星的场面是个历史大场面，是中国航天事业继往开来的一个辉煌的瞬间，是中华民族经历种种曲折终于走上坦途、可望强大的一个巨大的象征。为准确、全面、深刻、艺术地表现这个大场面，李鸣生几乎调动了报告文学武库中一切可以调动的武器并借鉴了姊妹艺术特别是电影蒙太奇的艺术手段。这使得已经成为文学世界的这个大场面成为他所创造的航天画卷中最为壮观的一页。既有雄浑的气势，又有缤纷的色彩；既有慷慨激昂的主旋律，又有风声鹤唳的和弦；既有臂上黑纱显其悲壮，又有雨中白发增其紧张；既有统帅谋略运筹帷幄，又有敢死之士冲锋陷阵；既有天上风雨雷电的轮番挑战，又有人间气冲霄汉的呐喊；既有高朋宾客亲临观战，又有细民家眷翘首以盼；既有凡夫俗子布满山冈的灯笼火把，又有僧人道姑庙堂之上的顶礼焚香；既有万事俱备坐待东风的从容，又有始料不及事发一瞬的震惊……大千世界，林林总总，一个渴望腾飞的国民的心态，一群开天辟地的志士的情怀，纵横捭阖，尽入画图！

“长征三号”的形象赫然出现在我们面前！

> 此刻的发射场上，明灯高悬，如同白昼。墨绿色的发射架在风雨中巍然矗立；头顶“亚星”的“长征三号”火箭，如同一条昂首欲飞的神龙，面对夜空闪射着迷人的光芒；箭体的中央，两面五星红旗和“中国航天”四个大字，经一阵风雨洗刷后，显得更加鲜艳夺目。

“神龙”之比，“明灯”之衬，“红旗”之托，“迷人”“夺目”之赞，把“长征三号”神采飞扬的雄丽之姿，描画得何等生动！“长征三号”升空瞬间惊天动地、惊心动魄的声威，刻画得同样有力。两处描写都不以模真为满足；因注满作者的激情，变得像是先驱的壮别。

在发射日期确定之前，准备工作本来是有条不紊、从容不迫的。全部意外灾难都源于确定 4 月 7 日为发射日。我不能同意鸣生关于确定这个日子“或许这是一个无法破解的历史之谜”的说法，作品对此所作的欲擒故纵式的叙述，使“历史之谜”的说法不攻自破。用不着掩饰香港人的因小失大和我们自己不该有的妥协。既说就要把问题说真说透。确定4月7日为发射日使我们的发射基地受到了一次大惊吓、大磨难、大考验，使奇迹更成奇迹。解4月7日倒悬之苦，首功应推气象专家吴传竹。作者以很大篇幅描绘他的日夜不安的焦虑、犹豫和果敢、卓越的贡献，显示了公正。

群体性的英雄气概的极致性表现，属于发射副总指挥胡世祥。他在这场搏战中的作用，使人想起毛泽东同志的一句词：天欲堕，赖以柱其间！

在前边的章节中，我们就认识胡世祥了。当时风和日丽，他既干练又潇洒。那是作者对他的英雄形象巍然耸立于最后关头所作的铺垫。不必细说他在"点火"前果断指挥、身先士卒、仰天长叹、对着天空怒吼、任雨鞭抽打雷鸣轰炸、"中国航天"四个大字如同四把烙铁深深灼烫着他的心……那些发生在雷、雨威胁着发射的情况下他的行动和心理了，我们且看他在离"点火"命令发布前十二秒到发出"点火"命令这个真正的瞬间内他的行为和心理状态。他有几十年的发射经验，但从未遇到过在这样的瞬间火箭上方某个部位突然冒出缕缕白烟这样的危险。"怎么办？！"没人能回答他的这个问题。观察、思考，推断、决策，一切都要在这短短十二秒的时间内完成。他在这一瞬间捕捉到了他希望看到的现象：喷发的白烟在逐渐减少；第三级火箭增压正常。于是他果断地下达了"点火"的命令。作品说他凭靠的是科学的推断、几十年的经验、天才的智慧和超人的胆略。应该也只能这样解释。不过，说"这是一种正常的现象"，我却觉得有一点虚妄。白烟逐渐减少，但仍有白烟，怎么能说是正常！在这种高科技活动中一切意外均应视为非正常现象。问题在于现在逐渐减少的白烟在点火时会起什么作用？如果不影响启动，那么启动后又会发生怎样的作用？是白烟自行消失还是反而加强了？火箭恢复正常的可能性有多大？不能恢复正常的可能性有多大？哪种可能性更大？这些问题想必就是当时胡世祥在瞬间所考虑并作出了正确判断的问题。可能是他最后认定火箭起飞所引起的大气的压力的突然增强将促使封闭不严的那个阀门自行闭严，才毅然下达“点火”的命令的。实践证明了他的决断的正确性，为此他建立了奇勋。但可能性毕竟是可能性，推断毕竟是推断，预料毕竟是预料，若结果不如所料当如何？胡世祥不会不明白、不会不想到某种哪怕是万一这种程度的不如所料的可能性。正是这样考虑，使我断定胡世祥此举不仅表现了他的经验、智慧、胆略，而同时强烈地表现出一种将一生光荣、身家性命孤注一掷的伟大的自我牺牲精神。没有万全之策，必有此牺牲之心。这并不是说国家寡情，而是说法律不好通融。我这样想，还有一个根据。“长征三号”升空之后，沈荣骏、任新民、谢光选、胡世祥等依然心情沉重：他们每个人的脸上，都隐藏着深深的焦虑。尤其是胡世祥，“神情严峻，一脸阴沉”。江·可达先生两次来和胡世祥拥抱祝贺，都被他拒绝了，脸上表情是“哭笑不得”。胡世祥看火箭飞行理论轨迹曲线，作品用的词语是“紧盯着”。“直到火箭起旋、星箭分离”，沈、任、谢、胡、上官诸公“脸上才露出了开心的笑容”。仔细揣摸胡世祥的情绪演变过程，有理由认为：这一人物心理的内在迁移过程是与白烟的压力逐渐由强而弱终至消失这一自然的外在演化过程，即卫星发射过程中所遇特殊矛盾的消解过程恰相吻合的，胡世祥的内心山岳般的沉重是由白烟的威胁所造成的，而不大可能仅仅来自发射的全部过程尚未完结这个适用于一切卫星发射过程的普遍的矛盾。不能用矛盾的普遍性代替矛盾的特殊性。胡世祥的出类拔萃之处，就是他勇于并善于解决特殊矛盾。在我看来，胡世祥的形象是《飞向太空港》全部人物塑造中最富于个性、最富于魅力、最令人感动、最耐人品味的艺术形象。灾难面前的牺牲精神与科学精神的完美结合，是这个形象的典型意义。胡世祥形象可以列入当代报告文学人物画廊。

可以算作这篇作品的毛病的，我以为有以下三点。一是在表现社会问题方面多少有点规避体制性冲突的正面揭示。这不能不影响作品的思想深度和人物性格强度。沈荣骏、乌可力、上官世盘、胡世祥等人的事业本身，既是体制改革的成就，也是他们冲破旧体制、创建新体制，打破旧机制、探索新机制的结果。在着重展示他们与大自然的伟力奋勇搏战的胜景的同时，辅以他们实际上已经做了的，对限制、束缚着这种搏战的人世中落后力量的抗争，会使这些形象更具光彩，更富启迪意义。二是有些议论或带议论性的内容或流于空疏，或有有失偏颇之嫌，或失之人云亦云。如说中国多次失去利用科学技术实现腾飞的机会，“中国，这个火箭的故乡，走过了几千年蒙昧苦难的岁月”，“历史总是在怪圈中盘旋”。不能为了历史而不要现实，也不能为了现实而不要历史，更不能此时如是说，彼时又另作他论以致自相抵牾。不能为了段落过渡的需要，抓住什么是什么。三是有时绌于文法修辞。如“可放卫星毕竟不是放风筝”，“无论是火箭还是卫星……都不能像盐巴、酱油……那样随便拿到市场去卖”等比喻之毫无意义。如“硬是请了他俩一顿”之不顾人物和环境的规定性而滥用市井语言。如“走过举世无双的二万五千里长征”之似通非通或用词不当。当前，人们读报告文学偏重于内容，而报告文学写作又确有时间性要求。但这两条不能成为报告文学忽视语言的正当理由。既然是文学，就不能不讲究遣词造句。作家都应该成为运用语言的专家。当然，这些有毛病的句子是从约二十万字的长篇中挑选出来的，所占比例甚微。通篇论，鸣生的语言还是好的，流畅而有文采。语言问题说得这样不客气，是估计不这样难以真正引起鸣生的注意。另外，这也不是他一个人的问题。关于《飞向太空港》说了那么多的好话，谈不足，才有几句，也是所占比例甚微，该不至于人讲成绩则喜，人言不足则愠吧？

1991 年 5 月 25 日